U0691777

燕语呢喃

孙燕华 著

中国文史出版社
CHINA CULTURAL AND HISTORICAL PRESS

孙燕华

目录
CONTENTS

书法·绘画

人品画品两光辉

——美术界人士缅怀李苦禅大师

在我国当代杰出的书画艺术家、美术教育家李苦禅大师逝世10周年之际，在中国美术馆举办了李苦禅艺术展。6月7日，苦禅大师的生前好友、同事、学生和美术理论家50余人在中国美术馆召开了“李苦禅艺术展研讨会”，共同缅怀这位爱国艺术家，并深入探讨了他的艺术思想。苦禅大师，1899年生于山东高唐县一个贫农之家。20年代初克服了种种艰难，考入了北平艺专西画系，并成为齐白石的首位弟子。半个世纪以来，他以坚毅卓绝的精神，继承并发扬了书画艺术的优秀传统，留下了宝贵的艺术财产，成为我国近代大写意花鸟画的一代宗师。与会者一致认为，苦禅大师具有高尚的美德和情操，许多人满怀深情地追忆了苦老的生平业绩。他当年参加地下抗战时的联络人黄奇南同志，回忆了苦禅大师甘冒生命危险掩护抗日同志，在日寇狱中坚贞不屈的民族气节。刘金涛老人回忆说，在抗战最艰苦的年月里，苦禅大师说过这样的话：“中国是大象，鬼子是耗子，你等着瞅！”以此鼓励大家坚定抗战必胜的信念。不少同志回忆了他在生活中尊师爱友、宽厚仁慈，尤其是热爱

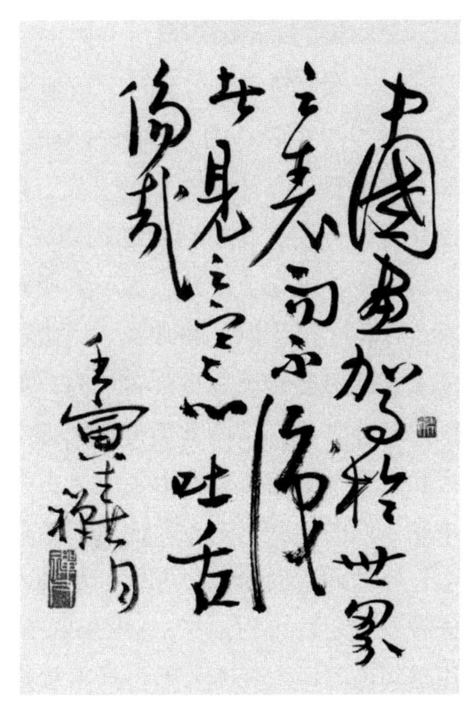

中国画驾于世界之表，而不识者见之寒心吐舌，伤哉。壬寅春月，禅。（1962年作）

李苦禅

学生的感人事迹。一位发言者忆起当年穷困时，苦禅大师对他说：“就因为你穷我才要教你。”此情此景，使他泣不成声，举座亦为之动容……苦禅当年的一位老弟子说，苦禅大师不像有些人那样过分吝惜自己的笔墨和技巧，而是经常当众动笔再三演示，而且每位学生手里都有他亲赠的示范作品（不止一两张，甚至许多张）。

目前，对苦禅大师在艺术方面的理论总结还远远不够，甚至还有不公正的贬低与扭曲。从他多方面作品和展览会上新披露的实物与史料来看，与会者认为苦禅大师具有不少超前意识和有深远意义的观点。从20年代他致力于中西绘画的合璧，以京剧研究带动传统艺术——美术教育，以整体的传统文化带动绘画创作，在国画屡遭厄运时，于60年代初向学生明示“中国画驾于世界之表”，所有这些都说明对这样一位蜚声国际的艺术家还存在“再认识”的必要。历史蒙在他身上的尘垢不应长久掩盖这位真正艺术家的历史光辉。与会者认为，如果说齐白石大师之作具有一种“湖南农民的质朴之美”，那么李苦禅大师之作则具有“山东大汉的浩然正气与阳刚大壮之美”！他在美术史上应该占有重要的位置。鲁迅先生说过，一个人如果在人们的心里死去，那他就真的死了！然而苦禅大师却依然活在人们的心中！郭怡孮教授深情地说：“我爱人每过些日子就觉得，我们是不是该抽空去看看苦老啦！”孙竹先生献来的条幅录了老子的一句话:“死而不亡者寿”，用这句名言悼念苦禅大师，其寓意是深刻的。

1993年秋

高唐行侧记两则

山东高唐是李苦禅先生的家乡。2006 年 9 月 16 日高唐新建的李苦禅艺术馆开馆了。高朋云集，盛况空前，十里八乡的人们都沉浸在这节日的欢快中。高唐的县志又增添了灿烂的一页。

作为李苦禅先生的后人，我们从开始设计就参与进来，在筹备展览的全过程中更是付出了许多心血。在全部活动圆满结束后的返京路上，心中便酝酿着写点什么，“正史”当然应该由高唐县委、县政府去写，但两则小小的“侧记”却涌上心头，大有不吐不快的感觉……

2006年李苦禅美术馆开馆时外景

三个闪光的亮点

在这次展览的绘画作品和展板的内容方面，我们向观众推出了三个亮点：一是为了保护苦禅先生的原作，我们用两年的时间与蒋兆和先生的公子蒋代明和他的友人杨晟等年轻的朋友们，摸索出了一套宣纸仿真印制原大作品的方法，其中包括 22 平方米的《盛夏图》。应该说在突破仿真印制大型写意书画方面做出了颇见成效的探索。二是首次将苦禅老人保存的 1930—1934 年任教于杭

2006年李苦禅艺术馆在山东高唐——李苦禅故乡建成并隆重开馆，
苦禅先生的学生们齐聚李苦禅先生的出生地李奇庄合影留念

州国立艺术专科学校时的学生作业，喷绘成展板展示。从中我们可以看出在蔡元培美育思想的指导下，在探索“中西合璧”的绘画道路上的轨迹。这些作业和上面的公章已成为杭州艺专（现中国美院）仅有的学生作业史料，殊为珍贵。三是收集整理了近年来发现的苦禅老人早期的 1923 年至 1926 年（24~26 岁）的作品。我们可以清楚地看到年轻的苦禅先生在学习齐白石、吴昌硕等前辈艺术上所下的功夫，看出他年轻时代宏大的魄力和酣畅的笔墨。

一瓣朝圣的心香

9 月 14 日傍晚，上海、贵州、天津、北京等地的苦禅先生老弟子、学生们纷纷到达高唐，因为高唐虽然发展很快，但毕竟是个县城，因此，当我们见到久违的龚继先老兄时，赶紧表示“恐有接待不周”，谁知他立即打断说：“哪里，我们是来朝圣的……”

一句话引得我们的眼泪差点流下来！

为了充实苦禅老人的弟子、子女作品展厅，我们邀请中央美院国画系 60 年代的部分毕业生和自青少年时代便求教于苦禅先生的校外弟子，为艺术馆作画，他们在接到电话或信函以后，二话没说，一致表示：不能给老师丢脸，我们要拿好的、大的作品……没有一个人问到有没有稿酬。这种真诚和热情令我们十分感动！

顾不上旅途的劳累，他们参观了雄伟的李苦禅艺术馆后，又驱车到了李奇庄，拜谒了当年伴随苦禅先生长大的“老槐树”、励公小学和李苦禅先生故里石碣。站在村外的黄土路上，他们感叹着，苦禅先生当年就是从这条路上走到聊城，走到北京，成为画坛的一代宗师……

9月16日下午，由县政府、中国美协、中国画研究院组织召开了座谈会，与会弟子深情地回忆了苦禅先生高风亮节、古道热肠、心口如一、热忱质朴的为人以及他在中国写意花鸟画、书法艺术和艺术教育方面作为一代宗师的成就。

这些从口无遮拦、热忱单纯的青少年时期就围绕在苦禅先生身边的老弟子，在谈及动情之处竟已泣不成声。他们把纯净的酒浆酹洒在苦禅故里的石碣四周……

眼前的情景顿时让我们想起23年前，当苦禅老人的灵柩即将抬走的那一刻，所有在场的弟子、学生顷刻跪倒的场面，那一片白色衬衣，那一片哭泣声，震撼了我们，永远定格在我们的心中！

如今他们也步入六七十岁老年人的行列，但是一说起苦禅先生，仿佛又回到了青年时代。难能可贵的是他们以自己多年的教学、作画经验，更体味出苦禅先生当年许多语重心长的教诲是多么的深刻！

看着他们的面容，看着他们的作品，我们深深地感叹着：这些依然活跃在画坛的他们，依然用中国画的笔墨在宣纸上创作着无限的美！依然传承着前辈师长的师德、艺德和真正的中国书画艺术。

2006年9月26日

奋进吧，中国画！

9月1日，《苦禅·大课堂》在荣宝斋二楼展厅开学了。汇集到这里的人们参加了一场庄重、热烈、欢快、新颖的开学典礼。

学生，是苦禅先生教授的中央美术学院的学生们和追随老人多年的校外弟子们，30多人，他们的年龄已在70岁上下。

《苦禅·大课堂》开幕式现场

教员，是徐悲鸿院长夫人廖静文女士，副院长侯一民先生，油画系91岁高龄的戴泽教授、邓澍教授，版画系的杨先让教授，他们的平均年龄已经近90岁了。

暂时的聚会却集中了一个有能量的群体，一个辉煌的群体！从20世纪40年代直至今日，他们运转着自己的画笔，活跃、耕耘在画坛上。他们的青春、生命和创造力完全献给了中国当代绘画艺术的推进和发展。

面对着苦禅先生130余件画稿，他们激动了，哽咽了，以一种回忆亲人，回忆长者的崇敬，回忆起这位在这个群体中出类拔萃的先行者。

展厅中到处活跃着老人的影像，到处洋溢着人们的赞叹……

盛誉，说明了苦禅先生的表率作用。表率的亮点是什么？就是那敢于吃螃蟹的第一人的勇气和探索精神。

侯一民先生在“开学典礼”上说：“中国画要发展，怎么发展？看看苦禅先生的画就能受启发！他不保守，他是在中西绘画结合与推进上做得很成功的一位艺术家。对西画的学习，为他的造型、透视和光感打下了很好的基础。你们看他的写生多准确、生动；再看他的笔墨、构图多熟练、夸张和富于变化；再看他的线条表现力多么丰富，没有书法的功底，没有对传统文化的深入研究是绝对做不到的。”

坐在主席台上的老师们。从左至右：邓澍、侯一民、戴泽、廖静文

《苦禅・大课堂》展厅

“认为中国画已经穷途末路，只有‘西化’才能有发展的人们来看看苦禅先生的画稿展吧！”

面对中国的现状，徐悲鸿先生曾经提出：“古法之佳者守之，垂绝者继之，不佳者改之，未足者增之，西方画之可采入者融之。”又说，“中国画学之颓败，至今日已极点，颓败的主要原因是守旧。”“要以视千年前先民不逮者，实为奇耻大辱！”

侯先生说：“如果我们不能超越前人那是我们的奇耻大辱！”

怎么超越？那就要：继之垂绝，增之不足，采融西方。但是，侯先生强调“中国画必须要姓中！”此时场上爆发热烈的掌声！

“苦禅先生是沿着中西合璧的道路，有创造性发展的国画大家！”

侯先生常开玩笑说：“毛笔加墨汁等于零。”但是即使有了“笔”和“墨”，他说：“不在速写、素描上下功夫，不在传统文化上努力研习，就是不等于零也很难成功和发展。”

“如果让我对学画的青年讲几句话，那就是：不要轻易否定别人，不要随便骂人，要多读书，踏踏实实地实践，把新的中国绘画推向世界。”

廖静文先生动情地说：“李苦禅为人正直、爱国，画得也很好，没有一天停下画笔，没有一天不写字，这种精神了不起！”

当84岁的杨先让先生展开苦老给他画的长卷后，课堂气氛达到高潮，他逐一回忆、点评，激动地对着在场的人们，也仿佛对着那远逝的苦禅先生大声地说："我真的是爱他，爱他！他是那么朴实、真诚……"

在这个典礼上，人们看到，七十来岁的老学生们，恭敬地向仍然健在的老师辈们行鞠躬礼；而李燕先生近三年收的学生们又向苦禅先生的学生行了拜师礼，此时会场显得十分庄严肃静，一种文化传承在人们的躯体内心里静静地流淌着。尊师重教，是中华民族的优良传统，也是苦禅先生一直严格承袭的一条规矩。

在这种薪火传承的氛围中，中国绘画一定会奋进前行！

李燕（右）孙燕华（左）主持开幕式

开幕式后，"苦禅·大课堂"开讲了，为期10天的课程邀请了李苦禅的弟子们为大众免费公开讲解中国书画艺术和李苦禅的艺术探索。这里既是课堂，又不是课堂，老师很放松，讲故事，说相声，模仿伟人说话，模仿各种方言，逗得听者哈哈大笑，但深沉的文化意识，另外一个时代的精气神，却渗透进听者的内心深处，那是这个时代失落了的东西，能够温暖人心，像火把一样，照亮前进的路程。

杨先让、庄寿红、蒋正鸿、周志龙、金连经、傅以新、吴丽珠、张为之、宋涤、王鸿勋、许化迟、赵宁安、李春海、许鸿宾、刘曦林、刘龙庭、陈雄立、崔瑞鹿、徐东鹏、曹环义、朱祖荫、生存义、康宁、李嘉存、马玉琪、朱鸿祥、朱绮、王超、李竹涵、谷溪、刘铁宝、王为政、霍达、陈开民、郭石夫、王同仁、裘兆明、邓琳、雷振芳、王明明、崔如琢……作为苦禅老人的儿媳，我把苦禅老人的学生能够联系到的都请了。这样的阵容、这样的大课堂，给古老又带有商业气息的琉璃厂带来了震动。老先生们不计名利，抱着赤诚之心，走进琉璃厂，面对专业、业余等不同层次的"学生群"，回首往年趣事，笑侃中国画的变迁，轻松警世，微笑育人。

2012年11月7日

时势造就的苦禅大师

山东聊城是个神奇的地方，且不说梁山泊那一百单八将的好汉，即使是近现代，也可以历数出不少卓有伟绩者，如在“蒋委员长”面前敢于跷“二郎腿”的傅斯年、学贯中西却谢绝“泰斗”桂冠的季羡林，且有更早期引起轩然大波的乞丐办学之武训……我经常和当地人开玩笑说，往好听里说，你们是“执着”；往不好听里说，就是老百姓常说的“一根筋”。近读杂文，记述的是傅斯年与刘半农的交往，谁能想到这两位大文化人竟然在学问争执不下时会动手打起来呢？傅斯年当为主动出击者，然而打完了自然是继续争论而已。

这或许就是山东人的脾气本色，即便做学问也是“文武双修”，不胜不休，不死不休！要不怎么能出大圣人、大学问家呢！

隶属于聊城的高唐县自宋代就出了名，广为流传的自然是“柴进大闹高唐州”。柴进花园如今仍依傍于高唐鱼丘湖东岸，而与它隔湖相望的却是悬挂着启功所书“李苦禅先生少年读书处”横匾的一座大殿，那是清代文庙唯一保存下来的殿宇。这才是，古人今人若流水，鱼丘涟漪却依然。

一、苦禅先生的原点

“文化大革命”时有一句官话，叫作“出身不能选择，革命不革命的道路是可以选择的”，这当然是针对出身“不好”的子女们说的。对于现代青年来说，所谓“革命”和“出身”关系的内涵，恐怕会让他们一头雾水。

由此想到，一个人的“出身”确实也是不能选择。如果能选择的话，恐怕谁都想生在“名门望族”“义士忠烈”之家，又有谁愿意出生在“世人卑视”，“万人唾骂”的家庭里呢？

时间不能选择，空间也不能选择，我们每个人都是蒙着来到这个世界的。

既然都是在毫不知情的状态下来的，为什么有的人大有作为、名载青史，有的人却碌碌无为、荒诞一生呢？

那当然就要看你的人生道路是怎么走的了！

近百年来中国的历史进入一个特殊的时代，封闭了几千年农业文明的国家被西方列强侵入；推翻清王朝之后的军阀混战；辛亥革命后的复辟与反复辟的较量……总之，19 世纪末到 20 世纪是一个急骤动荡、新旧交替、东西冲突的阶段。

不知是英雄造时势呢，还是时势造英雄，总之在这前后近百年间，中国涌出了一大批“文人”“武将”。战事是在 1949 年基本结束了，但是思想、史学、文化、艺术的发展和争论却一直在延续着，从新文化运动的主将到现在的文化精英们，从宏观到微观，是革命、改革还是改良，是调和还是斗争，以至继承传统还是全盘西化……总之，争执一直没停。在这此起彼伏、色彩斑斓的人群中凸显出一位一直坚持“本色表演”的教授、画家，一位极具个性的特殊人物，他就是李苦禅。

中国有句老话：“玉不琢不成器”，仅仅六个字却极为深刻地讲透了一条规律，一条哲理。首先它得是块天成美玉之材，而且一定要经过千琢万磨的过程，最后才能成为不失本真的大器。

李苦禅先生是一位被几千年优秀传统的中华文化所陶冶的，具有自强不息精神、广纳博收的毅力之士，被具有慧眼的伯乐们发现，又经过一番炼狱之后，成为庄子所言的“既雕既琢，复归于璞”的铮铮大器！

李苦禅先生原名李英，又名李英杰，原籍山东高唐县李奇庄。他生于一个极为穷苦的农民之家。出生前，母亲既没有梦见祥云普照，也没撞见世外高人，他就这样极为平常地来到了这个世上。母亲背上的沙袋子就是他的襁褓（按：沙袋子是用农村土布缝成特型口袋，内装沙子，将小孩置于其中，既可肩背又可置地，沙子可吸尿溺），高粱、玉米、饼子碴就是他果腹的主食，能吃上秋天的小枣就算最美味的享受。然而物质的贫乏挡不住生命的倔强，四季的轮回，阳光的炫耀，马颊河里的鱼鹰、野台子戏的锣鼓、李氏家族合买的一匹大白马……这就是陪伴小英杰幼时的无拘无束的全部生活。这种非常原始状态的“天人合一”的生活方式，造就了英杰磊落泰然的心性和开朗的胸怀。突然有一年，村里凑钱重修关帝庙，几位老画师给幼小的他打开了一个崭新的世界：

塑神像，画庙墙，开光大典……太神奇了！一种敬畏之心由此而生，对绘画之美的追求植入心底，从此幼年的英杰下决心要上学要学画。

1918年，少年时代的李英杰

为了培养这个“英”字辈的男孩，几家凑学费——交柴火，供他进入高唐县城文庙里办的学堂，就是现在保留下来的大殿。小李英感恩不尽，念书努力自不待说，每天早早起床，空腹起程，怀揣块饼子，在满是土坷垃的庄稼地打着“飞脚”，飞奔学堂。苦禅先生晚年常说，他的功夫是“打小练出来的”，这种生龙活虎、乐观向上、不畏艰难困苦的性格和脾气就是他的法缘慧根。

从1899年1月英杰出生，至1919年6月定居北京，整整20年，而这20年正是自光绪二十五年（1899年）到光绪三十四年（1908年）；宣统元年（1909年）到宣统三年（1911年）；民国元年（1912年）到民国八年（1919年），这年号与国名的更迭，不过是几个数字而已，但这其中复杂与多变的内涵却是惊心动魄的。那么，对年轻的李英杰影响最大的，形成他治学方向与艺术追求的因素是什么呢？这就需要审慎而细致地分析与研究了。

清末民初，在山东、河北等大省均已办起各种学堂，这种学堂在管理体制上与私塾已有区别，虽然也有些新编的教材，但在文史课程的主要教授内容上并没有太大的区别，而且新式学堂内的国文教员往往还是当地的秀才、拔贡之辈，只不过学堂里增设了英文、体育、图画和一些自然科学基础知识与手工之类的课程。因此，学生们依然打下了很好的国文、历史的底子。其实这两门课在当时分得并不清楚，因为从《论语》《孟子》《大学》《春秋》等课本内容上，既学了国文又学了历史。尤其在山东，对孔孟学说的承袭是很自觉和认真的。对于少年的李英杰来说，这块璞玉最初的开琢那就是传统的道德和经典的儒学。幼时的英杰读的是：

土反其宅！（土回到你的地方去！）
水归其壑！（水回到你的沟里去！）
昆虫毋作！（虫不要吃我的庄稼！）

草木归其泽！（草木回到你的河边去！）[①]《伊耆氏蜡辞》

这种朴实的腊祭之词虽然出于先秦，但是直至小英杰生活的年代，这种文化的传承和现实质朴的农村生活与农民的企盼依旧是浑然一体的。

“人禀七情，应物斯感，感物吟志，莫非自然。”（刘勰《文心雕龙·明诗》），依英杰当时的年龄或许理解不了更深的意境，但他体会到的是七情、应物、感物与自然的关系，中国人天人合一的理念已经悄悄与他的心灵沟通了，以至于在他一生的绘画创作中，始终遵循着这样的原则。

“若烟非烟，若云非云，郁郁纷纷，萧索轮囷，是谓卿云，卿云见，喜气也。”（《史记·天官书》）这种对吉祥希冀的诗句，对民族美德的产生具有极深远而积极的影响，对少年的英杰来说也拓展出一片神奇美妙的世界。

写到此处不由得想起，苦禅先生的晚年每日挥毫不辍，而且总是觉得没有达到自己的标准，老觉得“还不够”！他的要求是什么呢？有一天，北京师范大学教授张守常先生来访，看他正站在院中，面对夕阳而立，举着一张宣纸逆着光在看刚画过的笔墨，守常先生不解其意，苦老叹了口气说：“这笔墨非要用得若烟非烟、若云非云的境界才达到我的目的……再给我二十年或许能画得更好。”事后，守常先生为此事慨叹道：“若烟非烟，若云非云，那是什么境界呀！”

苦禅先生对自己笔墨追求的那段话，我相信，它起源于璞玉的最初雕琢，应该是在蒙学读经以至聊城二中读书时打下的很坚实的根底。

尊师重教始终是山东地域的风气，因材施教也是聪明的教师卓显才能的不二法门。在聊城二中读书时，李英杰遇到了一位国画老师孙占群，由此他便如饥似渴地描摹绘画。宝贵的是在近些年搜集整理到的资料中，我们发现了他19岁（周岁）岁时画的四条屏中的三条，生动活泼，不呆不滞，虽说还没有受到造型基本功的训练，却已显出勃勃生机和疏朗大气的风格。

从看艺人画庙墙，到听野台子戏，这些土生土长的民间艺术给英杰注入了特有的活力。晚年，他向我们描述关帝庙中的壁画时说：“那关老爷画得八面

① 选自《礼记·郊特牲》，自伊耆氏时代的作品。伊耆氏，即神农氏，一说指帝尧。蜡，是古代一种祭礼的名称。“蜡辞”即“腊辞”。周代在12月举行祭祀百神之礼，称为腊礼，腊礼上所用的祷词，即称腊词。

生风，抡着大刀斩了老蔡阳的头，你猜怎么着，老蔡阳的头飞到关公马前好远，还回着头瞪着眼睛，恨恨地看着关公呢！”

说到此时，他一边笑，一边说，还拉着京戏的架势，把我们全逗乐了。随后他又叹道：“这些画庙的艺人，大都没有留下名字，但他们可都是大艺术家！这种构思的巧妙，没有想象力，没有画画时候的激情，哪儿能有这样的效果啊！”其实，这种中国特有的写意美学，对时间与空间特有的处理方法已经悄悄地植入英杰的心田。画庙艺人把自己的情感倾向——对关老爷的敬重、佩服之情，通过这种处理方式极为生动地传达给观众，激动了孩子们的心，尤其影响了后来从事绘画的小英杰。

绘画创作是要有激情的，没有情绪的起动是画不好画的。而难能可贵的是一生能饱含激情、充满趣味、引人遐想地作画，苦禅先生却做到了。

他所创作的雄鹰刚强雄健，傲目瞵瞵，鲲鹏蓄势，随时可翔，任游寰宇，俯瞰苍茫的是一种高尚而神武的精神化身，这种华夏民族特有的追求与夙愿，凸显于画面，激人奋志。

他所创作的各种小品透出大巧成拙、情动于衷的人情趣味和旷达的思绪。我尤喜爱他的小品，每观必有所得，掩卷仍有余味，大有“绕梁三日而不绝”的琢磨头。

原生态的生活环境，受教育的全部内容，是苦禅先生形成他一生追求的原点。在这段文字中介绍的画作时间跨度约近七十年，难道苦禅先生是一直沿袭这样一个传统走过来的吗？大概是不宜断然评之“是”或“不是”的。

二、个性的选择

20 岁正是人生精神勃发奋勇上进的年龄，这一年正是 1919 年。

在聊城二中读书的李英杰激情昂扬，作为领队，带着同学们徒步来到北京，苦禅先生一提起此事开头便说：“就是‘五四’没赶上，赶上‘六三’了！我们到了北京就游行，演讲，反对卖国贼！警棍打，警察抓……”讲到此时，我往往笑着对客人们说：“这一讲就得讲到给毛主席写信……”

苦禅先生的“话多”是出了名的，你要是不打断他，他会由此及彼，由里至外，由古至今，新友故旧，洋洋洒洒地聊上一整天。其中不乏黎元洪的轶事，韩复榘的趣闻，尚和玉的功夫，刘鸿声的调门，王芗斋的大成拳……他可不是坐在那儿品着茶、吃着点心所谓茶余饭后地和你“文聊”，他是一边画画儿，说着技法，讲着老戏，开怀大笑与形象模仿，声情并茂地和你“武聊”。每当此时，我常联想到老北京有一名吃——烤肉，时至今日尚有“烤肉宛”“烤肉季”两家名店，虽然店名留下了，但是当年马连良等先生们“武吃”的方式却被后厨大师傅们代替了，端到餐桌上的都是烤好了的羊肉，吃到嘴里虽觉味美，但总觉得不如自己动手的“武吃”过瘾。

这种感觉其实就跟看苦禅先生画画儿的过程和只看他的作品时的感觉一样，不过瘾！许多年轻人看他的作品不知道他怎么画的，为什么这么画，想不出来。现在我们就来看看苦禅先生是如何形成这么一种风格的吧！到北京以后，六朝古都的文化和当时各路精英的雄辩对于初来乍到的李英杰来说真是应接不暇，然而“时不我待”，对于既无靠山、又无资金的他来说，必须迅速地决定自己的方向。

严复、杨度、康有为、梁启超，以至胡适、陈独秀、李大钊、蔡元培、刘半农、鲁迅、林语堂、辜鸿铭等人，无论我们站在什么角度来评论和研究他们，他们都是那个时期绕不过去的人物。以胡适为首的“全盘西化”“打倒孔店”的激越口号，以鲁迅先生呐喊反对“吃人”礼教等呼声，都与抗击列强的入侵，希望振兴中华民族的情绪融合在了一起，所以新文化的兴起推动了五四运动的爆发。然而，以辜鸿铭为代表的人物却在游历了西方之后，却又汇合到极力保存国粹的遗老遗少的队伍中去了。这就出现了一个奇怪的现象，辜氏的偏激——纳妾、缠足的主张就成了保守反动的标志。本人不是研究现代思想史的，但也粗略地看过一些文献。其实，辜鸿铭是在广泛地研究了他所认识的西方国家后，反过来又极力倡导国粹的。从而由十几岁就全身西装打扮出国游学的青年变为留辫子穿长衫的老朽了，他的观点还是值得研究的！

在这群人物中有一位冷静而客观的人物，他就是梁启超——任公先生。

当他从欧洲游历回来时，恰逢李苦禅先生在北大旁听。当时的李英杰一边在赴法勤工俭学会半工半读，一边到北京大学做旁听生，此时他遇到了两位“贵人”，一位是与他同在勤工俭学会的毛润之同学，他们俩的铁工床子挨着。苦禅先生常常回忆说：“因为润之经常不在，搞革命去了吧。我的锉磨得发烫了，就到他的铁工床子上去干，这么干能出活。”因为这场难得的相遇，才发生了

1950年因为工作安排备受排挤的苦禅先生给毛润之——毛泽东主席写信的事，以至毛主席委派田家英秘书到家慰问，并写信给徐悲鸿院长，请他安排好苦禅先生的工作，这是一段新中国成立之后美术界的一件大事。

另一位“贵人”当为梁启超先生。20岁的李英杰初到京城，血气方刚，然而却懵懵懂懂，“打倒孔店”的口号对他这位山东人自然是接受不了，辜氏的理论也令他不解，至于对玄学的讨论，两性的讲演……更令他眼花缭乱，然而听了梁任公先生的演说，他心悦诚服，尤其是梁先生对中国文化的见解。梁启超先生说：

> “第一步，要人人存一个尊重爱护本国文化的诚意；第二步，要用那西洋人研究学问的方法去研究他（本国文化），得他（本国文化）的真相；第三步，把自己的文化综合起来，还拿别人的补助他（本国文化），叫他（本国文化）起一种化合作用，成一个新文化系统；第四步，把这新系统往外扩充，叫人类全体都得着他好处。”
>
> （注：此处示“本国文化”的“他”是当时所用）

苦禅先生对此观点不但接受了，而且实践了一生。

此前，他曾在北大画法研究会偶然接受过徐悲鸿先生的指导，开始学画“炭画”。而悲鸿先生对中国绘画未来发展的见解，李英杰听后非常激动，认为就应如此：“古法之佳者守之，垂绝者继之，不佳者改之，未足者增之，西方画之可采者融之。”认为这个提法似乎就是梁任公先生的观点在绘画界的落实。从而李英杰迈出了青年从艺者坚实勇敢的一步——考进北京美术学校西画系，既于1926年提升为国立北京艺术专科学校。

西画系的学习为他打下了坚实的造型基础，开阔了他的眼界，特别是外籍教师克罗多和齐蒂尔的授课，让他了解了西方的绘画。然而这种写实的具象的画作虽然很优秀，很科学，很感人，很细腻，但是总觉得不如那关公斩蔡阳那么有趣，没有青藤，八大那么超然，那么有意境、有味道，于是他在1923年秋拜师当时在京城尚未享大名的齐白石先生。

从当时的社会背景与文化背景来看，李英杰的这种转折不是盲目的，是他这璞玉般的质地使然，是时代交错和自身的明智选择。

在纷乱中，李英杰认准了梁任公先生的观点，并且迅速地决定学习西方绘画的技法。然而在绘画道路前行的时候，他又完全出人意料地转向了国画，这是苦禅先生的特殊之处。在这种转折时，他永远不忘徐悲鸿与齐白石两位恩师。

40 年代末，在一次国立艺专的聚会中，徐院长问大家，猜猜谁是他的大徒弟，人们纷纷抢答“吴作人！”，不料徐院长的回答却让在座很惊讶：“是李苦禅！”见大家不解，他便解释说，“苦禅参加过我在北大办的画法研究会。”

对于悲鸿先生近年来很有争议，但是苦禅先生从来没有对他的艺术理念和教学方法有过异议，原因为何？研究苦禅先生的一生就颇能理解了，西方院校教学方法为学生们打下了很好的科学造型之功底，同时面向大自然和生活进行创造。也正因此，苦禅先生笔下的造型通过严格的素描和速写的练习形成了生动准确而富有活力的风格。在他的画中使用色彩较少，但是却常常让观者看出西方绘画的色调。而另一大突破，即为三维空间概念的确立，形成了他画面空灵，大气，不拘于传统国画构图的张力。所以侯一民教授说：“西画的学习和书法的功力，增加了苦禅先生的胆量和魄力。”

近年来对齐白石先生的研究和宣传甚为普遍，在拍卖市场上屡创新高也是有目共睹的。但是在 1923 年苦禅先生拜师时，齐先生还不大被人认可，依苦禅先生的话说，“我把京城的国画大师都滤了一遍，想还是拜齐白石先生，他是木匠出身，农民画家，人又很勤奋，每天画画，画到深夜十二点……”从苦禅先生的这些追忆中，我们不难发现，他其实是发现了齐先生与自己共性的东西，就这样他成为齐先生的开门弟子。正如美术史论家李松教授所说：“李苦禅拜师齐白石是师生间的双向选择。”

尊师是苦禅先生一生恪守的律条，从来不称“悲鸿先生”“白石先生”，几十年如一日地称呼“徐院长”“齐先生（老师）”或者“老先生”。

齐白石老人有句名言“学我者生，似我者死”，苦禅先生在这种豁达开朗、科学理智的教学理念的指导下，开始了齐派花鸟——大写意花鸟画的全面继承，事实证明，他不但是优秀的继承人，而且完全创出了自家的风貌，许麟庐先生说：“称之为李苦禅画派，这是当之无愧的。”那么李苦禅画派是怎么形成的呢？很值得研究。

三、士人的风范，勤勉的作风

苦禅先生已经远行 28 年了，他的学生们也都是六七十岁的老人了，中央美院的老同事也所剩无几，但是无论谁提起他来，马上会露出亲切而尊重的神情，既而就会随口说出他的几件趣闻轶事或者学术观点。所以，美术史论家尚爱松教授感慨地说："没有人背后说过苦禅先生小话（坏话）的。苦禅先生的一生，可以用高、大、正、奇来概括。"

我也常常在思考这个问题，苦禅先生为什么如此令人敬重，令人亲切，令人难忘呢？！

李苦禅

当我一遍遍逐渐深入地整理他熟读过的书籍，收集的文物，不同时期的作品后，逐渐明白了，他是在青年时期坚定了自己对中国优秀传统文化艺术的认识之后，终其一生，竭尽全力地进行研究和探索，心无旁骛，不惧流言，光明磊落，竭力前行。天道酬勤，到了晚年他的作品自然已是炉火纯青。

苦禅先生在 50 年代有件作品，题词为"人道我落后，和处亦自然。等到百年后，或幸留人间"。这是他真性情表现的记载。

前面提到毛泽东主席请徐悲鸿院长安排李苦禅的工作的事情是这样的：当初没有安排他的工作，是因为当时画界有观点认为花鸟画不能表现社会主义新生活，是落伍的。山水画嘛，可以加拖拉机，画工地。人物嘛，当然是主要表现社会主义建设中的英雄模范。那么这位以大写意花鸟为主的苦禅先生就去了陶艺系画瓷器，到工会负责给教师员工买电影票去了……对此，在未收到毛主席亲笔书信的"尚方宝剑"之前，连徐院长也是爱莫能助。

这种处境，对于苦禅先生来说，只是造成了生活的拮据，并没有因此而动摇他的艺术观点和信心。此时他的好友许麟庐先生的和平画店就成了他创作挥毫的宝贵空间。这个当时北方唯一的艺术沙龙，集中了京城文化艺术界的精英，徐院长、白石老人则是这里的常客。我们看到两位恩师为苦禅先生题的《扁豆图》，便可想象出当时画者与观者的情景。齐白石的题字是"傍观叫好者就是白石老人”，徐悲鸿的题字是“天趣洋溢，苦禅精品也！辛卯春月（1951年）悲鸿题”。

苦禅先生的作画风格也是几经变化，初习吴昌硕，后习齐白石，自30年代到杭州国立艺专任教授后，便将北平国立艺专所受的美术教学方法运用了起来，并将齐白石的书画和教学方法首次介绍到杭州与上海。近年发现他保存的1930年杭州艺专学生的作业，便可看出当年教习的轨迹。《尚书》云“教学相长”，苦禅先生带学生划小舟进入西湖荷花深处，逆光观察荷叶，亲养鱼鹰，观察写生……他在尊重“六法”研习古人的基础上，特别强调了与大自然的接触，更何况此时他已拜师京戏名宿尚和玉先生，学了几出大武生的戏，并把京戏率先带入了高等美术学府杭州艺专的教学课堂。

敬畏传统，尊重传统，钻研传统，充实自身的实力；广泛吸收东西方各类文化的优点，加上自己的体会，并把这种体会揉进自己的画作中，这是他一生没有停下来的工作。比如他的构图，许多人看不出眉目来，多有异议，而我们在多年的整理过程中体会出这么一点：他是用易、儒、释、道中的哲理在构图。这些传统在美术界被丢弃了，而他没有，他始终在琢磨，人们似乎都说在他身边看他作画，先摆上几块墨或勾上几条线，根本看不出他要画什么。因为此时，他乐呵呵地和你聊着“与画儿完全不相干”的事儿。但就在他边聊边画的过程中，一只鱼鹰完成了，一片竹林飞出的小麻雀完成了，芭蕉绿雨、白菜红蓼、待哺幼鹰、山村小景、白薯西瓜……已现于目前，天趣盎然！绝无半点刻意造作之痕。可见天然的宝贵，正像苏东坡所赞扬的艺术，是“合于天造，厌于人意”。

在人们越来越怀疑人造食物的近些年，有一个饮料的电视广告词迎合人们归复自然的心态，其名为“纯天然”，现在回忆苦禅先生，他人天然、画天然、情天然——纯天然。而这种天然就是那块璞玉的本质，只不过经过“贵人”相助，“恩师”指点，又经九九八十一难之险境，犹以苦为乐，才雕琢成美术史上一位浑然天成的美玉大器。而这块质朴的美玉一生一直进行自身的琢磨，直至临终前六小时还在临帖……他留给人们的画稿永远启示着后人。

这美玉中蕴含的是中国农民的质朴，蕴含的是丰厚的传统文化，蕴含着纯净的心灵，蕴含着高尚的追求。庄子说：“朴（‘朴’义通‘璞’）素，天下莫能与之争美。”“既雕既琢，复归于璞，善夫！”

四、一身正气，爱国第一

孟子说："天将降大任于斯人也，必先苦其心志，劳其筋骨，饿其体肤，空乏其身……增益其所不能……"当小英杰摇头晃脑地背诵着这些句子的时候，他是无论如何也想象不出真实的心志之苦、筋骨之劳、体肤之饿是什么滋味的。然而在八十多年的生存过程中，他的确既没享过清闲，也没受过多少福报。

初来京城，他无处栖身，只身住庙，一条长凳便是美榻。每当他讲起此事，我就总感觉当时他可能就像京戏《三岔口》里的任堂惠，拉着架子睡觉。

考入国立艺专后更是艰难，白天上课，晚上拉胶皮（洋车），挣上几天的嚼谷，就到白石先生家去学画。幸而先生仁慈，从不跟他要学费，而英杰自是执弟子礼，研墨抻纸不必说，还帮先生做些杂事。

待生性豪爽、颇有侠士之风的苦禅先生稍有名气，能够卖画之后，便又周济起比他更穷困的人了。

而抗战爆发前，他即与左翼文化工作者有接触，支持他们办刊物、做义演。现在保留下来的《霸王别姬》照片就是他筹款演出后的剧照。

北平沦陷后，他拒做伪事，不但生活无着落，而且开始转送和接待去解放区的青年人，因此被日本侵略者捕去坐牢28天（见《20世纪中国全纪录》1939年5月）。刑讯逼供，压杠子、灌凉水、扎竹签，日本鬼子上村喜赖软硬兼施，丝毫未动摇苦禅先生的意志。苦禅先生那时高颂文天祥的《正气歌》，大骂日本侵略者，始终为世人称颂。

在此8年中，他画了大量扬民族志气，骂走狗汉奸，慨叹民众苦难，渴望民族崛起的作品。

苦禅先生每每在洗脚的时候，看到小腿上被刑讯后留下的伤疤，便慨叹地说："必得国强，才能不受欺侮！"

"天行健，君子以自强不息"。苦禅先生身上自强不息的阳刚之气感染了周围的很多人。说到做到，仗义执言，不谋私利，不猥琐，不苟营，这是他的为人被大家敬重的主要原因。受过他关照、呵护过的人总是会念叨起这些往事。我就是感受最深的一个。

我的父亲漫画家孙之儁与苦禅先生是国立艺专的前后同学，过从甚密。

1951 年因为创作的《武训画传》，与赵丹、孙瑜等人一起受到无端的批判，从此他淡出美术界，“文化大革命”中被抄家并被迫害致死。苦禅老人得知后，不顾自己身处险境，促成了我与他的次子李燕的婚姻，让我突然感到异常巨大的温暖。因此我对他完全没有对“公公”的客气，只觉得受到的是他和父亲合在一起给我的父爱。

至于在“文化大革命”中他在高压之下决不批判恩师白石老人，决不批孔，决不写检查……都是美院师生们有目共睹的。为了父亲能“过关”，少受殴打，李燕替他写检查，而因“笔迹不同”，李燕也被关入了“牛棚”。

这种刚毅与正直在他几十年的生活与创作中不停地受到批评、批判或好心人的提醒，他似乎永远记不住新的“提法”和“口号”是什么，就像他永远分

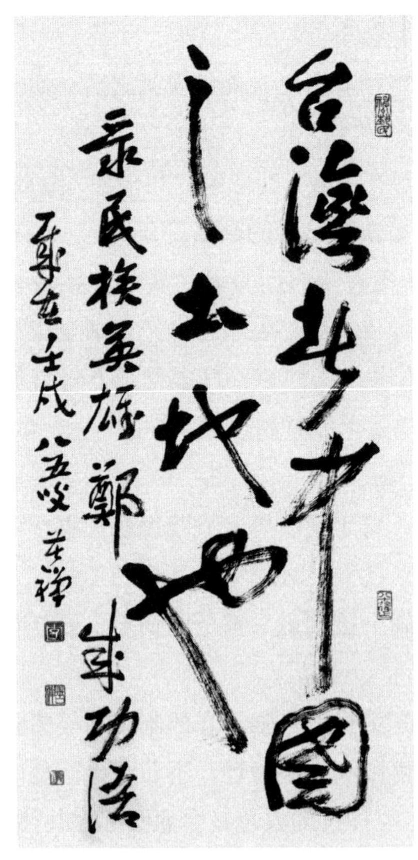

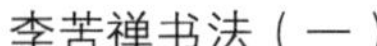

李苦禅书法（一）

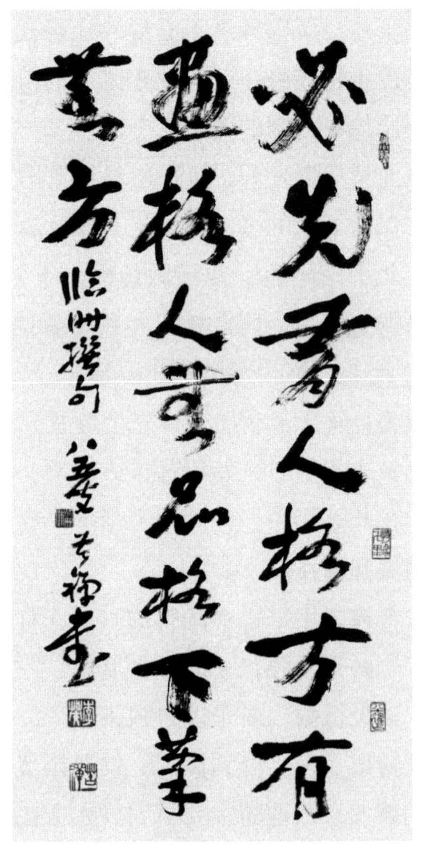

李苦禅书法（二）

不清当年所发的油票、粮票、面票似的，竟把油票贴在信封上投递，当然被打回了。

至于对中国文化、中国绘画，特别是花鸟画的否定，他可是态度极其鲜明。我们现在保留下来的一幅题字：“中国画驾于世界之表，而不识者见之寒心吐舌，伤哉”（1962 年书），就是他对中国文化艺术的坚定信念的表述。对中国文化艺术，他从不悲观，从不失落。为什么呢？是因为他的根基：广泛博览易、儒、释、道的同时，他始终关注西方艺术的成就和发展，他对达·芬奇、鲁本斯、罗丹、列宾、比亚斯莱、门采尔，甚至印象派绘画，不但不拒绝，而且认真研习。这或许就是梁启超先生希望起到的“化合”作用吧。在我们选出的作品中你是否能体会到西画的色彩感觉呢！

苦禅先生收集的二百余件先秦以来的金石拓片，是他感到很欣慰的“宝贝”，因为他没能遵白石老人的要求去学治印，却采用了更为广泛的视角和养分——大量收集拓本和原拓。这批金石书法的精品，不但奠定了他更为开阔的文字学、史学、民俗学的知识，更为他的绘画作品增加了金石的味道。从多年研究中，他提出了“书至画为高度，画至书为极则”。对此，欧阳中石先生极为称道，他说：“书画同源，后来又分开了，苦老把这两者发展到现在关系，又阐述清楚了，没有深入的体会是说不出来的。”对此，李可染先生、黄胄先生也有高度的评价。2010 年他的金石拓本收藏品，相关题跋与金石学、文字学古籍藏品在北京展出，观者慨叹：“几十年没有这种展览了！”

在他现存的线装书籍中，除了过去文人必备的经史之类，他还收集了不少“杂书”，涉猎很广，从膏丸散丹的制作到京城门脸的匾额；升平署的手抄本、故宫最早的日历……直至晚年，他信手抽出一本就会看半天，而且只要有人在旁边，他就会给你讲……

在他一生的实践中，似乎永远没有离开“学”和“教”，“自学”是必修的，“教学”则是主动的。

他的教学很奇特，中央美院版画教授杨先让是学西画出身，开始对大写意极不理解，“这是什么呀！”经过几十年的摸索，他也修成了“正果”。最近我们在荣宝斋举办了《苦禅大课堂》的展览，他开的第一课，这位 84 岁的老人激动地说：“苦禅先生的教学在美院是太特殊了，开始不理解，洋洋洒洒，又是这个又是那个……现在我明白了，这是他的学问，他的成就到那儿了，才能做到如此精彩的讲授，这是我们做不来的，想学学不了，你的知识面没有那么宽！”

对于杨先生发自肺腑的体会和评价，我最初也是不明白，后来经过多年的反思和体会，我似乎明白了一点：当苦禅先生手执毛笔，面对宣纸和周边的学生、友人准备去画的时候，他已经习惯用他熟悉的认识和逻辑——“道生一，一生二，二生三，三生万物”（老子）地起步了，从他对中华传统文化这个大道，即“人法地，地法天，天法道，道法自然”（老子）地讲开，既不是沿着画科，捋着画论讲，也不是拘于教学方案，而是借助生活中许多鲜活的人物、事例，从浅入深地层层递进。他常说，这个章法啊，就像耕地似的，遇到三角地，你怎么耕啊？章法就是组织啊，你织网啊，编席啊……这位出自农村的大教授举的这些例子，可能没有去过农村的学生是听不明白的。特别善于边画边讲笑话也是他的特色，而且常常会把这种欢乐的情绪带到画里，至于他再加上点什么，爻辞卦辞之类，听着一定会觉得深奥之极。其实，他是把自己的生活体验与传统理论非常柔和地统一在自己的知识范畴和能力所及的事业里了。苦禅先生汇集的“道”究竟如何评论，这可能只有交予后人了。

我们在最近举办的特殊画展——《苦禅大课堂》的开幕式上，请了徐悲鸿夫人廖静文女士、侯一民院长、戴泽、邓澍等美院老教授，并由侯院长宣布“开学典礼”。台下苦禅先生的弟子与学生们向老一辈行鞠躬礼，而李燕的学生们又向这些老弟子行拜师礼，一种文化传承的热流激荡了起来。我们特别请侯一民院长讲话，他充分肯定了苦禅先生是中国画发展中揉进西方绘画最自然、最统一的一位。他说苦禅先生的画经过了他的融合，仍然姓“中”。侯院长大声疾呼，无论中国画家怎么创新，怎么发展，都要让中国画永远姓“中”！

这句话和苦禅先生的话“中国画驾于世界之表”“必有人格，方有画格。所谓人格，爱国第一”同样激励着青年人，沿着推进中国书法绘画艺术正确发展的方向前行！

2012 年

打开册页的回想

年过七旬才真正体会白驹过隙的匆匆与“天地者万物之逆旅，光阴者百代之过客”的深意。

最近偶有朋友送来一本册页，全部是李苦禅先生的书法，极为少见。令我更为惊讶的是苦禅先生书写的全部是毛主席诗词，完成的时间是1964年，“文化大革命”前两年。今选出大家都熟悉的《长征》首先发表，请读者与我们共赏。

苦禅先生没有沿袭齐白石老师诗、书、画、印，四马齐驱的路子，而是执行了“学我者生，似我者死”的师训，没有去捉刀篆刻，转而广泛地收集、整理和临摹大量的碑帖与金石拓片。他以泛览与精琢，书写与勾勒并举地反复体会其笔意。在他遗留的临帖稿纸中我们会看到夹在其中的鸟、石等笔意，由此而看出他在临帖时的思考。书法与绘画的融会贯通和实践积累使他成竹在胸，归结出了“书至画为高度，画至书为极则”的精辟观点。

从律诗《长征》的通篇来看，起承转合，古拙雄浑，完整大气；行草章草兼施，汉隶魏碑相揉，以写意美之灵魂施于全诗的书写之中，似如古代先贤之遗韵，又含当今杰烈之气概，与起首“红军不怕远征难，万水千山只等闲”这势如破竹的诗句一并进入眼帘，这种“诗”与“书”的合璧与和谐，犹如一支世界名曲在由一位卓越的钢琴家演奏，直入心魄。

李苦禅先生泛览行、楷、隶、篆各大名碑名帖名家，特别是对李北海、黄道周、郑道昭、爨宝子等文质相宜、大气强悍、拙朴雄浑的名家书风，吸纳丰沛，兼容并蓄，这与他“山东大汉”的秉性不无关联。

大草、狂草极具个性化的特点，只有性格豪放爽快的人才能以此书体阐发个人之情怀，所以直至今日，每每提及大唐怀素与张璪的时候，往往会联想到他们或酒酣作书，或任运作画时的形态。

李苦禅先生年轻时在北京大学赴法勤工俭学会以半工半读的方式，边干“铁床子”活，边学习。巧的是他的铁床子和毛润之先生的挨着，“润之先生经常去干革命了，我的铁床子磨热了，就到他的床子上去干。”苦禅先生如是说。正因为这段同学之谊，给先生提供了胆量和机会。

新中国成立初期，中国画被边缘化，尤其是花鸟画，认为它“不革命”，“不能为人民服务”，所以苦禅先生就被派到工会负责购买电影票，买回来要负责分，多出来的要负责退。我很难想象连油票、面票都分不清的苦禅先生是怎么样完成这项工作的。

平均每月 10 块钱的“工资”，不够花，上顿接不上下顿了，愁啊！文人嘛，常常是借酒浇愁！此时他想起了老同学毛润之——新中国的主席毛泽东，于是借着酒力，执笔挥毫，狂草长书，一封请毛主席帮助安排工作的“陈情表”完成了！当然结局是圆满的，毛主席派秘书田家英来家看望，并给悲鸿院长写了一封信，请他予以解决。随即徐院长安排他到国画系去上课了。

20 世纪 60 年代初，毛主席诗词陆续发表，集成书法集，编成歌曲唱。全国人民以尽力去理解伟大革命家的诗人的高涨热情，传颂和演唱着这些诗词。在毛主席的带动下，周恩来、陈毅、朱德、董必武等人也纷纷有诗作面世，刊于报纸。特别是毛主席与柳亚子的唱和，更受关注。在介绍和讲解这些作品的过程中当然也普及了一些古典诗词知识，我们这一代也借此机会读了些唐诗宋词。至于批判古典诗词为“四旧”和“横扫一切牛鬼蛇神的革命行动”，则是在两年之后的 1966 年才发生，好在我们也借着“唐宗”“宋祖”的广泛推广和朗诵演唱沾着了一些“风骚”。

1964年，李苦禅为张君秋书毛主席诗词《念奴娇·昆仑》

册页的尾部苦禅先生写了很短的跋，更增加了它的

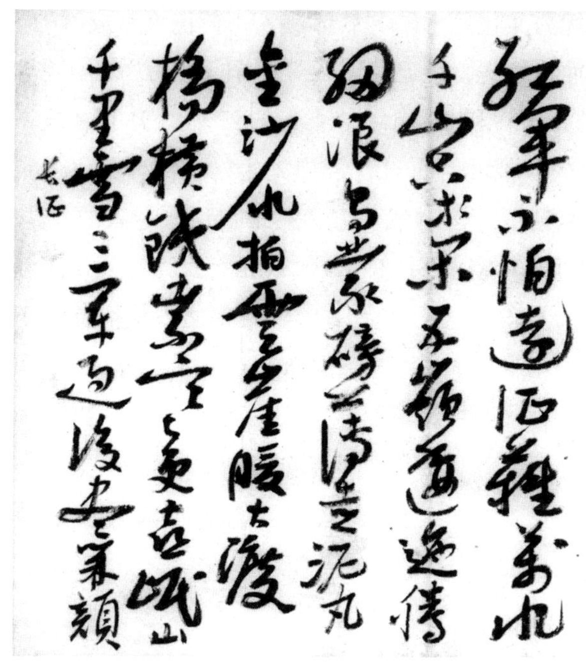

1964年，李苦禅为张君秋书毛主席诗词《七律・长征》

文化内涵。他是书写给谁的呢？君秋先生！在苦禅先生的友人中，只有张君秋名“君秋”，更何况苦禅先生酷爱京戏，与梨园行朋友交往甚多。

记得“文化大革命”后期苦禅老人应张君秋先生之邀到他家（红土店宿舍）去做客，我和李燕陪同前往。张先生尽力想把这难得的相聚安排得好一些，但是留给我深刻的记忆是：两个宽窄不同的桌子拼在一起，铺着新买的桌布，小布碟和碗筷质地都是好的，但不成套。张先生笑着表示歉意，“这些都是抄家剩下的，有什么就用什么吧！”这些“不足”并没有影响欢聚的气氛，两位老友谈戏、聊画，连说带唱地不觉几个小时过去了。事后苦禅先生给张先生作画一幅相赠。

1980 年，文化部批示中央美院拍摄四位老师（李苦禅、李可染、叶浅予、蒋兆和）的教学片。《苦禅写意》是苦禅先生的教学纪录片。按老人的说法：“不懂京戏就不懂写意艺术”，所以导演在李燕的建议下拍摄了一组苦禅先生与张君秋、李万春、何顺信等人清唱的镜头，十分生动自然，留下了宝贵的资料。

写到此处，喟叹良久。苦禅先生、君秋先生、李万春先生、何顺信（张君秋琴师），那些优秀文化艺术的“载体”，一位位极富成就的艺术家们已经纷纷远离而去了，而我们呢，也已经步入“夕阳无限好”的年华。

今年是红军长征胜利 80 周年，在纪念红军历史上，这一艰苦卓绝辉煌一幕之时，翻阅这本册页，面对着苦禅先生的书法作品，吟诵着毛泽东主席的诗词，仿佛又回到了青年时代，仿佛又站在这些老人的身边。小小的册页，竟引发出如此深沉而丰富的回忆，为什么呢？因为它发出的是一种呼唤，是一声声不懈奋进的号角。这，才是中华民族文化传承不息的正能量啊！

2015 年

1964 年，李苦禅为张君秋书毛主席诗词《清平乐・蒋桂战争》

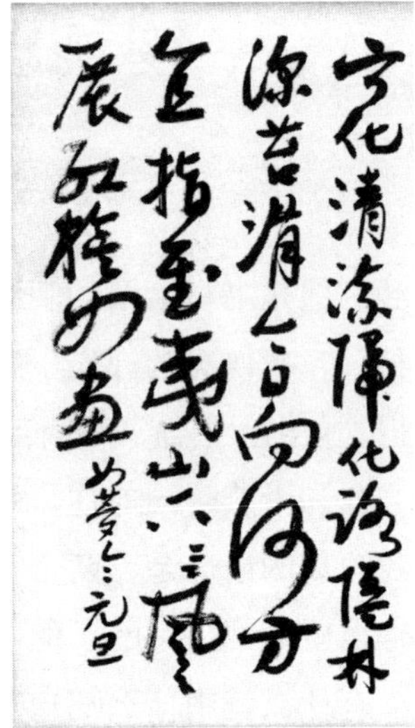

1964 年，李苦禅为张君秋书毛主席诗词《如梦令》

盛会万竹园

大写意花鸟画至明代徐青藤、清代八大山人与扬州八家早已在中国画坛中占有相当重要的位置，并显示出其高妙的中国美学。

清末民初又有任伯年、吴昌硕等人的推动，逐渐清晰了大、小写意的笔法与意境。随后崛起的齐白石，更以其勤奋刻苦，广纳博收，坐稳了诗书画印俱为上乘的大师宝座。此时，出生在寒门鲁西平原的李英（李苦禅），经“滤过”画坛之后，果断地选择了木匠出身的齐白石，拜师于齐门，痴心研习大写意艺术，走出了一个新的高峰。

苦禅先生称得上“最后一位传统文人画家”。他集儒、释、道于一身，泛览古今经典，研究历代金石艺术，并在西学东渐的时代，关注了欧美绘画及东邻日本，这种种时代的机遇是他从恩师那里走出来并超然天纵的重要原因。

山东鲁西是出好汉的地方，这里古朴豪爽的民风浸透了苦禅先生的血脉。在他离世三十多年后，学生、友人回忆起来仍会热泪盈眶，甚而街头巷陌还在流传他的奇闻轶事。但至 2015 年的春天，在纪念抗日战争胜利 70 周年的日子里，当初李苦禅先生被日本兵抓去，历严刑而不屈的抗日救国的感人故事，终于有了明白的说法，公布了在日伪统治时期人们只知道他是画家的苦禅先生竟然是八路军冀东情报站黄浩小组的正式成员，其居所即为联络点。黄浩，这位当年被称为“黄道长”，在“文化大革命”初即被迫害至死的老共产党员、秘密战线的无名英雄，终于也被彻底昭雪。

苦禅先生的抗日激情植根于他强烈的爱国情怀。他律己教人最常说的一句话就是“所谓人格，爱国第一”。他崇仰岳飞、文天祥；他藐视失节的民族败类。即使在“文化大革命”造反派的毒打逼供下，也绝不透露他们索要的“社会关系名单”，严守组织纪律，保持崇高的人格。这种人品在他的大写意花鸟画的题材中体现的就是阳刚、雄壮、正气凛然，简洁厚重，充满了对正义和果敢的追求。

他虚心，常以孔子教导“学如不及，犹恐失之”为座右铭。他谦恭，终生尊敬齐白石老、徐悲鸿院长、林风眠院长，视其为伯乐恩师。他广纳博取，收藏了罕见的金石拓片，从先秦、汉、魏、隋唐至两宋竟能成系列集览，并有关于文字学与金石学研究典籍精辟见解和亲笔题跋。对民间画匠的壁画与雕刻倾心观摩，从民间的泥塑玩具，牙、木雕刻等多种艺术中吸取灵感，实施了将京剧艺术和西方的罗丹雕塑、色彩调子等兼容并包科学观念，强调为国画打基本功的解剖学、速写与素描，有机地融入传统大写意花鸟画的教学与创作之中，是与徐悲鸿等人一道推进了中国现代美术教学的先行者。白石宗师很早就预言“苦禅仁弟画笔及思想将起余辈”，并评道：“人也学我手，英（苦禅名英）也夺我心；英也过我，英也无敌，来日英若不享大名，世间是无鬼神矣！”

李苦禅先生一直站在中国多种传统艺术中发展自己，他没有因为接受了国立艺专的西画教育而丢弃民族艺术的根，他没有因为成为教授，成了名画家而离开老百姓，离开养育他的热土。这是他永远让人怀念的根本原因！

今年我们推出了李杭、康宁、李嘉存、朱军四位的展览。作为长子李杭，继承苦禅先生的笔墨研习，从事大写意似乎是应当应分的，中国人自古讲究“子

开幕式盛况

承父业”，当然不愿继承也是自便，但是李杭忘不了幼儿时追随父亲南北奔波，目睹父亲执笔的场景，不能释怀与书画的情结，退休后全力以赴地补课，在他内心既是对没能专业习画遗憾的补偿，也是对父亲的一种特殊的怀念。

至于康宁，不管是中央美院国画系的老学生们，还是从十几岁就到苦禅先生家里学画的一批学生们，没有不知道他的，一是他来苦禅先生家的时间早且频繁，二是他的长兄康殷先生（大康）这位天纵奇才，是当时一些青年学子们钦敬的学者，康氏兄弟被人格外关注。

康宁先生今年 77 岁了，他忠于师长，守恒而不移。历经岁月的风云变幻，他却几十年如一日地研习笔墨。时至今日，他仍然晨起习字，读诗，接续作画，临摹、创作，天天如此。我们看到了他的书与画那和谐灵动的成就，看到他富有个性地对写意审美的理解与实施，特别是他纯墨的作品更为怡人。总之坚守在传统范畴的写意花鸟画坛上的少数“痴者”中，必有他这么一位！

康宁的两位弟子著名曲艺演员李嘉存与央视著名主持人朱军的同时亮相更增加了这次展览的影响。嘉存与朱军大可不必以卖画为生计，他们的知名度与专业和大写意花鸟画相距甚远，但是作为一种文艺爱好，他们竟格外认真，多年写意，颇现成绩。今天，他俩专程跟随康宁老师，来到苦禅老人的铜像前，鞠躬、瞻仰，“认祖归宗”。站在恩师苦禅先生铜像前，老师康宁对他俩说，“你们拜师爷吧！咱们的根儿在这呢！”话未毕，两行热泪已浸湿两颊。

苦禅先生的一双手早已被崇敬他的人们抚摩得闪闪发亮，显现出铜的本色，呈现为一双金色的手。此时，弟子康宁举起双手与先生的手握在一起，朱军的手举上去了，嘉存的手举上去了……师徒三人在与苦禅先生的心灵融合着，交流着，如果真的有心灵感应的话，相信苦禅先生的在天之灵一定会非常欣慰的。

怎样才能把齐白石、李苦禅之后的大写意花鸟画发展推进下去？苦禅老人的孙女李欣磬在网络上利用二维码，开辟了一个平台——《苦禅门下》。

6 月 10 日的开幕式上，作为中央电视台的著名主持人朱军与李燕先生的弟子央视《走近科学》节目的主持人张腾岳，一同当场开启了《苦禅门下》二维码的仪式。让人们眼前一亮！这种便捷地了解苦禅先生和他的弟子们动态的现代渠道，可以推动这位大师和大写意花鸟画更广泛地步入人们的视野。我们可以把微博控、微信控理解为艺术产品、思想交流，从生产、产生、传播和评价，等等，原来需要时间和空间的交流方式，变为更加多层次、多层面以及更细密分工和推广的过程。借助这个平台，我们从“人道我落后”的禁锢中走了出来，我们从“笔墨等于零”的困惑中清醒过来，我们可以收集和汇总国内外，或者说东西方的人们，究竟对中国传统艺术和文化的理解是什么？我们可以深入借鉴探讨今后究竟应该为振兴中华写意艺术门类具体实在地做些什么？

总之，《苦禅门下》的启动是我们的民族文化自尊心与弘扬传统的责任感所驱动的，这是我们必须做的，虽然它才刚刚起步！

2015 年 6 月

《李苦禅全集》编后随笔

筹划出版李苦禅先生的全集是二十多年前的事情，然而真正实施大约只是在近五年之内。当然前十多年我们通过拍卖市场，寻找线索，征集到一些具有代表性的作品，也是成绩吧！

四年前，我们和人民美术出版社协商，落实了编辑全集的事项，特别是在社领导和林阳总编辑的努力下，《李苦禅全集》（1—8 卷）成为国家新闻出版广电总局立项之一，这是莫大的鼓励，同时也对我们的工作提出了更高的要求。

《李苦禅全集》，人民美术出版社 2016 年出版

2017 年 6 月 15 日济南趵突泉李苦禅纪念馆，在庆祝《李苦禅全集》出版发行的画展上，名家后人与李苦禅后人手捧画册合影

2016年底，《李苦禅全集》（后简称《全集》）终于出版了。作为一直参与编辑、整理工作的我，感触颇多，既有具体操作的体会，又有重新认识和更深理解的收获。选出几点与大家交流。

（一）《全集》难全

中国人讲究“全”,连给准备结婚的新人做被褥都得找“全活人”,认为“吉利”,可能是由于我们所经受的苦难太多了。但是从哲理上讲，越是求全，越难以全。

难全之一：画集不同于文集，同一名称、题材的画可以多次重复，调整构图、大小、远近等；而同一题目的文章却不能做，鲁迅先生不可能反复用《祝福》这个题目来写祥林嫂，故而文集编选易，画集编选难。苦禅先生代表作品《鹰》，画面题字都是《远瞻山河壮》，构图、色彩、造型却不一样，从中虽然可以研究他在处理画面时的各种想法，但是难以把收集到的同一名称、同一题材的鹰都编进去，因为那样会使一般读者产生心理和视觉上的疲劳，专业研究者另当别论。

因此，同样的题材，舍去了不少。

难全之二：苦禅先生勤于作画，尤其教学示范，讲完画完，画儿也就送给学生了，因此大量的范画，其中有不少精品，那是在他讲得十分兴奋和得意时画出来的，用句时髦的话说，灵感爆发时候的神品，都在学生手中，需要我们逐个联系、咨询，请他们提供反转片……这是个“细活儿”，也是令人兴奋的“活儿”，因为有许多偶然之作我们不但没见过，而且提供的人还会眉飞色舞地讲述当时苦老画这幅作品时的“故事”，这对于我们也是一种感动。当然也有些老学生、老弟子的讲述，使人流下真挚的眼泪，因为他们回忆的是一位有血有肉的师长、亲人。

收集过程告诉我们，实际上还有许多画作散落在民间。

达不到收集“全”的目的，我们便在深度、特色，突出不同时间段的主题和内容上下功夫，本着选精品，选代表作，选与时代密切相关的作品，选有特色的作品的原则，希望尽量地展现苦禅先生的成就，挖掘作品背后的故事，以“画”见“人”，以“人”见“史”。让观者不但能读懂画作，更能理解苦禅先生和他生活的时代。

（二）观画读文

人们常说，字如其人，画如其人，此言不谬。苦禅先生在 1980 年到桂林拍摄《苦禅写意》的电视片，回京后忆及当时的景况颇有感触，故而作画时常有表现，这幅《桂林八哥》即其中之一。画中题词为：桂林八哥鸟视为平常小禽如小雀然，若在华北则视为珍禽类，能效言语，但不辨是非耳。（选自《全集》第 7 卷第 158 页）

谨三十五字，起承转合，流畅简洁，比兴有致，尤其最后点题——虽能效人言，却不会辨是非。读后令人一笑，且余味无穷。这种文体在近现代书画家的题跋中早已鲜见。苦禅先生阅读浏览时偏爱“笔记体”，此画题字即如是，浅显易懂，信手拈来，潇洒坦诚，爱憎分明，这是他的特色！

艺术创作时，作者的状态是作品所能达到水平的决定因素。苦禅先生画画时往往是“人画合一”，他的情绪和当时说话的内容、笔下禽鸟的动作处在高度统一的兴奋之中。

《全集》第 7 卷第 61 页，在《蕉叶栖鸭图》上他即兴题的小诗颇有趣：“有鸭有鸭，籍叶为家，昼则游江河，宿则食鱼虾，兴来高声鸣，呱、呱、呱、呱”，读起来轻松有节，遣词造句，古风犹存，若与“关关雎鸠，在河之洲”连起来读，强烈的文脉传承油然而生。这种传承不但源于作者对自然的感受，源于作者对描述对象采用的表达方式，更源于中国语言文字所蕴含的生命力。

“茶已熟，菊已开，赏秋人，来不来？”（《全集》第 7 卷第 60 页），苦禅老人作此画时已是 1980 年，简约构图，随性笔墨，散淡幽默的情趣跃然纸上。

三字一组，即可表达明确的意思，能组成一句话，这对于汉语来说不但历史悠久，而且很普遍，尤其是家长与孩子们一起读《三字经》已成为时尚的现在，“人之初，性本善，性相近，习相远……”别看就三个字，意思明确、连贯，“平仄”“四声”还得用对，否则就念不顺。苦禅先生生于 1899 年，少时读书还是以“四书”“五经”为要，当然“三百千”就是他的启蒙读物。因此“茶已熟，菊已开”的句子对于他来说可以信手拈来。重要的是他延承了唐诗宋词中文人的此类情感，犹如李白的“我醉欲眠卿且去，明朝有意抱琴来”。

文人雅集与小聚留下了不少名篇名句，可惜的是苦禅先生作此画时，他的多年老友包于轨、刘冰庵等人早已离他而去了。

当下新文人画兴起，重拾梅、兰、竹、菊等题材容易，但是想除却周边金钱、名利的干扰，达到艺术心境的纯净太不容易了。

李苦禅《菊茶图》1980年作

李苦禅《蕉叶栖鸭》1980年作

李苦禅《桂林八哥》1981年作

李苦禅《领雏图》1974 年

（三）站稳脚跟

前年，对苦禅先生在抗战期间参加八路军情报收集的爱国行动给予解密，作为京华70位英雄之一，各媒体进行了大量的报道。凡是接触过他的人都了解，知道他是一位非常爱国、正直、敢于承担的人。“所谓人格，爱国第一”，他这样说，也这样做。我们从《全集》的几个时间段：国立艺专毕业前后，抗日战争时期，解放战争时期，以至1949年以后，社会上曾几次出现的否定优秀传统文化、传统艺术的当口，他都是非常明确地站在捍卫民族文化的立场，正如1962年他题写的“中国画驾于世界之表，而不识者见之寒心吐舌，伤哉。壬寅春月，禅”。在大写意花鸟画不能为工农兵服务的指责声中，他的回答是：“人道我落后，和处亦自然，等到百年后，或可留人间。”

在近百年来的社会动荡和变迁中，如何对待传统文化和艺术，曾发生过几次大的争论和激辩，尤其表现在尊孔还是反孔；全盘西化还是故步自封的冲突中。表现在绘画方面也出现了几次大的反复。在这种境况下苦禅先生是怎样的呢？他起步于国画，以聊城读中学的作品为证，但步入艺术殿堂时，选择了西画成为徐悲鸿的弟子。这段学习的经历为他打开了眼界，开阔了胸怀，增加了知识，克服了狭隘。他再次选择回归国画时拜在了齐白石门下。齐白石的质朴与开拓精神直接影响了他。

苦禅先生读书广博为他打下了非常坚实的国学基础，特别是对《易经》的研究，和对儒、释、道的深入接触，确定了他对历史、对传统文化的信念，这种对祖国文化的深爱和理解，鼓舞着他敢于站出来驳斥那些对民族文化采取虚无主义的言论，这也是我们在整理《全集》过程中进一步理解他的重要方面。

总之，在参与编辑过程中感触颇多，涉及的故交、逸事，难以概述，虽说“全集”难“全”，但还是完整地体现了苦禅先生的学术地位和历史价值。

读画集的，很难有编画集的人的感受；而编画集的，更难有如子女们的这种感受——一个很熟悉很了解的老人，和他的画作联系如此密切相通，见画如见人，见字如见人的这种亲切感，别人很难体会。总之，在当下人们都普遍渴望读书，了解民族文化艺术的时候，静下心来阅读李苦禅先生的“全集”是非常有益处的。

2017年6月

当终守之

二十多年前，在一次会上，校长强调要学习《论语》，坐在旁边的一位中年老师小声问："孔子的'中庸之道'不就是'不革命'吗？"我怔了一下，没回答。事后我明白了，在"批林批孔"的时候，她正在上初中，以后再也没有人纠正过留在她记忆中的这个错误概念。大家都能理解，当一个人在受教育的时期接受了某种错误观念，过后又没有人给重新解释是不会自我纠正的。

对于中国绘画的理解和认识也存在同样的问题。李苦禅先生有一件作品，画上题的是："人道我落后，和处亦自然。等到百年后，或可留人间。"人们一看就能知道，这一定创作在 20 世纪 50 年代末，因为当时中国传统的花鸟画被片面地视为"遗老遗少"的消遣之物，不是表现工农兵的题材，故而，他才写出这样的诗句。

苦禅先生是位坚守初心的人。1962 他书写了："中国画驾于世界之表，而不识者见之寒心吐舌，伤哉。"1977 年他又写道："自始学之当终守之。"

那么中国的书画艺术值不值得我们"终守"呢？

唐代张彦远有论述："夫画者：成教化，助人伦，穷神变，测幽微，与六籍同功。"古人认为绘画的首要功能是教育！

李苦禅先生遵循传统，特别强调对人"德"的培养。他以"必先有人格，方有画格，人无品格，下笔无方"为座右铭。终守绘画的教育功能，这是第一点，值得！

张彦远提出："古之画，或能移其形似而尚其骨气。今之画纵得形似，而气韵不生；以气韵求其画，则形似在其间矣。"

苦禅先生说："不管怎样创新发展，骨法运笔，气韵生动，是永远不可丢掉的。""就效果而言，有章有法，方能有骨、有肉、有气、有韵。"终守书画的骨法、气韵，这是第二点，值得！

苦瓜和尚石涛的"无法而法乃为至法""法无定法"的提出使书画的研习和追求的境界提升了一大步。

苦禅先生则根据自己的体会提出："笔墨，体会内容而运用。不如此便是夸张笔墨为'形式主义'。"

"'笔墨'皆为内容服务，不可单独发展，若单独发展，即'老文人画'矣！约之即灵活运用，活看活用可矣。"

在这里我们要注意两点：其一，"'笔墨'皆为内容服务"的提示；其二，"若单独发展即'老文人画'矣"的提示。

笔墨为内容服务这是大原则，同义于我们现在说的：技巧要为主题思想服务。苦禅先生到京学习绘画，正是徐悲鸿先生对中国画的发展提出"古法之佳者守之，垂绝者继之，不佳者改之，未足者增之，西方绘画之可采者融之"的时候。苦禅先生接受了这一主张，他对陈陈相因的"老文人画"是要突破的。终守笔墨的不断发展，这是第三点，值得！

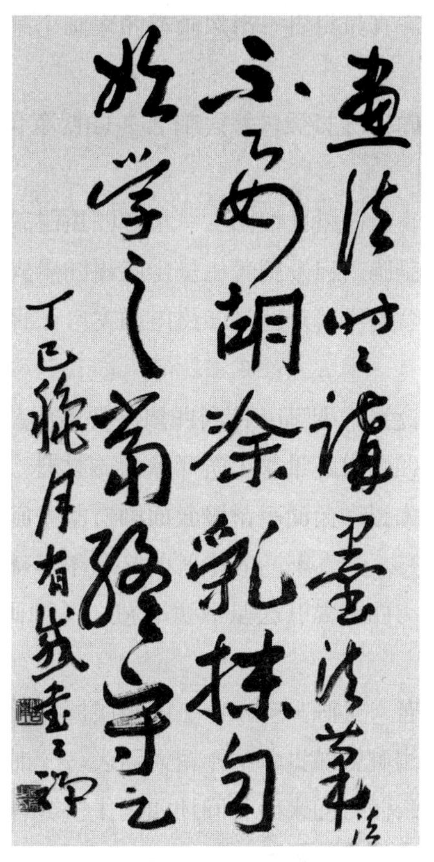

李苦禅书法：画法时时讲，墨法笔法不要胡涂乱抹，自始学之当终守之。丁巳秋月有感书之。禅 1977年作

秋季是北京最美的季节，从9月23日到11月26日，在中国园林博物馆举办的《世纪英杰写豪情——李苦禅书画艺术展》，七十多幅作品和三十多件文物、图片将向大家展示出不同时期苦禅先生的精品力作和艺术探索。

王国维先生认为治学有三种境界。参观这样的大展，我们切实感受到了一种蓦然回首，苦禅先生正在那灯火阑珊处，认真地书写着"恭笔写意""胸中笔墨""画法时时讲，墨法笔法不要胡涂乱抹，自始学之当终守之……"的境界。

2017年9月

学习“朱日和” 纸上大练兵

——李苦禅书画展上的新尝试

中国人都知道“纸上谈兵”不是好词，它起于战国名将赵奢的儿子赵括，读了不少兵书，但只会夸夸其谈，被秦军白起打败，几乎亡了赵国。

习近平主席近年来真抓实干，尤其是纪念中国人民解放军建军90周年的朱日和大阅兵，极大地振奋了人心，展示了国威。兵，就重在实际练，只有经过艰苦不断的实练，才能百战不殆。

作为美术工作者中国画教授的李燕先生，以行动响应号召，将“纸上谈兵”反其意而用之，在《世纪英杰写豪情——李苦禅书画作品展》期间，面对广大观众，尤其是青少年，来了个“纸上大练兵”的现场大操演。

2017年李燕先生在中国园林博物馆画丈八大画，引来许多游客驻足围观

（一）

戏曲演员们说，一天不练功自己知道，两天不练功同行知道，三天不练功观众知道，必须“功不离手，曲不离口”。作为一个中国画家，如果放弃了基本功的练习，放弃了对不断演进的社会生活的深入体察，放弃了对广大群众需

求的理解，同样不能成为一个实实在在的艺术家。李苦禅先生一生执着地研习着笔墨，直至去世前六小时还在临帖。他一再强调“自始学之当终守之”，因此在几十年的实践中，以吸纳西方绘画中的可借鉴成分，与中国传统哲理、美学进行不断的“融之”，用京剧艺术的写意表现与全面研究“金石美”的方法，形成了自己的大写意风格和理论。

苦禅先生有不少画语录留存，从这些简练的文字中，我们可以看出他对中国传统文化的理解、认识、继承和发扬。

作为苦禅先生的后人，中央文史研究馆馆员、清华大学教授李燕，从小即受到父亲的严格要求，从造型、笔墨、文化修养等各方面始终如一地做着各种探索，保持着“不积跬步，无以至千里”的心态和志向。

（二）

近十几年来，改变有良知的初心只为了追逐名利者有之；盲目尾随西方早已过时的“当代艺术”者有之；企图颠覆中华优秀传统价值观者有之，不一而足。相反，坚守在中国传统美学和价值观之范畴的书画者却成了“少数派”，这种现象难道不应该让有责任心的艺术家们反思吗？

梁启超（任公）先生是中国近现代史上绕不过去的大家，他在对比了中西方社会、历史文化的不同后，于1920年写出了《欧游中之一般观察及一般感想》，其中有这样一段：

> 一个人不是把自己的国家弄到富强便了，却是要叫自己国家有功于人类全体。不然，那国家便算白设了。明白这道理，自然知道我们的国家，有个绝大责任横在前途。什么责任呢？是拿西洋的文明来扩充我的文明，又拿我的文明去补助西洋的文明，叫他化合起来成一种新文明。

自五四运动至今，我们在如何对待传统文化“去其糟粕，取其精华”方面始终出现偏颇，不是要“打倒孔家店”，就是要盲目地兴起“儒教”，不是要“大破四旧”，就是要“跪拜背经”，总之，非此即彼，究竟对“我的文明”

如何认识和对待始终没个真章。在我们重新阅读这段文字时应当承认，梁启超先生当时的立足点是客观的，眼界是开阔的，心态是冷静的。

梁先生在回忆大哲学家蒲陀罗时写道：

> “他告诉我说：一个国民，最要紧的是把本国文化发挥光大。”“你们中国，着实可爱可敬。我们祖宗裹块鹿皮，拿把石刀在野林里打猎的时候，你们不知已出了几多哲人了。”

梁先生回忆道。

> “有一回，和几位社会党名士闲谈，我说起孔子的‘四海之内皆兄弟’‘不患寡而患不均’，跟着又讲到井田制度，又讲些墨子的‘兼爱’‘寝兵’。他们都跳起来说道：‘你们家里有这些宝贝，却藏起来不分点给我们，真是对不起人啊！’我想我们还够不上说对不起外人，先自对不起祖宗罢了。”

（三）

苦禅先生入京后，曾在北京大学旁听梁任公先生的演讲，他十分认可梁先生的观点。对于东西方文化的互鉴与学习，苦禅先生始终保持着客观冷静的态度，这种认识和理念也一直是李燕先生遵循的规范。因此，在《世纪英杰写豪情——李苦禅书画作品展》展览期间，他和我决定学习“朱日和精神”，来个纸上大练兵，以苦禅先生 80 岁画巨幅《盛夏图》时的气魄，组织和安排了四次在丈八宣纸上现场的绘画演示，从大写意花鸟画的笔墨、构图、点苔、皴染、题字……直到一幅作品的完成，与观众进行了边讲解边演示的互动交流。

李燕先生的“讲”是寻根溯源地讲，从谢赫、张彦远到徐悲鸿的理论和教学方法，这种不忘初衷的要义就是要“对得起祖宗”。他的“画”是从理论到实践的生动演示，以笔在纸上的不同运动方式，结合着对墨和色的使用，让观众切实地认识到“笔墨”是中国绘画最重要的载体和优秀传统，尤其是通过速写的演示，过渡到写意的笔墨，让青年学生体会出徐悲鸿教学体系的时代价值，一起回眸近百年来中国画与西洋画“化合起来”的过程和成功的经验。其间，他还讲述了许多齐白石老人、悲鸿先生和苦禅先生的往事，非常生动有趣，吸引了很多观众。

“纸上谈兵”是空有理论，没有实践，或者不结合实战。历史上不仅有赵括，还有被京剧名家们唱得家喻户晓的诸葛亮挥泪斩了的马谡。其实不仅是战事，绘画也一样，如果只高调论画而不坚持练基本功，不去深入生活，不虚心听取观众的意见，不在宣纸上无数次地实践，即使没有失去“街亭”的惨败，也创作不出好的作品。

“纸上练兵”是要拿出勇气和决心的，必须做到“三要”和“三不要”：一要对自己的文化功底、造型功底有信心。二要对丈八尺幅宣纸的构图有驾驭能力。三要有一定的体力保证，方能一气呵成，毕竟画大写意花鸟画时，毛笔落在纸上是连贯写成而绝非造作勉为的。

“三不要”则是不要怕观众围观提问，不要怕同行们提出意见，不要怕万一有失误丢面子，只有这样才能放开手脚，达到写意艺术创作过程的良好状态，在历次实践中李燕先生即是这样做了。进入自己 75 岁年龄时的他，又在此次“大练兵”中迈出了写意绘画创作的一大步。

我们期待着中国绘画艺术这份祖辈留下的瑰宝，能够让全世界人民更加了解她，和我们共同分享，在增强文化自信、实现中国梦的征程中畅挥如椽之笔，展现新时代的精神。

2017 年 12 月

走出人生的光彩

2017年9月23日至12月26日，在北京园林博物馆举办了《世纪英杰写豪情——李苦禅书画艺术展》。展览原定为期两个月，应观众要求又延长了一个月。

展览期间，主办方举办了丰富多彩的活动，宗旨就是弘扬传统文化，让观众更了解、关注和热爱中国大写意花鸟画，更了解老一辈人所做出的努力和贡献。作为李苦禅先生之子，李燕教授多年来一直做宣讲的工作，他面对着李苦禅先生的画作和收藏品，生动细致地讲述了它们背后的许多故事。经过我多次归纳，以突出苦禅先生与齐白石老人、刘淑度女士、许麟庐先生在艺术创作和生活中发生的故事，编辑出四篇小文，选辑出来，以馈广大群众对前辈们的热爱和关注。

一、奇特的《祭物图》

“慎终追远，民德归厚”，在中华民族文化中，怀念先祖前辈的美德与功绩，一直延续至今。这种追念有多种形式和习俗，但都突出了一个“祭”字，不要简单地看待这个字，它的内涵和方式可谓多种多样。写祭文是一种，把对逝去人的情感注入文字，加之作者的高妙手法，流传百代，至今仍不失其光彩，比如韩愈的《祭十二郎文》、欧阳修的《祭石曼卿文》。

祭物，则更是繁杂而多样，我华夏大地民族众多，习俗不同，表达感情的方式更不相同，比如掷粽子于江中祭祀屈原，春节期间各地又有祭祖的仪轨，等等。

百善孝为先，所祭的人物首要是自己家人的祖辈，生于同治二年（1863年）的齐白石更是如此。

1926年苦禅先生27岁，在北京国立艺专西画系学习的同时，拜在齐白石门下也有三年光景。由于他家境贫寒，经常是夜间拉洋车，挣够几天的饭钱，就到老师家中学画，直至深夜。时年已经 60 多岁坎坷了半生的齐先生与这位大徒弟日渐情深，眼看母亲的忌日到了，看着灯下抻纸的苦禅，齐先生便让他画一张《祭物图》，待“明日”——齐母去世之日焚化，以为祭奠之仪。

李苦禅《祭物图》
1926 年作

苦禅先生为鲁西聊城人氏，既有山东人的脾气秉性，更有儒家敬祖之观念，接受如此之重任，立即仔细琢磨：“给老太太送点什么呢？”他稍稍构思，便挥毫立就：一头大肥猪，一只大肥鸭。“古人供桌祭祀不也是家畜家禽嘛！到那边儿也得先有吃的不是？”他想。

白石先生看着这位年轻气盛、憨实可亲的年轻人所画的“祭物”甚为惊讶，欣喜异常，提笔在画面右上题了几行字，题字内容已从祭祀的主题变成了对画作的评价，并且回到了南齐谢赫《六法论》之“气韵生动”的原点上：“龙行凤飞，生动至极，得入画家笔底必成死气也，今苦禅画此，翻从死中生活动，非知笔知墨者不能知此言。”意思是原本生动的龙凤还会被一些人画得死气沉沉，而苦禅能“从死中生活动”，岂不是达到气韵生动了吗？齐白石先生的评价既准确又充满感慨。画“祭物”是肃穆庄重的事儿，更容易画得僵死古板，但是苦禅笔下却蕴含着生机，这种生机体现出他对所画之物平日的观察与熟悉；猪是农家传统的黑猪，鸭是河中常见的麻鸭。他没有特意以悲感之气氛作画，画面中表现出的是他的创作意识与对笔墨的把握，更有他对生死的认识和对追念的理解。白石老人中肯地评价说：“非知笔知墨者不能知此言。”

美术理论家李松先生曾说：白石先生与苦禅先生的师生关系，是他们两人“双向选择的结果”。太确切了，从画面题字中便可体味老师对弟子的欣赏，对其笔墨的肯定和心中的共鸣。末尾老人又题小字记述了“明日为母亲焚化冥物”，且将自己乳名“阿芝”的印章钤上。

用现代人的眼光来看，这幅画儿也绝不是陈陈相因“拘于古法”的画作，这种新颖的构图黑白布局合理，块面均衡，特别是位于画面上部四分之一处的水平横杠将猪与鸭有力地穿插在一起的横纵组合，白石老人又以题字从上至下压在横杠之上，字与画的重叠，体现出一种“经营位置”的新意和魄力。这可能是自古至今最奇特的一幅《祭物图》。

更令人感叹的是，这件白石老人欣喜珍视的作品竟未被“焚化”，而是由他亲自收藏了起来。直到20世纪八九十年代，北京画院院长王明明在不断整理白石老人的遗物过程中，才从他的大木柜夹层里发现了它。在“焚化遥祭”与“留存传世”的两个选项中，白石老人明智选择了后者，为我们留下了这张新颖奇特的《祭物图》和这段感人的故事。这张记录着一段师生真情的绝世孤品《祭物图》得以重现于世！

二、一字现师恩

《三字经》里说：“子不教，父之过；教不严，师之惰。”父亲和教师是负有培养教育子女重大责任的。记得小时候，男同学爱打架，大人们就会找到打人一方的家长“告状”，说：“管不管你们家孩子啦？！”若是孩子功课没学好，旁人也斥责说：“瞧你们老师，怎么教的？！”延续到现在衍变成了：“你这语文是体育老师教的吧？！”总之，家长和教师的责任是很明确的。

李苦禅先生自从拜师齐白石老人之后，一直遵循着“师徒如父子”的古训，齐先生也很爱护鼓励这位高徒。苦禅先后介绍几位同辈拜师齐门，后来成为女篆刻家的刘淑度就是其中的一位。她应嘱曾为鲁迅先生治印两方。

1928年刘淑度请苦禅二哥画一套册页。转年她把裱好的册页拿去给二哥看。苦禅发现多裱出一张空白页面，觉得不完整，信手补了一开纯墨的月季花，并注明“民十八年夏扶病乍起，写并记”。可能正是因为“扶病乍起”才引出了一段故事。

捧着这套精美的册页，刘淑度来到齐老师家，请他过目。老人非常认真地看了每一幅画，边看边夸，爱不释手，最后在首页题诗，给苦禅先生以很高的评价："苦禅画思出人丛，淑度风流识此工。赢得三千同学辈，不闻扬子耻雕虫。"这四句诗，赞誉了苦禅画思过人，淑度的聪慧深谙写意艺术，在齐门的众多学生中是如同孔子的弟子颜回一般。

1928 年齐白石题《苦禅花卉册》（其中一册的局部）

人们常说，严师出高徒，这位严格的齐老师发现苦禅左下方字中题的"褛"字误写成了"表"。他审视了一下画面，谨慎地依右边题了两行字："褛字余为添上衣旁，把笔错误余亦常有之事，未足怪也。白石记。"

本来是改个错别字的小事，白石老人却颇有兴致地把它以极简的文字记述得如此生动亲切、轻松而幽默。这位老师不但不"惰"，而且在给学生纠错之后，还分担了一部分"责任"——"把笔错误余亦常有之事"，这是一种多么坦然的心态啊！谦虚谨慎、戒骄戒躁、广纳博收、天道酬勤……白石老人就是遵从这些古训走过来的，所以他也把这种作风传递给了自己的学生。

人世沧桑，50 年后的 1982 年，刘淑度女士委派子女又携此册造访苦禅先生。此时已是 80 多岁的苦老才见到此作中，自己的恩师为他纠正的错字，生出无限感慨，对白石老人的鼓励也是唏嘘不已，随记跋文 57 字，永志纪念，跋文为：

> 此册五十年前为淑度三姊所作，淑度已年逾八旬我亦如之，白石师尚题字勉励，见之如梦想，永存之亦天趣之乐也。壬戌初春八五叟苦禅题记。

三、“山谷墨妙”的由来

话说65年前，一个九岁的小男孩在朝阳门地摊经过，与小摊主讨价还价，用衣袋里仅有的两千块钱（两毛钱）买了写着大字的一卷破纸。当时的他完全不知道这是谁写的，也不知道它的价值，只是因为父亲让他写“大字”，临的就是“这种纸上写的字”，出于好奇，他用吃早点的钱买了这卷破碎的纸。

人们经常用“偶然”“巧合”来解释一些意想不到的事，上面描述的情节就是儿时的李燕完成的一段“文物新生”的起始。

李苦禅先生小心翼翼地打开这卷字，呈现在他眼前的竟然是黄山谷的书法！“哎呀，孩子，你可收了件好东西，没白跟着我转悠！”

李燕兴奋地问：“黄山谷是谁呀？他……”

苦禅先生一边回答他的问题，一边认真地审视着每一个字，最后叨咕着说，“我看像是清代中期的钩填本，这也不容易呀，如果没有原件了，这就仅次真迹一等！得让齐老先生看看，这么好的摹本！”

苦禅先生拿到白石老人家里，恭恭敬敬地请他过目，老人家大为赞叹，反复观赏，笑着说：“苦禅，卷首还没有人题，是留着给我的吧？”

“是啊，不经您过目不行，您看了不题字也对不起它啊！”

白石老人欣然命笔，书写下四个大篆字，“山谷墨妙”，又题行书“壬辰九十二岁齐白石题”，钤印“白石”与“齐璜”。

经过“购买鉴定、名家题字”，一件毫不被世人知道的传世文物就这样以新的面目再现于世了，显示出了它的珍贵价值和历史意义。

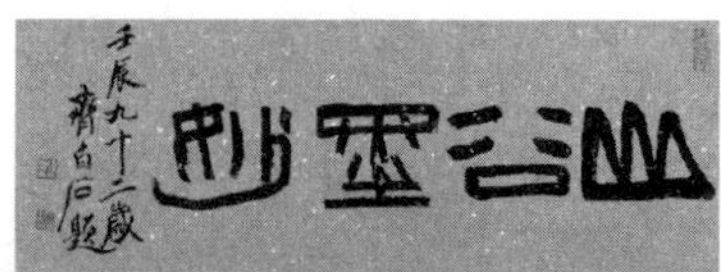

《山谷墨妙》

黄山谷即黄庭坚，山谷道人为其号，宋庆历五年（1045 年）出生，1105 年去世。以诗名世。其诗开宗立派，是江西诗派的开山鼻祖，词与秦观齐名，书法亦列为“唐宋八大家”之一。

黄山谷所书为唐代谭用之的两首律诗，原文如下：

谁知南浦傲烟霞，白葛衣轻称帽纱。
碧玉蜉蝣迎客酒，黄金毂辘钓鱼车。
吟歌云鸟归樵谷，卧爱神仙入画家。
他日凤书何处觅，武陵烟树半桃花。

仆射陂前是传邮，去程雕鹗弄高秋。
吟抛芍药裁诗圃，醉下茱萸饮酒楼。
向日迥飞驹皎皎，临风谁和鹿呦呦。
明年二月仙山下，莫遣桃花逐水流。

与原诗对照，前一首题为《贻费道人》；后一首题为《秋日圃田送人随记》。稍有不同的是《贻费道人》的首句，谭诗为“谁如南浦傲烟霞”，黄山谷书为“谁知南浦傲烟霞”，其余皆同。

四、师生三人情

在我们的传统文化中有一组流传和使用了几千年的词：相知、相交、知音、知己、知遇之恩、知恩图报……都是表现人与人之间交往与感情的。它们的产生、延续和生发也是有由头、有故事的，比如，以一曲《高山流水》而遇到知音的俞伯牙、钟子期；三顾茅庐诚请诸葛亮的刘玄德，等等。这些故事被后人文学性地演绎，逐渐形成了老百姓对人与人之间交往最高境界的追求，也成为衡量一个人品德的标准。

几十年来，我注意和观察着不同年龄段的人们，确实有不少人在风风雨雨中同患难、共艰辛地走出了光彩的人生，其中最令人感动的就是齐白石、李苦禅、许麟庐三人的师友真情。

齐白石生于同治二年，即 1864 年 1 月 1 日，逝于 1957 年，实际年龄为 94 周岁。

李苦禅生于光绪二十四年戊戌年尾，即 1899 年 1 月，逝于 1983 年，实际年龄为 84 周岁。

许麟庐生于中华民国五年，即 1916 年，逝于 2011 年，实际年龄为 95 周岁。

如果从齐白石出生算起，至许麟庐去世，师徒三人占据了 147 年的时长，跨越了清末、民国、中华人民共和国三个阶段，这是历史上最剧烈动荡的阶段，为中国的发展提出了很多令后人研究、借鉴和思考的问题，同时也最具有戏剧性。

我们从这样的背景中提炼出这三个人交叉在一起的生活轨迹、道德标准和艺术创作的风格，就会强烈地感觉到，他们对中华传统文化和道德的尊崇、遵守、继承和发展的贡献。

（一）

20 世纪 90 年代，拍卖市场出现了一幅《白荷鱼鹰图》，是齐白石、李苦禅、许麟庐合作的画。我们发现后，真舍不得失掉这个机会，便请企业家朋友将它买回来，然后由李燕画画“还债”。拿到这件珍贵的作品后，我们高兴地告诉许麟庐叔叔，谁知他叹了口气，说：“这原来都是家里存的……后来都出去了……”看着老人那副无奈的样子，我不想再问下去了，管它呢，反正现在又买回来了！本来这世上的东西说是你的就是你的，说不是也不是，老百姓说得最明白：“生不带来，死不带去。”

这幅《白荷鱼鹰图》在这次展览中，首次以原件面世，引起了大家的关注，我们在介绍时特别突出了当年师生三人行的亲密交往和真诚的友谊。这幅作品疏朗大气，颇有秋风徐来、水波不兴、鱼鹰闲勉、荷气清香的意境，尤其是对荷叶、荷杆的用笔用墨，潇洒爽洁，大有似动非动的瞬间感觉。石头补在荷花之后，将画面左下部连为一体，既显得有前后层次，又不散乱。这是苦禅、麟庐二位先生合作之精品，得到老师的首肯也是必然的。

人们常感叹“可以同患难，难以同富贵”，他们三人却始终患难与共，坦诚相待。当然，他们也始终没有达到“富贵”的地步。别看现在齐白石的画价高达数亿元，在他生前能养家糊口就很不容易了。幸亏有许麟庐开的和平画店，在字画市场极为低迷的时期，标出为“齐白石书画专卖店”的旗号，为齐老一家的生活提供了基本保障。由于当时花鸟画被视为不能为工农兵大众服务的偏见，使李苦禅先生非常苦恼，一位教授不被安排上课是多有压力的一件事啊！被安排去中央美院工会卖电影票的苦禅先生连画画的可能都没有，而让他欣慰的就是许麟庐的这个和平画店。他的大部分时间都是在那儿度过的，和平画店成为他们的精神乐园，成为他们无拘无束挥毫创作和拉胡琴唱戏的地方。

这幅师生合作的精品既是当时的生活留痕，也是他们精神世界的表现。

（二）

1966 年，烈日当头，在中央美院的大操场批斗会场上，“造反派的小将”们高呼着口号，手执工具砸向齐白石的雕像，此时已经被批判得焦头烂额的李苦禅猛地扑向恩师的坐像，任凭棍棒打在自己身上。站在广场上的革命群众目睹着声泪俱下的苦禅先生，被他的举动惊呆了……这个孤立无援的勇士不但没有保住恩师的坐像，小将们还让他顶着被砸坏的碎片跪在了地上……

1983 年 6 月初，许麟庐先生正在烟台，忽闻苦禅二哥去世的消息，立即赶回北京。当他在家人的陪同下，跌跌撞撞地迈进北京医院的告别灵堂时，号啕大哭，声泪俱下，“苦禅二哥……”那撕心裂肺的哭声让所有的人都掉下了眼泪。

不久，许麟庐先生让李燕到他家去。许叔拿出一件珍藏了一辈子的画作《双鸡图》，说：“这是苦禅二哥为我的老母亲做寿画的，白石老人题的字，我觉得你存着比留在我这儿有意义。”映入李燕眼帘的是白石老人遒劲的题字：

雪个先生（八大山人）无此超纵。白石老人无此肝胆。庚寅秋九十岁白石题。

许麟庐先生在画的右侧题写了：

齐白石题李苦禅《双鸡图》，1950 年作

庚寅之秋，苦禅二兄为家慈所画。又经白石老师重要品题；因世谊情深，今转奉慧文仁嫂（李苦禅之夫人），望珍重保存，以作李家传家之珍也。乙丑冬至弟许麟庐敬志于竹箫斋。

许叔“馈赠”的不是一般的画作，是凝聚着师生三人深情厚谊，颇有古风的答谢知音的义气。

1982 年，位于紫竹院附近的齐白石墓整理重修，文化部询问齐家后人，请谁来写墓碑？当时齐良迟先生代表全家表示：“非李苦禅莫属。”苦禅先生，整整写了一上午，桌上、地上铺满了，又经他精心挑选，恭恭敬敬地交了卷，为恩师尽了一份心。当墓碑重新立起之后，这两位弟子侧立一旁留下了珍贵的照片。

苦禅老人与许麟庐师弟（右）在恩师齐白石墓前。李燕摄

齐白石和李苦禅这对相处长达 34 年的师生一直是人们关注的楷模，老师从不吝惜对学生的鼓励，在这幅《马夫图》上，白石老人的题字颇令人感动。原文如下：

将军行处金铺地，老夫漳河跨马来。画得龙驹千里足，寄萍堂上纸墨香。技绝盲人能识马，相轻骚客亦呼牛。誉诽由之何须虑，公论应自有千秋。（“公论”二字本作“是非”）尝见某军马夫，目瞎能摸马骨而知其良劣，世人多弗如也。吾之借山门下门客众矣，知余者惟李苦禅、罗祥止三数人耳！白石草衣齐璜四百五十甲子时意造并题记。

齐白石《马夫图》1937年作

如果认真地研究师生三人之间的交往，无一处不体现中国传统文化中的“仁、义、礼、智、信”，他们相知、相敬、相助、相亲的故事应该是现代人学习的楷模。

2018 年元月写于北京

师徒三人行

齐白石、李苦禅、许麟庐三人作为近现代画坛师生关系紧密，传承清晰，既有大写意花鸟画统一内涵又有各自特点的整体，他们为近现代大写意花鸟画的发展做出了突出的贡献，确实达到了承前启后的历史作用。

齐白石先生（1864—1957 年）实足年龄 93 岁。生于湖南湘潭杏子坞。

李苦禅先生（1899—1983 年）实足年龄 84 岁。生于山东高唐李奇庄。

许麟庐先生（1916—2011 年）实足年龄 95 岁。生于山东蓬莱大皂村。

三人的生命期共达 147 年，这是自清末民初到改革开放时期，我们国家经历的最动荡、复杂的阶段。在这种国情下，许多名人学者、文坛好友、师生、同学，甚而家族中几代人之间，在学术观点、治国理念、教育发展等方面发生过不少重大分歧，甚而反目成仇，分道扬镳，甚而兵戎相见，老死不相往来者多有发生。然而齐白石、李苦禅、许麟庐三人的紧密关系一直保持如一，并且能在大写意花鸟画的发展中和谐共生，相互助力，做出了名标青史的贡献。究其原因，不外以下三项。

（一）

齐白石、李苦禅、许麟庐三人皆出身于农家，几千年来，在以农耕文明为基础框架的中华大地上，孔孟老庄的学说深入人心，因此来自乡间的质朴所塑造出的“人性”是这三人所共有的，他们更崇尚“仁、义、礼、智、信”，更遵循以农业经济形成的道德规范。这一点既体现在他们的作品中，也体现在他们的为人、交友和绘画题材等各方面，这种共性或许就是他们之间情感交好的基础。

建国初期摄于北京，李苦禅、许麟庐与恩师齐白石

齐白石出生在同治三年，已经到了慈禧掌权的时代，朝野矛盾从咸丰去世到此时已经重新整合，但不管如何努力，大清国亦如强弩之末。此时出生于湖南乡间的齐白石从放牛、种田、学雕花木工开始了自己的人生。他的求学求艺道路基本延续了自古以来农村传统的学习途径，因此胡沁园、陈少蕃、王闿运这几位当地的名士，也因学生齐白石的成功而成为享誉中外的名人。齐白石依然以“艺多不压身”的古训，以头悬梁锥刺股的精神，打下了很瓷实的诗文底子和绘画技法的基本功，为他的不断提升铺就了一方开阔的天地。齐白石在 38 岁时经历的“五出五进”使他迈进大写意的境界。这种游历是自古以来文化名人的传统。而深居简出的一段“田园生活”境界又是他提升个人修养和思考的从容阶段，如王维、陶渊明的某种心境。“衰年变法”发生在齐白石到北京以后，这是一种必然，及至晚年，老人欣逢盛世，得以圆满了自己的人生。白石老人认真谦虚、勤奋真实，他在不断的探索中总是敢于大步地进行拓展，纵观他一生的作品或疏朗大气，或生动有趣，或丰沛厚重，或诗意盎然，无论是题材还是技法，后生学者们总会从他的

李苦禅在恩师齐白石墓前

作品中得到启迪。

苦禅先生出生时真的是到了清末，按农历说，应为光绪二十四年。这一年发生了惊天动地的大事件："公车上书""戊戌变法"，后来签订的一系列丧权辱国的条约和屡次的败仗，民不聊生的状态，使苦禅先生在孩童时期就酝酿出一腔报国正气。再加上鲁西平原自古就是尚武之地，所以他在传统文化的继承中多了几分豪壮之气，这是时代的变迁。他常说："1919 年，'五四'我没赶上，赶上'六三'了，我带着聊城中学的同学们走着到北京来参加游行、演讲……"这种"国家兴亡，匹夫有责"的担当在他的身上表现得很充分。山东是孔孟的源头，齐鲁的百姓在遵从儒家学说的自觉性上较其他省份更突出。通观苦禅先生的一生，无论是为人做事，还是绘画的发展，都是通透的传统文化的气派。苦禅先生考入北京国立艺专西画系调整了初习国画的很多理念，大大地开阔了视野。这位山东汉子，敦厚朴实又有股子拼劲，他以拉洋车挣学费完成学业，并以敏锐的眼光选择了白石老人为师，重研国画。

李苦禅不保守，虽然没能出国留学，由于克罗多、齐蒂尔等外籍教师的授课，为他丰富和增加了许多新的观念和胆量，特别是西画中对三维空间的处理，使他笔下的荷塘、松柏、雄鹰禽鸟进入一个新的境界。侯一民先生说，"李先生的画是'中西结合'，而不是'撮合'，更不是表面的相加。"这一评价是非常准确的。苦禅先生的画中不但有传统技法的充分体现和运用，更有一种生机勃勃的张力，特别是在造型与笔墨的运用上显示出来的个性，使得白石老人感叹道，"英（苦禅原名）也夺我心"，"英也过我"！

许麟庐出生时已进入民国时期（1916 年），各路军阀纷争，民不聊生。捕鱼为生的许家爷爷决定携一家人到天津谋生路。1932 年许麟庐毕业于天津甲种商业学校，但他并无心经商，一心钻研书画。

许麟庐起点很高，其少年时得识皇族王孙溥心畬，往返京津到颐和园溥氏居所求教。这种机会使他不但浏览了不少古今名画，并得到这位高人的点化，这段经历为他后来能去大学讲美术史奠定了最初的基础。当然后来在荣宝斋工作时，到全国各地收购字画的实践为他积累了更直观的经验，这种"理论"与"实践"的结合，使他成为名副其实的鉴定家。

1945 年，29 岁的许麟庐合家迁入北平，并且开办了大华面粉厂。在此之前他与到天津举办画展的李苦禅相识，二人一见如故，豪爽的性格，共同的兴趣，尤其是山东人特有的义气和热情，磕头盟誓，结为兄弟。从此许麟庐不但多了一位二哥，而且也拜在了白石门下。

有齐老师为后盾，有李二哥的支撑，34 岁的许麟庐卖了面粉厂，办起了画店，白石老人命名为“和平”，并亲自题写，由此，一个十分具有活力的和平画店写进了北京绘画发展的历史。

和平画店的开启是许麟庐人生的转折，也是当时北京文化艺术界在百废待兴中的一个亮点。标出“齐白石作品专卖店”是经营的需要也是艺术发展的需要。

首先位于西观音寺的店址距中央美院宿舍很近，苦禅先生没有课的时间几乎都在那里，哥儿俩画画儿、聊天儿、唱戏、喝酒，不亦乐乎。白石老人驾临时二人在侧伺候，又说又唱，哄得九十岁的老人十分开心，画儿画得更好了，因此和平画店不但为当时对外文化艺术交流提供了不少精品，也是师徒三人在一起切磋艺术最多的一段时光。

画家黄胄在回忆看苦禅先生作画的过程时曾说过，“看老师画画就是最好的学习”。这是他的心得，也是最好的概括。我们从《师徒三人行》的展览作品中可以真切地体会到，请特别注意齐白石在苦禅作品中的题字，其真挚亲切与当时之情境跃然纸上，并能永远传递给后人。

另外，由于新中国成立初期百废待兴，文化艺术市场凋零，许多文人、艺术家、爱好书画的政府官员无处交流和研讨，因此和平画店的创建成为他们的文化沙龙。无论是北京的遗老遗少、文人名仕们，还是刚从延安或外地进京的艺术家们，特别是崭露头角的青年画家们如黄胄等纷纷奔着和平画店而来，这种具有向心力的现象是非常值得反思的。我认为，可以从中华传统艺术的凝聚力来定位这一研究课题，换句话说：就是在老年的齐白石全面继承中国大写意花鸟画

齐白石、李苦禅、许麟庐合作《荷塘鱼鹰》1950年作

的成熟期；中年的李苦禅以综合实力求索大写意花鸟的扩展期；与年轻的许麟庐经营、鉴定、实践和交流的开拓期完美地嵌接并融合在一起，形成了一股合力，吸引着社会众人的目光。在这种合力中酝酿着的统一内涵就是我认为他们是一个整体的原因。在美术史上并称为某家、某派的很多，如“扬州八怪”“明四家”“元四家”基本是按年代横排的，竖排的有“苏门四学士”“唐宋八大家”等，但是如齐白石、李苦禅、许麟庐这种以至深的感情，相互的真诚，同舟共济地携手推进近现代大写意花鸟画的发展，并达到一定高度的并不多见。

（二）

师徒三人有一个共同的强烈爱好，有一个共同的好友和老师的支持。

共同的爱好就是京戏。

共同的支持者就是徐悲鸿。

京戏被称为国剧，是写意艺术在舞台上的体现和展示。李苦禅在教课时就对学生说：“不懂京戏就不懂写意艺术，就画不好大写意画。”

众所周知，齐白石与梅兰芳相敬、相识、相知，他们的交往基础是对传统艺术的理解和各自开拓创新的追求。在《白石老人自述》中是这样写的：

> 我跟梅兰芳认识，就在那一年的下半年。记得是在九月初的一天，齐如山来约我同去的。兰芳性情温和，礼貌周到，可以说是恂恂儒雅。那时他住在前门外北芦草园，他书斋名“缀玉轩”，布置得很讲究。他家里种了不少的花木，光是牵牛花就有百来种样式，有的开着碗般大的花朵，真是见所未见，从此我也画上了此花。当天兰芳叫我画草虫给他看，亲自给我磨墨理纸，画完了，他唱了一段贵妃醉酒，非常动听。同时在座的，还有两人：一是教他画梅花的汪霭士，跟我也是熟人；一是福建人李释堪（宣倜），是教他作诗词的，释堪从此也成了我的朋友。

齐老先生喜欢梅派是与他的性情修养统一的。梅派唱腔听起来似乎不难学，特点不突出，但是真正学起来难度很大。他的唱腔和表演完全靠的是深厚的修养和扎实的基本功。无论是杨贵妃还是虞姬、白娘子等几近完美，这种高度的写意美也正是白石老人的追求。

孔子谓“中庸”之道颇有哲理，“扣其两端而用其中”这也正是齐白石与梅兰芳实践的美学。

齐白石作品之所以总能被人们有新的诠释皆出于此。他的画作绝不求险求怪，不偏颇，看似信手拈来，却完成得非常神奇，即使是鱼篓、锄耙、螃蟹、鱼虾也都画得十分富有情趣，我想这是他以自然为道心态的表现。侯一民先生说：“齐白石是最笨的画家，也是最巧的画家。”此言不谬。他的“笨”并非“愚笨”，他的“巧”亦非“机巧”。梅兰芳先生的雍容大气、沉稳内敛，一个台步，一个眼神也如是，他的表演都是反复打磨和实践总结的结果，决不以某种技巧来取悦观众，这是非常可贵的。梅先生拜师齐白石学习绘画是精神的需要，更是提高自身修养的需要。

李苦禅正式拜师尚和玉学习大武生也是众所周知的。在京戏的各行当中选择大武生是李苦禅性情的本真。老家高唐县属于聊城管辖，至今尚存柴进花园，周边阳谷县、景阳冈等地名妇孺皆知，习武是当地男孩必学的科目。苦禅先生上小学从李奇庄到县城的路上经常是翻着跟头，打着旋子走。因此入了京城，看了国剧，拜师学艺也就成了自然的事儿。

我经常对照白石老人与苦禅先生画的螃蟹对学生们讲，齐家蟹带着河泥的土腥味儿，李氏的蟹俨然是一个“扎着靠”的大武生。同样是京戏，同样是写意画，性情不同，画作不同，人们常说，字如其人，画如其人矣！

李苦禅学西画的底子，使他在画面构图和形象创作上展示了更加自由的力度。这种力度有一部分就是源于京戏舞台的实践。20 世纪 50 年代，中央美术学院雕塑系线天长几位学生想排演一段京戏参加院里的新年晚会，找到李教授。他说：“文戏，你们唱不了，演一出武的吧！”于是选择了《三岔口》中《摸黑》一节。苦禅先生删繁就简，在他们力所能及的范围内进行严格训练，其中就采取了类似《六法论》中的“骨法用笔”“经营位置”的原则，去掉无人扮演的女角刘利华之妻，重新组合，既保留了剧情的完整，又尽量地展现了每个演员的能力。谁知在参加北京市大学生文艺会演时竟得了一等奖，受到时任文联主席老舍先生的夸赞。

很多老学生都知道，李苦禅上课是带表演的，在边讲边画时常常以京戏为例，因此在讲虚实相生，禽鸟造型和神态时，他会随时以京戏里某个人物出场为例，甚而连贯地表演一段拉山膀、踢腿、挡枪、回身、蹁马等身段，带领着学生进入了虚拟空间的状态，如果没有粉墨登场的基础很难达到这种教学境界。

青少年时期的许麟庐成长于天津，那里是北方各种戏曲和曲艺的大码头，杨宝森和杨宝忠兄弟二人在天津颇有影响，许麟庐以自己的嗓音条件选择了杨派老生。杨宝忠原是余叔岩的高徒，后改行拉胡琴。余叔岩天赋很好，常人难以达到，于是在杨宝忠的协助下杨宝森创出来了“杨派”。他们把余派调门降下来，增加了宽厚度，扩大了脑后音，产生了许多低回婉转的新腔，便于学唱。当然真正能唱出杨派的韵味还是不容易的。这位年轻的许经理自小就学，唱得不但有味，而且把这种飘逸流畅往他写的行草上靠，因此以李白《上阳台》帖的书法风神为归宿就很对路了。

许麟庐和李苦禅二人还经常结伴去齐老爷子家，给老人亮起嗓门唱上几段，在院子里比画几下身段，鞍前马后地跑腿，这也是师徒如父子的传统。

晚年的许麟庐已到了改革开放时期，传统戏又可以重新上台，恢复演出，老艺术家们都很高兴，恨不得把自己的本事赶快传授给新人。尤其是在 20 世纪末京剧音配像唤起了张君秋等老人们的积极性，许麟庐也为他们高兴。他与张君秋、刘雪涛、吴素秋等人始终保持着密切的交往，特别是与张君秋，二人有许多合作的画儿。早年间，画家迷戏，唱戏的迷书画，是非常普遍的，但是像齐、李、许把这两种修养结合得如此紧密、如此高度的却不多。

（三）

徐悲鸿是中国近现代美术史绕不过去的人物，虽然对他的一些做法有争议，但是在美术院校的建制和推进上他的功劳是不会被抹杀的。

徐悲鸿先生与齐白石之间的友谊和彼此的信任，完全是站在对传统国画的发展角度上的。徐悲鸿认为陈陈相因的泥古不化是应该革除的，而齐白石恰恰是在创新道路上独树一帜，这就奠定了徐悲鸿从 1928 年开始，几次请齐白石，这位木匠出身，尚未出国留学，也没有大学毕业文凭的画家到美术学院教课的基础。我们从徐悲鸿收集的众多齐白石的作品中就可以发现，他研究齐白石的着眼点：同样的葫芦题材，徐悲鸿纪念馆收藏了好几张，仔细对照你会发现，徐院长是在对比葫芦藤蔓的用笔中体会书法的韵味和构图的。如果说陈师曾是为齐白石打开画作销售渠道的恩人的话，徐悲鸿则是为齐白石打开迈入高等学府艺术殿堂的恩人。

李苦禅先生与徐悲鸿则是明确的师生关系。苦禅先生留有录音，回忆说徐悲鸿先生有一张油画，一个人掰开一头狮子的大嘴，和狮子搏斗，他曾经临摹过。我们从北京大学的建校史料中查到这幅画创作于 1918 年。

苦禅先生曾到北大画法研究会短期学习过，这为他进入北京国立艺术专科学校打下了基础，使他从聊城中学学习国画转向西画做了深刻的基础上的调整。因此李苦禅从来都称徐悲鸿为徐院长。

就是这位徐院长接到毛泽东主席的信后，才纠正了把李苦禅安排到工会卖电影票的状态，重新进入中央美院国画系教课。徐悲鸿院长还安排了李苦禅的夫人李慧文到美院医务室工作，使这个家庭得到了相对稳定的生活。

徐悲鸿既是李苦禅的老师，也是安排了他工作的恩人。

和平画店的兴旺有中央美院一些师生的功劳。当时不论老先生还是如黄永玉等青年教师都常到那里去，或看或买，也更是他们交流的场所。

李苦禅曾在和平画店里创作了一幅《扁豆图》，当时齐白石老师在侧，提笔写道："傍观叫好者就是白石老人。"托裱好以后徐悲鸿

李苦禅《扁豆图》1951 年作。齐白石题字：傍观叫好者就是白石老人。徐悲鸿题字：天趣洋溢，苦禅精品也，辛卯春日。悲鸿题

先生看到这幅画，在绫边上又题了“天趣洋溢，苦禅之精品也”。这一幅三位大师级画家合作的传世精品就在和平画店诞生了。

徐悲鸿先生很喜欢到画店和许经理交流，经常看看店里有什么新进的货。这“货”并非“新作”，而是当时许多旧官僚、文人因经济拮据出让的文玩字画，那里面当然不乏名人佳作。悲鸿先生的收藏虽几经波折，然而仍然是相当可观的。他的收藏目的性很明确。任伯年是技法非常全面的画家，涉及题材广泛，是海派画家的领军人物，并有流传吴昌硕希望拜师任伯年，任却说，你不用跟我学，你的书法功底深厚，一画就会比我高。这种流传既说明任伯年的谦逊，也说明了书法和绘画之间的关系。徐悲鸿崇尚任伯年，在为任伯年画集的前言中对任伯年做了高度评价。徐悲鸿信任许麟庐的人品和眼力，所以委托他只要见到任伯年的精品就帮他收购。其实当时徐悲鸿也非大款，所以经常是以自己的画来交换任伯年的画，当时任伯年的画价还没有徐悲鸿的高呢。这一中间环节以画易画的过程就是由这位和平画店的许经理来完成的。徐悲鸿先生的这一举措大大提高了许经理的威信，也大大提高了和平画店的声誉。徐悲鸿先生的频繁莅临和真诚的信任就是对和平画店的支持，许麟庐自然对徐院长以恩师、恩人相待。

（四）

齐白石、李苦禅、许麟庐的画作均体现了“写”的功夫，这里的“写”既体现了“写意美”的画面效果，也体现出造型过程中“写”的功力。

齐白石先生早年对金石书法的研究下了很大的气力。他的画面配上自己篆刻的印章相互补充，达到了高度统一。画家自己治印早已有之，可称得上三百石印富翁的可能仅他而已。齐白石自述道：

> 我刻印，同写字一样。写字，下笔不重描，刻印，一刀下去，决不回刀。我的刻法，纵横各一刀，只有两个方向，不同一般人所刻的，去一刀，回一刀，纵横来回各一刀，要有四个方向，篆法高雅不高雅，刀法健全不健全，懂得刻印的人，自能看得明白。我刻时，随着字的笔势，顺刻下去，并不需要先在石上描好字形，才去下刀。我的刻印，

> 比较有劲，等于写字有笔力，就在这一点。常见他人刻石，来回盘旋，费了很多时间，就算学得这一家那一家的，但只学到了形似，把神韵都弄没了，貌合神离，仅能欺骗外行而已。他们这种刀法，只能说是蚀削，何尝是刻印。我常说：世间事，贵痛快，何况篆刻是风雅事，岂是拖泥带水，做得好的呢？

这段文字不但清晰地说明他篆刻的过程，而且说明了他对篆刻美的追求。这也是齐派篆刻独树一帜的原因。

在自述中白石老人说：

> 光绪三十一年(1905)，我43岁。在黎薇荪家里，见到赵之谦的《二金蝶堂印谱》，借了来，用朱笔钩出，倒和原本一点没有走样。从此，我刻印章，就模仿赵叔的一体了。我作画，本是画工笔的，到了西安以后，渐渐改用大写意笔法。以前我写字，是学何子贞的，在北京遇到了李筠庵，跟他学写魏碑，他叫我临爨龙颜碑，我一直写到现在。人家说我出了两次远门，作画写字刻印章，都变了样啦，这确是我改变作风的一个大枢纽。

这种不掖不藏的叙述只有坦荡的人，且有十二分信心的人才能做到。

在与大徒弟李苦禅的接触中，他始终希望学生也掌握治印的技法，但是苦禅先生只是从广览碑帖，临摹上下功夫，没有实际操刀。他的理由是通过广泛的阅读和临摹，体会各种书体用笔的方法，研究各派书体的结构和它们的美学特质吸纳融合到画中去。摘录部分文字如下：

（一）《苦禅老人课徒学书手稿之一》

> 1. 临碑帖宜先临一种，经多时有心得，再换一帖临之。切不可短时间兼临数帖。
>
> 2. 各碑帖各有其特妙处，每临一种帖，注意体会便得之。
>
> 3. 若同时兼临数碑，各碑之妙处便一齐同格式矣，亦如厨师烹

调不分咸淡，俗谓“一道汤矣”。

4. 下笔轻、重、急、徐、压、提、粗、细，各按碑帖之客观形式体会运用之。

至写对联、中堂等等，系成熟创造时期，当奋力大胆为之。将前临帖范围冲出而去为之。但抽暇不可失去临帖工夫。

（二）《苦禅老人课徒学书手稿之二》

1.《高灵庙碑》高古入篆隶气也。如庄严肃穆人不拘（苟）言笑，可典范耳。长画横勒如鱼鳞，切勿忘也。习字讲结构，首先□通墨分五级，亦见精微处，愈认（真）愈见精神，干笔见□处尤见铁线感。抽丝非同近画字，“匠”矣！当记忆：细如进展，粗见发展。不要文人消遣，作家规范。

2.《石门颂》横见竖勒，长画如隶法，要从空处着手，“空”不是“没有东西”，“无中生有焉”，可见大家风范。多练习，有心得矣。

3.《石门颂》长画横画要藏锋，先藏而后使转，不藏即抹矣。当记之。此碑空处正是字之结体，不可忽视。横画中无排比，竖画中亦为兹是。钩撇皆送到顶端。口无正方，多扁，是口形多左画稍长。右画较短，用力稍轻，斯谓得矣。竖画先藏锋，反下笔而急转正。

齐白石主要是从《天发神谶》《祀三公山碑》等名碑名帖的临摹和融化李北海、赵之谦、金农等名家风格，而李苦禅更多地从研究《石门颂》《高灵庙碑》《郑文公》等北派的摩崖中受到滋养。两人方法不同，目的是一致的，可贵的是当他们把这些吸纳为自己的风格时达到了和谐统一的美。

许麟庐先生书法潇洒、飘逸，这与他的性情十分统一，因此在他画作的行笔中我们能体会出特有的灵动。特别是在许老晚年，大病愈后，重返画案，完全展现出了新的面貌。这时他的创作环境很好，画案宽大，采光明亮，偏居顺义，十分安静，尤其是不以卖画为目的画画使他完全沉浸在轻松愉悦的状态，所以 90 岁以后的作品展览让人眼前一亮，大幅尤多，体裁多样，疏朗大气，俨然完成了自身的超越。尽管有些观众一时还不能理解，但是仔细观摩后，仍会深刻地看出他在“写”出画意中的贡献。他没有离开大写意画的根本。

许麟庐交友甚广，品位颇高，尤以书家为代表，比如当代章草大家郑诵先，具有全面修养，书法只见其一端，而在诗词造诣上更显功力。郑老曾与夏承涛先生往来唱和诗词几百首，可惜至今未能整理面世。张伯驹先生与许麟庐亦为知音，一是二人在书画鉴定多有交流，二是对京戏的酷爱也使两人有聊不完的话题。许氏还十分佩服方大方。大方先生是清末民初文人代表式的人物，现在大多数人对他已了解不多。还有郑孝胥的书法亦为许氏所欣赏。这些近现代名家均非单纯的“专家”，而是具有高度文化修养的文人名士。

当然，许麟庐先生临摹研究最多的还是怀素的书法，无论从他的题画中，还是从随手书写的信札中，我们都可以看出他“化”怀素的用笔于自己书写中的影子。许麟庐先生说：“好的书法就可以当画儿看，好的画中一定显示出书法的功力。”

齐白石的画笔笔都是“写”出来的，李苦禅的画是“写”出来的，许麟庐的画是“写”出来的，没有刻意的造险，不做作，不苟且，一笔是一笔，真砍实凿，随意随性，这才是大写意文人画最高妙的境界。

李苦禅先生把这种深刻的体会概括为“书至画为高度，画至书为极则”，这应该是对中国大写意花鸟画最高的要求和标准，也是对“书”与“画”最精辟的论述。

结　语

《师徒三人行》只是开了一个新的题目，此篇短文也只是提出了属于他们共性的几个点，是否合适还望诸位研究学者多多指导。至于属于他们三人个性的部分还有很多待需探讨的方面。本人既非研究理论的学者，也非齐门传人，只是由于生活的环境得以接触到从理性到感性的一些资料和产生一些真实的体验而已。希望大家批评指正。

2018 年 9 月

用中国画阐述中国哲学

李苦禅先生是近现代画坛绕不过去的大家，是一位坚守用中国画阐述中国哲学的学者型画家。“学者型”在大多数人的心目中是深沉内敛、埋头典籍的形象，苦禅先生却是位古道热肠、血气方刚的硬汉，所以长期以来人们总是把他与抱打不平、行侠仗义联系在一起，学生们回忆恩师都是泪水纵横、哽咽难言，不能渡过感情这一关，就难以达到理智研究的境界。

2018年8月，第24届世界哲学大会在北京召开，中外哲人最后确定了“哲学更大的功能在于促进人的发展，推动人的教育”（FISP国际执行委员会委员谢地坤），最后用“学以成人”作为哲学功能的提议得到大家广泛的接受。

5月2日习近平总书记曾与北京大学哲学系人文讲席教授安乐哲交谈，安乐哲提出“让中国哲学讲中国话”。由此，我想到了深入研究的课题——《用中国画阐述中国哲学的李苦禅》。苦禅先生一生强调：在中华文化传统中绘画是小道，书法难于绘画，上面有诗词文学，再上有音乐，无声之乐，最上一层是中国的哲学，老、庄、禅、易、儒。他认为中国哲学是最高的，是纲，其他各种门类均为目的这种观点始终没有引起专家学者的重视，甚至认为其落后，因为近百年来一直是以激进的文化观为主导，直到改革开放之后仍然是这种状况。所以才会出现“笔墨等于零”“与世界接轨”等模糊的缺乏理论支持的口号。

自古以来中国绘画始终被统领在中国哲学之下，不但有大量的“学以成人”的主题，更有表现中华民族对自我、群体、自然、精神和历史社会变迁的认识。

中国的哲学产生在中国的土壤，使用的是中国的语言，比如说“天”，可以指具体的“天空”，但是更多的内涵却容纳了非常宽泛的意义：“天道”“上天”“天人合一”“与天同契”“天遂人愿”“天理难容”，甚至“无法无天”，旧戏词中受冤枉的人还会喊出“杀了人的天哪！”，等等。“天”的概念从自然界客观的存在，演变成了个人和群体对外界的认识和综合抽象的理念了，直到现在“我的天哪”仍是最流行的口头语。

中国的绘画也如此，比如画棵大白菜，题上“世世清白”是一个意思，题上“蔬菜丰收”又是一个意思。“世世清白”这四个字，其实已经距离白菜本身很远了，“清白”是一种做人的境界，是作者约束自己或启发观者为人做事的道德理念。如果我们以这四个字为原点，瞬间就回到了孔子的时代。那位孔老夫子的哪一句话不是教导我们要清白做人呢？这届哲学大会的主旨提出的“学以成人”应该是树立了东西方哲学对话的新的里程碑，接近了汉语中“成教化，助人伦”的语境。在此之前有一个近百年来的周折，那就是东西方文化的误解和由于政治、历史、战争、经济等诸方面给交流带来的障碍。

苦禅先生出生时已经到了清末，按农历说是戊戌年光绪二十四年。这一年发生了惊天动地的大事件“戊戌变法”，后来签订的一系列丧权辱国的条约，经历的屡次败仗，民不聊生的状态，使苦禅先生在孩童时期胸中就酝酿出一腔报国正气。再加上鲁西平原自古就是尚武之地，所以他在传统文化的继承中多了几分豪壮之气，这是时代催生出来的。他常说：“1919年‘五四’，我没赶上，赶上‘六三’了，我带着聊城中学的同学们走着到北京来参加游行、演讲……”这种“国家兴亡，匹夫有责”的担当在他的身上表现得很充分。山东是孔孟的源头，齐鲁的百姓在遵从儒家学说的自觉性上较其他省份更突出。

新文化运动早于五四运动，但是由于当时国内、国际中矛盾纠结在一起，加之西学东渐的影响，各种学术和政治的主张争论激烈，各持己见，很多极端的口号也颇有影响，但苦禅先生却是始终站在坚守中华文化的主场上。

毕业于国立艺专西画系的苦禅先生在上学期间就拜师齐白石研习大写意花鸟画，虽然有经济困乏等因素，但最主要的原因还是出于他对传统文化、传统艺术的挚爱，尤其是他从绘画、书法，直到对老、庄、禅、易、儒之间关系框架式的总结，可以认为是他对中华文化理性的总结。这种概括一定需要充分的大量的实践和冷静的思考。下面我们选出几幅作品作为例证。

1. 形色与有无

李苦禅《柳石栖雀图》
20 世纪 50 年代中期作

这幅《柳石栖雀图》作于 20 世纪 50 年代中期，题字内容是从“形”与“色”、“有”与“无”的简单概括中诠释老子美学的观点——如何体会出于自然的美。

从画面上看似很简单，一般观者会认为不就是一只鸟、一棵树吗？但是，在题字中却蕴涵着哲理：

大界有鸟树，籍以造画图，形色天铸定，无为化有无。

界，是指一定的范围，大界则是广阔无边的天地之间。无为，是顺其自然，在这里是特意有所加工的意思。把这四句用现代语言大约可写为：

广阔的天地之间啊，
有那么一只鸟、一棵树，
我借（籍）着此景画了这幅画儿，
形啊，色啊，都是大自然赋予的，
我不过是用墨迹把真实的景物留在纸上而已！

苦禅先生的这张小幅既不是在告诉你怎样画鸟，如何画树，也不是想告诉你怎样经营构图。而是用“形”与“色”、“有”与“无”在中国哲学范畴的相互关系中诠释了老子美学的观点——美出之自然。

2. 春生万物

这幅《春气生万物》题字很高妙：

春气生万物，混沌应时生，无谓卵有毛，动中出之静。

李苦禅《春气生万物》
20 世纪 50 年代初期作

春天是万物生发之际，中国人对春天的感受极为丰富，同时也寄予了无限美好的希望。第二句开启的“混沌”一词有两个意思，其一为古意，指在宇宙之前，混沌一片；其二是形容糊里糊涂、无知无识的样子。在此处“混沌”二字是指被寒冷的冬季封冻的大自然，春天来了，生命将要“应时生”了。一个个蛋壳里要有毛茸茸的小鸡出来了，蛋黄、蛋清的物质形态将要转化为有头有脚活泼的生命体了！到底是先有鸡还是先有蛋，始终是人们争论的话题，但是这个问题在庄子与惠施辩论时就解决了，即“卵有毛”（注：“卵有毛”出自惠施《名家二十一辨》）。“卵有毛”的大意就是，蛋能孵出鸡，鸡有毛，所以蛋有毛（这里的蛋严格定义为尚未开始分化的蛋）。

这四句五言诗，20 个字，用动与静之间的关系，阐述了生命的不同存在方式和转化过程。

3. 怀人不见人

《与佛有缘》是白石老人对乡友怀念的作品，一片精微的贝叶托着一只小小的生灵，画中题道：

世衡乡先生，少时善病，家人常将其舍入空门，故邻里皆以和尚

齐白石《与佛有缘》

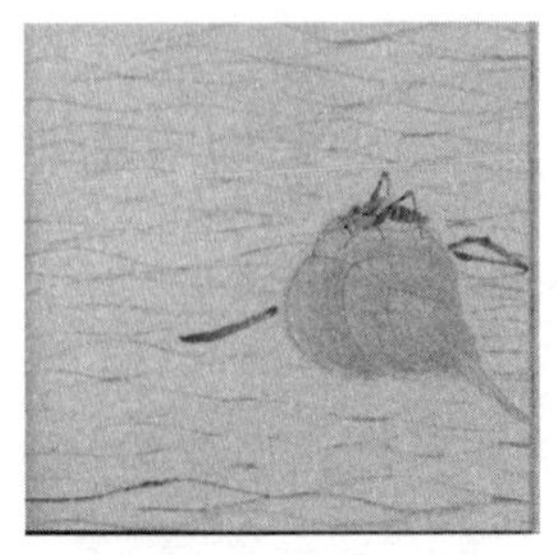

齐白石《与佛有缘》（局部）

相呼，而不其名。此乃四十年前旧事也，今独余犹能详焉。白石齐璜时居燕并题记。

老人居京久矣，回想起这位体弱的少年被舍入空门的情境，并希望他能像这只草虫伏在贝叶上，渡过苦海，把中国人崇尚的哲学理念之一的佛学表现在绘画中了。

再来看苦禅先生的小品《蛤蟆》，画上只画了一只蛤蟆却题了很多字：

昔遇乡童有名二蛤蟆者，熟习玩久，感其诚实可亲。计今已六十年左右矣！不知其在五湖四海，或仍在人世作何人事也。禅。

这两幅作品表现出了两位作者关照的“纬度”，这个纬度即为童少年时期对乡邻伙伴极富亲情的回忆和描述，这是真挚的“怀人”作品。

怀人不见人，而取代人物的却是两位作者最擅长的花鸟造型：对世衡先生的祝福是轻落在贝叶上的草虫，渡过苦海，达到彼岸。对二蛤蟆的呼唤是真的画了一只憨厚肥硕的蛤蟆，周边题满了字，似岸边的草丛，蛤蟆的隐身之所……此“蛤蟆”非彼“蛤蟆”，引人进入作者的回忆中。这是文人画的本色境界，有人物，有情节，有怀念，有祝福，情景交融，

李苦禅《蛤蟆》1974年作

但恰恰没有人物形象出现，而是以花鸟画作的视角和娴熟技法寄托了作者的情感。怀人的作品在诗词歌赋中比比皆是，但在绘画中能达到如此新颖而感人的作品并不多见。

4. 花叶人不知

唐代大诗人白居易有一首诗：

> 花非花，雾非雾。夜半来，天明去。
> 来如春梦几多时？去似朝云无觅处。

李苦禅《墨荷图》
20 世纪 60 年代作

花——非花，雾——非雾，虽然用的是“非”，却分明含有“是”或者“似”的意思。像春梦一样地来，像朝云一样地去。由于作者用了一串博喻，故而读来既有似是而非的感觉又有行云流水的顺畅，它也是一首一直让后人难以明确定位的小诗。故当代人也有称之为“朦胧诗”的。

苦禅先生在此幅《墨荷图》中也用了类似的表述：

> 或者云谓花，或者说是叶，花叶人不知，无宁说渖墨，渖墨人不晓，无宁云奚若，奚若奚若再不明，无宁说鸿蒙。

效法对白居易诗的理解，我们可以体会出苦禅先生的意境，体会画中阐述的是哲理。

奚若，意为怎么样，如何？奚：此处为代词，可解为“你”。若：此处为代词“这个”。《庄子·齐物论》中有：

> 夫子以为孟浪之言，而我以为妙道之行也，吾子以为奚若？

意为：夫子认为是荒诞的狂言，我倒认为是通往玄妙的途径，我的老先生您哪——以为如何啊？

画上题字可简释为：你说它是花就是花，你说它是叶就是叶，要是再不明白啊，不如就说是未被开辟的天地一团混沌元气吧！苦禅先生虽然说的是画花、画叶，但是重点并不在花与叶的造型上，而是在说明笔墨渲染的丰富与超脱。

苦禅先生认为大写意画中的物象，既有它本身之美，又有它之外的美；既是它又非它；作者与观者在借物而悟过程中通过具象体味意象，达到对中国美学中的“似与不似”之间的理解。

5. 思佛即空

苦禅先生原名李英杰，艺专同学林一庐见其艰苦求学，喜欢禅宗画，便赠其号为“苦禅”。“名之固当，名之固当！”李英杰欣然接受。从苦禅先生一生画作的风格和研究学术的倾向来看，他确实是在“以纲带目”，纲即为中国哲学老庄禅易儒，目即为音乐、戏曲、金石碑帖和绘画，故而看他的作品绝不能只观画而不读文，不但要读，而且要理解。

《达摩面壁图》中题字分为两段：

李苦禅《达摩面壁图》
20 世纪 60 年代作

“于无心处画佛，于无佛处求尊。山谷题佛句。早年画，禅记。”

“意在笔前，普通画法如是。黄山谷之画法是于大鸿蒙宇宙中着思下笔，当局作者亦寓在画之着想中，即于大空思佛即是空，空即是佛。此画法已入佛家哲学思想中矣。余生平不写佛像，因无哲学深渊思想，故不敢率尔，此遣意写之，生平只劈头第一遭也矣！禅。”

这张画殊为珍贵的是老人皆以草书笔法写出，禅意益浓，淡赭色多渲染达摩面部，衣纹则略勒淡红，在密疏对比中头面神态益显，更以黄山谷题佛句“于无心处画佛，于无佛处求尊”等题字内容来随录参禅悟道之体会，作画心境可窥一斑。

6. 三句三论

《群鱼图》中题字为：

> 庄子惠子曾有濠梁之辩，孟轲亦有食鱼之论，东坡及佛印亦曾有苏字之趣耳。辛酉春三月戏写鱼图，八四叟苦禅于京华三里河楼头。

共计三句话，两句为典故，一句为轶事，颇为简洁，且有令人深思的余地。

李苦禅《群鱼图》1981年作

“濠梁之辩”记述的是庄子与惠子辩论鱼乐的问题。庄子说：“河里鱼儿很自在，真是快乐啊！”惠施问：“你不是鱼，怎知道鱼乐呢？”庄子说：“你又不是我，怎么知我不知鱼乐呢？”惠子又问：“我不是你，自然不了解你；但你也不是鱼，一定也是不能了解鱼的快乐的！”庄子答：“刚才你问我，‘你是在哪儿知道鱼是快乐的？’这说明你已经知道我了解鱼的快乐才问我的。我告诉你吧，我是在濠水的岸边知道鱼是快乐的。”

孟轲亦有食鱼之论——“鱼，我所欲也；熊掌，亦我所欲也。二者不可兼得，舍生而取义也。”孟子以鱼与熊掌起，讲到生与义，告诫人们在两者不可兼得的时候，应当舍生而取义。

东坡及佛印亦曾有“苏”字之趣耳——东坡刚做好鱼，见佛印远远而来，便将鱼藏到门框（亦有说书柜）之上。佛印进门闻到鱼香，请教东坡“苏”字怎么写，东坡即写了“鱼”与“禾”各在一边的两种写法“蘓”“蘇”，佛印说把“鱼”放“禾”的上头如何？字写成这样了：“䕮”。东坡说“不可”，佛印说：“那就把鱼拿下来吧！”东坡无奈，只好与佛印分食了这条鱼。

一张《群鱼图》，生动各自游，题了三句话，大义解春秋。

7. 罗浮随想

齐白石先生曾作《墨蝶白梅图》，画中题道：

坐有客问曰：梅花开时岂有蝶乎？余曰：“君可曾去过罗浮山乎？”客曰：“未也。”余曰：“君勿问。”

李苦禅《红梅仙姿》1981年作

苦禅先生曾问老人:“您去过罗浮山吗？”白石翁笑答：“我也没去过，只因画墨蝶显得梅花更白！”

苦禅先生也曾多次以墨蝶白梅作画，也题“罗浮山之景盖如是也”。罗浮山到底在哪儿？为什么被齐、李二位如此重视？

2017年在帮助友人庞月光整理《抱朴子外篇全译》的时候，得知抱朴子（葛洪）在公元333年左右，请求到传闻产丹的交趾郡出为句漏县令，后携子侄同至广州，请辞一切官职，入罗浮山炼丹修道，著书立说去也，如是三十年，卒。有此史实在前，罗浮山亦非虚名尔。

在《红梅仙姿》：苦禅先生又对梅与水仙的组合题写“罗浮仙姿，宜道亦宜神”，这里的“道”与“神”既是实指，又是虚指，可以具体地理解，也可以抽象地理解。近年因《肘后备急方》为诺贝尔奖获得者屠呦呦对青蒿素的研究提供了关键性的支持，才知道此方作者葛洪的炼丹成就早已被世界化学界所肯定和尊崇，但是我们没有站在炼丹也是一种化学实验的角度来认识，才一直没有对这一成就给以充分的肯定。

化学、物理这些科目的名称是随着西学东渐而来的，在中华文化的传统中，祖先们是用文学语言，甚至是艺术语言来描述或概括哲理和各种实验活动的，提出了“格物致知”，即：推究事物的原理法则而总结为理性知识。比如《天工开物》《本草纲目》等，“炼丹”一词既是实际的化学实验，又有道教中养生功法的表述，即所谓“炼丹田之气”这种表述，这种表述发展到现在逐渐被人们淡忘和误解。

孙中山在《三民主义·民族主义》中说：“中国有一段最有系统的政治哲学，在外国的大政治家还没有见到，还没有说到那样清楚的，就是《大学》中所说‘格物、致知、正心、诚意、修身、齐家、治国、平天下’那一段话，把一个人从内心发扬到外，由一个人的内部做起，推到平天下止。”

有位年轻人对我说，“你要不解释苦禅先生题字的内容，我就只看画儿，真没懂作品的全部意思。”对此我向他介绍了创作于1962年的一幅《鱼》，画上题字内容需细想。

曾有人问鱼名者，余即总鱼称呼之答可也。若观真鳞可临湖河海观之。壬寅初寒，兀坐案间写遣寂寥耳，禅并识之。

李苦禅《鱼》1962年

如果观者是位有传统文化基础的人就能体会出内中的玄机，即对“白马非马”的反解。

公孙龙是战国时的诡辩名家，他骑白马过关，守门官说，人可过，马不行，公孙龙说：“白马不是马。”守门官只得让他交钱而过。由此“白马非马”成为引起代代学者的研究和关注。白为颜色，马为动物之一，白马是专指白颜色的马，不含黄、黑马。马概指所有的马，从而进升为马的概念。这一有趣的辩论实际反映了哲学中的统一性和差别性的关系。

苦禅先生的这段题字没有纠缠在这条鱼的名字上，明确回答说：“我告诉你，它是鱼就是了。”在这里强调的是鱼的统一性，接下来又说：“如果你真的想看鱼就到江河湖海那里看各种各样的鱼去！”由此而过渡到差别性上。在苦禅先生大量题鱼的文字中，特别强调江河湖海中的各种各样没见过的鱼。由此我们可以理解他特别注意差异性，有差异才有区别，有区别才丰富多彩，这对绘画来说是非常重要的。

苦禅先生说：

> 古人讲，形而下者为器（真），形而上者为道（气韵）。艺术，形而下者容易，形而上者难，是高度的。中国写意艺术是形而上的艺术。

这段论述如果不去从传统文化的原点上理解，还是不懂。我们以“天圆地方”的说法做一个分析，现代人认为由于科学观念的落后，我们的祖先认为“天是圆的，地是方的”，直到航海家们转了地球一圈儿才证明地球是圆的，其实孔子的弟子曾参早就解释了这个问题。“天道为圆，地道曰方”，“天之所生上首，地之所生下首，上首为之圆，下首为之方”，他还进一步解释“而诚天圆而地方，则是四角之不揜（同掩）也”，意思是：如果真的天是圆的，地是方的，那四个角就掩不住了。曾子既没有上过太空，也没坐过飞机，他是从“方”与“圆”汉字的字义中解释的“天圆地方”的概念。犹如“道不远人”并不是就真的指道路不远，而是指“真理”这个大道就在你的身边。这种误解现在已经到处可见了，这也是我们文化传承的大障碍。因此现代人对传统文化的认识，首先要从文字的本意和文字演变的不同时期，真正地理解才行。

苦禅先生在教学中特别强调“意象”，意象的含义他是这样解释的：

> 八大山人的取物造型，在写意画史上有独特的建树。他既不杜撰非目所知的“抽象”，也不甘写极目所知的“具象”，他只倾心于以意为之的“意象”。故其所作鱼多无名之鱼，鸟常无名之鸟。八大山人是要缘物寄情的，而他画面的形象便是主客观统一的产物。由于八大山人对于物象观察极精细，故其取舍也极自由，他以神取形，以意合形，最后终能做到形神兼备，言简意赅。

主观统一的产物便为意象。苦禅先生笔下的禽鸟，以鹰为例就是具象与抽象的综合表现，尤其是他把鹰的眼夸张为方形，更强化了凶猛、机敏的特征。

苦禅先生说：

古来文人画发展到高度，必借禅学以充实其美学修养。美愈简少则愈明显昭著，愈丰富则愈虚淡含蓄。识前者易，识后者难。倘虚心潜悟亦不难，唯无知且有成见者非但无缘识之，更因此道照见其无知而恼羞、仇视，遂加罪祖先，妄议禅、老，穿凿附会，曲解经文，攻其（指文人画、禅画）含蓄为空泛，责其进取为没落。尤有假作参禅而拆庙者，适为国内极“左”之机巧附庸，国外贬我之便利口实。其伤我民族精神自尊之心，直若潜在之“尼古丁”也！

就因为有这样的现象，他才于 1962 年题写了：

中国画驾于世界之表，而不识者见之寒心吐舌，伤哉。

东西方文化不同，对哲学的认识、研究和演进都不相同。安乐哲先生是研究中国文化的大学者，我们应该接受一位外国学者的建议，以中国的语言梳理中国的哲学，向世界推广介绍。以此为圆点，我们用中国的绘画、戏曲、音乐、诗词、文章及把蕴含在各种文化中的哲学向全世界，特别是向西方进行介绍和宣传，这应是我们的责任。

2018 年 11 月 15 日

书缘·情缘

失而复得必是与所失之物有缘。尤其是在惶恐混沌之中所失，却又于从不敢奢望复得时再得，我想这必是与所失之物更有奇缘。

去年岁尾，某日下班到家，见桌子上放着一份挂号邮件。剪开侧边，一本书滑落下来。“《骆驼祥子》！”我不禁失声喊了出来。随即快读了内附的一封短信，方知这是刘光勋大哥托中国书店古旧书组的朋友找到的。令他惊叹不已的是这本书竟是出版社赠给我父亲的“样书”。我按照他的指点激动地翻阅着，赶紧找出前言中被改动的那个错字。是的，是父亲的笔迹！再看封底上那“样书”二字组成的我很熟悉的图章，霎时，我惊惊喜喜恍恍惚惚颤颤抖抖……

老舍先生的名著《骆驼祥子》于1936年9月至1937年10月在《宇宙风》上连载，1939年3月由人间书屋出版发行。这个“高个子，头精光，眉粗短，圆眼，肉鼻子”的洋车夫一出世便窜进了京城的大街小巷，伴随着各种叫卖的嘈杂，大小庙会的热闹，使人觉得满街跑着的车夫都该叫祥子。

我的父亲孙之儁对这个憨厚的“傻骆驼”，特别是对书中老北京的人、事、景物的描述更感亲切。于是在1940年“就开始试着给祥子作插画”，“为了画得真实一些，常到实地去速写”（见连环画《骆驼祥子》序言）。

1948年10月至1949年1月，由我父亲编绘的《骆驼祥子画传》在当时的《平明日报》连载，并刊登了即将出单行本的广告。

新中国成立初期老舍先生回到北京，我的父亲将重新编绘的《骆驼祥子》拿去给老舍先生看。老舍先生说：“祥子没毛病，虎妞很合理想，刘四爷也不错。”

1950年12月，我父亲便将这本重新编绘的《骆驼祥子》交给了上海华东书店。1951年4月出版发行。

按规矩在发行前由出版社寄来样书由本人校正。这本有“样书”图章的书无疑是书店寄给我父亲的。特别是前言中改动错字的笔迹——“他（老舍先生）把很多外国语文的祥子封面给我看”，父亲把“语”字勾掉改为“译”字。

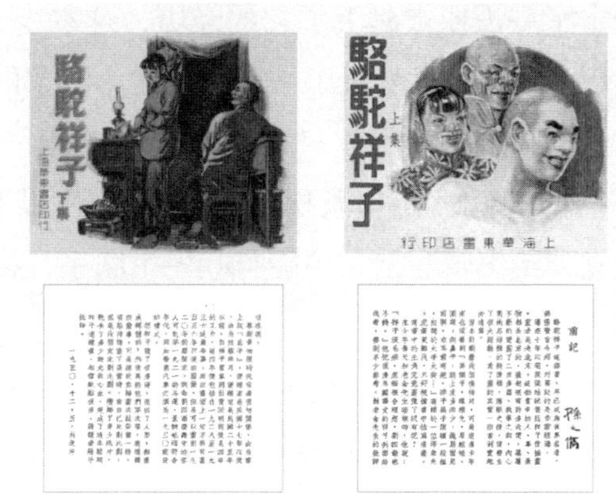

孙之儁先生1951年所绘《骆驼祥子画传》

我看着这熟悉的一切想起了许多往事。

1966 年 9 月 2 日这本书和我家的全部书风卷残云般地被大卡车不知拉往何处。“文化大革命”后有幸接到通知，到先农坛大殿去认领抄家物品。当我和丈夫在阴冷的大殿寻寻觅觅了一番之后，只认回了父亲签名的两本二簧曲谱和一幅残破的画轴《三馀图》——这是 30 年代王青芳先生赠给我父亲的，画上题有我父亲的名字。而大量的父亲的作品却一件也没找回来。

此画拿回后重新揭裱，上面特留一诗塘，先生戚戚然，挥毫写了一段文字。

英年早逝的阮文龙是父亲的老学生。改革开放之后他办了一个画店。出于对老师的爱戴，在他编辑出版一本画集时特来找我，诚恳地说，一定要收进我父亲的作品。趁此机会我也将命运坎坷的王青芳先生的这幅画一并交给了他。

画册既出就有观者，其中竟有这样的有心人：国家地震局的研究员刘光勋先生，他竟然用放大镜把《三馀图》上面的“微缩文章”给顺了下来。读后大惊，始知李燕与我父亲“乃翁婿关系”，立即寄信到中央工艺美术学院。积累了多年思师、寻师深情的一封信转到了我的手中，读后我潸然泪下。原来他是我父亲 1948 年时教的学生。

光勋大哥是个奇人，除了专业之外涉猎广泛。一天他将 1927 年至 1937 年我父亲在《北洋画报》上发表的七十多幅漫画作品放大复印，达到出版的清晰度，并做了序，放到我的桌上。此举使我精神大振，顿时打开了寻找父亲作品的一条通道。旋即他又开始用各种办法寻找父亲曾发表过的其他作品。精诚所至，金石为开，这本 1951 年出版的《骆驼祥子》的上集就这样被他找回来了。

晚上，我把这本书放在枕边，冥冥中想到，青埂峰下的顽石到温柔富贵之乡走了一遭便被刻下了它的经历，这本小书离开我家31年曾有谁翻阅？丢弃或压挤在何方才躲过了被焚烧或化为纸浆的厄运？无从知道。我只想，它既能回来必是与我有缘。进而又想，或许是和光勋大哥有缘。忆及1995年8月4日《北京晚报》有叶苍松先生一篇小文《我集老版小人书》，提到《骆驼祥子》。我立即给编辑写信，望能与叶先生联系，谁知得到的回答是“地址不详”。从此便断了这念想。

一定是光勋大哥与此书有缘才把它找回！如果真是与它有这份奇缘的话，这缘分中却让我分明感到一种浓浓的师生之情，一种深沉的中国人所特有的亲情。

“我一定利用假日陆续到中国书店十几个门市部请他们代为寻找下集……”光勋大哥信中的话慰藉着我进入了梦乡。

1998年4月28日

插图的魅力

插图，会给沉浸在小说的愉悦中的读者一种无限美妙的享受，特别是那优秀的精彩的插图。

令几代人感动的托尔斯泰的名著《安娜·卡列尼娜》的插图刻画的卡列尼娜的姿态、表情、眼神和手指的动作是那样令人怦然心动，它把读者完全带到了小说描述的环境中，撩拨起读者对卡列尼娜的爱怜和理解……这种对人物入木三分的描绘，使这些插图即使离开了原著，也是可以独立欣赏的，这样的绘画作品在中外名著中还有很多。

最近，人民文学出版社出版了插图本小说《骆驼祥子》。书里109幅插图，全部是我的父亲孙之儁在五十多年前精心创作的。

老舍先生是以描写北京人生活见长的作家，他的小说很写实，尤以祥子最突出。因为写的是一位车夫，他活动的范围亦是街巷胡同，四九城内外。老舍先生的心里装着一份清晰的老北京城的沙盘，祥子的两条腿跑到哪里，走什么街，拐几个弯，在方位上先生一点不带错的。这就很有趣！一个虚构的人物，却置身于一个完全真实的环境，读者不但跟着祥子的故事走，而且把自己对真实环境的感受混在祥子的感受里，分不清书里书外。再加上老舍先生的生动、准确、丰富贴切的北京语言，我们就跟着祥子渐渐地步入老北京人生活的“实境”。

这样的经典作品怎么画？

父亲说：“服装景物跟时代有着密切的关系，由于书上说‘北平’，便确定在民国十七年以后；由于出版年月，便确定是民国二十五年以前，自祥子买车到出卖阮明前后是四年的工夫，这四年便包括在1928年至1936年这几年里，所以画面上一定不许可画出1936年以后的服装，但是可以画出1920年的服装来。例如刘四爷庆寿来的客人，可能穿1921年的斗篷，景物也得符合年代，

一 祥子是一位北平洋車夫，力壯年輕。

例如营业汽车必须是1930前后的样式。”父亲以非常严谨的态度准确地再现了散发着那个时代气息的人物社会动态和生活环境。

第一幅画面，父亲非常准确而生动地给祥子来了个亮相。小说中是怎样描述祥子的呢？“高个子，头精光，眉粗短，圆眼，肉鼻子，腮上皮多肉少，铁扇面儿前胸，右耳前有个疤，脖子几乎跟头一般粗，出号的大手大脚……他的腿长步大，腰里非常的稳，跑起来没有多少响声，步步都有些伸缩，四把不动，使座儿感觉安全、舒服。说站住，不论在跑得多么快的时候，大脚在地上轻蹭两蹭，就站住了；他的力气似乎能达到车的各部分。脊背微俯，双手松松拢住车把，他活动，利落，准确；看不出急促而跑得很快，快而没有危险。”父亲把文字描述转化成生动的画面：祥子的腿、脚、脊背、双手，跑动的姿势，完全体现了老舍先生塑造的人物。仔细审视祥子，我们看到的是“活动，利落”“跑得很快，快而没有危险”的跑起来的祥子。现实主义的艺术创作使老舍先生准确生动地描写出一个京城人力车夫，遵循这个原则，父亲画出了一个会拉车且能跑起来的人力车夫。让大家认可：这就是那个时代的人，而且是“祥子”！

第二幅，简洁的画面突出了他与车的关系，坐在洋车的水簸箕的脚垫儿上，侧头看着自己拉的那辆车，脸上那种单纯而微笑的表情，把小说中描述祥子爱车，渴望有自己的车的心情表现得很生动。同时父亲也没有忘记祥子是从农村来的，那年二十二岁！我们可以直面感受祥子的朴实与敦厚！

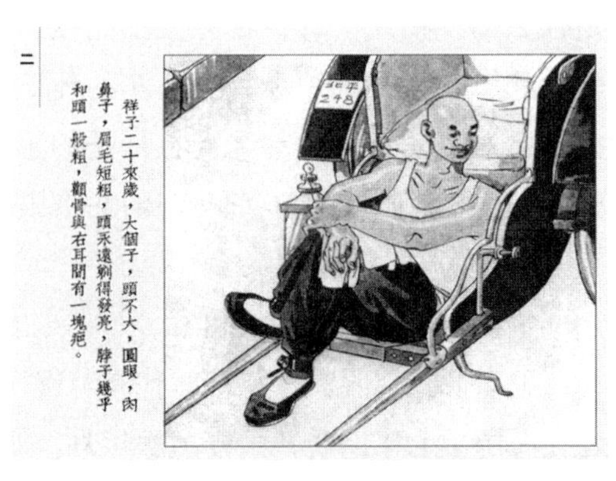

二 祥子二十來歲，大個子，頭不大，圓眼，肉鼻子，眉毛短粗，頭禿還剃得發亮，脖子幾乎和頭一般粗，顴骨與右耳間有一塊疤。

第四幅，祥子买车，文中是这样描述的：铺主打算挤到个整数，说了不知多少话，把他的车拉出去又拉进来，支开棚子，又放下，按按喇叭，每一个动作都伴着一大串最好的形容词；最后还在钢轮条上踢了两脚，“听听声儿吧，铃铛似的！拉去吧，你就是把车拉碎了，要是钢条软了一根，你拿回来，把它摔在我脸上！”……“我要这辆车，九十六！”铺主知道是遇见了一个死心眼的人，看看钱，看看祥子，叹了口气：“交个朋友，车算你的了……”

画面中两个人物的动态充分体现了小说中的描述。那一根筋，只有九十六块却非要买这辆车的祥子，汗珠子四下迸，手里托着钱，另一只大手又笨拙地垂下。车主呢，正在手脚并用，眼、嘴都没闲着，夸他的车。

如果只读过小说，而没有在北京长期生活，没有充分地体会市井人情，是很难画到这种深刻的程度的。

随着故事的推进，我们看到了祥子的不同侧面。

第十九幅，面对着异样的虎妞，祥子困惑了。

第六十四幅，结婚以后，祥子被虎妞挟持着。处于从属地位的他，虽说身强力壮，却是个弱者，蜷缩地蹲在门框边上，毫无办法。

一九

桌上擺着燒鷄、白干，虎妞硬逼着祥子喝了幾盅，虎妞告訴他：『老頭子上南苑啦，今晚上不回來。』

第八十六幅，老实人到了哏节儿上常常显得无能，看着虎妞难产，祥子束

六四

他一氣走回來，脫下長袍，蹲在爐旁烤手。虎妞：『啊！以後出去，言語一聲！別這麽大咧咧的甩手一走！』

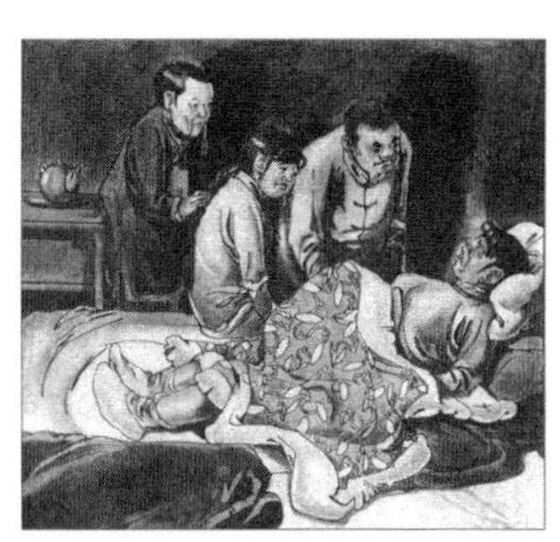

八六

燈節左右，祥子、小福子、收生婆連着守了她三天三夜，把一切神佛都喊到了，全沒有用。

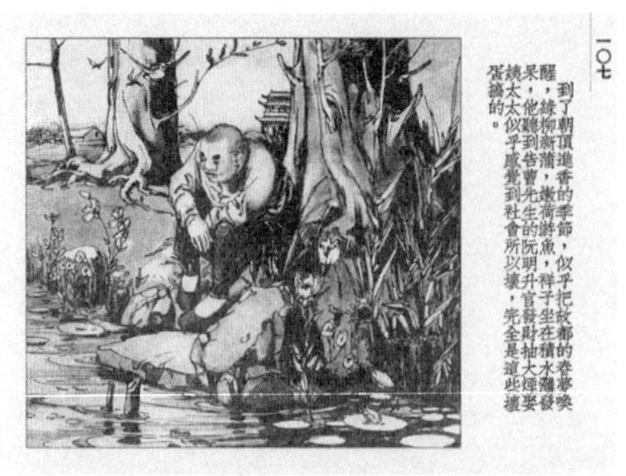

手无策。

第一百零七幅，虎妞死了，小福子也死了，而阮明却升官发了财。这是为什么？祥子在思考。

在这部小说中，老舍先生刻画了近三十个人物，有的人物出场不多，但却异常生动、深刻。比如小马儿的爷爷和小马儿。

小马儿的爷爷没有名字。那年头儿，人穷，连名字也穷没了。别看他又老又穷，一出场就震住了小茶馆里的车夫们。

老者的干草似的灰发，脸上的泥，炭条似的手，和那个破帽头与棉袄，都像发着点纯洁的光，如同破庙里的神像似的，虽然破碎，依然尊严。大家看着他，仿佛唯恐他走了。祥子始终没有言语，呆呆地立在那里。听到老车夫说肚子里空，他猛地跑出去，飞也似又跑回来，手里用块白菜叶儿托着十个羊肉馅的包子。一直送到老者的眼前……

小马儿也就是十二三岁，脸上挺瘦，身上可是穿得很圆，鼻子冻得通红，挂着两条白鼻涕，耳朵上戴着一对破耳帽儿。立在老者的身旁，右手接过包子来，左手又自动地拿起来一个，一个上咬了一口。

在老舍先生的心里，小马儿的爷爷是尊神，是破庙里的神，“虽然破碎，依然尊严”。父亲采用了电影中的近景，定格在他推开门的一刹那，完全的正面，被冻得十分木讷的脸，刻画得很细致，倾斜而僵直的身躯，仿佛马上就要栽倒下来，同时，随他而来的那股寒气也扑向读者……

这样的茶馆，这样的车夫们，小马儿的爷爷，小马儿……这些当年的生活场景，这些京城的下层人物……画面让我们回到

了那个年代……

祥子拉过三家的包月车，杨宅、曹宅和夏宅。老舍先生笔下，这三家的太太极有特点，祥子对她们的看法、感情和关系也大不相同。

在杨宅只干了四天，对杨家的太太们和认不清且数不过来的孩子，祥子整个一个“讨厌”。二太太是苏州人，苗条的身段，时髦的穿着，这么一个干净人物却交给祥子一个泥蛋似的娃娃。大太太是天津人，出口雄壮，却极虚阔，抠门儿。拿出一毛钱来打发祥子，谁曾想老实人也有发火的时候！

杨家大太太

杨家二太太

虽然各自只有一次出场，然而这两位太太极具地域性的造型和动态神情准确之极。

曹太太（图一）

夏家姨太太（图二、三、四、五）

在曹宅，祥子干的时间最长，曹先生是他心目中的圣人，曹太太呢，也是让祥子很尊敬的人。父亲画的曹太太和善端庄，从她大方而得体的动态里我们体味到老舍先生笔下一位“非常的和气，拿谁也当个人对待”“规矩的得人心”的曹太太。

在夏宅拉包月，已是虎妞死了以后。在祥子眼里，夏太太虽然打扮得这样入时，可是她没有一般太太们所具有的气度。这位“暗门子”出身的姨太太，让祥子在生活的旋涡中又沉沦了一圈。瞧她的媚人动态，诱人的眼神，真是“一个美艳的虎妞”，更具诱惑力的女人！

插图版《骆驼祥子》小说于2004年1月出版，图为孙燕华与舒济（中）、策划编辑王海波（右）

老舍先生说：“小说创作的核心是人物。”他为我们创作了许多生动、深刻且极具色彩的京城人物。理解老舍先生的作品，具有老北京生活的底蕴，熟悉他所描写的人物，才能活灵活现地展示出他所描述的那个时代的人物的外貌、动态、个性……看了父亲的创作，老舍先生当时就给以肯定的评价：“祥子没毛病，虎妞很合理想，刘四爷也不错。”

在当今，各种时髦的画风亦如过江之鲫，稍不注意，就创出一种新口号，但是，平心而论，当我们摒弃浮躁，静心审视的时候，不得不承认，现实主义的、具象的，和大多数人的审美趣味相吻合的绘画作品还是最容易被接受的，特别是那些蕴含着大量人文内容的作品。

近年来整理出版了不少有关老北京的书籍，风土人情，城墙门楼，胡同会馆……但是大多是照片。表现老北京的绘画作品则多为七八十年代以后，京城画家们根据照片或记忆所作。在我的印象里只有二三十年代陈师曾先生画过的一些人物画具有京城民俗风貌，再有就是我父亲从40年代就开始创作的祥子，尤显出它的珍贵。虽然它是根据小说来创作的，但是由于老舍先生的写作基础是北京人真实的生活，而我父亲在绘画的过程中延续着写实创作的原则，所以这种用画面再现当年京城老百姓生活的作品不但有欣赏价值，更具有资料价值！

绘画作品特别具有强烈的时代感。父亲所画的祥子，不但充分体现出老舍先生的思想内涵，在艺术技巧上也凸显出五十多年前艺术家的鲜明个性。这是十分宝贵的。我想这部插图本一定会随着时间的推移更显现出它的魅力吧！

2005年春

钟情于京味　三画“傻骆驼”
——《骆驼祥子画传》再版背后

记忆里的北京

1950 年 12 月 5 日父亲写了《骆驼祥子画传》的前记，文中说：“远在十年以前就开始试着给祥子作插画。”那就应该是早在 1940 年，也就是祥子的故事发表的第四年（1936 年 9 月《骆驼祥子》开始在《宇宙风》杂志连载），他就开始以祥子的题材进行绘画的创作。

眼下，我手头保存着一张父亲最后一次画祥子时的创作草稿，稿纸的左上角清晰地写着“1962 年”。这就是说，在近 20 年的时间里，他总是不断地思考、创作着这部名著。

这是一件非常引人深思的事情。

为了再版《骆驼祥子》连环画，我反复研读了原著，反复琢磨了每一幅画面。面对着手头的两个版本，面对着画面上的人物、环境、动态、表情，追寻着书中的文字描述，我总是不停地问自己，父亲为什么这么画？为什么又进行了改动？

在我的记忆中，家里存有不少父亲画的北京景物水彩写生：北海的桥、颐和园的船码、荒凉的陶然亭窑台、西直门外的高亮桥、西山的香界寺……他也画过大量的人物写生：胡同里卖驴肉的老者、拉洋车的大爷、城门洞卖西瓜的小贩、唱京韵大鼓的女艺人、北海滑冰场上的少女……有的是速写，有的是国画，有的是漫画，还有的创作为油画。

在我出生之前的 1943 年，父亲买了复兴门里柳树井的一块空地，盖起房子。他把工人施工干活的场景和动态都拍成了照片：淋灰膏的、择麻刀的、挑砖瓦的、砌墙的、独轮手推车、脚手架、运灰的马道，等等，足足存了一本。小时候，我特别爱翻这本相册，总是指着问，这是在干什么？那是在干什么？长大一些，我才明白，这，都是他积累的素材。以画家的视角，记录人生、社会，他认为这是一种使命。

父亲没有停留在这一步上，他很聪明地把大量的对北京人物的速写、对古城景物的写生、对民俗生活的映象，依托在了“祥子”的故事之中。让那些在他的头脑中积累起来的、无名无姓的、散乱的人物和场景，借助祥子、虎妞、刘四爷和他们的故事，串起来，给他们以灵魂，让他们真实地出现在画面上，再现给读者。

那些散乱的素材经过父亲的组合有机地活了起来，从人物的形象、表情、动态、衣着、房屋、桌椅、板凳、茶壶茶碗……都以故事情节为连线，结构出一幅幅充满了“京味”的画面，忠实地、真实地、生动地再现了老北京那个时段的生活。

我想，父亲也和老舍先生一样，生活在北京，深爱着北京，洞悉这里人们的灵魂和情感。书中的人物始终活跃在父亲的心里，总能引起他的眷恋与共鸣，才使他不断产生强烈的创作欲望。而他是个画家，用自己的画笔把这种爱表现出来，应该是他极想做的事情。这应该也是他用二十多年的思考和追求，完成一个题材创作的原因和意义。

两个漫画版本

从数量而言，父亲的第一版《骆驼祥子画传》应该是 1948 年 10 月起，在《平明日报》上连续发表了 59 幅。这个版本酝酿和创作的时间很长，推算应该有七八年的时间。

到了 1951 年 4 月，上海华东书店发行《骆驼祥子画传》上、下集本，这是在原有的基础上丰富和改进的，然而画风却大不相同。

1962 年以后，他又全部重新构思创作了“祥子”，完成了一百多幅，可惜，经过“文化大革命”浩劫，早已荡然无存。这一套画稿完全是铅笔素描，尽管人物造型基本没改动，但与前两次的画稿风格差异很大。

而且，最近我发现，1948 年、1951 年，虽然仅隔两年，但父亲对同一个题材作品的绘画风格却很不相同。前期比较夸张、粗犷，后期却非常写实、细致。

这种风格和技法的变化，要从父亲的绘画经历上说起。父亲早年毕业于北平国立艺专，在校学习时，他已经成为社会上有影响的漫画家，应该说，他是

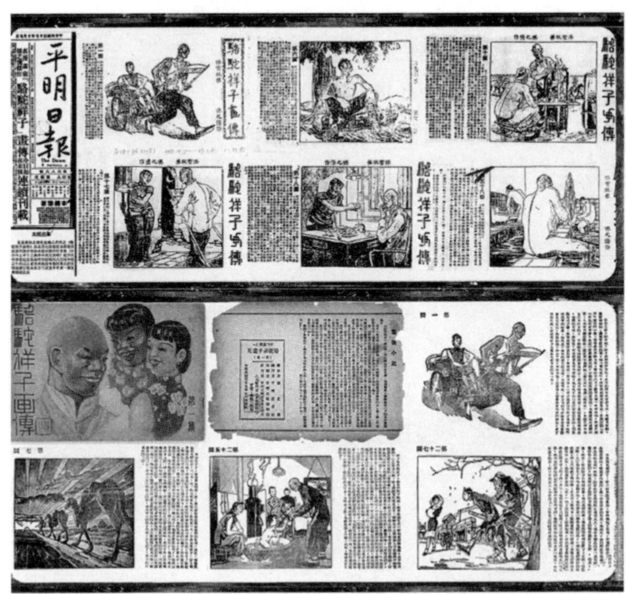

1948 年 10 月《骆驼祥子画传》（报纸版）连载于平明日报（上）。同年 11 月《骆驼祥子画传》第一集（单行本）由平明丛书社出版发行（下）

艺术专科学校毕业的早期漫画家之一。因此，功底坚实是他的优势。而漫画家所具有的思维敏锐、造型夸张、感情充沛、犀利锋芒等特点，对于幽默活泼的父亲来说，表现得更突出。

1936 年，在段承泽先生的邀请下，父亲两次到西北包头县的河北新村，经过半年的合作（段永泽写文，孙之儁绘图），完成了《武训先生画传》画稿。这本画传在重庆经陶行知先生作跋再版多次。当时在社会上有很大的影响。这本画传不是以漫画的形式完成的，也不是用绣像的办法画的，虽然是用线造型，父亲并没有用中国传统的“十八描”来画人物、衣纹等，他以人体结构为基础，采用了硬笔、写实的造型方法，但在画房屋砖墙时，既使用了焦点透视又运用了传统界画的画法，这在连环画发展过程中也是一种推进和尝试。

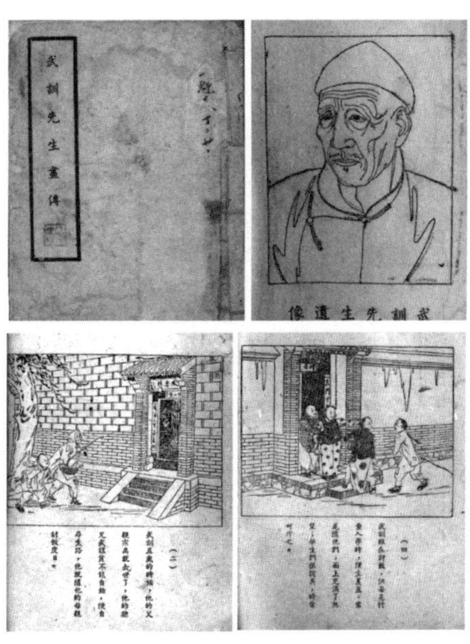

段承泽撰文孙之儁绘图的 1936 年《武训先生画传》

比较 1948 年版的《骆驼祥子》与 1936 年画的武训已有很大的不同，

此稿作于1962年，是孙之儁先生第三次创作《骆驼祥子》，可惜由于"文革"画稿子丢失，仅此一张被保存下来，所以未能出版。

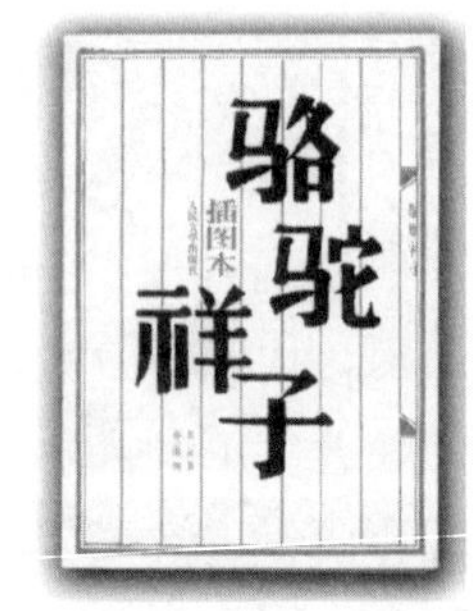

小说《骆驼祥子》由人民文学出版社出版于1955年1月，1962年11月再版。2005年3月增加插图版发行。"俊"改为"儁"

《骆驼祥子画传——老舍名著的形象解读》人民文学出版社，2006年12月出版，2011年8月再版

而1951年版的祥子显然是用硬笔画出造型，用水墨分出明暗层次，画面上凸显出来的是丰富的素描关系，与1948年的祥子又不相同。

在画面处理上，除了上述的吸收电影特写镜头的表现手法之外，还采用了装饰的画法。如虎妞与祥子发生关系的那一幅，根据老舍先生对流星和秋萤的描写，他完全摆脱了写实，用一种象征的手法，用潇洒的、富有韵律感的线条和小星，簇拥着虎妞与祥子的剪影，把情节交代了过去。

法无定法，连环画应该属什么画种，用什么技法，谁也没规定。根据内容的需要，采用多种不同的形式，淋漓尽致地表达画家的情感和内容，这才是最重要的。

永远的"祥子"

老舍先生说："小说创作的核心是人物。"祥子，应该说是他笔下极为成功的人物。从18岁进城直到26岁的秋天，祥子在一次次打击和沉沦后，从一个努力好强可爱的农村小伙子，堕落成为偷奸耍滑的无赖。在这些吉凶顺逆的故事里，祥子鲜活地、有声有色地显现在读者的面前。

父亲和我讲过，画连环画就跟当导演似的，你的笔得把每个人物画活了，让他哭就哭，让他笑就笑，不但情节让读者看懂，而且得把每个人的性格塑造出来，让人看着合理真实、有趣、耐看。父亲画画儿时十分投入，他的表情经常随着笔下的人物变化着，每到此时，我和妈妈都会在旁边笑他，我还赶紧去查找原文看故事发展到哪儿啦，为什么人物会出现这样的表情……

由于画家是通过画面——平面，把人物的造型、动态、表情，空间、景物、环境，故事的情节，交代给读者，因此，画家画谁就得自己扮演谁，自己设计所扮演的这个人的一切：外貌、穿着、动态。

与此同时，连环画则要随着故事的进展，不断地变换场景，这就要求画者搜集、整理出各种环境和道具。构思出多种构图，调度笔下的人物。而在绘画过程中，画者需要独立缜密地思考，从构思到绘画，从宏观到微观，尽心尽力地去完成，才能达到最佳的效果。

我想，能够把人物“定格”在最典型的方位和角度上，并不是一件轻而易举的事。

2016 年

漫画史上的光荣一页

——五三漫画社的缘起

引　言

今年是“五三惨案”发生的第90周年。当下的人们经常会把“五卅惨案”和“五三惨案”混淆。

“五卅惨案”于1925年发生在上海。起因是日商棉纱厂工人罢工，日商开枪杀死了共产党员顾正红。在中国共产党的领导下，5月30日举行了包括广大工人和学生在内的示威游行，遭到英国巡捕开枪射击，死伤和拘捕了近百人。

在1928年的“五三惨案”发生在济南，是一起日军无故挑起事端，在济南屠杀中国军民的大惨案。第一次世界大战期间，日本借口对德宣战，出兵山东，夺取德国在山东的利益，多次借口扩大自己的势力范围，企图通过制造“五三”惨案把山东据为己有。

（一）奋起的青年漫画家们

惨案发生以后引起了全国人民的愤怒，八位活跃于北平的青年漫画家拍案而起，怒以“国耻之日”为名，成立了《五三漫画会（社）》。

请看登载于1928年5月30日《北洋画报》上的这篇短文：（附《漫画社复活记》原文）

北京漫画社。创始于去春。发起者有艺专高才生冯翰雷奎元宗维赓及愚等。纯为研究性质。平日除于每星期一在艺专公开展览外。曾一度参与轰动都门之春季艺术大会。闭幕之日。一时舆论。独于吾

漫畫社復活記

漪珊

The Japanese outrage. By C. C. Sun.

童漪珊《漫画社复活记》（文）孙之儁《五三》

（漫画）发表于 1928 年 5 月 30 日《北洋画报》

社作品着好评焉。北京名画家先后加入者。如校长林风眠。法人克罗多氏。及名画家王石之等。作品既日趋上乘。会务亦愈臻发达。嗣因社员中作品。有讽刺时局过甚者。深为当局所不满。卒因取缔而致停顿。今风眠先生南下组校于西湖之滨。而旧日社友亦泰半随与偕往。都门艺术界。枯涩沉寂者久矣。最近留京社友宗维庚孙之儁诸子。鉴于漫画之在今日。实于改良社会。描写性情。不可少之民众化的艺术。因复纠合同志。重振旗鼓。取国耻之日为名。改创《五三》漫画社。殆所以志不忘欤。该社业于本月二十七日成立。枯寂之都门。增此阐扬艺术之团体有如祥光焕发。吾不禁馨香祷祝其成功焉。

作者　（童）漪珊

宗维庚、孙之儁诸子是“鉴于漫画之在今日。实于改良社会。描写性情。不可少之民众化的艺术”，才“复纠合同志。重振旗鼓”成立“五三漫画社”。请注意这句——“殆所以志不忘欤”！此文简练、中肯、准确，毫无煽情做作之态，是研究漫画史不可或缺的资料。

随短文同时发表孙之儁先生所画的《五三》是一幅寓意深刻的漫画：日本侵略者是一根重重的铁链，把中国人牢牢地捆绑起来，折磨其身躯，囚曲在地，

孙之儁作《无题》发表于1928年5月27日《北京画报》晨报副刊

孙之儁作《大家还不快醒吗！日本人的炮弹射在你们头上了！》发表于1928年6月3日《世界画报》

孙之儁作《国事濒危时代之中央公园门口》发表于1928年6月10日《世界画报》

“五三”两个字警示着国人……下面的英文可译为“日本人的暴行！”

值得注意的是，在5月27日孙先生就发表了《无题》的作品：画中被捆绑的山东大汉正遭受日本板斧的砍杀，而“他省”的官僚们纷纷逃避，深刻地讽刺了当时国内军阀混战，不顾国家民族利益的现状！6月，孙之儁先生接连发表几幅抗日的漫画《大家还不快醒吗！日本人的炮弹射在你们头上

孙之儁作《今已成他的了》发表于 1928 年 6 月 10 日《世界画报》副本

了！》，画中沉睡的人们没有感到日本侵略的危机，画者在向他们大声疾呼，画面上飞动着的和已经爆炸的炮弹与沉睡的人们形成了强烈的对比。《国事濒危时代之中央公园门口》则向尚无警觉的国人发出警示。《今已成他的了》则揭露了日本侵略者的野心。在我搜集这些作品的同时，也整理出五三漫画社其他成员的作品，发现了五三漫画社成立时拍摄的珍贵照片。

在五三漫画社中王君异先生是主力，特选出两幅他的作品提供给读者。

《笑容可掬之田中图》刻画了当时的日本首相田中义一的侵略嘴脸，眼睛里是

王君异作《笑容可掬之田中图》发表于 1928 年 6 月 3 日《世界画报》

王君异作《示威运动》发表于 1928 年 5 月 12 日《北洋画报》

童漪珊作《同胞！留神田中的痴想实现！》发表于1928年6月2日《北洋画报》

炮弹，嘴里是刺刀，虽然在笑，可掩不住侵略扩张的本质。

《示威运动》作品表现了中国人民抵抗日本侵略的决心，城墙上写着“示威运动”，寓有众志成城的含义，而日本海陆军瞄准了山东。

《漫画社复活记》的作者童漪珊先生的这件作品有鲜明的抗日色彩：日本首相田中义一面对写着CHINA的中国版图，横放着一把刺刀，上写着“二十一条”——当时的中国政府被迫签订的屈辱的卖国条约。在他身后标志出南满、胶济、青岛等中国领土的位置，他高唱人道、公理、亲善、和平的调子，沉浸在占领中国领土的痴想中。

童漪珊与孙之儁、李苦禅先生均为国立艺专时的好友。特别应该说明的是，童漪珊往返于京、津，曾在天津《庸报》主持副刊，同时在《益世报》也时有漫画作品发表，在当时漫画界十分活跃。20世纪80年代初，他从美国来信给李苦禅老人并问及孙之儁先生，此后失去联系。

蒋汉澄先生的作品：《来了一个渔翁》，相扑打扮的日本人身强力壮，看着盘中的“鱼”——中国，而把其他想侵略中国的帝国主义列强甩到一边。蒋汉澄先生也是当年的艺术青年，摄影、漫画、文章……

蒋汉澄作《来了一个渔翁》发表于1928年6月3日《世界画报》

多才多艺。1949 年以后任协和医院照相室主任，中国摄影家协会第一、第二届常务理事，中国老年摄影学会理事。

在 1941 年 2 月 14 日、15 日、16 日发表了侯少君先生写的《现代艺术家传——孙之儁》。在第二篇中，特别写到了《五三漫画会》，请注意，此文是北平仍在沦陷时期发表的！

原文选取如下：

> 留心北京漫画界动态的人们或许不会忘掉“五三漫画会”这个名词吧？那便是孙先生同王石之、王君异、蒋汉澄等几位朋友所组合的，这是华北漫画史最光荣的第一页。

（二）“艺术大会”的历史作用

《五三漫画社复活记》中童漪珊先生提供了一段珍贵的史料：“北京漫画社，创始于去春。发起者有艺专高才生冯翰雷奎元宗维赓及愚等。纯为研究性质。平日除于每星期一在艺专公开展览外，曾一度参与轰动都门之春季艺术大会。”文中“始于去春”应为 1927 年春，“轰动都门之春季艺术大会”即为林风眠发起的“艺术大会”。

“艺术大会”为什么能“轰动都门”呢？曾有记录如下：

1927 年林风眠发起组织“艺术大会”，主张艺术家走出象牙塔，深入民间，了解大众，表现大众的生活和苦难。5 月 1 日，艺专校内，自校门至大礼堂墙壁上、柱头上均贴有该校学生所作漫画多幅及关于艺术的各种标语：

> 打倒模仿的传统的艺术！
> 打倒贵族的少数独享的艺术！
> 打倒非民间的离开民众的艺术！
> 提倡创造的代表时代的艺术！
> 提倡全民的各阶级共享的艺术！
> 提倡民间的表现十字街头的艺术！
> 全国艺术家联合起来！

东西艺术家联合起来！

人类文化的倡导者世纪思想家艺术家联合起来！

这是一段极有历史意义的文字资料，三个“打倒”、三个“提倡”和三个“联合”非常明确且富有战斗性！这是新文化运动、五四运动之后，民国初期酝酿在先进的文化艺术青年们思想中追求的境界和目标。由此我们可以理解，依然处于“艺术大会”精神鼓舞下的艺专的青年学生在惨案发生之后由王君异、王石之、孙之儁等人拍案而起成立的五三漫画社，以“重振旗鼓取国耻之日为名”是有思想基础的。这是革命思潮的力量推动的结果，是中国漫画界的骄傲，是漫画史上光荣的一页。

结 语

“国家兴亡，匹夫有责”始终是那些为国家、为民族命运而努力奋争的人们的座右铭。回顾历史是为了鼓舞当代，漫画家们曾做出的努力不应被埋没，不能被忘记，更何况在“五三惨案”中牺牲的英灵们。

如今，蔡公时先生的铜像矗立在济南趵突泉公园的五三纪念堂。蔡公时的铜像是爱国华侨陈嘉庚先生捐资特请德国雕塑家完成的。2008 年五三纪念堂落成于趵突泉公园内，铜像即从新加坡运回安置于纪念堂内。当人们参观当年被日军轰炸的济南城的图片和实物的惨状时，都会切身地体会到不强国是没有出路的。

习近平主席在近两年的强军训练是非常鼓舞中国人民的，无论是朱日和练兵，还是近日的海军实战训练，都鼓舞着中国人民奋勇前进的决心和信心。回顾百年来中华民族的苦难，我们只能砥砺前行！

2018 年 4 月 13 日

链接资料：

①蔡公时简介

濟南日軍歇斯底里大殺戮

蔡公時。

5.3 日軍無故挑起事端，在濟南屠殺中國軍民。

本月1日，蔣介石的第一集團軍佔領濟南。日軍亦調集齋藤旅團、第一師團主力進入濟南，兩軍處於對峙中。

本日上午，賀耀祖部第四十軍部1名士兵患病，在送醫院途中遭日軍阻攔，因語言不通，雙方發生爭執。日兵竟開槍，當場打死士兵及役夫各1名。隨即，日軍以此爲口實，沿街屠殺中國軍民。第四十軍三師七團遭日軍突襲，全團1000餘人被繳械。

蔣介石聞訊後，嚴令各部停止還擊，駐商埠區的中國軍隊全部撤退，並派外交部部長黄郛到日軍司令部與第六師團師團長福田彥助交涉，請其約束部下。日軍對此置若罔聞，將黄郛扣留了18個小時，逼他承認衝突是由中國士兵挑起。晚上11時，日軍不顧外交慣例，衝入濟南交涉處，將戰地政務委員會外交處主任兼山東交涉員蔡公時等19人捆綁毒打。蔡公時表明身份，並表示抗議。日軍竟割去他的耳鼻，挖割他的舌頭和眼睛，然後將其槍殺。其餘人員除2人逃出，全被慘殺。

4日凌晨，國民政府派熊式輝前往交涉，日軍條件苛刻。此後，又先後派趙世暄、王正廷、崔世杰與日軍交涉，並請英、美駐濟南領事調停，均無效。8日，日軍炮轟濟南。9日，猛攻濟南城門。11日，中國軍隊被迫退出濟南。日軍入城後又肆意屠殺居民。在整個慘案中，中國軍民死亡3254人，受傷1450餘人。

被日軍繳械捆綁的中國士兵。

《济南日军歇斯底里大杀戮》蔡公时说明

蔡公时（1881—1928），江西省九江市人；早年以讲学为名，宣传进步民族思想，后去日本学习，结识孙中山，加入中国同盟会；1911年参加辛亥革命，策动江西独立；1913年参加讨袁护法运动，后再入日本东京帝国大学政治经济科学习；1916年在北平创办北平民国大学；1917年后任广州护法军政府大元帅府参议、上海工统委员；1924年追随孙中山北上；1928年任国民革命军总司令部战地政务委员兼外交处主任。北伐军进入山东，日本恐怕中国一旦统一，必不能任其肆意侵略，是以竭力阻挠北伐之进行。蔡公时奉命赴济南与日方交涉，据理力争，痛斥日寇种种暴行，竟被日寇割鼻削耳挖眼残忍杀害。

②五三漫画会成立照片

澄蒋俊孙庚宗之王巽王炯刘如钟逵谌至自影会立会漫五
君汉君之君维君石君君君尔君心君亚左右。摄大成画三

《五三漫画会成立大会摄影》1928年6月3日发表于《世界画报》

61年前的禁毒漫画

漫画最能及时地反映社会动向和问题。它主题鲜明，针砭时弊；简练活泼，形象生动；夸张的造型和幽默的风格使大众都能接受。

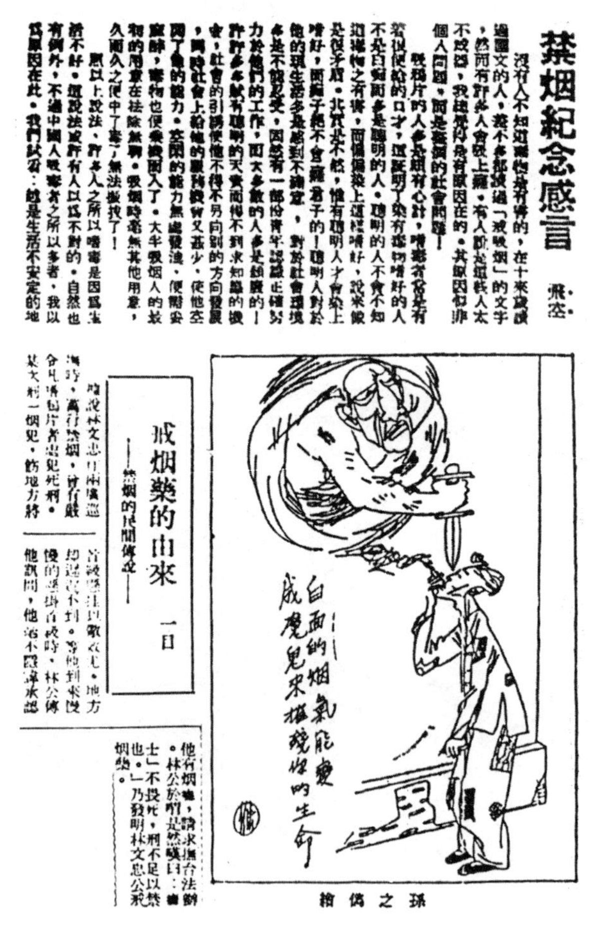

禁烟紀念感言

飛空

沒有人不知道毒物是有害的，在十來歲讀過國文的人，差不多都讀過「戒吸烟」的文字，然而有許多人會吸上癮，有人說是這些人太不覺悟，我總覺得是有原因在的。其原因似非個人問題，而是整個的社會問題！

吸鴉片的人多是頗有心計，嗜毒者很是有着很便給的口才，這證明了染有毒物嗜好的人不是白痴而多是聰明的人。聰明的人不會不知道毒物之有害，而偏偏染上這樣嗜好，說來像是很矛盾。其實並不然，惟有聰明人才會染上嗜好，而獃子絕不會成癮君子的！聰明人對於他的現生活多是感到不滿意，對於社會環境多是不能忍受，固然有一部份青年認識正確努力於他們的工作，而大多數的人多是頹廢的！許許多多聰明的天資而得不到求知慾的機會，社會的引誘使他不得不另向別的方向發展，同時社會上給他的麻醉機會又甚少，使他空閑了無的能力，空閑的能力無處發洩，便需要麻醉，毒物也便乘機闖入了。大半吸烟人的最初的用意在於解除無聊，吸烟時毫無其他用意，久而久之便中了毒，無法擺脫了！

照以上說法，許多人之所以嗜毒是因為生活不好，這說法或許有人以為不對的，自然也有例外，不過中國人吸毒者之所以多者，我以為原因在此。我們試看：就是生活不安定的地

戒烟藥的由來

——禁烟的民間傳說——

一日

孫之儁繪

禁烟漫画（一）原载《世界日报》1937年6月3日第11版

1839年6月3日至23日，林则徐将收缴的鸦片在虎门海滩销毁，不仅给西方殖民者以经济上的重创，更为世人树立了中华民族自立自强的形象。林公，英雄也！

一百多年来，纪念林则徐禁烟壮举的各种活动连绵不断。1937年6月3日在当时的《世界日报》和《益世报》上，我的父亲孙之儁分别发表了内容为《白面的烟气能变成魔鬼来摧残你的生命》和《吸食白面就是引魔入腹，立刻间就得倾家败产、妻离子亡……》的漫画，对毒品给人民带来的灾难以醒世的生动表现。经刘光勋先生修版，现选出二幅发表。这是61年前创作的漫画作品。大家看后是否有所触动，有所回忆呢？禁绝毒品吧，为了我们的民族！

1998年6月29日

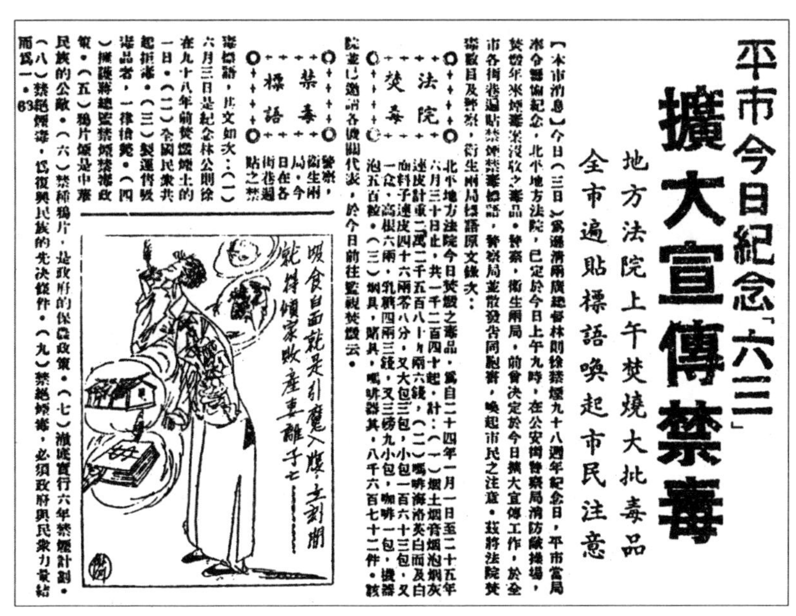

平市今日紀念「六三」

擴大宣傳禁毒

地方法院上午焚燒大批毒品

全市遍貼標語喚起市民注意

【本市消息】今日（三日）爲前清兩廣總督林則徐禁煙九十八週年紀念日，平市當局為擧備紀念，北平地方法院，已定於今日上午九時，在公安街警察局消防隊操場，焚燬年來查沒收之毒品。警察，衛生兩局，前會決定於今日擴大宣傳工作，於全市各街巷遍貼禁煙禁毒標語，警察局並散發告同胞書，喚起市民之注意。茲將法院焚燬毒品數目及警察，衛生兩局標語原文錄次：

法院

北平地方法院今日焚燬之毒品，爲自二十四年一月一日至二十五年六月三十日止，共一千二百四十起，計：（一）烟土烟膏烟泡烟灰速皮計重二萬二千五百八十兩六錢，（二）嗎啡海洛英白面及白面料子速皮四十六兩零八分，又大包三包，小包一百六十三包，又一盒，高根六兩，乳精四兩三錢，又三磅九小包，咖啡一包，烟泡五百粒，（三）烟具，賭具，嗎啡器具，八千六百七十二件，該院並已邀請各機關代表，於今日前往監視焚燬云。

禁毒

標語

警察，衛生兩局，今日在各街巷遍貼之禁毒標語，其文如次：（一）六月三日是紀念林公則徐在九十八年前焚燬煙土的一日。（二）全國民衆共起拒毒。（三）製運售吸毒品者，一律槍斃。（四）擁護蔣總監禁煙禁毒政策。（五）鴉片煙是中華民族的公敵。（六）禁種鴉片，是政府的保農政策。（七）澈底實行六年禁煙計劃。（八）禁絕煙毒，爲復興民族的先決條件。（九）禁絕煙毒，必須政府與民衆力量結而爲一。63

禁烟漫画（二）原载天津《益世报》1937年6月3日第5版

回家的感觉真好！

为了纪念80年前的一次盛会，即1936年第一届全国漫画展，也为了纪念离世50年的父亲，我们姐妹和家人亲属策划完成了在上海图书馆的《笑写沧桑——民国时期漫画家孙之俊[①]作品展》。

在中国现代漫画发展的过程中，人们首先想到的就是上海，无论从时间范围、出版水平和数量的积累，还是从漫画家队伍形成、壮大和知名度来讲，上海都是首屈一指的。正是因为各方面的必备条件相对成熟，上海才书写了漫画史上辉煌的篇章，才成为相聚交流，智慧与能力相互比拼，被称为“漫画家同仁们”的一个大家庭。这个大家庭的老一辈便是沈泊尘、丁悚、黄文农、张光宇……

在中国，当时的上海是一座商业化程度最高的城市，它的漫画出版物印刷精美，数量和品种都是一流的，当然也就成为全国漫画家投稿最多，希望在那里能够展示自己的作品，比如《时代漫画》《上海漫画》等颇受作者的关注和读者的欢迎。我的父亲长居北方，但他的作品能经常出现在《时代漫画》上，为什么？因为他是北方漫画界起步最早，并且由于毕业于国立艺专，造型能力很强，富有充沛活力的作者。

他的漫画创作长达22年，自1927年至1949年，作品由京、津突起，大量发表;他是北方1928年成立的“五三漫画社”的创始人之一，“那时北平五三漫画会（社）和上海漫画会遥遥相对，俨然成为中国漫画坛的盟主”。（摘自王青芳的《闲话“漫画”》，发表于1936年5月天津商报画刊）。因此孙先生应邀成为全国第一届漫画展的筹委、评委。1937年7月，在中山公园春明馆举办的“北平漫画展”他是主要策划和主办人；尽观他的作品，会充分感受到他的激情、勤奋和视野

① 作者注：儁同俊。自古二字便通用。后因简化字通行，有个阶段电脑字体库中有的没有“儁”字，故只能用“俊”。我父亲在《骆驼祥子画传》和《武训画传》出版时用的都是“儁”，故一般情况下统一用“儁”。特此说明。

《笑写沧桑——民国时期漫画家孙之俊作品展》开幕式合影

开阔的特点，充分感受到他关注民族命运、社会底层大众的立场和大爱。他的单幅漫画和连续漫画创作非常密集，经常一天内在几家报纸上同时发表，说明他的心态一直处于创作之中，用句俗话形容“眼观六路，耳听八方”也不为过，时时注意着社会的新闻，抓住一点即开笔创作，剖析实质，设计形象，组织构图，编创着他的漫画故事。孙之儁先生非常活跃，他经常身兼教员、编辑、记者，频繁往来于北平、天津，而为了这第一届漫画展，又在1936年8月来到上海，使他能在京、津、沪三处漫画发展的重镇广交了朋友。

父亲以活泼生动的文字记述了他初来这座当时远东最现代化城市的感觉，写出了《上海游记》，至今读起来仍是十分亲切。父亲对上海诸位漫画家都有亲切戏谑的描述，坦诚和热情洋溢文中，不由得就让读者进入现场的氛围之中，仿佛看到了青年时代的叶浅予、鲁少飞、陆志痒、张乐平等人的样子……留下了漫画家群体活动的文字资料，这是十分难得的。字里行间丝毫没有与沪上友人之间的隔阂与客套，那种热烈气氛充满了漫画同仁们“一大家子”的感觉！

2016年9月21日下午2点，《笑写沧桑——民国时期漫画家孙之俊作品展》在上海图书馆展厅开幕。当展览开幕式和研讨会结束以后，有一位朋友对我说：“你们这个展览让我感到有浓厚的回家的气氛！”这句话先是让我一愣，随即令我百感交集，太对了，这真的是一次回家的感觉！这种“一大家子”的感觉已经从80年前延续到了今天，并且增加了新的成分和内容。

虽然我的父亲由于画《武训画传》（上海钱君匋先生主办的万叶书店出版）被批判之后逐渐淡出了美术界、漫画界，但是他的作品、他的影响没有消失，尤其是郑辛遥先生对我说：“我们都知道你父亲，在《时代漫画》上看到过他的作品！”沈天呈等诸位漫画界实力人物在研讨会上热情发言，十分动情，虽然初次见面，但是一点儿也不生分，张乐平先生的公子竟然找到《上海游记》中我父亲对老张先生的描述，引得我们大笑起来。老百姓中有句话，叫作“父一辈、子一辈”，在这里我深切感到上海漫画家们上下传承的群体感，他们特别认同“老一辈”，那种对老一代漫画家的尊敬与对漫画发展的担当的活力，让我也走进了“漫画之家”。

上海是我的大姐一家人居住工作了 50 年的地方，这让我始终有半个家在上海的感觉。早些时候我的姐夫宗凤洲在中国人民解放军第 12 军任参谋长，从 1947 年开始与李德生军长工作、战斗在一起。1962 年他调任上海警备区参谋长，当时正是宣传南京路上好八连的时候，他也经常下部队。晚年他与巴金先生在华东医院病房为邻住了大约有七八年，97 岁高龄去世。这一次 12 军的许多红二代们从北京、南京、杭州等地纷纷赶来，向我的大姐孙静——这位兵妈妈致敬，他们的那种亲情，带着一种革命战友相聚的大家庭气氛，这又让我感到另一种家的感觉！特别是上海警备区的政委戴长友的讲话，对我的姐夫等老领导，对我的父亲等前辈艺术家的尊重，令我由衷地感谢。

徐悲鸿先生长孙徐晓阳，蒋兆和先生的子女蒋代平、蒋代明，著名油画家李瑞年先生之子李楯也来到现场，这些美术界世交子弟的和谐努力形成了一种接力式的亲情。还有长期在上海工作的中央美院毕业的学生们，苦禅先生弟子龚继先夫妇、吴自忠夫妇，著名作家文学家陈四益、陈子善先生的参与，特别增添了文化艺术的合力与厚重，这是又一种前后纵横，大文化融合的“家”的感觉。

这次展览的方方面面都很严谨、完美、顺利，当然都是主办方上海文史馆和上海图书馆努力的结果。郝铁川馆长的序言给予父亲中肯而切实的评价，我们深感欣慰。大姐孙静身为上海市文史馆馆员多年，这是第一次让大家了解自己的父亲和他的成就。多年来让她在 91 岁高龄的时候亲眼看到父亲作品的展出是我最大的希望，因为我俩之间的亲情不同一般。我们的家人是在中华民族的危难之中，在革命战争的残酷中一起走过来的。我们的父亲曾经为了掩护姨姨丁冷（中共地下党）和大姐，被国民党捕去坐牢一年零四个月。大姐出狱后带着 8 个月的我，伴着每天给父亲去送饭的母亲，度过了一段非常艰难的日子。在我心里大姐和姐夫，既是同辈，也是疼爱我的长辈……开幕式的现场，站着我们这个大家族的一半成员，甚至还有从美国赶回来的，我深感我们家的后代们无愧于自己的前辈，无愧于自己的国家。

上海图书馆的展厅也是我熟悉的“家”，从李苦禅先生的大展到我的丈夫李燕先生年初的新春展，这已是第三次来了，依然看到的是展览部的吴敏主任的微笑和王旭东先生的真诚，这种友好协作的亲切感让我们觉得是到家了。

上海漫画界沈天呈、郑辛遥、张慰军（张乐平之子）等都参加了《笑写沧桑——民国时期漫画家孙之俊作品展》的开幕式

这绝不仅仅是一次父亲漫画的遗作展，而是参与者和参观者们对一段历史的回顾，对人生的回顾，更是各种亲情的凝聚和交融的难忘瞬间。“笑写沧桑”是北京画院副院长吴洪亮建议的，最初，我只感觉非常有意境，此时我品味出它饱含着一种“前为古人，后为来者”的推动合力与奋进开拓的重张。

展览场景让我对上海观众也产生了由衷的敬意。他们看得非常认真，很有共鸣，排着队写留言，拿到父亲的画集靠在图书馆外墙边就认真地阅读起来，这是我已经很久没有见到的场景了。

回到北京已经一个月，但是我的心仿佛还在上海图书馆的展厅，还在回味着那种回家的感觉，真好！

2016 年 10 月 28 日

“命题”出佳作

“命题”是中国人在文化生活中体现出来的一种独特智慧，自古有之。大家较为熟悉的《红楼梦》中以“问菊”“忆菊”等“命题”来作诗，即是一例。

《蛙声十里出山泉》

作画亦是如此。宋代画院时常“命题”令众人开笔，后来此举扩展到文人雅士的生活中，因此留下了众多艺术佳作与逸事传闻。

齐白石先生门下弟子众多，胡絜青女士位列其中，且成绩斐然。老话说“夫唱妇随”，这回可以改成“妇唱夫随”了——由于夫人胡絜青女士的关系，大作家老舍与大画家齐白石平添了一份更亲近的友谊。于是，老舍先生以诗句“命题”嘱画，白石先生随即留下《蛙声十里出山泉》这幅佳作。

这幅画独一无二，山石笔墨之苍润，水溪波纹之自然，称得上前无古人！山势峻峭，由近及远；溪流清澈，潺潺而下，几只蝌蚪顺势游来，让观者顿时想到了青蛙，心有灵犀地体味着那空谷里传来的蛙声！没想到“命题”作画，竟能引出白石先生如此巧妙的构思！

其实伴随这幅画诞生的还有另外三幅：《手摘红樱拜美人》（苏曼殊句）、《凄迷灯火更宜秋》（赵秋谷句）、《红莲礼白莲》（苏曼殊句），但《蛙声十里出山泉》最受世人称赞。为什么呢？蛙声是夏夜最吵人，也是最雄壮的“交响乐”，若是画一群蛙儿齐唱，必不是画家的构思，只可作为生物课的图解。怎样才能渲染出十里之外既闻蛙鸣，又能想到山石流泉的清幽意境？白石先生生长于湖南乡间，又经胡沁园等名师指点，苦读诗书，生活环境和艺术修养促使他能想到如此高妙的表达，创作出这幅旷世佳作。

《泉趣图》

转瞬间，老舍先生已“120岁”了，不知道他与白石先生是否还有酬和交集？即使有了“天眼”和“5G”，“那边儿”的事儿我们也无从知晓，但可以肯定的是，“这边儿”的人一直都没有忘记他们。

白石先生门下收的第一位弟子李苦禅后继有人，其子，已经76岁的李燕率领后学，以“泉趣”为题作六尺中堂一幅，取前贤作品中“蛙声”“山泉”之意境，由小蝌蚪的妈妈——青蛙，以及藤萝引申出白石先生作品中的诗意，尤以从“丹柿小院”赶来凑趣的白猫续写了与老舍先生的情缘。伫立画前，由衷动情，叹故人之情愫，感时光之荏苒，心中油然升起一种“匹夫有责”的担当——“蛙声十里”凝聚着前人的智慧和才情，“泉趣”则展现出当代人对艺术的追求与承续。

《泉趣图》中，李燕依原韵，拟六句小诗题于画上：“只缘蝌蚪引溪径，循声十里觅清源。攀岩不辞汗浃背，果现碧蛙鸣其间。早有白猫来凑趣，丹柿小院奔来看……”仍以蝌蚪起，沿溪溯源至青蛙，以白猫引出对老舍故居“丹柿小院”的遐想。对比白石先生六十多年前的作品，虽已情境迥异，然气脉相通，立意相连，通幅仍依“六法”，既有与前辈应和之意，又显后生恭笔之情。此画一经装裱，即令我眼前一亮，温润率真的笔意，层石皴擦的适度，色调的清爽，白猫和青蛙的顾盼，随波竞游的蝌蚪，既突出了画作的主题，又彰显了作者的至诚与功力。

《泉趣图》是由四人合作完成的：徐德亮写意白猫，毛贤伟勾勒青蛙，杨子洋挥写紫藤，李燕作山石泉流，皴擦点染，题写诗句以成此幅。在纪念老舍先生 120 周年诞辰的日子里，这幅画作既表达了对老舍先生的怀念，又沿袭了文人间以“命题”为形式进行创作的良好传统。

何人命此题？本人是也。

2019 年 9 月

画家徐东鹏——痴心伴丹青

东鹏大哥是我们俩的大哥。东鹏大哥还是我们俩的媒人。自小在一起长大，算来已近60个春秋。

因为接触太多，交往甚密，往往倒是很难识得庐山真面。

前日他送来准备出版的诗画集，邀我俩写个序，这自然是推不掉的。

静下心来，拜读一位十分熟悉的人的作品，竟给我们带来一种意想不到的感受——突然像看回放的电影，既有东鹏大哥从小到大的身影，又有我们对自己的回顾，既来自空间，又来自时间。

“文化大革命”期间，东鹏大哥时常去中央美院煤渣胡同宿舍看望苦禅老人，带上几样拿手好菜，为仍被审查，留守北京，看美院传达室的苦禅老人改善一下伙食。此时的他也总会带上几张习作，诚恳求教。老人竟忘了自己被审查的处境，边说边示范。爷儿俩一问一答，躲进陋室，管他春夏秋冬！

三十多年过去了，透过他的画作看到那依然不断耕耘的身影和孜孜以求的探索。他没有在光怪陆离中失去本真，没有盲目的“创新”，没有肤浅的“渲染”。依然以中国画的笔墨为乐事，在用笔用墨上琢磨，沉浸在创作的愉悦中。几十年的执着，让我们看到他不倦的努力和坚韧的意志。

我们知道东鹏大哥一直在许多地方讲课，但没想到他抽空将自己多年教学经验和方法总结得如此清晰。读他的文稿，仿佛听到他在课堂上循循善诱地讲课。两年前，所住的大院老年干部书画组的同志们想请一位老师讲花鸟技法，找到我们。我俩一致想到了东鹏大哥。第一次课后，便听到书画组的老人们交口称赞：“讲得清楚，示范得好，很有收获！”

为人诚恳，忠厚善良，责任心强，这就是东鹏大哥的本色。

集中看他的诗作，几十年还是第一次。坦诚、真挚，规矩而不过分拘泥，既是他的为人，又是他的诗意。读起来使人轻松惬意。他的《题瓶梅》：

白梅两枝，泥瓶一个，案头伴我坐。
引春入室，香沁宾客，共议丹青乐。

读起来犹如白话，却把我们带进群贤毕至、赏梅作画、其乐融融的境界。通俗易懂，看似平淡，读起来颇有几分乐趣。

白菜非佳肴，庶民食中宝。把来习笔墨，俗中亦见巧。

——《题白菜》

生来无缘爬“长城”，何与三君苦相争。留得荏苒习笔墨，愿伴孤灯侍丹青。

——《题油灯》

传统文人画讲究诗书画印，东鹏大哥不骄不躁，不气馁，却在中国画的园圃中默默地耕耘着，全方位推进，我们衷心地祝愿他与时俱进，更上一层楼。

2005 年 11 月 23 日

由《百年华彩》说起

近期在中国美术馆举办了《百年华彩》大型水彩画展，非常好！既有全民性的观赏价值，又有水彩画发展变化的历史价值，具有时间与空间最佳坐标位置的展览。

举办关注到早期水彩画的发展，也促使我整理出李苦禅先生和孙之儁先生保存至今的极为珍贵的水彩画作品，并由此写出两段小文。作为后人，我由衷地希望它们能帮助现在的年轻人理解老前辈们的努力和求索的足迹！

一、创办吼虹画社

20 世纪 20 年代初，由于西方艺术学校办学模式的传入，打破了传统的师傅带弟子的学画方法。无论是南方还是北方的美术专科学校的西画系、雕塑系……都是以写生素描、速写打基础，进而学习油画、水彩、水粉……

李苦禅先生进入北京国立艺专学习时考入的是西画系，当时的基础课是由克罗多、齐蒂尔等外籍老师教授，因此西方绘画中最核心的，对透视、色彩的研习打开了他的眼界，从后来的大写意花鸟画中我们仍然可以看出其西画基础的特殊功效。

人们总是形容年轻人朝气蓬勃，一腔热血，无论在历史发展的各个时期青年人总是勇立船头充当弄潮儿。李苦禅先生与他的同学好友们也是如此，《中西画会·吼虹画社》的成立就是一个很好的例证。

这是两张苦禅先生保存下来的珍贵照片，是当年吼虹画社聚会展览时拍摄的。面对这两张照片，我们已经识别不出多少人了，但是从后面挂着的作品可以看出：第一，这是当时一群文艺青年的社团；第二，这是以中西绘画研究创作为宗旨的社团；第三，从李苦禅（坐左四）、赵望云（坐左三）、孙之儁（坐左六）、周维善（站者左四）等几位来看，他们均为当时活跃于画坛的人物，并且成为近现代美术创作和教育的中坚人物。现在我们能识别出的是，挂在正中下面的那张北海的石桥是孙之儁先生的作品，《松林乌鸦》为王青芳的作品，苦禅先生说他画的是张人体，但在画面上无法辨别。

20 世纪 20 年代中后期，李苦禅（座椅左起第四穿白长袍者）联合赵望云（座椅左起第三抱胸者）与孙之儁（座椅右起第二着西装者）等同仁组成了“中西画会吼虹社”

根据国家图书馆工作人员提供的线索，吼虹画社曾经出版过刊物，可惜至今还未曾见过，但是，“中西合璧的研究和探讨是我们的宗旨”，这是苦禅先生一再强调的。我们认真地分析过李苦禅、赵望云、孙之儁和周维善，他们之所以能够定位于无论在当时还是现在，看起来都很时尚和有意义的课题上，基础是他们都曾学过西画，并且懂得或者同时也学了国画。苦禅先生自不必说，大家都知道他是由西画系毕业回归国画的；孙之儁同样是西画系的学生，但在 20 世纪 20 年代后期的《北洋画报》上，也有他发表的国画作品。由此可以明白一个最简单的道理，研究者必须又得懂西画，又要懂国画才能深入探讨中西合璧的问题：摒除与吸纳、杂交与变异……都必须在掌握了它们之后才能完成。如果你只会烙葱花饼，他只会做比萨饼，各吹各的优点，拒绝向对方学习，那就只剩下打架，绝不能创新了。至今这样的例子还少吗？

苦禅先生的大写意花鸟之所以达到炉火纯青，别开生面的境界，除了他对传统文化的广博而深入的研究外，也得益于对西画的研习。这里推荐他的两件作品分别画于1925年和1926年，从中可以看出他对水彩画的认识和把握的程度。

李苦禅《宛平城》（水彩画），1926年5月作

《宛平城》这幅画中大量对比色的使用和《麦收》画面中对光的表现，无疑融入了他后来的国画作品中。侯一民先生说，“对西画的学习增加了苦禅先生的胆量和气魄。”这是非常准确的。

李苦禅《麦收》（水彩画），1925年作

90年前的这两件水彩画的宝贵之处，在于它让我们真实地看到了前辈的足迹，看到了“外来物种”西画水彩是怎样融入中国画坛，并且被吸纳成为中国的水彩画。

遗憾的是我们对吼虹画社这个群体的关注和研究太少了，此文所提及的内容仅可略窥一斑而已矣！

二、重读《水彩画三到》

我的父亲孙之儁先生于1927年考入北京国立艺专的西画系，从此决定了他一生的绘画道路。

人生道路的变幻莫测既无法预料也难以掌控。父亲曾对我说，“小时候，我就想当一个世界上最有名的大画家，努力到现在不过如此而已。你要记住，求其上得其中，求其中就只能得其下了！”

现在我整理出父亲的作品主要是漫画，几千件，但都是从国家图书馆旧存报纸上扫描出来的；还有二十几本连环画和他一生三次创作过的《骆驼祥子》、使他命运发生重大转折的三次创作的《武训画传》。这些资料是我从报国寺连环画书摊上买回来的。至于他最主要的油画、水粉、水彩画早在“文化大革命”初期就已经被学校红卫兵抄走，破坏殆尽，他也在残酷的迫害下含冤而逝了。

幸亏有父亲的学生孙蒲远大姐赠给我，她多年保存的，父亲于1961年的水彩画写生樱桃沟《香山初秋》，尚可略慰心中的痛楚。

父亲在20世纪三四十年代以漫画活跃于社会，但他的西画画得非常精彩，犹如他的为人，干净、利落、精到、疏朗。在这张秋景中，可以看出他的风格。记得在他带我去看英国水彩画展的时候，指着那幅《海岸边上的旧船壳》告诉我，“水彩画的颜色一定要薄，但是一定要丰富。”他边看边评，一直很兴奋。我问他，“您是不是特别喜欢英国水彩画？”他点点头。

父亲留下的文章不多，但种类不少：小说、游记、杂文、剧本……其中他发的短文《水彩画三到》，应该是一篇很生动、简练的小论文，再现如下：

孙之儁《香山初秋》，1961年作

“三到”即脑、眼、手三者各尽其极之谓。

今者欲画一垂直线，操笔挥之，立成一垂直线，手到也；不垂直则手不到。

今者欲确定此苍松之绿，启眸凝视，将其所得之印象，蘸到数种色，调之，结果得此苍松之绿，是眼到也；不得，则眼不到。

今者欲宇宙间万象之于我，无循形，无隐迹，运脑索之，深明远近，大小，明暗，浓淡之关系是脑到也；不明，则脑不到。

“三到”，则佳构立成，缺

一莫办。

初习西画宜先明理论，理论者何？不外透视学与色彩学。且夫画之构成仅形与色，透视之理明，轮廓自不成问题；色彩学之理明，明暗自不成问题。是必先脑到也。

万象悉由衬托而生。君读至此，可伸手于日，则见一黑掌；伸手于暗，则见一白掌。同一掌也因光线不同而所生之色亦不同。此掌于普通光线下约用柠檬黄、朱红、土黄、赭石、深红、紫、却巴而脱兰、普鲁士石青、褐等色，然其百分比数为何？自不能以天秤秤；然其褐色应填于何处？自不能涂于一定地点，悉由作者斟酌。伸右大拇指距睛一寸，左大拇指距睛三寸，右必大于左。同一大拇指也因远近不同而大小亦异。其大小之比数自不能以尺量，悉由作者斟酌，明乎此是眼到也。

孙之儁《西山香界寺》，1954年作

脑策目，目策手，先于纸幅上绘简略之型于中央，使所占之位置，上下，左右，大小适当。由此简型钩适当之轮廓，逐渐修正各线之“斜”“长”“比”，伸膊量之，使较正确，再蘸色涂之。勿拘勿滥，一拘即嫌小器，一滥即嫌啰唆。多审定，少动手，笔触要疾风落叶，线条要一挥立就。抖起精神对纸笔如对劲敌，必赶尽杀绝而后已；鼓起胆来是明是暗，拼命硬抹毫不留情；苟如此，笔法定佳，是手到也。

天下事无往不如是，成功难者乐趣多，成功易者乐趣少，绘事何独不然？“三到”之作定优于信手拈来，习斯道者其三复与。

（原文发表于 1936 年 3 月 30 日天津《庸报》）

如果以“百年华彩”来研究中国水彩画发展的话，1936 年乃是它发展的青少年时期。但从孙之儁先生行文中看，对此画种他已经在透视学和色彩学方面颇有研究并熟练地驾驭了技法，否则是写不出表述如此准确的文章的。令人感到异样的是，他并没有使用当时已经相当流行的白话文，而是以起承转合、文白相间、精练生动的语言表达了他的认识和理解，令人读来亲切生动，明白无误。这或也是学术性文章的另一种表述方式吧！

作为他的女儿，行文至此，是否有夸父之嫌呢？否。下面再摘几句旧报文章以为佐证：

> 提起孙之儁来，或许在你的印象中只不过一位漫画家罢了，这你是错误的，要知道他也是一位成功的水彩画家。说起来，他的漫画要算是水彩画的副产品。不过他的漫画作品与大众接触机会较多，所以他只能为一般人认准了是漫画家。
>
> 他对于学画是持着一个公正的观念，他不主张标奇立异地去画什么达达派、立体派，也反对一些连现实都不懂的，而偏要硬着头皮去画“超现实”派；其实他也不是拘谨的古典派，他的作品是有个性的，一根爽畅的线条，正如同他的体格，流利而响亮的说话是一样的。对于素描有很深的心得。他对于水彩和漫画有着同样的爱好，但严格说对自己的水彩作品比较满意些，他曾说：“这也许是我平素见漫画太多的缘故！”他的水彩大致看有点像梁鼎铭的作品，但他的特长是俊秀、轻松、写实、色调鲜丽。
>
> （原文载于 1941 年 1 月 14—16 日《实报》《现代艺术家——孙之儁》，作者：侯少君）

父亲是绝对想不到他轻快流利的《水彩画三到》一文会重新发表在 80 年之后的！此文的再现如果能对水彩画的研究起到一些作用的话，他一定会感到特别欣慰。

2015 年 1 月

享受穿越的境界

一

当前最时尚的艺术表现形式之一就是“穿越”。其实“穿越”也不是现代人的新手段，远的不说，侯宝林先生的相声《关公战秦琼》就是一种“穿越”，一种“时间”的穿越。当然，在传统戏曲中还有许多“天上”“地下”空间的穿越，正是这种富有想象力的“穿越”，大大地丰富了我们的故事内容，开拓了民族文化的多重色彩。但是“穿越”在近年来娱乐至死的热捧中却只显现了它无厘头的一面，而没有体现出“穿越”这种形式在学术研究中的价值。

最近我们完成了一件夙愿，一个良好的夙愿。我相信，年轻的朋友们如果沿着这条思路，选择一个有意义的课题，一定会为中国书画、各种民间艺术、地方戏曲、古建民居等研究提供巨大的空间，发掘更多的新视点，结出更多的新成果。

那么我们“穿越”的是什么呢?

宋末元初赵孟頫所作的《鹊华秋色图》（现藏台北故宫博物院），是一幅传承有序的精品，而且围绕它还有许多故事。原作上面所有的题跋和印章都说明了收藏者对它的重视，从乾隆皇帝至大藏家，赞誉之词显现了它的珍贵。辗转传承的记录使不同时代的古人直接沟通了，这种心灵的感受只有作为中华民族的子孙才能深有体会，仿佛当你触景生情默默地背念着“知否，知否，应是绿肥红瘦”的时候，那种感受既是自己的，也是李清照的一样。

怎么才能找到赵孟頫与乾隆皇帝当年站立鹊华桥上的感觉呢?怎么才能寻到当年鹊山华山周边的画意呢?唯一的办法就是拂去岁月的记录，穿越回赵孟頫时代的空间。电脑技术帮了我们的大忙!只留下画家自己的印章和题跋，把其他所有的印章和题跋都去掉。好!这一下还原出《鹊华秋色图》当年的风貌，

复原的《鹊华秋色图》

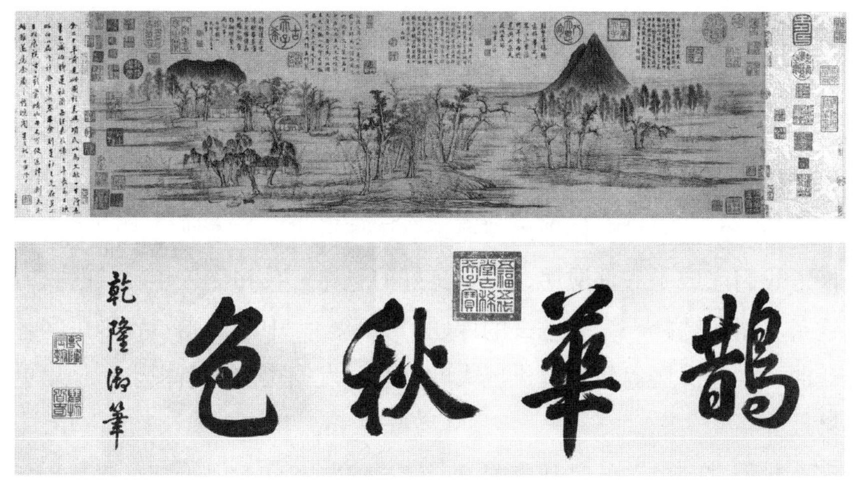

《鹊华秋色图》手卷

显示出赵孟頫在画此幅作品时，看到的是什么，概括的是什么，追求是什么，审美情趣是什么，以及他对中国画色彩的理解和对笔墨的使用。顿时，我们仿佛站在赵孟頫身边，共同欣赏他刚刚完成的新作！这是一种严肃的有学术意义的穿越，这种“穿越”完全打开了我们的视野，令我们冷静，令我们思考，令我们兴奋。

如今济南的鹊华桥已今非昔比，然而当我们乘船游到此处时，不由得想起赵孟頫的这幅名作，并且联想到当年乾隆爷令随从疾马飞奔京城皇宫取出此画至泉城，站立于鹊华桥上对画观景、指点江山的惬意。

二

鹊山与华山是济南正西面的山，两山并不高，如果没有这幅图卷，鹊华二山大约不会如此有名。赵孟頫为浙江吴兴人，曾任职济南。他的好友周密虽然祖籍济南，却生长在吴兴，未曾到过济南。赵氏回家省亲，见到好友即向他描述泉城之美，遂作此图赠之，大约如同现在拍张照片或录像给对方展示吧！谁知不但展示给了周密，也一直展示到了如今。

《鹊华秋色图》完成至今已有七百多年历史，从目前保存的手卷中，我们查阅到画面上钤印 185 枚，其中有多次钤印的同一方印章，乾隆题跋 9 段，董其昌题跋 5 段，大收藏家项元汴收藏印章盖在了多个显要位置上，还有其他人的题跋。这些厚重的积淀充分显示出我们民族文化历史的浑厚绵长。

中国记史的办法历来有两大类——编年史与断代史，观看完整的手卷犹如在看“编年史”，提出原作的风貌犹如看“断代史”。编年史侧重于时间，“断代史”却给我们提供了更大的历史空间。当我们认真地分析赵孟頫的画意与笔法时不难看出，他在继承五代、宋代的多种技法中糅合自己的特质，显现出的就是名标画史的赵孟頫！

在此，我们不去做进一步的分析和研究，只是以一个新的视角开个头，为分析和研究历史名画做点尝试，这或许是穿越的一个新境界吧！

2013 年

曲艺·戏曲

又是金秋送爽时——《胡同古韵》十年记

熬过闷热的酷暑，迎来初秋的清凉，风清月朗，竹影摇窗，整理起纷乱的思绪，写一段荡气回肠的往事，以馈那些真诚的朋友！

十年前，我们拍了一部汇集北方多种鼓曲艺术的电视系列片——《胡同古韵》，前后用了八九个月，参拍人员八十多位，先编辑成十一集，第一次拍的是以介绍《集贤承韵》票房为主要内容的短片，继而又拍了以介绍曲种为主要内容的十集片。后来，在北京日报社和北京电视台的支持下，又续拍了《聊聊〈胡同古韵〉》两集，共十三集，在北京电视台、中国教育台多次播放，曾引起京津地区不小的反响，特别是曲艺界的朋友们给予高度的评价："这是有史以来第一部系统地介绍北方曲种的系列片，有宝贵的资料价值！"

对于打小就听曲艺的观众来说，这份称赞应该是我们的光荣。但是如果说"有宝贵的资料价值"的话，那是全体参演、拍摄人员的功劳！从心底真诚地感谢那些热情支持我们的艺术家、学者、艺人和京城曲艺票友。当时经济上十分拮据，所有参拍人员，讲劳务费，一分没有；论卖力气，个个干劲十足。为什么？大家心气儿倍儿齐，为的是一个目的——振兴曲艺！

岁月匆匆，十年前的场景历历在目，然而环顾左右，却也生出许多伤感。

作古之人为大，首先让我们追思在这十年中那些逝去的人，献上盛开的秋菊，敬给：魏喜奎、王辅仁、王决、许多、何剑锋、张振元、李仲山、丁玉鹏、刘云亭和年纪不大的马泰先生。曾记得，魏先生带着她的得意弟子甄莹和许娣，在狭窄的家里为我们录制奉调大鼓；王辅仁先生讲述、演唱雍正年间流行的《戏丫鬟》，娓娓道来，让我们切实感受到北方小曲儿的悠长历史和她与文学、社会、民俗的亲密关系。王决先生给我们录制的曲坛轶事的带子，还没来得及剪辑，许多先生写的书始终放在我们的案头……耳边总是回响着马泰先生的肺腑之言，他说："每回，一到八宝山就跺脚、感叹，又走一位！老说抢救啊，整理啊，可是眼看着一位一位带着他们肚子里的‘玩意儿’走了……”没想到，前不久，连慷慨陈词的马先生也走了！

死者长已矣，他们带着各种复杂的感情告别了人世，其中有欢快与欣慰，恐怕也有沉重的遗憾！然而他们的呐喊与呼唤仍在震撼着我们，对民族艺术的挚爱和献身精神永远激励着我们。

眼下，曲艺界、戏曲界的老人们已然不多了。曾经参加拍摄的老艺术家孙书筠、关学曾、于是之、杜澎、马玉萍和特邀京剧、曲艺的作曲家刘吉典先生，均因年龄和身体原因很难再登台或者参加大型活动了，但是他们依然十分关心曲艺事业，依然尽力为学生、为徒弟，甚至为徒孙们操着心。

让我们深为感动的一幕久久印记在脑海，那是年逾八旬的孙书筠先生刚刚与死神擦肩而过的一天下午，我们到医院去看她，只见她的手正缓慢地打着拍子，用尚不清楚的声音背着唱词。我们不觉流了泪，想起她常说的一句话：“作为一个演员，一上台就得有把一腔子血洒在台上，也得要下个‘好儿’来的劲头儿，这才能对得起观众！”这位中央广播说唱团当年的“四大金刚”（侯宝林、刘宝瑞、马增芬、孙书筠）中仅存的一位，她是把“京韵大鼓”视为生命，那曲调、那唱词已经成了她的精神和生活的支撑。让我们衷心地祝福她能够恢复得更好！

杜澎、于是之和王铁成是我们特邀的话剧界的艺术家，但是他们都与曲艺有着不解之缘。于先生跟我们说，20世纪50年代他饰演《龙须沟》里程疯子的时候，着实地学了几段单弦，电影里唱的那段《赞剑》，现在把词儿忘了，就记得“呛啷啷的一声响”，让我们帮他找一找“本子”。回家后，连词带谱，恭恭敬敬地抄了一份给他寄去。剪辑他的发言十分费劲，因为那时他的语言已经有些障碍，但是感情依然充沛，情绪十分饱满。他回忆起小时候，因为迷上了熊德山，羡慕人家那身儿黑丝绒的夹袄而“追星”，知道家里穷，做不起，但是也得跟母亲说出来，痛快，痛快呀！他把我们带到了老北京人生活的情景和天真的童趣之中。他说：“那些老相声演员就是莫里哀。我要不爱北京的曲艺，就没有我在话剧上的成绩。倘若老舍先生还健在，他一定会到咱们这儿来聊聊《胡同古韵》。”

杜澎先生担任多年曲协理事，创作了许多脍炙人口的唱段。王铁成先生不但唱单弦，而且还正式拜师骆玉笙，学唱京韵。作为话剧演员，他们深知学习、研究说唱艺术——一这种源于民间、源于大众的艺术，不仅是演出的需要，更是充实自己文化艺术修养的必修课，听他们有声有色地聊学艺的往事真是受益匪浅。

十年过去了，铁成依然活跃，但也近70岁了；而杜澎先生因失子之痛，身体、精神大不如以前；于是之先生呢，恐怕已经很难和他对话了。每想到此，心中十分怅然。

尚感鼓舞的是，通过拍片，我们与戏曲专家刘吉典先生成了忘年之交。从刘老那里我们学到不少东西，而在年节的电话问候更让我们领略一份亲情，因为往往是老人先打电话过来，这真让我们晚辈惭愧。

还有一份惭愧来自钱亚东老人——我们拍摄的曲艺票房《集贤承韵》的主人，今年94岁，每逢春节，也是他早早给我们电话拜年！

说起这个票房，那是在1991年听说的，但是始终不敢去，因为一听到三弦弹奏的曲头，过门……燕华就受不了。从小就听父亲（孙之儁）弹单弦，“文化大革命”的冲击使那些美好旋律的记忆变成令人痛楚的哀音。为此，她曾在《胡同古韵》播出不久，写过一篇短文《弦儿缘》发表在北京晚报上，写的是孙之儁先生与“鼓界大王”刘宝全的三弦之间的一段情缘与劫难。

直到1994年8月，我们一家三口才去钱老那里。第一次去，我们就下决心，以这个《集贤承韵》票房为背景抢拍些资料。之所以要“抢”，原因有三，其一，在票友中传唱的许多曲目濒临失传。其二，票友大多是老年人，记录他们的演唱迫在眉睫。其三，曲艺票房自娱自乐的形式极具老北京人的生活特点，随着城市的拆改，市民的外迁，这种票房还能坚持多久？当时我们就非常担心。9月30日我们第一次将摄像机的镜头对准这些大多数从未上过镜的票友，真实地记录下他们“过排”时的气氛。这对于钱老和众票友来说，不但是最大的安慰，甚而是票房的盛大节日。在举行的首映式上，人大常委会原副委员长王光英称赞我们，在弘扬民族艺术方面“走在前头了”，并且亲自为钱老颁发奖杯。到场的文艺界知名人士纷纷发言，特别是苏叔阳先生针对京味文化的一番讲话，使大家备受鼓舞。这次首映式也在北京电视台播出了。这些连续的活动得到大家热情的支持和欢迎，“起到了振聋发聩的作用”（钮骠先生的赞语）。

1994 年在《集贤承韵》票房拍摄《胡同古韵》后的合影。钱亚东（坐者右一）、孙燕华（立者右四）、孙书筠（中间佩花者）、李燕（立者左一）

电视宣传的作用是巨大的。看了节目，不少票友和观众一路打听着找到钱老的家，其中不乏年轻人。那阵子“过排”，最多时候来五六十人，屋里院里都满了。京韵、单弦、西河、乐亭、琴书、梅花、河南坠子、京东大鼓轮番上场，唱得带劲儿，弹得有味儿，听得入神儿，时而是悲切切恨悠悠的《杜十娘》，时而是铁铮铮凛然然的《赵云截江》，还有诙谐幽默的《大过会》，唱不够的《大西厢》；湖广调，太平年，银钮丝，倒推船，欢快轻松的鲜花调，铿锵有力的春云板；最有气氛的要数那“金钱莲花落”，到场票友一块儿跟着弦儿伴唱着“也么嗨，嗨嗨老莲花，一朵梅花落啊嗨……”每逢赶上这场景，我们就有一种穿越时空的享受，会闻到西单牌楼拐角“栗子大王”炒锅里的香味，会听到路南的长安大戏院传来的锣鼓点儿，会想起捏紧手里的票，穿过人群，连跑带颠地钻进西单剧场或者长安戏院东隔壁的进康游艺社去找座儿的情景……种种儿时的记忆，是那样温馨、生动，清晰地充溢在心中，让人无法忘却。

看着票友们那十分投入的表情，欢快的情绪，我们深切地理解了什么叫“人文积淀”！是这些流行了上百年的经过几代人的修整、改进，丰富了的曲子、唱词，把生活在这里的人们联结了起来。他们唱着、陶醉着、欣赏着、品味着……

一座平常的京城小院，一些来自三百六十行的众位票友，或坐或站，或唱或谈；求教的、研习的、讲古的、说今的……树影婆娑月光澄澈，茶香浓酽秋风飒飒，真是一幅《京城票友尽兴图》！

在这幅长长的画卷中，最先看到的是衣着整洁的钱亚东老人，从中式隔扇后头走出来，提着水壶给大家续水，“您喝茶！”不紧不慢的语气和那乐天知足的表情，透着礼貌、周到、诚恳！这位打小“书铺”学徒，后来自己又开了“亚东书局”的老人，心里装着老北京；装着九十多年中北京的变迁；装着他和这个时期的文化人接触的故事；装着单弦、京韵的唱词、旋律和衍生出来的趣闻，面对着这样一位老人仿佛就是面对着流逝的历史。

八仙桌边上坐的那位是中央民族大学的王辅仁教授，谦和的笑容和睿智的双眸给人留下极为深刻的印象。他精通多种语言，专业上很有建树，业余却酷爱单弦，曾拜师金晓珊。至今尚保存着他送给我们的，整理过的部分岔曲、牌子曲的唱词和录音带。可惜的是，在我们录制完十集片子不久，他就突然去世了。钱老十分伤感地说：“他是票房的一面大旗啊！倒了！”

站在条案前头，穿着长衫，打着八角鼓正在演唱的是高家兰，他可是一位传奇式的人物，刚到票房就听说他是抓“炮轰天安门特务”的功臣，是电影《国庆十点钟》主角儿的原型之一，是一位“老公安”。别瞧他看上去很严肃，可唱起单弦来却很有一番儒雅之风，肚子里的“玩意儿”多，经常有票友向他求教。

多宝槅前面坐着的是章学楷，他是位工程师，是太极拳大师吴图南的外甥，自幼唱单弦，特别是联珠快书唱得好！我们录制了不少他唱的段子：《蜈蚣岭》《挑滑车》《武松打虎》《闹天宫》。那眼神、身段，真是精彩！再看他穿着妻子给做的中式对襟褂子，腰板儿倍儿直地坐在那儿，真像“梨园行”的大武生。

刘宝光是由天津和平曲艺团退休的，能唱、能弹，每次“过排”他都挺忙活，而且他还是书画社的成员，又写又画。您瞅，《集贤承韵》那块匾就出自他的手笔。

何剑峰老人是常澍田的弟子，是一位专业人士，唱得很规矩，我们给他录制了《百戏名》。可惜的是，他也没能看到我们的完成片。擅长“硬书”的刘富权，到底把这份爱好和心愿让儿子刘海青（北京曲艺团弦师）给继承了。您瞧，北京汽车制造厂的范淑玲大夫和内蒙古大学中文系的李爱冬教授，这老姐俩一进门，就点着头和大家打招呼。她俩可都不是“凡人”，就说范大夫吧，不但能唱乐亭、京韵、单弦，而且还能彩唱京戏，反串老生，她还办过个人的专场呢！李爱冬教授写过不少谈曲艺的文章，发表在许多刊物上。

擅唱联珠调的张振元和退休的相声演员丁玉鹏，二位都是老规矩，进门拱手，转着圈儿地作揖问好。

靠窗户坐的是李宝岩的弟子李燕生，眼下，可着北京城数，男声唱“梅花”的，大概就剩他了。靠门边正在和乐队调琴定音的是关学曾弟子、唱北京琴书的刘砚声，他是外文印刷厂的，可贵的是自己能编词儿。自幼跟着姥爷学唱单弦的律宁，二十多岁，精干帅气，透着聪明，他一进院就增添几分热闹。青年弦师李岩，这几年很有长进，大家都爱找他伴奏。还有几位女士，志书燕、那欣、赵燕侠、孙庆龄、李鸾凤和金晓珊的后人刘秀文，她们年龄不同，水平不一，但是钟情于鼓曲的劲头儿却同样的执着，演唱起来更是各具风韵。

盲人弦师李家康，可称得上是“全活人”，票友想唱什么，他都能给弹上来。您说他肚子里头得装多少东西呀！还有张长骥和老艺人吕宝坤、刘云亭都是各有擅长……他们中间有司机、工人、经理、保安……走出这里他们是普普通通的北京人，来到这里，他们有自己的追求和特长，个个有风采。

还有不少专业曲艺工作者也经常光顾此地，北京曲剧团的老演员赵俊良、弦师孙洪宴、马岐，他们的到来给这个票房增色不少。

飞雪、细雨、寒风、酷暑，人们怀揣着追寻愉悦的心奔这里来，满兜着欢笑和收获告别而去。当人们戴帽穿衣推车出门的时候，钱老夫妇总是站在大门边侍立，在你不经意地回眸时，那写着“鸿禧”两个大字的灯是那么明亮，那么耀眼，映衬着二老的身影，此时，你的心中就会不由自主涌出两句话：您为大伙儿辛苦了，谢谢您了！

南唐顾闳中有一幅传世精品《韩熙载夜宴图》，生动细致地表现了古人弹唱歌舞夜宴的生活，尽管异常精彩，但总因为时间的久远感到生疏，而活跃在我们眼前的这幅《尽兴图》，透过曲艺票友们切磋艺术的言谈举止和京味十足的咬字行腔，却把我们带到了老北京人的生活实景里，带到了曲艺鼎盛时期的氛围之中！这就是老北京人的生活魅力所在——这是何等独特而高尚的文化品位啊！

电视片播出之后，我们有两个“没想到”，一是曲艺票友和一些专业人士纷纷行动起来。钱老的票房持续火爆，广播电台、电视台：北京台、中央台、香港凤凰台等纷纷采访、报道，尤其是台湾和海外华侨们也知道了新街口有这么个传统的曲艺票房，不少老观众没地儿听大鼓书和单弦，也托人打听引着路找到这儿来。很多老艺术家也很关注钱老、关注票房，据我们所知，北京的马增慧、张蕴华和天津的刘秀梅，连骆玉笙老人在赵玉明的陪同下都先后来过这里。

《集贤承韵》票房的票友们更是添劲儿，分头在宣武、崇文、海淀、东城就近组成了规模不等的票房或沙龙,有的三五知己还凑到一块儿参加各种演出。他们不但坚持“过排”，而且还组织研讨。“金秋曲艺沙龙”在这方面做了不少探索，不但有论文，而且经常去天津交流。特别令我们感动的是，许多久违曲艺的老票友或者老观众也大步流星地加入了振兴曲艺的活动中，比如京剧演员肖润德（肖长华先生之孙）的夫人胡铨琛，她的老父亲是京城曲艺名家胡玉民，原本就爱好曲艺，看了《胡同古韵》之后，让润德陪着到了钱老的票房，开始是唱着玩儿，谁知越来越上瘾，最后竟正式拜师孙书筠，正儿八经地学唱京韵大鼓了。我们常开玩笑说：“润德倒成了‘跟包’的了！”现在她的嗓子也溜开了，唱段也会不少了！她常说：“我就是看了你们的片子，才捡起这份爱好的！”

还有邮电大学的邵其炳教授，他也是看了《胡同古韵》之后给我们打来电话才认识的。他是曲协会员，在中学、大学读书的时候就开始学说相声。他对曲艺事业有一种责任感，也许是当教师的特殊性，不但他到钱老这里，而且还联络、组织不少年轻人，特别是他与中国音乐学院青年教师陈爽的协作配合，更为《集贤承韵》增加了活力。

在这里我们还要特别介绍一下北方昆曲剧院的青年老生演员张卫东，他正式拜师何剑锋，师承“常派”单弦，当初在《集贤承韵》是小字辈，但他勤奋、好学、热心，酷爱昆曲、曲艺，不但活跃在“北京昆曲研习社”，而且是曲艺票房承上启下的中坚力量。在他的努力下，邀请首都师范大学化学系教授吴光辉和陈祖荫（中央民族大学数学系教授），编辑了专门介绍票友活动、回顾京城俗曲掌故、记述濒临失传的曲种和唱段的《八角鼓讯》，已经坚持了 7 年，出了 28 期，我们和他开玩笑说，“赶明儿你也成了‘百本张’了！”因为早年西直门里有位张氏家族专门印制唱本，在护国寺等处销售，人称“百本张”。

近几年，我们到票房去常常看到新面孔，徐德亮、唐柯、应宁、王玥波、康彦辉、李亚楠……他们中有专业、有业余，大都是不同专业的大学生，从在校到毕业这几年，一直学了下来，而且真是当事儿来干。最近听了一回唐柯的演唱，真是大有长进！看到他们感到十分受鼓舞，总是想，有了他们，这些高品位的文化就不会失传！

第二个想不到的是，曲艺界的朋友们把我们当“自己人”了！其实我们心里明白，自己充其量是个老资格的观众！不过回想起来，自打这部片子播出以后，真是应邀参加了不少曲艺界的活动，有的还是参与组织工作。比如孙书筠先生从艺六十周年的系列活动：演出、研讨、出书。还有白凤鸣先生诞生九十周年的纪念活动的策划、组织。但大多数时候，我们都是充当嘉宾。一类是喜庆的活动，比如：广德楼开业，关学曾先生、苏文茂先生、赵玉明先生从艺数十周年的演出，种玉杰的专场，各种学员班的开幕或结业，常宝华先生收徒，北京三中少儿相声班开学，马季、崔琦的书法展开幕，等等，对这些活动我们都尽自己能力给予支持。另一类是纪念性活动：周桓先生组织的纪念魏喜奎的活动，连阔如先生一百周年诞辰和曹宝禄先生的纪念活动，这些参与让我们重温了许多古都文化的往事，对这些艺术家也有了更深刻的了解。第三类是联谊活动：这些年的春节，我们都会收到北京市曲协春节联谊会的请柬，贾德丰同志总是热情地邀请我们，在欢快热烈的气氛中，真让我们觉得自己也成了曲艺界的人了！

确实，我们在曲艺界结交了一大批朋友，在拍第一集的时候，王谦祥、李增瑞给了我们热情的支持。续拍《聊聊〈胡同古韵〉》的时候，我们又特地邀请了三位世家子弟，侯宝林先生之子侯耀文、白凤鸣先生之子白佳琳、马连登先生之子马岐，他们三位的发言，真诚深刻，感情充沛，表现出极强烈的振兴曲艺的愿望。礼尚往来，在这十年中我们也出席了耀文的不少次邀请活动，为马岐的好友办的曲艺之家——德顺兴写了匾，和姜昆、种玉杰、崔琦、李金斗等曲艺界的中坚们，均有多种合作。这种合作用句时髦的话说是“双赢”，他们希望得到朋友和观众的支持，我们从他们那里获得知识、学问和艺术的享受。

老舍先生应该说是推动北京曲艺、曲剧发展的第一大功臣，近朱者赤，胡絜青老人和舒济大姐、舒乙兄嫂都对曲艺有特殊的感情，他们全家给了我们很大的支持，每次都热情地参加我们的活动，胡老还提供了很多有趣的资料。

她说她的父亲会弹弦子，当年恭王爷家里“拴笼子”（票房清唱），她的父亲经常到那儿去伴奏，耳濡目染，她也会唱了。我们一再请老人唱唱，当时92岁高龄的老人为我们唱了《人迹板桥霜》，我们一边听，一边算，她说的是一百四五十年前的事儿，唱的起码是一百年前的调儿了！您说，生在北京，哪儿能没有沧桑之感呢！哪儿能和老北京这方宝地没有贴心的情感呢？

还有张君秋先生，他把我们赠送的十集片子一气儿看完，还特意打电话说：“你们做了一件大好事啊！”至今他那熟悉的声音还不断回荡在耳际，好像永远在激励我们，把真正的京味文化好好继承发扬下去！

戏曲演员大多迷曲艺，我们早已耳闻，殊不知身边就有一个例证。中国戏曲学院的老教授王世续，向我们提供了珍存的“鼓界大王”刘宝全先生的多幅剧照，这可为我们编辑《京韵大鼓》这一集帮了大忙，添了异彩！

一部十三集的《胡同古韵》感动了曲艺界和京城的众多票友，这真是我们始料不及的。我们和北京台资深导演武宝智、晓华，常常感叹，人气儿旺，心气儿齐，是这件事成功的根本！

2004年8月18日下午4时，我们应北京文物古建工程公司经理李彦成的邀请，与作家徐城北先生、故宫博物院古建专家朴先生一起登上新恢复的永定门城楼的屋顶，亲历了彦成和朴先生藏五金、合龙口，封最后两块脊砖的过程。我们异常兴奋，“这可是见证历史啊！”站在北京城中轴线南端制高点上，向北望去，天淡云闲，眼前豁然开朗，前门、天安门和隐约可见的景山……此时，一股凝重雄浑的力量从心底涌起，我们感到了那强劲有力的“龙脉”在搏动！站在这极特殊的位置、北京城的南大门——国家永定精神象征的城楼顶上，心潮起伏！由拆到建，从漠视到珍爱，经历了多么复杂而曲折的过程啊！一切民族文脉的有形或无形的载体、命运又何尝不是这样呢？难道一定要通过世界遗产组织的评定，我们才能认知自己民族的文化精粹吗？不，振兴民族艺术一定要从自己做起！

又是金秋送爽时，钱老因为年事已高，不能再支撑这个票房了，大家郑重地又聚到了这里，为老人25年的功劳和辛苦画上一个圆满的句号，祝愿他安度晚年，祝愿胡同古韵世代悠扬！

2005年

父亲的三弦

父亲有把三弦，那可是具有文物价值的！它是被人们称为鼓界大王刘宝全的三弦。弦轴处刻有刘宝全的名字，如果这把弦子还在，它应该被送到首都博物馆去。

为什么刘宝全先生的弦子会到我父亲的手里呢？说起来应该是20世纪50年代的事。父亲的好友，音乐学院的教授杨大钧先生有一天给父亲传个息儿，说刘宝全先生的后人都不干曲艺这行儿，没人唱大鼓，想把老先生留下的乐器匀出去，问我父亲要不要，我父亲当即答应，随后便由杨先生引见，购置了这把具有文物价值的弦子。

自打这把弦子到了我家，它便享受到特殊的待遇。父亲的写字台后面有两个大书架，书架旁边就是挂这把弦子的位置——不跟其他乐器挂在一块。在我的记忆中，我家的衣裳架——那种木制、三条腿、上下两层挂钩的衣架，没挂过衣服，全部挂的都是乐器：京胡、二胡、笛子、箫、唢呐、板胡……光是二胡就有好几把，笛子好几只……每件乐器都装在套里，围挂在衣架的周围，整齐利落。这个衣架放在一进门口的西南角上，从来没动过地方。自打这把弦子来了以后，就一直挂在屋内东墙北头，因此那群乐器和这把弦子在这两间通畅的北屋里，形成对角形势，更显出三弦的“高贵与特殊”。

父亲特别爱干净，凡是他用的东西总是十分有条理，十分洁净地放在该放的地方，从来不会找不到。他也总是教育我“一定要物归原处”。对这把弦子更是疼爱有加。父亲每次弹完都松好弦——弦不能老绷着，用干绒布把担子、轴都擦干净，怕手上的油气、水汽留在上面，下次用时不光滑。母亲为这把弦子做了个大蓝布套，每次弹完就把弦子装在套里，挂在洁白的东墙上。

冬天，我们围在“洋炉子”周围，暖和和的，闻着炉台上烤白薯的香味，父亲拿起三弦开始弹奏。夏天，我们在树影婆娑的院子里吃着西瓜，听父亲拉二胡，弹三弦。有时由我来唱，有时他自弹自唱，有时妈妈也来唱首 30 年代的流行歌曲，《渔光曲》《四季歌》《可怜的秋香》……都是我小时候就听会的。有的时候，父亲拉胡琴，我来唱段“流水板”，或者唱段“四平调”，父亲经常唱《碰碑》《甘露寺》中马连良的那段“劝千岁”。春节期间，父亲的老学生刘友声、魏振邦、王连奎、苏绍嘉等，他们一来就更热闹了，能从下午一直唱到晚上。从“设坛台借东风相助周郎”一直唱到“卸职入深山，隐云峰受享清闲……”（岔曲《风雨归舟》），京剧、河北梆子、单弦，有时还来段快板、山东快书……热闹极了。

父亲的这些学生差不多都是 50 年代师大附中四部的，因为那时候父亲组织了个“曲艺队”，父亲弹弦，学生们演唱，还上北京广播电台录音呢！

1994 年我和李燕一起与北京电视台的武宝智同志合作《胡同古韵》曲艺系列片的录制就得益于此，电视片里的唱段全是我自己到机房剪接的，那些词句和曲调我都很熟悉。

拍摄过程中和杜澎先生聊天儿，说到当年我父亲曾带学生去到广播电台录岔曲《有那么一个人儿》时，杜澎先生说：“那段子是我写的！”我顿时大为惊讶，没想到听了那么多年的唱段的作者就在眼前，一种异常亲切的感觉涌上心头。

1960 年，孙之儁（中）与夫人丁阶青（左）女儿孙燕华（右）合影，摄于柳树井丙 5 号院内

其实，我在1983年前后就听说新街口有位钱老先生办了个曲艺票房，但我始终不敢去，因为一听到单弦的演奏，我想哭，想大哭一场……儿时的那种温馨的生活给我留下了太深的印象，太多的感受了！

现在我已经62岁了，已经超过了父亲的年岁——他去世的时候还没到60周岁呢！一个步入老年人心态的我，已经平和多了，许多事情也敢于回忆了，在那些支离破碎的美好记忆中，那把三弦常常是我最先想到的。

这把弦子随着我家的全部家具、书画……不知去向了。当我在被"抄家"后的院子里茫然的时候，发现了那把三弦的弦套，我赶紧把它收起来，一直保存到了现在，这真是"三弦不知何处去，空留弦套有余哀"！"荡涤一切污泥浊水的革命行动"是彻底的，真不知那把弦子的命运如何！但愿它还保留在某一位知音的手里！因为那是文物啊！

这次整理父亲的漫画作品，发现了不少有关大鼓书、说相声、唱岔曲的题材，这又使我想到了父亲的那些乐器和那把三弦，它们是那样清晰，那样亲切……

在万分感触之余，又想到，父亲之所以驾轻就熟地运用曲艺戏曲的题材，源于他在这方面的修养！这也使我想起，录制《胡同古韵》的时候，听到票友们演唱黄鹂调，我的眼泪止不住地流下来。我清晰地记得，父亲听着老艺人的唱片，把这个曲牌子的谱儿记下来，又填进新词，一遍一遍地自弹自唱，调整着拍节和音韵，一直到满意了为止。当时我问他，"干什么？"他说，"准备新年联欢会演出！"由此，黄鹂调，随着三弦的演奏深深地留在了我的心里。

如果那把父亲珍爱的三弦真的已经化为灰烬，它也一定发出哀怨的弦声，一定会依然慰藉着父亲悲凉的灵魂！

2009年

振兴传统曲艺的感慨

坚守传统文化的人说："只有民族的才是世界的。"持相反意见的人说："只有世界的才是民族的。"谁是谁非，各执一端。如果从中国阴阳并存的哲理中引申，结果应该是"民族的"和"世界的"并存。但是并存不是僵死的，是动态的。从发展风行的过程中，某一个民族的文化可能占领一段主流，过后又被其他所代替。而从时空演变的角度来看，两者既是并存的也是互动的。

如何并存，如何发展，百年来争论不休，然而当我们冷静下来，研究近百年对中国传统文化争议的过程，应该能够有一个客观的理性的认识。

我们一同来领悟探讨梁启超先生的一段讲话，或许能有所启发。

> 人生最大的目的，是要向人类全体有所贡献。为什么呢？因为人类全体才是"自我"的极量，我要发展"自我"，就须向这条路努力前进。为什么要有国家？因为有个国家，才容易把这国家以内一群人的文化力量聚拢起来，继续起来、增长起来，好加入人类全体中助他发展。

这一观点的提出，是在梁启超先生考察了欧洲、北美之后提出的，这段话既不是简单的"中学为体，西学为用"的合成，也不是"全盘西化"的极端主张，是在他深入考察和研究对比之后写出来的。90年后读起来，我们似乎才能够体会出梁任公先生主张的科学性和客观性。

什么是文化？老舍先生说，所谓文化，就是一个国家，一个民族的"古往今来的精神和物质生活方式"，在老舍笔下，活跃着的绝大多数是老北京的中下层人物，这些人物的"精神"与"物质生活"的方式，就构成了北京的文化，特别是民俗文化部分。

而曲艺和戏曲是民俗文化中的主要代表，是老百姓最喜闻乐见的形式，老舍先生本人也是创作曲艺的大家。

这种曾经广泛受欢迎的曲艺，现在面临的又是一个什么样的状态呢？实在令人喟叹。

一、失忆的危机

1949 年中华人民共和国成立，对外宣布我们是一个六亿五千万人口的大国。当时我还是四五岁的孩子，如今已是近 70 岁了。我们这一代尚未离开人世，可是我们的人口却已宣称达到了 13 亿，翻了一番。

1949 年至 1966 年，如果仍然以“文化大革命”时的概念划界，称为“前十七年”。这前 17 年虽然经历了多次政治运动和文化艺术界对各种“封、资、修”的批判，但到底还有个“百花齐放，百家争鸣”的时段。因此在我们青少年时期依然能够广泛地接触到传统戏曲和曲艺，更何况当时的富连成科班、中华戏曲学校各位名师还都活跃着，四大名旦，四大须生，争奇斗艳，各有绝活，因此并没有感到要断档的危机。以中央广播说唱团为例，封为“四大金刚”的侯宝林、刘宝瑞、马增芬、孙书筠和诸多青年演员都活跃在舞台上，传统段子，新编节目，十分丰富，只要你想听、想看，买张票就去了，况且票价很便宜。更可观的是当时各省市、各区县，甚至村镇都有专业或业余的剧团、曲艺团，因此当时中国老百姓特别是广大农村的主要文化生活，就是伴随着各种集市、庙会……听戏、听鼓曲、听评书展开的。说书唱曲在村边地头就能进行。

对这种生活的基础和文化的环境，我们可以算一下：六亿五千万人之中起码有五亿多人能够通过戏曲、曲艺接触到中华民族的传统艺术——6.5 亿 : 5 亿。

可是到了 1966 年的“文化大革命”，十年浩劫，传统的戏曲、曲艺许多门类和剧目被否定，被抹杀，最有代表性的艺术家们受到了残酷的迫害，甚而冤死归西。多少代培养起来的高欣赏水平的观众也遭遇了断魂断档的危机。8 亿人听了 10 年仅能听的八个样板戏，样板戏成为“四人帮”为自己树碑立传，篡国乱政的工具而已，基本与艺术本质和发展无关。

至国家拨乱反正，改革开放，传统艺术方才重起，既而电视广为普及，国外的西洋景——所有的艺术形式几乎同时涌了进来，各类明星光彩炫目，于是被我们现在称为70后（后期）、80后、90后、00后的孩子们，如开了闸的狂涛，大肆地狂热地追求着时尚的娱乐。他们主观上愿意，并且可以接触到传统艺术的可能已经是微乎其微了。

“孙派”京韵大鼓开创者孙书筠

“文化大革命”结束后，在我们的优秀传统文化艺术还没有机会“归位”到主流位置的时候，就已经被新生代们否定了，抛弃了。

2013年了，我们号称是13亿人，但是真正听过、学过、研究过传统戏曲、曲艺的人，还能剩多少呢？包括我们的专业人员！即使如今看来走热的曲艺种类之一的相声，也往往呈现出曲艺家崔琦先生所说的“不会听相声的遇着不会说相声的”。

这种情况让我们很担忧。如果再不采取确有实效的措施，如果没有重振的机会，大量的中国人对传统戏曲、曲艺乃至其他门类的传统艺术就要失忆了！就像我们的孩子们不会按笔顺写汉字一样；就像不会吟读古诗词一样……大概也会像宋代曾达到过世界一流的数学研究著作几乎完全被明清两代遗忘，直到西学东渐以后，我们的数学才重新发展，仿佛中国人从来不会数学似的；大约更应该像现在的玛雅人已经基本不懂历史上的玛雅人是怎么回事一样了！

这就是我们多年来一直为戏曲，特别是曲艺奔走呼吁的原因！

二、真诚的行动

现在我们俩人都是北京曲艺家协会的顾问，之所以获得曲艺界的认可，大约是我们为曲艺事业做了些实事。回想起来，也没有什么大的建树，只不过觉得是我们做了应该做的。

18年前，我们自费制作并由多家电视台播放的电视纪录片《胡同古韵》共十三集，十集是正片，第一集是序，第十二、十三集是请诸位大家“聊聊胡同古韵”。以原生态的方式记录了钱亚东老人创办的曲艺票房《集贤承韵》，老北京人的生活方式，演员和听众是一体的，是自娱自乐的艺术空间。这个票房的票友基础宽厚，他们的演唱涵盖了北方主要鼓曲艺术形式，在那里我们可以欣赏到极具优美的文学性和俏皮的北京语言，以及精彩的教化人伦的故事。说唱艺术满足了“老北京”的那份精神需求。所以戏曲、曲艺老前辈刘吉典先生说：“北京人不能没有弹弦的曲艺。”

我们配合许多老艺术家的活动记录下了他们生前的重要资料：纪念京韵大鼓少白派创始人白凤鸣先生，纪念魏喜奎、曹宝禄、连阔如等老前辈的活动。前后还参加了不少收徒拜师的仪式，并以赠画赠书法作品的形式，支持青年人继承濒临失传的曲艺艺术的勇气和决心。尤其是对孙派京韵大鼓艺术的创始者孙书筠老人，近20年中我们为了保护她的健康、传播她的艺术做了很大的努力。孙老对我们俩也十分疼爱和关心，最后一次来我们家是让照顾她多年的淳朴的农村姑娘小香从人民医院推着轮椅到我家的，老人之心切可见一斑。而李燕则把对孙老艺术的研究带入他的美术教学和研究中。

> 我们认为孙书筠先生在强调与发挥北京语言特有的音韵美方面，应当说达到了一种端庄典雅声情并茂的新高境界。这京韵艺术离不得这个“京”字，六朝古都荟萃了八方人文形成的北京语言，其音韵本身即蕴涵有丰厚的文化气质。从《礼记·乐记》到汉代的有关典籍，都提到曲是语言的一种延伸，这一规律是“情动于衷而形于言，言之不足故长言之，长言之不足故嗟叹之，嗟叹之不足故咏歌之……”当年，刘宝全先生在谭鑫培大师的点化下，从“怯大鼓”转到了京味儿的大鼓是他自己开悟的结果，也是京韵大鼓成熟的飞跃。我们从白（云鹏）派的《黛玉焚稿》中那串排比句“到如今……”听来，“如”字的重音唱法固然是颇具特色的淳厚之腔，却明显是河间语音，而在刘派的唱腔里似已难觅其迹了。京韵大鼓发展到孙书筠先生，则不仅全然京腔京味儿，更在“韵”上强化了它。作为“说中有唱，唱中有说”的京韵大鼓艺术，若说刘氏“说”的成分略多的话，孙先生则增加了“唱”的成分，但难就难在这“唱”的“适度”二字上；“唱”不足则“韵”不够，“唱”太过则近戏曲——反被戏曲所替代。孙先生的“适度”正表现在“吐字”与“归韵”二者的相得益

彰同消偕长之中；吐字强调各字的子音与元音之间相联力度的反差，余韵则如书法艺术的“意到笔到，笔不到气到；笔不周意周”。因而不滞不飘，恰到好处。试听《徐母骂曹》中“到后来，他易姓更名把贤师访。学成后，胸怀大志，四海漂洋”这段，明显感到孙先生所唱比其师辈此段有所丰富与发挥，更觉韵味盎然。静静品来，正非此一例而已矣！

至于孙书筠先生大段插入的“带腔”——京剧的唱腔，如《子期听琴》里的“二簧三眼”，其妙在于使人仿佛正醉赏于山明水秀之时，眼前又顿然别开洞天，幽人化境，令心中怡然快然悠悠然！因为，这绝非生搬硬凑的组装，而是天衣无缝的融合，非具丰沛的艺术修养、灵机时至的悟性、举重若轻的功底和深厚的表演阅历者，是难以梦见的。

我本是曲艺行外之人，但系忠实听众，与京韵大鼓艺术的结缘在于前辈。我少年时家父苦禅老人曾一边听言菊朋的老唱片，一边说到“鼓界大王”刘宝全对梨园名家们的影响。他说言派《卧龙吊孝》那段“空余那美名儿万古流传”是明显吸收了刘氏的唱腔；“空”字的抛高和“美名儿”的婉转，由“古”字到“流传”，从高遏行云幡然直下而若沉鱼落雁，凄人心脾！实在是巧妙运用了刘氏唱腔的精华所至。进而苦禅老人谈及曲艺与大戏对老百姓的德育、美育之教化作用，方使我对曲艺当然更对京韵大鼓肃然起敬，洗耳恭听。此缘的扩展，便是认识了孙老与其艺术。在对照了刘宝全先生和宗其艺术的孙书筠先生的唱腔之后，我确感孙老对刘派的继承和发扬之功。对任何艺术风格如果死学就必然靠拢人家，靠拢则必然被人家替代，从而消失了自己。白石大师说：“学我者生，似我者死。”天津曲坛谚语则说得更干脆：“死学谁，学死谁。”孙书筠先生则不然，她对师辈刘宝全的艺术是“化而裁之”（《周易·系词》），变通用之。她融汇了京剧等姊妹艺术的声腔与功架（发挥了她早期学京剧的所长），形成了一种端庄大方的台风与气度，给中外观众留下了不凡的印象。

京韵大鼓原以男声统治，到了孙书筠先生这一代，如何以女声继承，也是能否发扬此道的要素之一。通察刘、孙两代艺术，如果说刘氏的唱腔“刚略胜其柔”，那么孙先生的唱腔则是“柔略胜其刚”；皆从不同侧面同臻《易经》美学所要求的“刚柔相济”之境界。此亦孙先生融通传统渐成个性的一个方面吧！

摘自李燕《孙书筠先生及其京韵艺术印象记》

三、鼓曲艺术的文学魅力

我们常常以诗经、楚辞、汉赋、唐诗、宋词、元曲、明代小说来概括各段历史时期的文学特色。那么清代最代表而有特色的文学是什么？诗、词、小说都有大家，纳兰性德、曹雪芹就是其中的佼佼者。然而最具有清代文化特色的是子弟书。它虽然出自满族弟子们的智慧，但它是在中华民族传统文学的宏基之上建树的一种文学。这种“书”是可以广泛演唱的文学形式。这“书”的两大特点是可读可唱，有故事、有情节、有人物，有叙事、有评论。读起来让你体会的是文学，唱起来让你体会的是音韵，听完了让你感到有启示有教化。在这里我们说的是主流本体，当然也有一些格调不高的东西，随着时间的推移自然也就被淘汰了。

最为现在观众熟悉的骆玉笙演唱的《剑阁闻铃》，这个名段保存在子弟书里，描述的是在西逃的路上唐明皇雨夜思念杨贵妃的凄凉心情。

似这般不作美的铃声不作美的雨呀，
怎当我，割不断的相思割不断的情：
洒窗棂，点点敲人心欲碎，
摇落木，声声使我梦难成。
当啷啷，惊魂响自檐前起，
冰凉凉，彻骨寒从被底生，
孤灯儿照我人单影，
雨夜同谁话五更。

——京韵大鼓《剑阁闻铃》

这么典雅、深沉、情真意切的词句，如果没有相当水平的文人做后盾是不可能完成的。现在仍然在演唱的单弦和京韵的许多唱段，如《赞剑》《松月绕》《八爱》都由文人高手写就，只不过碍于当年时代心态下文人的面子，多不落词曲作者姓名而已。

仅看岔曲《松月绕》，就觉得是从太白诗仙的意境中衍生出来的。

洁月挂苍松，松青月色明。
松风水月，月与青松，月映流泉松绕藤。
白头翁举杯邀月，长松下，可喜松月趣无穷。
松声幽谷月横空，月吐明珠松挂龙，
松涛月下浮云静，月上松梢更有情。
老翁笑指松间月，堪喜松月在一处逢。
唰啦啦，月华影里松风起，惊得那松鹤宿夜起飞腾。
乐陶陶，望月在松前，把瑶琴弄。
弹一曲“高山流水”水月与青松。
口赞道：秋月光辉明如镜，松枯不朽大夫名。
霎时间，月转星归移松影，松根月下护仙岭。
喜滋滋，杯中映月心吐月。
笑哈哈，恍疑松动欲扶松。
枕松卧想松间梦，梦人仙桥步月宫。
醒来时，风清水净月光松影依然在，
猛回头，见松自青青月犹明。

——《松月绕》岔曲的传统曲目

你说它不是文学的一种形式吗？既区别于诗、词，又区别于戏文，它是装腔于岔曲曲调演唱的文学作品，它就是“鼓书体”，或可称为“曲”——尚未失传的一种填词。这段岔曲是借老翁“主观镜头”感受到的山中松月，表现了一种境界，一种心态，一种情绪，动静交错清幽和谐。对于这种唱段，我们一直想做成写意动画片，它肯定是“最新颖的传统”，可惜没有知音资助人士合作实现。

我们从小爱读李清照的词，特别是她对叠字的使用：“寻寻觅觅，冷冷清清，凄凄惨惨戚戚……”而在鼓词中这种形式已属常见。请看下面这段：

您说这位姑娘，茶呆呆又嘚儿闷悠悠
茶不思饭不想孤孤单单冷冷清清困困劳劳凄凄凉凉
独自一个人闷坐香闺低头不语默默无言腰儿瘦损
乜斜着她的杏眼手儿托着她的腮帮
——京韵大鼓《大西厢》

此段曲是将见张生后害了相思病的崔莺莺那副神态，活脱脱地展现在听众眼前。

让我们再欣赏一段经典段子：

老爷（关羽）稳坐船头上，
他抬起头来就把江景观。
但则见，碧靛靛的青天、红扑扑的日，
巍耸耸的高山、叠翠翠的盘；
光闪闪的波涛层叠叠的浪，
白亮亮的汪洋上下翻；
孤零零的江亭、黑漆漆的树，
疏落落的村庄林木攒。
圆圆方方观山远，
真是影影绰绰雾漫漫。
一望四野天连水，
日照波光万丈潭。
远远的波涛近近的浪，
荡荡的桅篷稳稳的船。
周仓呐喊嘿——好大水！
关公左腕搭膝正手捋长髯。
瞧了瞧，江中水后浪催前浪，
这百岁的光阴如梦一般。

我在二十年前打天下，
舍生忘死争江山。
年少的周郎今何在！
惯战的吕温侯而今在哪边？
现而今，青山白水依然在，
不觉得某家我的两鬓黪。
——京韵大鼓《单刀赴会》

这是描写关公单刀赴会坐在船上观景而生发的感慨，大量的叠字极大地渲染了当时环境和关公的心态，如果没有文人的心境，没有元曲和昆曲的相关内容的传统，怎么会编出："现而今，青山白水依然在，不觉得某家我的两鬓黪"？其中对人生的感慨既是作者的，也是演员的，更是当时通晓"三国"的广大观众的，这才叫"共鸣"。

令人遗憾的是，如今在那么多歌星大腕的演唱中，既体会不出中国文字之美，也没有听出中国音韵之美，更缺少典雅或高远的感人曲调，真不知道是我们落伍了，还是他们"太超前"了！不过也有几首让我们心动的，比如《好汉歌》《重整河山待后生》，可惜太少了！

四、曲艺艺术的写意美学

这还要先从鼓曲"入活"。由于鼓曲是说唱艺术，基础是"说"，说不好就唱不好。这个说当然指的是不但要靠演员的功力，更主要的是汉语本身的音韵的美。这里面的学问太大了，涉及各地区的方言：评弹、四川清音、河南坠子、山东柳琴、东北大鼓……由此看来，这不是申报某个曲种为"非物质文化遗产"的问题，而是全盘从根本上传承中华民族优秀文化的大问题。

我俩常常讨论和思考一个问题，为什么东西南北，语言、习俗差异这么大，而鼓曲艺术却有极大的共性呢？结果一致的认识，是中华民族传统文化造就的。比如仁、义、礼、智、信的观念和忠、孝、节、义的标准，贯穿在大量的鼓曲唱段的人物中，杨家将、岳家军、三国群英、水浒好汉，他们的生动语言、谋略智慧和惩恶扬善、精忠报国的精神；还有如《鞭打芦花》这样的唱段更是以闵子骞的善良和宽容达到社会教化的作用。这些人物的塑造大量地使用了传统美学中占据的写意美：夸张的造型“开脸”和动作，幽默的逻辑，时间与空间的穿插使用……它和中国戏曲、小说、绘画的手法是一致和相通的。

比如，曾流行于北方的山东快书中对武松意象的描写：

这武松连喊三声没人来搭话，
把桌子一拍开了腔：
（白）“酒家！拿酒来！”
呦！大喊一声不要紧，
我娘哎，直震得房子乱晃荡！
哗哗啦啦直掉土，
直震得那酒缸——嗡！嗡！嗡啦！嗡啦地响耳旁。
酒家出来留神看：
（白）“啥动静？”
“啊！”俺娘哎！这个大个咋长这么长！
身高足有一丈二，
膀子乍开有力量，
脑袋瓜子赛油斗，
俩眼一瞪赛茶缸，
伸出胳膊是房上的檩啊！
巴掌一伸簸箕大，
手指头拨拨愣愣棒槌长！

这位武松的形象全然不是静态观看到的武松表象，而是在一个受惊吓的心态下的酒家眼中的意象，因而他是合情合理的夸张形象，每听到此令观（听）众畅然大笑。这种简练夸张而生动通俗的语言来自哪里？来自民间，老百姓中间。

有以上的认识，我们可以归纳出：上有文人墨客的推敲滋养，下有老百姓的热捧与欢迎，相声、评书、各种鼓曲等曲艺品种能不发展吗！

所以广大的中国老百姓都知道刘、关、张桃园三结义，都知道孙悟空大闹天宫。我们摘出一段连珠调《闹天宫》里的词，探求一下它的内涵。

当托塔李天王受玉帝差遣捉拿美猴王的时候唱词是这样的：

招展云光来得快，霎时间把一座花果高山，山前山后山左山右，四面八方团团围住，其间水泄不能通。此时惊醒孙大圣，咕噜噜滚下石床，窜出洞口跳上山头登高瞭望，手搭凉棚金睛乱转火眼圆睁，留神仔细看分明。但见正东方甲乙木，青龙旗展木能生火，烈焰飞腾黑烟滚滚高万丈，正南方丙丁火，朱雀扇开火能生土，灰尘抖起狂风大作眼难睁。正西方庚辛金，白虎幡摇金能生水，波浪滔天声如牛吼如山倒，正北方壬癸水，玄武伞罩水能生木，木林一带正朝东。正中央戊己土，黄幡豹尾土内生金，金光缭绕真艳丽，内显得二十八宿、九曜星君，金盔金甲金神立中央。好一座颠倒五行，混元一体的先天阵，也分不清东南西北四面八方，乾、坎、艮、震、巽、离、坤、兑、休、生、伤、杜，景死惊开、旺凶休咎、生克制化、阴阳向背、奇偶分合，就是那三皇再降、五帝重生，才智通天聪明绝顶意乱心迷也看不清。猛听得金震金铃响，原来是李天王摇动宝塔催动众神，一个一个四面八方往上攻。猴王一见微微笑，说尔等毛神有何本领敢来送死，说话间摇身一变现出法像，身高百丈腰大十围，头似须弥眼如日月，口内喷火鼻中生烟，四头乱转八臂交加，手拿着定海神针如意金箍棒，哼一声，山崩地裂岳倒岩摧。说来来来咱们试试，谁输哪一个赢。

我们可以设想一下，当年台下的观众不但能尽情地欣赏演员激情快节奏的演唱，文武身段的表演，而且自然而然地就接受了《易经》中八卦的排序与方向和金、木、水、火、土等之间相应的知识了。写到此处，想起老舍先生在《骆驼祥子》中写道，祥子辞了杨家的差事，回到人和车厂，在门口见到了虎妞。虎妞说："哼，我刚才打了一卦，就知道你要回来。"虎妞打的是什么卦，书中没有写，但是，虎妞关于打卦的知识只能从戏文、鼓曲，老百姓平常说话的交流中得来，因为她研究不了"众经之首"《易经》，更读不懂《奇门遁甲》。所以在广大中国老百姓不识字的情况下，不能说他们没有文化。令我们吃惊的倒是现在的不少硕士、博士只有自己学科的知识而没有修身养性的文化，对祖宗的传统文化体系更是孤陋寡闻。

至于侯宝林先生说的相声《阴阳五行》虽然是以否定的态度，对江湖骗子歪讲“阴阳五行”文化进行讽刺，但是它的底子却是流传了几千年的传统文化，否则下面的观众也是听不懂，更笑不了的。

还应该提到，如果没有说书唱戏的演员们的“再创作”，一些名著绝不会像现在这么丰富，也绝不会传播得如此广泛。“四大名著”中的三部《三国演义》《水浒传》和《西游记》实际上是由数百年无数文人、艺人在广大听众的长期考验下集体创作，最后由一位作家总括加工而成的。即使是由一位作者曹雪芹（当然身边还有未留姓名的助者）完成了八十回的《红楼梦》，但二百多年来说唱艺人对它的传播实在是功莫大焉！

侯宝林先生给苦老拜年时，与孙燕华合影

所以，著名话剧表演艺术家于是之先生在看完我们的电视片《胡同古韵》后感慨良深地说：“可别小看这些曲艺家，没有他们当年对我们的影响也就没有我——今天的于是之。他们都是中国的莫里哀呀！”（摘自录像资料留声）

我们理当坚信，中国人的想象力是极其丰富的，美猴王的变幻和威力要比骑着扫帚的哈利·波特魔幻得多。然而现在我们的想象力到哪里去了呢？根源在于不自信，对我们祖先的丰厚文明没有敬重之心，甚至极其无知。另一个原因就是我们的教育出了问题，只重科技知识，不重人文修养。只训练应试功夫，难开发想象能力。

作为美术教育家的苦禅先生，他作画的时候经常和观画的人说戏，聊戏，启发横向纵向的艺术想象力。尤其是有如萧润德（萧长华嫡孙）、马玉琪（著名叶派小生）在场，他的兴致更高，边画边加戏中的身段，结果画完的鹭鸶就跟舞台上人物亮相似的，十分传神。“那鸟的眼神就跟人的眼神是一样的！”马玉琪先生回忆说。

这段往事说明了几个问题：其一，各类艺术的艺理是相通的，其二，画家的文化艺术基础越雄厚广博越能创作出生动有趣的画作。

我们再摘录一段曲艺唱词来体会体会。

美英雄举起戒刀冷气森森寒光闪闪搂头盖顶朝下剁，王飞天手捂天灵抡开木棍将刀拦。这老道手持大棍朝下打，美英雄一摆戒刀施展武艺一前一后、一左一右、一上一下、人借刀力、刀借人威、刀法纯熟，刷、刷、刷，寒光一片似刀山。老道一见难抵挡，无奈何改换门路使了个猫蹿、狗闪、兔滚、鹰翻，夜行之术横遮竖挡把腰拦。心暗想敌他不过三十六招走为上策，走、走、走，垫步拧腰往外窜。美英雄赶上前去忙拦住，使了那夺命三刀，刀刺、刀砍、刀扫、刀挑、刀扎、刀剁，老道一见心胆寒。往后倒退两三步，由不得将身一拱、将腰一弯、将脖一缩、将头一低，“嗖啪”，道冠削在大殿前。王飞天手捂天灵要逃命，扑通通一跤摔倒在大殿前。美英雄赶上前去，手起刀落咯吃一声响，王飞天皮开肉绽骨断筋折一命丧黄泉。

英雄急忙将山下，见苍头气喘吁吁手撩衣襟朝上闯，顾不得山路难行，高高矮矮、低低洼洼、磕磕绊绊，紧行几步至面前。尊恩公有劳贵驾救活命，请、请、请，请到舍下置酒款待我等报恩塑容颜。武松摆手说不必，说道我云游四方行走天涯姓武名松排行在二，一边走一边言。剩苍头无济奈搀小姐下高山，主仆们还家骨肉团圆。

——联珠调《蜈蚣岭》

即使你没听过这段演唱，你就把它带着感情大声朗诵一遍，文字中的气势、平仄，也够你享受的。读完之后，你再品味行文中对人物动态的描述，多么具体生动！

如果此时你内心的激情蕴藉胸中，瞬间要喷发，拿起笔来创作一个画面，想必是异常精彩的。

著名话剧演员杜澎，是苦禅先生的早年学生。他可是一位曲艺专家。晚年的他不但仍然活跃在舞台上、荧屏上，扮演了电视连续剧《四世同堂》中爱国老人钱诗人，给观众留下了深刻的印象，而且不断地创作曲艺新段子，下面这段京韵大鼓《缺不得》就是他在1998年6月完成的。

山缺流水岭缺松，美景不能靠虚名。
禾苗缺雨难成长，好花缺叶儿不如葱。
壮士缺不得龙泉剑，佳人缺不得善女红。
身要是缺血那叫贫血症，人要是缺德留骂名。
呼吸缺氧能要人的命，办事儿缺钱啥事儿都办不成。
鼓曲缺不得丝弦伴奏，演唱缺不得观众听。
弘扬国粹缺不得发烧友，发烧友就缺个曲艺沙龙。
咱沙龙缺不得埋头苦干。望大家多吃点儿兴奋剂少吃那降压灵。

几千年来中国老百姓特别是广大农村，农民大多不识字，但是他们的传统观念、做人的标准、处事的方法大都是从听书看戏而来的。这就形成了一种奇怪的现象，说书唱戏的大部分是“文盲”，听书听戏的绝大部分也是“文盲”，但是他们的心里装的却是中华民族几千年积淀的高度文明和文化。我们祖辈的老奶奶们一字不识，却会背很多唐诗，是听爷爷或外公经常背诵听会的。河北梆子，山东柳琴，各地的秧歌调，他们从小听着自然就会唱了，而且一辈辈地往下教往下传。

现在我们面临的却是要对曲艺，特别是鼓曲的抢救，怎么办呢？还是从小娃娃抓起吧！我们的孩子们既然能读《三字经》《弟子规》，何不加上鼓曲的演唱艺术呢？比如《风雨归舟》，我们把它配上儿童漫画，先让孩子们高声朗读，背诵，再让他们唱起来，这不比枯燥的“背”好吗？

应该说办法还是有的，就看你做不做了！

套用一句时髦的话：“振兴曲艺，振兴鼓曲，由我做起吧！”

2013 年 8 月

最接地气的说唱艺术

老舍先生是语言大师，而且是把握北京地方语言无出其右的大作家，其原因有三：一是他是出身于北京的满族，二是他努力于以简练通俗的语言，三是他的现实主义的创作态度与使用语言的技巧高度融合，因此才能达到读者爱读，读得明白，读得有兴致。

他曾说："我看还是老老实实让人民语言丰富我们的语言。"用现在的说法就是"语言"要接地气。在记录和普及民族文化艺术方面的各种手段中，说唱和戏曲艺术是最接地气的，是离老百姓最近的，最易被老百姓理解和接受的。

我从小就是个曲艺迷、戏迷，直到老年仍钟情于它们，就像《舌尖上的中国》突出的，小时候吃的东西令人一生难忘一样，小时候听的也是一生难忘。作为一名老观众我之所以认为它们"接地气"，理由有二。

其一，各种说唱艺术都是以当地的语言为基础，加上流行于当地的简单曲调形成，以说为主，在说的过程中充分地体现出各地汉语语音、语法、语式的特点。无论南北东西的各种说唱艺术，在结构和手法上都离不开传统文学的叙事形式。

最初的说唱曲调并不复杂，初始于田间地头劳作休憩之中。以京韵大鼓为例，它是在同治光绪年间由木板大鼓发展而来的，起源并形成于河北沧州、河间一带，后来流入北京、天津，因为保存了不少方言，大家称它为"怯大鼓"，这在白云鹏（白派）唱腔中仍有遗痕，比如《黛玉焚稿》（白派代表曲目）中：

> 孟夏园林草木长，楼台倒影入池塘。黛玉回到潇湘馆，一病恹恹不起床。药儿也不服（fù），参儿也不用，饭儿也不吃，粥儿也不尝。白日里神魂颠倒情思倦，到晚来彻夜无眠恨漏长。瘦得一个柳腰儿无有一把了（le），病得一个杏脸儿又焦黄……

注释：

“药儿也不服”的“服”：有两个读音，fú 与 fù，读为 fù 时当量词用，通用于“付”，比如：吃付药就好了，读 fú 时为动词，当“吃”和“服用”讲。但是白派在此处唱时发 fù 的音，不以付讲，却仍为服用，吃的意思。

“无有一把了”的“了”：有三个读音：① liǎo，明白，完了。② le，助词，用在句子末尾。③ liào，通瞭。白派在此处唱时发 le 的音，近似于“啦”。

观众在欣赏老白派时往往在这两个字的演唱中能听到这种方言，特别是“无有一把了”这一句唱毕定会报以热烈掌声，似乎像不像老白派的风韵由此定夺，认为此处最具老白派特点。我体会这可能就是由方言转入京音过程中留下的痕迹。

与白云鹏同时的鼓界大王刘宝全则接受了谭鑫培先生的建议，入乡随俗，把“怯大鼓”改进为用京腔京韵演唱，大受北京人的欢迎，形成了现在的京韵大鼓。这种改进就是以地域观众的需求而形成的，为适应北京的观众，刘宝全做了接地域之气的推动，木板大鼓也就演进成为京韵大鼓了。

我家阿姨是安徽无为县人氏，在她与亲友们通电话的时候全用方言。她曾使用一个词说某个亲戚去世，说那个人“眠了”。我没有去考证这种用法的范围和年代，但是在北方我尚未听到过。由此想到四川人方言中常用的，形容某人精神不佳的“惚兮恍兮”，能用“兮”来做助词的词儿大概也有年头儿，不知宋代“三苏”是否也使用？

正因为说唱艺术是植根于当地的语言，所以也就更能体现各地的方言中声调、音韵的特色，比如四川清音、苏州评弹、扬州评话、天津时调、梅花大鼓、西河大鼓、东北大鼓……作为流行于华北中原地区的说唱艺术地域特点就非常有特色，比如山东琴书《梁祝下山》，同样是表现《梁山伯与祝英台》中“十八里相送”的情节，在山东琴书的唱词与旋律中我们体会到的绝不是吴侬软语唱的梁祝，而是一种更淳朴、更土气、更阳刚的情感和曲调，突显山东的地域性。开头两句唱词起得就很别样：“东海升起红太阳（昂），一对书生下山岗要还家乡；在前头走的是梁山伯，后跟着女扮男装祝九郎。”这与江浙一带各种曲目与越剧的梁祝下山在情境上有很大的区别。“东海”“红太阳”这只有常住在渤海湾看日出的胶东人才会写出；后两句又是很直白地交代，没有过多的缠绵悱恻的情绪渲染。而请大家注意第一句后面的这个“昂”字，它属于垫字，这是山东琴书里才有的，这个“昂”字跟着旋律走，既是前一句情绪的延长，又是俏皮的伴唱。“文化大革命”前中央广播说唱团还有一对山东琴书的演员，现在很少听到了。近年只在侯耀文的一个节目中，他自拉自唱了一段《梁祝下山》。

以虚字或实字的伴唱，在说唱艺术中使用得太多了。比如单弦牌子曲子中的《太平年》《金钱莲花落》等，以《太平年》为例，在唱句之间加本人或群体的伴唱，皆以“太平年”垫入，唱成“太平年”或“年太平”。这种演唱形式，听杜澎先生说是从八旗子弟的军旅生活中来的。清初八旗子弟到处征战，环境恶劣，疲劳困顿，有人唱起八角鼓曲牌，众人应和，以求宣泄或互勉，既相当于伴奏，又相当于群唱的作用。再比如《金钱莲花落》的群唱应和部分就比较长，且多变化：“也么嗨，嗨嗨老莲花啊，一朵梅花落哇嗨……”

一种艺术形式发生、发展、传承以至变化的过程都是起源于生活，特别是一些优秀的曲种。这在文学作品中多有记述和描写，最典型的有《桃花扇》中说书人柳敬亭，《老残游记》中的白妞。

山东大鼓也是流传很广的一种鼓曲。我们在清代刘鹗的《老残游记》中可以体会当年山东大鼓演员王小玉的绝妙演唱，《白妞说书》中的白妞即为王小玉。书中写道：

> 王小玉便启朱唇，发皓齿，唱了几句书。声音初不甚大，只觉人耳有说不出来的妙境：五脏六腑里，像熨头熨过，无一处不伏贴；三万六千个毛孔，像吃了人参果，无一个毛孔不畅快。唱了十数句之后，渐渐地越唱越高，忽然拔了个尖儿，像一张钢丝抛入天际，不禁暗暗叫绝……这时，台下叫好之声轰然雷动。

只读这段文字便可知其演唱的功夫和魅力。我有幸在纪念刘宝全先生的一次演唱会上，听到过天津京韵大鼓名家陆倚琴唱的《白妞说书》，不知道是白妞说得好还是陆倚琴唱得好，还是两好合一好，直到今日，每每忆及尚能未绝于耳。

我常常翻阅一些工具书，在先秦古歌中记录最早的一首歌谣为《弹歌》：

断竹，砍伐竹子，
续竹；连接竹子；
飞土，打出泥弹，
逐宍（同肉）。追捕猎物。

歌中八个字即使我们现在读起来意思也是能明白的，而且还可以读得抑扬顿挫，当然很可能与古人读音不同，但依然很生动，这就是我们汉语的高妙之处，是几千年存活的生命力的表现。我们再来读一首《得敌》，选自《周易》，是《中孚》卦六三爻的爻辞，描写胜仗之后的情境，情节很简单，但是读起来不仅铿锵有力，而且极富想象的空间。

得敌。抓到了战俘。
或鼓，有的人击鼓，
或罢，有的人疲惫，
或泣，有的人哭泣，
或歌。有的人唱歌。

自周易传承至今千年，当初的“或……”排比句式一直延传了下来。唐代柳宗元的《小石潭记》中有：

“全石以为底，近岸，卷石底以出，为坻、为屿、为嵁、为岩……”

又有宋代苏轼在《前赤壁赋》中有：

“客有吹洞箫者，倚歌而和之。其声呜呜然。如怨、如慕、如泣、如诉……”

这种句式运用在说唱艺术中就更普遍了，鼓曲中大量使用板腔体，要求字数基本一致，字的阴阳平仄需与腔适合，同时还要塑造出人物和情节。如联珠调《苦肉计》周瑜所阐述军令的唱词中：

“以小敌大，以少敌多，以寡敌众，以弱敌强……”

这种排列的气势和内容的统一极大地渲染了气氛。

著名唱段《剑阁闻铃》是骆玉笙的代表作品，其中表现唐明皇怀念杨贵妃时也使用了这种句式。

“再不能太液池观莲并蒂，再不能沉香亭谱调清平；再不能玩月楼头同玩月，再不能长生殿里祝长生……”

这种痛彻心扉的回忆，通过四句的排列达到了悲切之极。

一种句式在几千年文化传承的使用中不断地得到推广、丰富和发挥，足以说明汉语的博大精深和生命力。

在这里，我们可以注意一个有趣的现象，那就是无论生活在黄河、长江流域以至两广、闽南等地的人群所使用的语言都是以四声为基础，平上去入，甚至有的地方语言还要多几个声调。我常想，外国人的语言没有四声之区别，是不是我们的祖先在原始状态，互相招呼、分摊食物、打架斗殴、喜庆欢宴的时候就已经以阴、阳、上、去在“呦嗬嗬”了？！而西方的原始人从一开始就直着喉咙“NO！ NO！”地喊呢？不得而知！这简直是太奇妙了。如果将来科学发展到可以收集回几十万年前原始人的声音可以验证我的问题，那一定非常有趣，一定会形成新的学科！

书归正传，我国各地的说唱艺术在语言、文字、演唱的历史上有着不可小觑的人文价值。

它蕴含着各地区文化发展的特质，各地的民风、历史人物和他们的故事。他们的故事所形成的文化精神是不可替代的。

说唱艺术是社会各阶层参与、丰富与推进的最广泛的表演形式。在这个宝库中既有通俗幽默、家长里短儿的老百姓生活的内容，也有长枪大戟、沙场血战、英武威猛的历史故事，更有以儒、释、道的哲理为主导，普世劝诫或各种神话的唱段，最代表的即为《劝人方》。唐初诗人王梵志诗作传世不多，但却极有特色。白话诗在许多人的印象里是新文化运动之后兴起的，其实在唐代也有白话诗，王梵志就是一个。他的诗既没有精彩的警句也没有环境气氛的描述，平平淡淡但却发人深省：

我有一方便，价值百匹练。相打长伏弱，至死不入县。
他人骑大马，我独跨驴子。回顾担柴汉，心下较些子。

前一首告诉你，我有一个很重要的法宝，那就是别人欺负我，我忍着，至死也不去告状。正面理解可为“宽容”，反面理解可为“怯弱”，但从老百姓角度想是尽量忍让，打不起官司。后一首是以三人——骑大马、跨驴子、担柴汉告诫人们一个朴素的道理：“比上不足，比下有余”，也是老百姓自我安慰的方式。后一首诗的内容我非常熟，因为从小就听过，当然“文化大革命”中断，现在又常演唱，那就是太平歌词《劝人方》：

“那庄公闲游出趟城西，瞧见了他人骑马我这儿骑着驴，我扭项回头看见个推小车的汉，我比上不足比下有余……”

这四句的意思与王梵志的一样。王梵志卒于大约公元670年，从那时算起，到如今已有一千三百多年的历史，如果有时间真应该查一查，在这一千三百多年间还有哪些人以这四句的内容编写过什么样的唱段，那一定很值得研究，很有成就的，在一千三百多年间教导人们处世的理念竟然没有变！

在这里说几句题外话。

一日偶翻《唐伯虎诗集》，《一年歌》中的第一句便是：

“一年三百六十日，春夏秋冬各九十。冬寒夏热最难当，寒则如刀热如炙。春三秋九号温和，天气温和风雨多。一年细算良辰少，况又难逢美景何？……”

读了第一句，我便笑了，看来是曹雪芹抄袭唐伯虎了！黛玉《葬花词》中写道：

“一年三百六十日，风刀霜剑严相逼。明媚鲜艳能几时，一朝漂泊难寻觅……一朝春尽红颜老，花落人亡两不知。”

对比二人之作，细读雪芹之句更戳人肺腑，令人唏嘘。

唐、曹二公相距三四百年，然而在大一统的国度中，虽然几经更迭，国人特别是士人们似乎永远地周而复始地感叹着许多同样的人生境遇，这一种情绪自然而然地也融入了说唱艺术中。

古人云：“慎终追远，民德归厚”，敬祖爱国是我们的传统美德。

中华民族崇尚的忠孝节义在《三国演义》《水浒传》的唱段中得以充分地体现和发扬。

联珠快书的名段《战长沙》前面的诗篇：

三国纷纷动刀兵，各为其主赌斗输赢。关公帝四十二岁成正果，五云捧圣上天庭。在书中不言圣贤平生事，全凭着心中智、手中刀、坐下马，威风凛凛定雌雄。减去谎言书归正，说一回关圣帝智收黄忠老将英雄。

通过这几句概述，关圣帝的形象就这样被老百姓认可了！

虎牢关三英战吕布是《三国演义》的精彩一回，编成快书后，诗篇中提纲挈领的介绍就已经将正邪是非论断了：

存心不古在眼前，为利贪名尽是枉然。太平之时食君禄，敌乱国徽出大贤。奸臣当道把忠良害，哪有那赤胆忠心敢上前。有朝一日天星降，只落得刀斧临身自安然。

包拯，包青天是老百姓心中的希望，说书唱戏以包拯为题材的太多了。京剧《遇皇后》《打龙袍》说的就是一段包公的故事。我们再来看联珠快书《遇后》的诗篇：

为人生在天地间，忠孝二字总安全。为官必须清廉正，爱民如子一样般。团结一致勤为本，劝化人民归正端。铲除土豪诛奸佞，辅佐国家建设全。

诸位读者有何感想？这几句用在现在也是有意义的，因此说，教化是说唱艺术中的重要成分。

满族说唱文字《子弟书珍本百种》中有《浪子叹》，我们且选几句：

浪子房中闷悠悠，思想起来的犯愁。近日忍饥又挨饿，无米无柴难度春秋。后悔自己做事错，绝不该当初任意漂流。父母教训我不信，亲朋劝诫不相俦。不能上学把书念，不能寻师把艺投……

书中所表的浪子是以反思自叹方式教化观众的。

这与传统儒家教育理论，与老庄的哲学思想是统一的，因此对于过去的中国这样一个大国来说，上学识字的人并不多，但是“文盲们”做人的理念与做事的规范，与“读书人”是一样的。尤其是经典故事：孟母三迁，岳母刺字，王祥卧冰……即使是位农村的老大娘，盘腿坐在炕上也能说出个子丑寅卯来，这就是戏曲和说唱艺术的功劳。

其二，对于文人来说，说唱艺术更是不可或缺的，尤其在清代。我们习惯地说：唐诗、宋词、汉文章、元曲、明清小说，各时期文学发展的特点不太一样，直到清代“子弟书”这种说唱艺术展现了异常的光彩，作为可以演唱的文学形式，它的表现力很强。经过历代艺人、文人、听众共同切磋、研究、交流，形成了许多成熟的经典，比如《剑阁闻铃》《长坂坡》《单刀赴会》《探晴雯》《闹江洲》《十字坡》等传统经典，经过说唱艺人的广泛演唱，经过酷爱说唱艺术的文人，特别是清代八旗子弟的参与，无论在文采上还是在曲调上都有了很大的发展，特别是《风雨归舟》《八花八典》《八爱》《赞剑》《松月绕》等小段更是体现出原已蕴含在前代诗词中的清新格调。这些小段在突破了诗词格律的限制后，表现出一种轻松幽默的张力和情境。

比如：唐人柳宗元的《江雪》，脍炙人口：

千山鸟飞绝，万径人踪灭。孤舟蓑笠翁，独钓寒江雪。

这首诗仅用二十字，便充分表现了作者追求的意境，同时为读者展现了一幅空灵静谧的画面，广为流传。如果编成曲子就需要扩充内容，否则唱起来会显得单薄。古曲《阳关三叠》原诗仅为四句：

渭城朝雨浥轻尘，客舍青青柳色新。劝君更尽一杯酒，西出阳关无故人。（唐·王维《送元二使安西》）

谱成曲子之后，加了副歌部分丰富了内容，此处不赘述。

且说这首《江雪》，被后人化作了一段子弟书的唱段《雪江独钓》，节录于下，与读者共享。

老渔翁懒向人间言姓字，年过花甲世情除。一生不怕风波险，终日垂纶野性舒。得鱼沽酒为佳趣，南北东西无定途。……一生逃向红尘外，就有那万两黄金也不图。日对着一溪清水添幽兴，小舟儿随风飘荡自自如如。自言道渔家不爱身外利，唯看这山高月小水落石出。……这一日彤云密布寒风起，雪花儿离乱飘扬满地铺。顷刻间万里江山粉装玉砌，老渔翁推窗一望拍掌欢呼。说天宫（公）的造化诚然巧，直向江边展画图。我何不冒雪冲风寒江独钓，对着这银堆玉垒洗洗尘俗。说罢披蓑忙带（戴）笠，向船头执竿危坐钦双足。但则见雪逞风狂梨花乱舞，风摇银练柳絮平铺。古木寒鸦欲飞还落，江村茅店似有如无。迢迢古道人踪稀少，层层峻岭路径儿迷糊。渔翁看罢情怀洒落，说真果是一幅清江雪笠图。（民族图书馆藏刘复《旧抄北平俗曲》本）

文人的参与还使得说唱艺术成为启蒙儿童教育的手段。以《百家姓》《千字文》为例。子弟书中《八字成文》就编得非常高妙，每一句的第一字是姓氏，前三个字是人物，后五个字是这个人物最典型最为广大老百姓知道的故事；有人物，有情节，通俗易懂。

赵匡胤千里送京娘，钱玉莲抱石自投江，孙二娘夫妻开过店，李存孝打虎奔山冈，周遇吉本是忠良将，吴三桂勾兵到辽阳。郑子明一命死的苦，王莽贼篡位乱朝纲……（赵、钱、孙、李，周、吴、郑、王）

再往下续：

金兀术大战岳少保，魏延的反骨脑后藏，陶渊明采菊东篱下，姜太公西岐保文王。（金、魏、陶、姜）

不仅有历史人物和故事，还有小说神话中的人物和故事。比如：

朱夫子（朱熹）注书功劳大，秦叔宝临潼救唐王，尤三姐一命死得苦，许宣（仙）的儿子状元郎。（朱、秦、尤、许）

《三字经》的普及同样的广泛，而普及的形式更多样，更灵活。大家都知道传统相声名段《歪批三国》，殊不知还有个《歪讲三字经》呢，为什么《歪讲三字经》大大不如《歪批三国》被现代人更熟悉呢？我揣想，一是《三国演义》始终流传，加之影视的推广，二是《歪批三国》这段相声一直在表演，没断。而《三字经》就没那么幸运了，直至近年重倡普及国学教育以来才被重视推出，估计一下，大约断档了五六十年，应该有两三代人没读过，不知道里面的故事，这就不是一时半会儿能补救的，当然如果要用“十年中八亿人全唱八个样板戏”的办法强制一下，可能也能“速成班”毕业。

最近看电视戏曲频道播出马连良先生演的京剧《三字经》，迟金声先生配像。其内容较之相声更集中，现摘录如下：

罗英（白）话说盘古圣人之后，出了一家贤人。

温韬（白）贤人是哪个？

罗英（白）名叫。人之初。他有一兄弟，名叫人之伦。虽在一母同胞，却是性情个别。何以呢？人之初是个有名的贤士，故而。性本善；那人之伦是个不中举的神童，他就性乃迁了。弟兄却有一点好处。

温韬（白）怎样的好处？

罗英（白）却是。兄则友，弟则恭。“这一日，人之初向人之伦言道：

‘兄弟，你我朝于斯，夕于斯，也非了局。需要做件事业，光于前，裕于后，方称得为人子。’人之伦言道：兄长这一番话，教训得极是。弟岂不知勤有功，戏无益？想我们读书人，市面上做买卖，一些些也不懂。小弟如今要出外去处馆。”人之初一闻此言，请了个得力的朋友，商量他兄弟坐馆的事情。你道他朋友是谁？

温韬（白）是谁？想必也是一个读书人。

罗英（白）就是那苏老泉，苏老泉来到人之初家中。

罗英（白）苏老泉去后，言道：“少时自有关书请帖，到来相请。”那人之伦就准备琴棋书箱，衣被行囊。弟兄分别，人之初嘱咐人之伦，“兄弟此去，凡训蒙，须讲究，不要耽误人家子弟。”人之伦言道：“兄长，弟此去定要扬名声，显父母。”不说兄弟分别，单说那窦燕山，是个有义方的人，闻得人之伦到他家处馆，要办丰盛酒筵接风。打听得香九龄，会办能温席。着人招香九龄前来，办一桌能温席。香九龄言道这桌能温席，我一人办不来。请了唐刘晏，来管账。唤了大小戴来打杂。他们一辈人就忙起来：奔到曰南北，曰西东，办到曰水火，木金土；各样家伙，就是玉不琢，不成器；悬的灯亮，如囊萤，如映雪；办的佳肴，马牛羊，鸡犬豕；饭食尽都是。稻粱菽，麦黍稷；唤了些歌伎，唱的是匏土革，木石金，与丝竹，乃八音……

读到此处，一定会想到这种把《三字经》经文编成故事的做法非常容易被孩子们记住。更便于普及。

最后再说说幽默。幽默是传统文化艺术中的瑰宝，会幽默是智慧的表现。若干年前，曾见报上文章介绍当今一位名导，他说，因为中国没有喜剧，所以才拍电视情景喜剧。我不知道他的话是被断章取义了，还是就那么说的。不过我想，有这种认识的不仅是他一人。因为中国的喜剧与国外的喜剧是不一样的，我们的幽默逻辑和表现方式也是不一样的。

高元钧是位演唱山东快书的大家，他说的《鲁达除霸》《武松打虎》曾广为流传，在我的记忆中，似乎也达到了“净街王”的程度，只要电台一播，大家驻足倾听，段子不长，听完再走，而且边走边学，“唱到此处是一段，下一回再接上。”如果在剧场演出往往要返场，此时高元钧先生就加一个幽默小段，段子虽小，意味很长，比如《怕》：

> 眼怕瞎，耳怕聋，鼻子就怕气不通。小鸡就怕黄鼠狼，耗子怕猫，兔子怕鹰。二流子，怕劳动，种庄稼就怕不收成。不用功的学生怕考试，老师讲课就怕学生精神不集中，卖冰棍儿的怕天冷，脚上长疮怕跳绳。癞蛤蟆就怕天气旱，苍蝇蚊子怕干净。漏房子就怕下大雨，海上行船怕暴风。开汽车，怕抛锚，骑自行车就怕碰上烂泥坑。钢笔就怕不下水，书本就怕字不清。自由主义怕纪律，官僚主义怕整风。贪污分子怕查账，自私自利的怕为公。反动派就怕解放军，战争贩子怕和平。看电影，怕没电，俺说书就怕你不听。

此段即使现在演出也不过时。在长期的农耕生活中，积累了许多有趣味的故事。河南坠子名家马玉萍时常演唱的《借髢髢》（髢髢是由假发做成的，可以配以饰物，很鲜艳、漂亮）表现的是小姑向嫂嫂借髢髢，嫂子就不借，二人拌嘴的情景，情节非常简单，但是在马老师生动亲切的表演中，观众看到了两个农村少妇鲜活的形象，一个说："要借，要借，偏要借！"一个说："不借，不借，不借给（ji）！"加上河南方言的特点，清脆甜美的嗓音，真是一种莫大的享受。这种幽默感受不是靠抖个包袱，或者抓个哏来达到的，是整段的表演，坠胡伴奏的效果……共同完成的。

西河大鼓《偷年糕》、京东大鼓《怕》、单弦岔曲《有那么一个人儿》（著名话剧表演艺术家杜澎作）等都曾经广为流传。

以上短文拉拉杂杂，既未说完，也未说清，深以为憾。怎么才能说清楚我的意思呢？猛然想起，荀子《劝学篇》一文中有名句："故不登高山，不知天之高也；不临深溪，不知地之厚也。"怎么才能知道"地之厚"呢？就要"临深溪"，可惜的是我们的传统丢失得已经太多太多了，许多年轻人，甚至几代人既没有登过传统文化的高山，也没有临过传统艺术的深溪，故而不知天高地厚，接不着地气，恐怕就只能接那些狂乱的风行一时的"沙尘暴"了。

作为中华民族的子孙，我们还是沉下心来，认识、熟习、研究、继承、创新自己的优秀文化艺术，自立于世界之林吧！

2014 年 8 月

曲艺·曲剧及其他

（一）

现在许多媒体做预告或者主持人执话筒的时候经常会说这样的一句话：“今天为观众演出的曲艺和相声……”这是不对的。“相声”应该是“曲艺”中的一种形式，现在的表述成为“曲艺”是曲艺，“相声”是相声了。这种“划疆而治”的称呼起于近三十多年。思索其原因大概是原来十分火爆的各种弹唱的鼓曲艺术迅速地微弱下去，而相声却依然有较强的势头所至。

20世纪四五十年代以前，老百姓统称曲艺为“杂耍”“卖艺的”，顾名思义，就是什么形式都有。流行于天津和北京的说唱鼓曲种类多，历史长，名角多，一场下来包括五彩戏法杂技等称得上“十样杂耍”了。再早些时候的北京天桥和各种庙会，把这些演员称为“卖艺的”，至于他们之间的行当也分得不十分严格，尤其是小孩子们，什么都得学，“艺多不压身”嘛！

小时候我经常随父母看这样的演出，但极少去天桥，在他们看来，女孩儿不适宜逛天桥，因为那里的演出“荤口”多。20世纪50年代初，从称谓上逐渐地改称为“曲艺演出”，这些演杂耍、唱大鼓、说相声的统称为“曲艺演员”了。这在侯宝林的相声里多有反映，“演员的地位提高了哇……”

新中国成立初期，百废待兴，许多曲艺演员没着落，艺术发展不起来，生存成了大问题，于是在周恩来总理的关注下，北京市文联老舍先生领导牵头，北京的曲艺艺人，甚至走街串巷的盲艺人们被都组织起来，或成立“曲艺团”，或组织“曲艺队”，总之是把人攒在了一块儿，四梁八柱地做好了基础。这些艺人们有着太多的实践经验，要说“接地气”他们是真做到了，因为长期以来“撂地儿”就在天桥、庙会。为了满足观众的需求，一场下来用哪些角儿，演出都唱什么，内容怎么选择，他们都很有办法。比如，北京曲艺团当时分三个团，三团是以相声为主，经常举办“相声大会”。你就听去吧，保证让你过够了瘾。一团、二团各有班底。我当时还能看到京韵大楼演员良小楼，铁片大鼓演员郭小霞，滑稽大鼓演员架冬瓜等当时已是处于中老年的演员了。单弦名家荣剑尘先生更是我所尊敬的老艺术家。还有人称“快手刘”的变戏法的老演员，出场时穿着宽大褂，一下变出个大鱼缸来，我觉得神奇极了。现在想起来其实道理很简单，无非把要变的先挂在身上，大褂遮住而已，不过神奇在于人家怎么能那么干净利落地把它变出来，这是要功夫的。曹宝禄先生更是我们全家喜欢的演员。他演唱的《蜈蚣岭》我看过很多次，对他形神兼备地塑造人物的本事，特别佩服。因为父亲能弹单弦，又会唱，经常在家里唱这段，唱到“啪啪啪叩打连环”的时候，我也会“加盟”……稍大些我就和同龄的两个小女孩一块儿去听，我们常去的就是当年的哈尔飞戏院，后来改为大光明电影院，最后定名为西单剧场；还有长安戏院，进康剧场，西单游艺社，迎秋和前门小剧场……记得有一次赶上曹宝禄先生和刘淑慧演唱梅花大鼓《韩湘子上寿》，曹先生声情并茂，刘淑慧典雅优美，两人配合得十分默契，自此我就深深地记住了这位年轻漂亮的刘淑慧了。

近年来和马玉萍老师经常见面，我说，多次听过她和河南坠子名家姚俊英

《骆驼祥子》剧照，孙砚琴（中）饰虎妞，王志高（左三）饰祥子，赵俊良（右二）饰刘四爷

的“对唱”。当时马老师还是小姑娘呢，她俩都是红裤绿袄的打扮，朴实活泼。山东快书演员刘司昌，他打板儿的时候脚步非常夸张，又年轻，又帅气，往往在要下观众的好儿来以后才张嘴。青年快板演员梁厚民一出场就透着精神潇洒严谨，基本功扎实，咬字清晰，声音打远儿。他们都是当时非常受欢迎的演员。

《杨乃武与小白菜》剧照，魏喜奎（左）饰秀姑，李宝岩（右）饰杨乃武

在这些场次中，相声只是其中的一项，如果是青年相声演员——李金斗与陈涌泉老师、王谦祥、李增瑞等表演（他们当时还是学员呢）是穿插其中的，压轴或大轴总得是王世臣、王长友、罗荣寿、高凤山、高德明、高德亮或者是当时已被老舍先生称为“二赵”的赵振铎、赵世忠。以前除非相声专场是没有以相声压轴的，大多是鼓曲名家压大轴。

至于中央广播文工团说唱团更是集中了一批实力雄厚的或者创宗立派的演员，比如白凤鸣、石慧儒、马增芬、孙书筠、马增蕙、赵玉明，还有特受欢迎的侯宝林、郭启儒、刘宝瑞、郭全宝相声名家。每逢他们团巡演之前或者回京汇报，我必是要看的。他们经常在中山公园音乐堂——那时音乐堂只有顶，没有围墙，或者长安大戏院，吉祥戏院……当时中央广播说唱团为了丰富曲种还调来了一对儿山东琴书演员，吸收培养了马季、

《啼笑姻缘》剧照，郭筱霞（左三）饰沈母，佟大方（左二）饰沈父，魏喜奎（左一）饰沈凤喜

单弦，曹宝禄（左）伴奏韩德福（右）

《啼笑姻缘》剧照，魏喜奎（右）饰沈凤喜，冯宇康（左）饰樊家树

于世猷、赵炎、郝爱民等青年相声演员和孟昭宜等鼓曲演员。

当时还经常举办全国的曲艺调演，尤其是评弹的演出特别吸引我，虽然我是北方人，但是特别喜欢越剧，尤其是从尹桂芳、范瑞娟、徐玉兰、王文娟等这些演员和剧团的频繁赴京演出后，我是每团必看，每戏必看，因此对江浙一带的语言和音韵也可略听一二。评弹不同，它犹如北京的京韵大鼓，更讲究板式情调和韵律，因此让我听得如醉如痴，其实很多地方也并未听懂，只是感觉很美。因为年龄小，我经常边听边想，人们常把苏轼、柳永的词作风格非常生动地比喻为“关西大汉”（苏词）和“红口白牙的女孩儿”（柳词）的吟唱，“可能传唱柳词的应该如同唱评弹的女孩儿。”我想。

北京实验曲剧演出《西厢记》，车锦如（右）饰崔莺莺、吴韵亭（左）饰红娘

写到这里您大概能从我这个观众的记忆中理解“曲艺”的概念和范畴了。

第一，听一场曲艺演出是一种享受，

也是对鉴赏的训练和提高。比如单弦表演，演员上来以后会对观众有个诚恳的“交代”，或介绍剧情，或“现挂”前面的节目，称赞或贬低几句，博人一笑，既亲切又活跃气氛，然后表示“至至诚诚地”奉上一段《×××》，以表示演员的认真和谦逊。此时台上台下的交流完全呈现出一种融洽的互动，这是非常优良的传统。演员没把自己当成“星”，没有如同现在的歌星风风火火地出来，激情地喊着“大家好……”，使出各种引人眼球的招数，还没唱呢全场观众就沸腾了，口哨声、喊声一片；手持的各种发光闪亮的小物件前后左右地摇摆着，形成了一浪高过一浪的狂欢。每逢看到这场景，我就想，心脏不好的老年人可真不能到现场！那时候北京的老戏园子既没有炫耀的灯光，也没有震天动地的音响，观众听的是“本音儿”，看的是“能耐”，剧场小，观众内行，台上台下沟通的是对艺术一致的认同。演员心里有底，他相信的是自己的实力，这种十八般武艺各显奇能的氛围也留下了许多奇闻轶事，成为口头文学。比如孙书筠误场，前头表演的马三立站在台上下不来了，连编带挂，说了一段又一段，在他精疲力竭的时候终于看见孙书筠匆匆忙忙进来了，于是大松一口气，跪在台上说：“姑奶奶您总算来了……”全场大笑不止！您说，这样的演出气氛能不让观众得到轻松愉快的享受吗？经过这种高强度的“魔鬼训练”，马三立能不成艺术大师吗？

前几日，王文林先生和徐德亮来家。我和王文林从西单的第一商场开始数到第四商场，每个商场都经营什么……当时他们就在三场二层说相声，计时收费。我第一次看到女演员说相声就在那儿，演员就是回婉华。想听就听，不想听就走，想长听的就坐前头，随时走的坐后头，十分随便。底下一层有饭馆峨嵋酒家和又一顺分号，我和小友们常常是吃碗爆肚或者吃碗担担面就上去听相声。还常有爆炒腰花和炸糕的香味飘来……这点儿回忆可能会让您略略知道看杂耍、听相声的氛围和乐趣了。

第二，由“撂地”演出到剧场演出是个不小的调整。“撂地”时观众围在四周，演员要照顾四面，演出的内容更多样，比如天桥地界儿摔跤的，拉洋片的，中幡、拉弓、抖空竹、耍猴的、卖大力丸的……要不怎么先后出来几拨“八大怪”呢，那被称为“什样杂耍”的真是名副其实。进了剧场，条件改善了，但是许多玩意儿进不去，于是分成了杂技团、魔术团，至于摔跤逐渐成为体育的一类了。虽然进入剧场，但是演员演出时和观众的交流还是很平易，很充分。

那时候没有主持人，就是在台上戳一个牌子，红底白字，和戏园子外头的牌子大小差不多，换一个节目，检场的就换了一块牌子。观众一看就明白下一个节目是什么。我能清晰地记住魏喜奎的名字就是因为这块水牌，坐我后面一位大人愣把她的名字念成了“魏喜套”，我惊讶地回头看他一眼，大笑起来，母亲拽着我胳膊，制止我，顿时就不敢出声了。

广告介绍是有指向的，比如“曲艺大会”，那就是多曲种的演出，“相声大会”就是专演相声的。演员的名字和演出曲目都得清楚，因为那时候印不起说明书，最时髦的就是在广播电台预告一声或在报纸上登一个“小豆腐块”。观众是奔着他喜欢的演员来的，所以一定要准确。当时生活中既没有电视又没有手机，能听听“电匣子”（收音机）就不错了，当然这么欣赏就不如买张票到现场了。戏园子周边住着的老百姓大多是老住户，他们就是常客，除非是有特殊的演出，比如天津的名演员来了，即便在东城的吉祥戏院，父母也会带着我从西城城根跑去听，50 年代初是坐三轮，后来是坐电车、汽车。诸位读者，当时北京城的概念只是现在的二环以里，城墙的位置就是现在的二环路，出了城就是护城河。那时候为了听场大鼓书、相声，愣从西城跑到吉祥戏院的像我这样的女孩儿也不多。

第三，曲艺界家族式传承比较多，互相联姻的也比较多，这种组成和结构保证了曲种的延续性和新腔新活的创作。

举两家为例，一是马连登家族，一是白凤鸣家族。马家是以马老先生带起来的。现在大家仍然记得和熟悉的马增芬、马增蕙、马岐，以至被称为“单弦王子”的马小祥（马岐之子），这个家族的艺术具有多样性，马增芬唱西河大鼓，至今无人可比的是她的绕口令《玲珑塔》，那清脆利索无人超越。马增蕙唱单弦，“文化大革命”时唱不了别的，唱了十年的《一盆饭》（杜澎作词）宣传军民鱼水情。马岐是位多面手，既能伴奏，又能教学，又会说书。他的夫人是京韵大鼓演员马静宜。近年来马小祥十分努力，主攻三弦，是青年伴奏人员中的佼佼者。

再说说白凤鸣家，大哥白凤岩那是公认的三弦圣手，如果给他定职称的话应该是“博导”，熟悉鼓界大王刘宝全的唱腔，也通晓白云鹏的。刘公宝全称为“刘派”，白公云鹏称为“老白派”，为什么加个“老”呢，是因为在白凤岩和白凤鸣兄弟的努力下，克服了白凤鸣嗓音不似刘宝全那样高亢的弱点，经过三年的“闭关”，创出了京韵大鼓的一个新流派，即“少白派”。“少白派”的创始人即是白凤岩和白凤鸣兄弟。20 世纪 50 年代初白凤鸣，担任了中央广播说唱团的团长。他不保守，不负众望，一心为艺术。孙书筠老师就曾对我说，为了演唱好“新活”，《向秀丽》《韩英见娘》等等“老白团长可没少帮我”！

白氏兄弟中最小的一位是被人们称为“白五爷”的白奉霖先生，现已九十多岁，造诣颇深。他曾给我一份录像带，由自己演唱，自己弹弦，自己拉四胡，自己弹琵琶合成的唱段，这让我十分钦佩，且不说难度，就说这份情趣和耐心就够我学的，那节奏、气口、搭配，合成的得多好才能成型啊！白奉霖先生的公子白慧谦退休于中央广播说唱团，也是弹单弦的。白凤鸣的公子白佳林和我们也很熟悉，他是说相声的，也能唱“少白派”，可惜未能整理完白凤鸣先生的资料就故去了。

这种家族式的传承包括对自家子弟和徒弟们的教学传授很有优势，它可以出精品，出特色，但是也有不可绕过的缺憾，即“门户之见”“保守”“不外传”等弊病，以致许多技艺失传了。

民间有句话，“教会徒弟，饿死师傅”，因为艺人们的生活没有任何保障，所以往往得有“绝活”，本是张窗户纸一戳就破的，但他就是不能告诉你。大家要都会了，还怎么出彩儿呢？这恐怕真很难题！

第四，票房的广泛活跃与商业性演出相互补充更加催生了曲艺新作和曲调的丰富与繁荣。

我们保存了一段录像，是胡絜青老人的讲述：她的父亲就会弹弦子，唱八角鼓。当时恭王爷奕䜣就“栓笼子”——举办票房活动。她的父亲常去参加。胡老回忆她小时候，应该是 110 多年前了，给父亲抄八角鼓的词，其中有老耗子嫁闺女，非常风趣，她觉得很逗笑，有意思。

这段回忆可以让我们想象到清代八旗子弟们文娱生活的一个侧面，顺便说一下当时的王府里还有不少着迷于京戏的贵胄，大家知道的红豆馆主（溥侗），涛贝勒（载涛）等等，甚至同治、光绪、慈禧也精于此道。

这种几乎可以说“全民”对曲艺、京剧的爱好与研究完成了“徽班进京”和“子弟书”的成就。我的父亲孙之儁先生酷爱曲艺、戏曲。他的友人杨大钧是中国音乐学院的教授。当时刘宝全先生的后人要将他生前的乐器出让的时候，杨大钧先生即告之我父亲，于是父亲就购买了那把具有文物价值的刻着刘宝全三个字的三弦，可惜“文化大革命”中被抄去，渺无音讯了。父亲的友人中还有一位恭王爷奕䜣的曾孙毓继明（毓峘）先生，他精于单弦和其他弹拨、打击乐，“文化大革命”后，参与发掘整理出恭王府里常常演奏的曲目，至今仍以光盘、录音带的形式出售。父亲的老同事首师大化学系教授吴光辉先生是“恭王府的姑爷”，他生前尽心尽力地整理出了岳父溥叔明先生（奕䜣之孙）所作的《蕉雪堂曲文集》。我所了解的前辈们的生活情趣和往事经历足以支持我的观点了。

更有可以补充的例证就是位于北京西城苇坑胡同 2 号钱亚东老人主办的《集贤承韵》票房。我和先生李燕联手已故的著名电视人武宝智拍摄的曲艺纪录片《胡同古韵》即以此票房为依托，记录下老北京人的生活、风情和文化。这个票房的主人钱亚东有一半满族血统，他的母亲是索家后人，一生酷爱单弦。一张口唱的就是：“人迹板桥霜，篱边菊绽红。残月西南映寒风，茅店中鸡声唱，送客的人儿晓起行……”他 96 岁高龄离世。在他的主持下这个票房活跃于京城长达 20 年，每周一，四九城的票友们都聚过来，最兴旺的时候屋里屋外能聚五六十人，这种“过排”培养了不少年轻人。且不说冬天备的腊八粥，夏天备的杏仁豆腐，夏秋时节看那架几案上的摆设、老人谦恭的礼数就让你感受到老北京人生活的一种氛围。屋里屋外清风习习，秋虫鸣叫，檐间滴露，月影摇曳，茶水飘香，坐在其间你可以静心地享受那份难得的清闲。

票房，北京人的一种生活方式啊！

我不是专业的曲艺工作者，只是一名热情忠实的观众，为了说明曲艺的成就才杂七杂八地选了这么几个点写出了这么一段文字。

（二）

曲剧，严格地说应该称“北京曲剧”，因为还有河南曲剧。

北京曲剧是老舍先生命名的，它是在流行于北方的单弦牌子曲和小曲儿为基础形成的。故而最先步入曲剧行列的都是曲艺演员和伴奏人员。

第一，曲艺和曲艺演员的优势。

顾荣甫、尹福来都是北京曲艺界老资格的演员，各有绝活。顾荣甫嗓音苍哑，尹福来清亮脆生。他们两人经常合作演出“拆唱八角鼓”。所谓拆唱，顾名思义，就是两个人分饰不同的角色，因为配合默契，表演风格迥异，不分伯仲，十分受欢迎。有一次我见到曲剧演员许娣女士，说到现在的曲剧演员应该会唱几种鼓书以练韵味和嗓音。说到尹福来先生，许娣不无感慨地说："尹老师会的各路'鼓套子'太多了，可惜我们都不会打了！"她们这一代曲剧演员就不能独立完成传统的鼓曲演出了。后来我又听别人说，尹福来先生家里的桌面都让他用鼓键子敲出一道道的坑儿来了。不管事实怎么样，我信。因为我知道这些演员，正如侯宝林先生说的，"穷逼的，饿催的"，没有好玩意儿你就没观众，就没法生存，这是糊弄不了的。

上面这段往事扯得远了点，主要想说的是"拆唱"这种形式，应该是分饰戏曲人物表演的雏形。

"小品"现在被视为独立的表演形式。从传统意义上讲，小品在我们的戏曲表演中是没有的，即使是《小放牛》《小上坟》《三不愿意》，人物情节都很简单，我们也习惯地称为"小戏儿"，绝不会称为小品。小戏儿虽然剧情简单，但特别注重表演，尤其是要显示演员的各种基本功，比如《小上坟》就是又唱又做，节奏又快，手眼身法步哪儿都不能懈怠。别看小，难度不小。小品，最初概念的产生是在戏剧学院、电影学院，训练话剧或电影演员过程中的一种方法。设定一个情节，不同的组合，构思出不同的表演方式，以求达到互相比较的最好成绩，也是一种考核成绩的方式。

自从有了春节晚会，逐渐地"小品"成为语言类节目的主打节目了，语言类另一大项即为相声。直到现在对于"类似小品""类似相声"的节目大家还有争议呢！说到此处我回忆起小时候听的"三人相声""群口相声""双簧"等形式，其实像《扒马褂》《金刚腿》这种段子就已经在"说"和"演"的侧重上与对口相声有了一定的区别，虽然它们还有一定的程序。再比如"双簧"前面的是演员，后面的是"配音演员"，完全靠着两个演员配合的巧妙效果达到娱乐观众的目的。

大鼓书，单弦牌子曲大部分是叙事的，有故事情节，有人物，演唱的时候，一个演员分别扮演不同的人物，比如在一段唱中表现两个人的交流，"孔明说……""周瑜说……""王允说……""貂蝉说""俞伯牙……""钟子期……"演员要同时饰演两个人物甚至更多，往往站在左向右，假定右边就是对方，唱到下一句时转向左，模拟右边的人对话刚才扮演的左边人物，这种艺术表现的方法要求演员在内心的节奏和形体造型等方面都要清晰、简练，有特点，有这样的表演基础过渡到戏中分饰人物就比较容易了。一是演员对内容的总体把握比较成熟，二是对自己塑造的人物及人物之间的交流有底，当演员成为戏中的角色时，只需要扩充自己扮演的这个角色即可。由于角色单一了，演员就可以更大幅度地丰富自己所扮演的人物的表演了。

传统的曲艺演员会的艺术门类比较多，侯宝林、骆玉笙、孙书筠等名家都学过京戏。侯宝林在他的相声中就充分发挥了这个优势，比如《关公战秦琼》，《戏曲与方言》。而骆玉笙和孙书筠在他们的代表唱段俞伯牙《摔琴》与《听琴》《连环计》中都糅进了大段的京戏唱腔，骆玉笙糅合得有韵味，孙书筠糅合得有气势，因为她本来就是刘派长枪大戟的风格，即便是《大西厢》也唱得酣畅淋漓。而骆玉笙的旋律性更强，有娓娓道来的感觉，从其代表作《剑阁闻铃》中可见一斑。为什么这一段我写得这么长呢？皆因听了些青年鼓曲演员同样的唱段，同样的节奏，可以说亦步亦趋地学唱，但是由于基础不同，缺乏京戏的这点儿基本功，就感觉缺少力度。更难得的是身段、刀枪架并不是比画对了就成的，它得需要真的基础，老演员在这点上有绝对的优势。比如魏喜奎，除了原来学的铁片大鼓以外，她自己又融合了东北大鼓、西河、京韵、梅花等唱腔，自创了一个奉调大鼓，她的装饰音和转调都处理得很好，大大丰富了唱腔。这为她塑造小白菜和沈凤喜的角色奠定了雄厚的基础。在这里我还要介绍一下她的先生周桓。周桓是北京京剧院的编剧，这个身份大大地协助了魏喜奎。比如我看过京剧、曲剧“两下锅”的《大劈棺》，是魏喜奎与李洪春先生之子李金声先生合作演出的，周桓起了重要的作用。我们在举办“胡同古韵”座谈会时，周桓先生谈到戏曲与曲艺之间的互相借鉴时举了荀慧生先生在《红娘》唱腔上的例子。魏喜奎先生有这个后盾，虽然不如“梅党”“白党”那么强势，却也极大地支撑了她的创作。人们常说要基础雄厚才能拔高，犹如金字塔，老艺术家们的艰苦生涯逼迫着自己，尽量多学，多会几招，“凭本事吃饭”！

第二，曲剧的起步。

通过穆祥明、顾伯岳等友人的帮忙，我找到了宝贵的资料。

在我的记忆中，当时有影响的曲剧团有两个，一个是以魏喜奎、孙砚琴、李宝岩、冯宇康、赵俊良、佟大方等为主要演员的北京曲剧团。另一个是以车锦茹、吴韵亭、李兴海为主要演员的北京实验曲剧团。这两个团虽然都是演曲剧，但演出剧目和倾向不一样。先说北京实验曲剧团，他们长驻进康剧场，演出、排练都在那儿，记得有一个礼拜天，我和母亲到西单去玩，听到进康里面有人唱单弦，跑进一看，车锦茹正在那儿练唱呢！他们团的编剧是李乔，我父亲不认识他，但看了他编的剧本感觉他是一位有些文化根基的人。这个团从一开始就以拍古装戏为主。我看得最多的就是《梁山伯与祝英台》，看了不下 20 遍，《白蛇传》《西厢记》这两出戏非常受欢迎，久演不衰，还出了全剧的单行本，原来我家都有。当时我也就十来岁，能把唱段从头唱到尾，至今还清楚地记得，祝英台和银心刚出场唱得一段《南城调》：“祝英台和银心，把男装改扮……”因为吴韵亭学了些京戏刀马旦的基本功，在《白蛇传》中充分地发挥了她的优势，她饰小青水漫金山寺一段，在当时布景灯光十分简单的情况下，我已经很着迷了。后来，他们又排了《红灯照》《画皮》《秋江》等。特别是排演的《珍妃》《赛金花》开创了清代宫廷剧的先河，特别红火了一阵，如果我没记错的话，他们的《珍妃》初演是在前门小剧场，而且周总理还去看过。

清代旗装戏给以满、蒙、汉多民族喜爱的单弦牌子曲为基础的曲剧增加了大量的观众群。

从 20 世纪京剧的改革开始，就一直在争论“话剧加唱”的问题，对于程式非常严谨，表现手段高超、严格的京剧来说，“改革”确实不易，但是对于曲剧来说就要容易得多了，因为它是建立在多种鼓曲演员、相声演员表演的基础上，演员的个性化程度很高，也可以理解为一个角色由不同的演员扮演效果大不相同。举个大家比较了解的都可以接受的例子，相声《黄鹤楼》侯宝林郭启儒说是一个效果，罗荣寿、高凤山说又是一个效果，京韵大鼓《大西厢》许多人唱，风格迥异，这种特性在别的艺术形式中也有表现，但不会如此突出。

我认真地看了新编曲剧《正红旗下》，觉得曲剧的京味儿不够了。服装太华丽，老舍家很贫穷这是人所共知的，母亲都要靠给人家洗衣服挣生活，也并不是每日穿着正规的旗装，应该是家常衣着，朴素淡雅。华丽的服饰色彩干扰了剧情的气氛。

舞美设计构思巧妙，用的是青花瓷的碎片，从天幕到台面，寓意当为清末破碎的末运。但我想若是用粉彩瓷或珐琅瓷器的碎片更适宜，因为青花瓷主要的创作和烧制是在元、明两代，而自康熙、雍正、乾隆直至光绪主要是粉彩、豆彩。用清代瓷器的破碎象征那个时代应当更合适，把舞美和服装的色彩对调过来，会更合理、更舒服。

这出戏的音乐唱腔设计用了很大的心思，但我听起来京腔京韵的味儿不浓。给我印象最深的就是《洗三歌》，合唱对唱和分声部的那些段落没有给观众留下一个强烈的印象。有一个很好的例子，可以说清我的意思，那就是《四世同堂》里的《重整河山待后生》，它是首歌，同时让老观众依然能捕捉到那熟悉的京韵大鼓的曲调，当然还是要听骆玉笙的原版。

徽班进京多年磨合成国剧，也就是现在被称为京戏的剧种，而“北京曲剧”却不用多年磨合，艺人们自己就可以攒出来。

从这个角度上分析曲艺演员更容易跨入戏曲或戏剧的表演中。从正在播出的电视剧《杨光的幸福生活》，杨义、杨少华父子的表演就会看到很多相声元素。这些演员的适应性强，基本功扎实，对世态百相理解得深刻，这些都是曲艺演员过渡到戏曲演员和影视演员的优势。

再回到曲剧上来。北京曲剧是老舍先生20世纪50年代初命名的。这个曲种是“新”的，演员是“老”的，这就形成曲剧演员队伍的优势，不用现教现学，演员是很有根基的。它之所以能迅速地被北京观众承认和喜爱是建基于爱听大鼓书、八角鼓，爱听京戏、河北梆子、评戏等的北京的这些广大的观众。

北京曲剧团从开始就是个实力较强的剧团，在我的记忆中，大约五六岁，在前门箭楼看他们演出的《新探亲家》，关学曾扮演城里的太太，顾荣甫扮演农村的亲家，尹甫来扮演傻柱儿，有一段唱词是：“骑上那毛驴儿来到村头，手拿着鞭子我舍不得抽，毛驴儿喂，你给我快着点儿走哇嘿……”演出时真驴上台，拉屎了，当时看得我特别开心，小孩儿嘛，好奇！

这个团新编戏目多，先后排演了老舍先生编剧的《柳树井》和《罗汉钱》等不少宣传婚姻法的现代戏，最有影响的当然就是后来拍成电影的《杨乃武与小白菜》，根据张恨水先生的小说改编的《啼笑姻缘》。前一出戏原本就是清末四大冤案之一，有群众基础，加上魏喜奎、李宝岩、顾荣甫、赵俊良等人的精细打磨推敲，是一出很有代表性的曲剧。《啼笑姻缘》本身表现的就是鼓书女艺人的生活经历，对于曲艺演员来说更是驾轻就熟。有一段情节是沈凤喜因为心猿意马的情绪，总是唱不好那段：“在那大观园刮起了一阵秋风……”扮演沈父的佟大方先生自身就是曲艺名家，把沈父的心理刻画得十分深刻、生动。我记得为了排好这出戏，魏喜奎和男主角冯宇康真到北海公园实践了一次约会，当时《北京晚报》还为他们认真的艺术创作态度予以赞赏，进行了报道。至今《啼笑姻缘》中的《四季歌》还在演唱。前些日子看何云伟与张馨月演出的京剧《盗魂铃》，张馨月就唱了《四季歌》里的第一段。她是魏喜奎先生的弟子，唱得还真像老师。

这些长期生活在北京、活跃在北京的曲艺艺人由单人独唱华丽转身，去演戏的时候，确实克服了许多不足和不适应的地方，但是较之其他行类的演员来说容易多了，所以能轻而易举地从50年代初至60年代，也就是十来年的工夫就把曲剧这个剧种推出来，并造成较大的影响，主要是由于其特殊的根基。

曲剧是以单弦八角鼓的曲牌子为基础发展的。牌子曲儿是很丰富的，略略一数不下几十个，甚至上百，再加上京津地区流行的小曲儿，曲剧所能使用的唱腔是很丰富的。为什么我一定认为“牌子曲”类似“词牌子”呢，就是它的命名就各种牌子的曲调本身就带有一定的倾向性，比如“数唱”，顾名思义，一定是比较平和，易于叙事；“罗江怨”，自然有一种哀婉情思；“鲜花调”，当然是欢快明朗的；再有诸如靠山调、湖广调、黄鹂调、倒推船、南锣北鼓、太平年、金钱莲花落、银纽丝、柳青娘……每个曲牌子都有自己的特点，以《西厢记》第一场为例：

> 《惊艳》（景：普救寺内别院门外。幕开：琴僮挑书箱上，放下来整理一番。）僮：（唱《打新春》）鸟儿枝上叫，花儿满山红，蝴蝶儿飘飘绕花丛。一阵阵清风把香气送。庙里的钟声响嗡嗡。红日向西转，树影过墙东，一朵朵白云绕山峰。野地上牧童儿把山歌唱，殿堂里和尚念佛经。

因此，在戏中，这个人物此时是什么情绪，需要用什么调来演，是有很大创作空间的。弦师们对曲调也熟，用起来不费事也不难。有的唱段几乎可以直接拿来用，比如《西厢记》中的《序曲》：

> （黄鹦调）碧云天，黄花地，西风起，北雁南飞。晓来时谁染霜林醉？秋江上尽都是些离人泪！归车儿投东，马儿向西；只落得一一声长吁气，只落得一一声长吁气。——引书牌子曲《十里亭送别》

这就是岔曲《四季黄鹂调》中《秋》的直接挪用。但我在这里想要说说自己的看法，说唱艺术是不能过分强调旋律的，当它成为戏曲的时候应该特别注意这一点，因为曲剧的基础就是京腔京味的“说唱”艺术，打个不太确切的比方，如同李玉刚唱的《贵妃醉酒》并不是京戏一样。我在给学生们讲课时也常说，为什么《天鹅湖》中四个小天鹅的出场不加京戏中的小锣儿呢？像京戏里小丫环出场似的？鲁菜就是鲁菜，本帮菜就是本帮菜，各菜系的特点如果都混合了那也没有菜系的特点了。戏曲也是一样！

北京曲剧团近些年很艰难地坚持了下来，但是我这个老观众也远离了。为什么？就觉得它变味了，或许当代的北京人追求的就是“北京歌剧”？

对北京地区流行的“曲儿”，不能单纯地理解为北京流行的“歌儿”。《北京情思大碗菜》京歌，《放风筝》就是北京的“曲儿”，同样都是按旋律唱，区别在哪儿呢？我不是专家，但我认为京歌注重的是旋律，京曲儿注重的是板眼。在这个问题上我与专业人员交流过若干次了。

新培养的曲剧演员的基础与老演员的基础相差甚远，他们是按现在的、专业的要求培养，面儿窄，适应能力差，如果让他们仍然从基础曲种多学一些效果更好些。

也许是因为自己老了，保守了？但是最近我们支持了夏永泉、马玉琪、温如华等先生改编和演出的京戏《梅玉配》，它的轰动和成功在于坚持了梅兰芳先生的原则“移步不换形”。改了，但是还是京戏。在这方面我们应该很好地向翁偶虹先生学习，他编写的《锁麟囊》，改编的《群英会》都是非常成功的例子。梅兰芳先生年轻的时候也曾做过很多改革的尝试，成功地坚持下来，不成功地及时调整了。

习近平总书记在谈到中小学课本里古典诗词的减少有“去中国化”的倾向。近年来我们过分地强调与世界接轨，我不知道曲剧是否要改革到用管弦乐团伴奏就与世界接上轨了？就像我们前些年一直奔着把北京建成国际化大都市一样，建成了现在这个模样。也不知这是不是国际化大都市，反正我走到西单十字路口，时常会看看东南角，长安大戏院没了，大地餐厅没了，进康剧场没了，首都电影院没了。往西南角看，同春园没了，又一顺没了，中昌信托商行没了，再往西北角看，中国人民银行没了，长安饭店没了，西单剧场没了，栗子大王、稻香村、西单菜市场没了，路东万里鞋店没了，筷子商店没了，卖熏鸡的那家小饭馆没了，红光电影院没了……这些多年的“硬件”和戏园子里传出来的锣鼓声响都跟随着旧城改造的号角在西单路口烟消云散了。冯骥才先生一直在奔命于保护古村落和留住乡愁，我生于复兴门柳树井，我最熟悉的就是西单，就是城墙、门楼、小胡同儿，再不就是隔壁儿老奶奶、李大叔、王大爷、三姑、二婶儿们那沧桑的面庞与亲切的呼唤，这就是我的乡愁，然而这一切乡愁都只能留在我的记忆中了。

如果我们能下大力气挽救曲艺，特别是鼓曲艺术，“保护住北京带弦儿的音乐”刘吉典先生说。保持住被老舍先生命名的“曲剧”，我想北京的文化可以有继承、有发展、有前景，否则北京就会只有首都——各国、各地歌舞、戏曲、话剧、音乐剧等都到这个国际大都市来会演，独独不存在北京地域文化的特点了。

写到此处，我似乎闻到了豆汁和焦圈的香味儿，听到卖驴肉老人的吆喝声……

2014 年 8 月

从升平署岔曲设想曲艺学

近期有建立曲艺学研究的呼声，并将其设入大、中学校的学习内容，很应当，很好，也是一种继承的方式吧！

去年，我写过一篇关于“美术馆学”的文章，此文发表在中国书画名家联谊会的刊物上。我认为，就中国目前美术馆的生存与发展状况尚不具备建立学科的基础。从古到今，中国的绘画书法作品大部分是收藏于皇家、官宦之手，讲究的是传承有序，少数人把玩，最多不过是三五知己，点评交流习画临摹而已。即便是四大藏书阁，也只是私人设置，并非如西方图书馆可以公开借阅，更不要说书画收藏了，没有公开展示让人参观的设施和观念。民国以后，公立、私立的图书馆和美术馆才逐渐从各大学和大中城市发展起来。1949 年以后，随着城市建设和文化人的捐献，从首都、省会至县镇逐渐建立起图书馆、美术馆，有的地方将几项功能综合为“文化馆”。为祝贺新中国成立十周年的献礼工程——中国美术馆，这座国家办的馆也不过才 57 年。近 30 年，外貌几近的新型城市都建立了美术馆,这些新落成的馆往往是以城市标志性建筑矗立着的，至于它的收藏数量、质量、涵盖量，各种功能等尚无法定位。此间也有不少名家本人或后裔纷纷捐献了自己的作品和藏品，建立起属于私人民间的，或政府管理，个人捐赠合作形式的美术馆，正因如此才产生了“名家纪念馆联谊会”这样的机构，目前仅 24 家，各馆发展参差不齐，在经济运作方面十分艰难。综上所述,建立和发展可与西方“美术馆学”相似的学科,其艰难程度可想而知。

鉴于我对各类美术馆成立和发展的大概了解，设想发展“美术馆学”不太容易，当然，对日渐“小众”化的曲艺而言建立“曲艺学”，成为一个学科可能会更艰难。

（一）

查《现代汉语词典》，对“学”字的解释有五点：①为动词，学习；②为动词，模仿；③为学问，治学；④指学科，数学、物理学……⑤指学校，小学、中学……

如果我们选项答题，“曲艺学”应当首先是治学，治的是什么学问呢？是有关曲艺的学问。然后我们才能建立如数学、物理学一样的曲艺学。

为什么我觉得太难呢？就从苦禅先生所收藏的这本《升平署岔曲》说起吧。

先说岔曲与古文名著名篇的关系。

《升平署岔曲》目录

《升平署岔曲》中共选 90 篇（109 段）见上面的目录。其中包含广为普及的名篇，如《陋室铭》《爱莲说》《岳阳楼记》等。且以大家比较熟悉的《陋室铭》为例，原文如下：

> 山不在高，有仙则名。水不在深，有龙则灵。斯是陋室，惟吾德馨。苔痕上阶绿，草色入帘青。谈笑有鸿儒，往来无白丁。可以调素琴，阅金经。无丝竹之乱耳，无案牍之劳形。南阳诸葛庐，西蜀子云亭。孔子云：何陋之有？（唐·刘禹锡）

全文共 81 个字，读起来顺畅有趣，比喻得体，典故恰当，简字精文，易记易背，不愧名篇。

岔曲《陋室铭》（一）共 131 字，比原文扩出 50 字。

陋室銘　劉禹錫

山不在高，有仙則名。水不在深，有龍則靈。斯是陋室，惟吾德馨。苔痕上堦綠，草色入簾青。談笑有鴻儒，往來無白丁。可以調素琴，閱金經。無絲竹之亂耳，無案牘之勞形。南陽諸葛廬，西蜀子雲亭。孔子云：何陋之有？

《古文观止》中的《陋室铭》

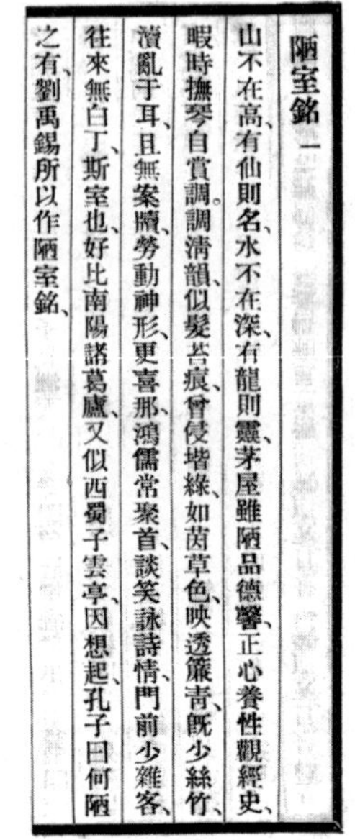

陋室銘 一

山不在高、有仙則名、水不在深、有龍則靈、茅屋雖陋品德馨、正心養性觀經史、暇時撫琴自賞調。調清韻、似髮苔痕、曾侵堦綠、如茵草色、映透簾青、既少絲竹、瀆亂于耳、且無案牘勞動神形、更喜那、鴻儒常聚首、談笑詠詩情、門前少雜客、往來無白丁、斯室也、好比南陽諸葛廬、又似西蜀子雲亭、因想起孔子曰何陋之有、劉禹錫所以作陋室銘、

升平署原文《陋室铭》（一）

山不在高，有仙则名，水不在深，有龙则灵，茅屋虽陋品德馨，正心养性观经史，暇时抚琴自赏调。调清韵，似发苔痕，曾侵阶绿，如茵草色，映透帘青，既少丝竹，渎乱于耳，且无案牍，劳动神形，更喜那，鸿儒常聚首，谈笑咏诗情，门前少杂客，往来无白丁，斯室也，好比南阳诸葛庐，又似西蜀子云亭，因想起，孔子曰何陋之有，刘禹锡所以作陋室铭。

通读起来感觉和原文的情境基本一致，听过岔曲的读者能够体会，作者扩出的50个字基本上是为了适应岔曲演唱的需要，大部分属于铺字、垫字，比如“苔痕上阶绿，草色入帘青”（原文）被扩成了“似发苔痕，曾侵阶绿，如茵草色，映透帘青”这里的“苔痕”被形容成为似发的苔；“苔”其实有许多种，加上“似发”就成了细毛毛的苔了。原文中的一个“上”字，被改为“曾侵”，“上”是表示方位，“上边”“下边”；或“上哪儿去”，而“曾侵”的“侵”字有两个含义：①侵犯，②渐进，虽只改了一个字，意思却成为“曾经占据过”台阶，逐渐长成了绿苔。“阶”上原来不一定有“苔”，但是大家都有这种生活经验，只要在阴雨天，潮湿季节，“苔”就会繁多起来，但在北方的冬季，若不在温室，苔就很难生长和生存下来，即使有“痕”也会是干的、黑的，了无诗意。仅举此例就可以有如下三点认识：第一，铺字垫字是要顺着原文的意思。第二，即便是小心谨慎地选合适的字加进去，原文的意思其实已经被改动了。第三，扩充的字要符合原文的音韵，还要适合演唱，如果改成“似点苔痕，曾抹阶绿”就不好上口唱了，音韵也不合。

再看《陋室铭》改编为岔曲的另一个版本，《陋室铭》（二）全篇共206字。

陋室銘二
山不在高、氣象峥嶸、出雲興雨、德代蒼穹、四野昇歌樂時雍、這山中、花木四時
榮、遊人踪跡少、霧隱烟浮白雲封、時隱約、塔玲瓏、洞天仙府倚雲際、畢竟仙人
隱其中、可謂是、山不高、有仙名、勝似那峭壁懸岩萬仞重、名山有仙跡。仙跡難
逢、水不深、有龍靈、何必洪流導積石、勝似巨浪激排空、若斯室、陋房櫳、雖矮小、
勝閒閎、暑氣嚴寒日、冷暖得其中、閒時看苔痕上階綠、草色入簾青、終日談經
史、俱是鴻儒朋、座上無俗客、往來無白丁、調素琴、閱金經、無絲竹、亂錚錚、無案
牘筆墨之勞形、可比那、南陽諸葛廬、西蜀子雲亭、孔子何陋之有云、那劉公、遺
悶消閒作斯銘、

昇平署岔曲　二三

升平署原文二《陋室铭》（二）

山不在高，气象峥嵘，出云兴雨，德代苍穹，四野升歌乐时雍，这山中，花木四时荣，游人踪迹少，雾隐烟浮白云封，时隐约，塔玲珑，洞天仙府倚云际，毕竟仙人隐其中，可谓是，山不高，有仙名，胜似那峭壁悬岩万仞重，名山有仙迹，仙迹难逢，水不深，有龙灵，何必洪流导积石，胜似巨浪激排空，若斯室，陋房栊，虽矮小，胜闲闳，暑气严寒日，冷暖得其中，闲时看苔痕上阶绿，草色入帘青，终日谈经史，俱是鸿儒朋，座上无俗客，往来无白丁，调素琴，阅金经，无丝竹，乱铮铮，无案牍笔墨之劳形，可比那，南阳诸葛庐，西蜀子云亭，孔子何陋之有云，那刘公，遣闷消闲作斯铭。

对原文第一句“山不在高，有仙则名”，后续作者用了87个字来阐述其理，为什么不在高呢？

第一层是归于山的威德：“气象峥嵘，出云兴雨，德代苍穹，四野升歌乐时雍……”这大概相当于泰山在人们心中的地位吧！

第二层归于这山的特质：“这山中，花木四时荣，游人踪迹少，雾隐烟浮白云封，时隐约，塔玲珑，洞天仙府倚云际，毕竟仙人隐其中……”仙人住的环境大概是什么样的呢，作者把能上韵的字和词，组成了花木、游人、雾烟、白云……铃声不可缺，它是配合大自然节律的；洞府必须有，它是仙人隐没其身的所在……

第三层：小结，有仙人居住，颇有威德的山胜于那些仅仅是“峭壁悬岩万仞重”的山。

第四层：转折，作者将渲染得如此之美、如此神秘的山和仙连在一起，但却告诉你“名山有仙迹，仙迹难逢”。

后来的改编者，可能是一个人也可能是数位，他们在演唱中，不断地添词改句，完成了古代文人形容仙境清幽、天人合一的境界。从“仙迹难逢”我们似乎可以找到“松下问童子，言师采药去。只在此山中，云深不知处”（唐·贾岛）的意境；也能体会“两人对酌山花开，一杯一杯复一杯。我醉欲眠卿且去，明朝有意抱琴来”（唐·李白）的趣味。

说完山，该说水了，对原文“水不在深，有龙则灵”增添得不多。“何必洪流导积石，胜似巨浪激排空”，“洪流导积石”的“导”字用得很好，积石那么重，那么多，仅用一个“导”字，就完成了威力巨大的洪水轻而易举地把巨石安排置四面八方的描述。下一句中的“巨浪激排空”的气势就更大了，这两句一个描写地上，一个描写空中，都是作者对水的威力的形容。可是文中所写的这处不深的水为何有如此大的威力呢？皆因“有龙”，“龙”则是神的化身，扣回“有龙则灵”原意。

写到此处共用了 111 字，比原文长出了 3 倍，后面的部分基本是刘禹锡的句子，略加添改，情绪一致。本来《陋室铭》开头用“山不在高”和“水不在深”起首，目的是为引起他撰写此文的目的；虽然我居住的不是豪宅，但却因为我这里有浓郁的文化氛围，才可以与诸葛庐和子云亭相媲美，何陋之有？但是经过岔曲作者们的扩充，丰富了古诗词的意境，并向“山为什么不在高，水为什么不在深的道理”上倾斜，强调了“仙”和“龙”的作用，所以第二篇的添加部分改变了刘禹锡原文的重点，渲染了中国人对“仙”与“龙”的崇拜。

由一段《陋室铭》的岔曲洋洋洒洒地就写了这么多，故而想到若开曲艺学科的研究，仅对古文章、古诗词，各类名著名篇有关唱段梳理起来的工作量之大就不敢设想，太难了。可是如果不这样“分析”“分解”，又怎么能出“学问”呢？

（二）

岔曲是兴盛于京津北方地区的曲种之一，它起源于清代。这本《升平署岔曲》序是民国文人齐如山所作。摘一段略分析：

> 吾国各地小唱之腔调至繁，而岔曲惟旧都有之。故老相传，始自清高宗之平定金川。盖凯歌也。盛行都下，能歌者颇多。

序

吾國各地小唱之腔調至繁、而岔曲惟舊都有之。故老相傳、始自淸高宗之平定金川、蓋凱歌也。（詳著故都百戲圖說之八角鼓篇中）盛行都下、能歌者頗多。初學者必先之以八喜之曲。如喜的是吉星高照、喜的是汗馬功勞、喜的是文官提筆、喜的是武將刀、喜的是天子重英豪、喜的是金瓜鉞斧朝天凳、喜的是旗鑼傘扇烏紗帽、喜的是爲官一品當朝云云。其詞皆頌美功臣之意、關係凱歌、未爲無因。後人喜其善頌善禱、每於家有慶賀、藉以娛樂嘉賓。故又別製雙壽相連之曲。如雙慶雙歡雙喜團圓、雙福雙壽雙加官、雙雙牌匾掛堂前、雙雙夫妻同到老、年年月月雙排宴讌、但願公雙生貴子雙中狀元云云。其於稱慶之家、可謂盡頌禱之極致。今之歌者、猶人人能之、亦足覘當時之

序 一 國立北平故宮博物院

齐如山的序

岔曲起源于清高宗平定金川时，是战后胜利所唱的凯旋之歌。现代人很难想象，岔曲的节奏怎么能渲染胜利欢庆的心情，既不像陕北“老腔”那样吼，也不像京戏里“急急风”那么快，依我对岔曲节奏的体会，似乎它只能在军队休息或集合列队时演唱，唱毕再行动。曾记得话剧表演艺术家，中国曲协理事杜澎先生也说过是“战士们休息时唱的，什么柳叶儿青啊，柳叶儿黄等等”。《升平署岔曲》出自北平故宫博物院文献馆，“序”是大家由了解京剧大师梅兰芳进而熟悉的齐如山写的。齐如山先生做学问十分认真，我相信他的论述都是有依据的。

此书的“引言”写道：

> 岔曲为旧京八角鼓曲词之一种，传为清乾隆时阿桂攻金川军中所用之歌曲，由宝小岔（名恒）所编，因名岔曲，又称得胜歌词。曲中以描景写情者为多，词句雅驯简洁。

引言

岔曲爲舊京八角鼓曲詞之一種、傳爲淸乾隆時阿桂攻金川軍中所用之歌曲、由寶小岔(名恒)所編、因名岔曲、又稱得勝歌詞。曲中以描景寫情者爲多、詞句雅馴簡潔。班師後、從征軍士遇親友喜慶宴集、輒被邀約演唱、嗣後流傳宮中、高宗喜其腔調、乃命張照等另編詞句、由南府太監歌演。嘗於漱芳齋、景祺閣、倦勤齋等處聆之、舊室內均有小戲臺、頗便演唱此類雜曲也。至同光時、慈禧后尤嗜八角鼓曲詞。曾命內務府掌儀司挑選旗族子弟擅長此道者、入宮授太監演唱、名曰教習、賞給昇平署錢粮。岔曲則仍依舊本演之。按乾隆時王廷紹霓裳續譜中、即採錄岔曲、是此種曲詞盛興於乾隆之時、當屬可信。至其淵源、齊如山君著故都百戲圖攷、採引淸末善演八角鼓之德壽山所述八角鼓源流、言之甚詳。本編所錄、共九十種、計一百段、原無次序、現按曲名性質、以類相從。原本由昇平署劇本箱內檢得、形式有大小二種、用東昌紙繕錄、紙

引言 一 國立北平故宮博物院

引　言

这本岔曲出版于民国二十四年，也就是1935年，距今已有81年。经过艺人们八十多年的传唱“岔曲”变成了什么样了呢？我手头有一本由张蕴华、罗君生二位整理，2007年出版的《单弦岔曲五百首文集》，其中也有《陋室铭》，原文如下：

山以仙名，水以龙灵。斯是陋室，唯吾德馨，乐吾沂乐，自可忘形。（过板）陋室自有，陋室景，苔痕上阶绿，草色入帘青，谈笑有鸿儒，往来无白丁，闷来时或调素琴（卧牛）或阅金经。无丝竹之乱耳，无案牍之劳形，南阳诸葛庐，西蜀子云亭，夫子曾云，何陋之有，斯言可作陋室铭。

全文99个字，基本是原文，在这里加注了伴奏的位置，既（过板）和（卧牛），而最引人注意的是起首两句，从“山以仙名，水以龙灵”简洁地直叙到自己的陋室，告诉听众或读者，我这陋室啊，自有景致，往来的也都不是凡人……可以与诸葛庐、子云亭相比！有意思的是经过几十年，甚至一百多年的演唱，这个文本又回到了更接近原文的内容。这种变化引起了我的思考，写出来与读者共勉。

第一，岔曲初起唱腔肯定不规范，并且以说为主，旋律性并不强，我们从现存的牌子曲《太平年》《金钱莲花落》上仍可以看到一人领唱、众人随唱的方式。岔曲当初也未必没有齐唱部分，它之所以能广泛流传一定是容易学，便于传唱的，在传唱的过程中增添和改动是常见的，它是逐渐在略通音律或精通音律的人不断改编过程中完善的。在这里我的对比并不准确，因为“岔曲”和“牌子曲”并不一样，此处不多述，我只是想说明这种起源于民间，而不是由作曲家谱曲之后才由大众传唱的过程的曲调具备共同的特点。顺便说一点，这里不存在“版权”的问题，再借用一种现象来说明，比如：《诗经》《郑风》中有《子衿》篇，开首便是：“青青子衿，悠悠我心。纵我不往，子宁不嗣音？青青子佩，悠悠我思。纵我不往，子宁不来？挑兮达兮，在城阙兮。一日不见，如三月兮。”这是一首女子在城楼等候她的恋人的诗。至汉末建安曹氏父子称雄文坛之际，曹操便直接使用了诗的前两句“青青子衿，悠悠我心。”作《短歌行》，后面的“呦呦鹿鸣，食野之苹。我有嘉宾，鼓瑟吹笙。”更是直接搬用了《小雅》中的《鹿鸣》之句。这种现象是传统文化中常有的，文化修养达到一定的程度和意境，许多体会是非常接近的，因此借用词句也是一种沟通和交融吧！

升平署记录的岔曲时代已经到了我们可以有点儿记忆的慈禧听政的1850年左右，距乾隆执政又过了150来年，岔曲的变化应该是很大了。

第二，岔曲初起并不是现在的“京腔京韵”，试想多尔衮入关是1644年，乾隆平定金川是在1747—1776年间，八旗子弟入关才100多年，当年应该在生活中大量地保留满语或者是混杂些东北话的汉语是肯定的，语音、韵脚的使用与现在差距一定也很大，就以当代单田芳的评书与连丽如的评书做比较，一听你就能分出地域性的差距。我曾问过曲艺杂家崔琦，他先说“升平署的岔曲没法唱，用现在的岔曲结构是没法唱”，我问他：“可是你怎么知道中间部分不可以用‘说’来代替呢？！”他说：“也对，‘文化大革命’中唱的毛主席语录就是大白话，也不合辙，也不押韵，也唱下来了。”他的例证支持了我的观点。

我曾经读过一篇对中医研究的文章，其中一个重要的观点对我很有启发，老专家说：“研究中医发展的历史，其实比研究中西医的对比还难。”细想，太有道理了，中国的医术历史漫长，巫医、儒医、草医，各大流派，既有扁鹊，又有华佗、张景仲、李时珍；苗医、瑶医、藏药、蒙药……医理和用药大相径庭，谁都有谁的方子，有从脾胃入手，有从肝胆入手，几千年的积累太厚重了，要说中医不科学，那咱中国人是怎么活下来的！由此推想曲艺也是一样，同样的段子你这么唱，我那么唱，怎么唱不成啊！其实“流派”就是这么形成的。

曲艺是现在的概念，以前叫“什样杂耍”，现在我们仅就说唱艺术的听众范畴而论；有皇家说唱范本——如《升平署岔曲》、子弟书、车王府子弟书藏本，等等。有市井说唱风格，这些作品主要是为城市居民服务的，现在我们听到或看的大部分属于此种范畴；再就是更有泥土气息的乡间说唱艺术，它们是最有生命力的草根艺术。我们的方言词汇和音韵，在说唱艺术的起源地形成了自己的雏形。以京韵大鼓为例，据说是从河北河间的木板大鼓起源，至京津大鼓，至京韵大鼓。现在依然保留着的曲种还有300多种，涉及的面宽，地域性强，失传的颇多，后继乏人……这一说又回到了对曲艺学科的研究难度上。假设如果我们从乾隆年间就开始整理收集，不烧不毁不批判，直到现在不间断，这个学科建立起来并不难，但是到了这门艺术要人没人，要资料没资料的地步，怎么研究啊！我们拍摄纪实曲艺片，十三集《胡同古韵》现已 20 年了，其中老艺术家大多谢世，青年演员也因各种原因难以坚守，这些“载体”是活人，不像“古村落”到底还有废墟呢！人没了，又没影像，怎么让这门艺术立起来？！光凭文字记载很难办。

第三，曲艺之所以在清末民初迅速发展，与它的即时性、群众性大有关系，在新闻传播不通畅的年代，说唱演员就起着十分重要的报道作用了，比如天桥八大怪的“大兵黄”，相声演员们的“现挂”都达到了传播新闻的作用，而且在传播过程中还表达了演员的倾向。最为大家熟悉的就是《茶馆》中的大傻杨，这个角色本来是没有的，因为换景时间长，蕉菊隐先生和老舍先生商量，老舍说：“好办！”于是就增加了北京街头常见的，打着牛骨头说快板的大傻杨。这种艺人随说、随编，或送吉利话得点赏钱，或被店家、富人轰赶，编派几句骂人的话，出出气，如果不是老舍，设计不出这么个人物。

在《京韵大鼓传统唱词大全》中有这样两段，《劝自强》《劝民国》，应该都是在清末民初编唱的。《劝自强》的作者是直隶省公署教初科科长（天津）艺剧研究社社员李琴湘，编写于 1913 年，发表于 1915 年 8 月 1 日天津《社会教育星期报》1 号。现摘录《京韵大全》第 85 页最后一段如下：

劝同胞各人自己想一想，
我现在所做的事业是哪一桩。
分内的事做到没做到，
所做的事是应当不应当。
不希望人人都是伟人烈士，
不希望人人都能治国安邦；
不希望一天骤到了太平世界，
不希望一天骤赶上欧美列强。
但希望国民各尽各人的分量，
这就是国家的幸福，百姓也得了安康。
若不然，官贪赃，兵也乱抢，
议员政党胡捣乱闹的，
士不士，

农不农，
工不工来商不商！
岂但是自私自利不自量，
简直是自取灭亡，还问那国强不强。
诸君若要是不信，
请看现时是怎么个光景。
最可怕，不讲义务只讲运动敲竹杠，
最可怕，不讲公理只讲炸弹和手枪；
最可怕，不讲法律把自由提倡，
最可怕，不重道德把礼义廉耻忘！
那时节，人人倒有侥幸思想，
把本身事业搁在了一旁。
一直把民国断送到外洋，
恐怕是中华民国的末后那一章。
劝同胞研究研究共和二字怎么讲，
恕在下无学，说话太张狂。
实指望共和幸福大家同享，
因此上劝同胞早早自强！

全段涉及内容很多，仅收尾这几句就可以看出作者是有思想有认识的，这就是中国艺术传统中寓教于乐的体现。不要小看说书唱戏的，他们生活在社会前沿的敏感地带，跟不上时代，你的艺术就会被淘汰。从这一点来说，艺术学科的研究必须联系当时的社会学、历史学、民俗学，否则对说唱艺术的生命力无法解释，无法读懂。特别是有些由传统教化的理论外延到说唱艺术的作品，如唐代诗人王梵志所作的“他人骑大马，我独跨驴子。回顾担柴汉，心下轻些子”，一直传到了当代，以太平歌词曲调演唱的《劝人方》开首便是：“庄公闲游出趟城西，瞧见了他人骑马我这儿骑着驴，我扭项回头看见个推小车的汉，我比上不足，比下有余……”由诗人自叙变为艺人演唱，需要设置一个人物，如果直说“王梵志骑驴”既不好唱，也不好解，因为对于后人来说王梵志的知名度还是有点低，这里需要一个响亮的名字，选谁好呢，孔、孟、韩、墨皆不宜，他们都太严肃、太正面，只有颇具仙气的庄周最适合，他都能知道鱼在乐，能够变蝴蝶还不能教化大众？由他告诉大家“比上不足比下有余”这种富有哲理的坦然心态不是正合适吗？据曲艺艺人们说，庄子也是他们拜的一位祖师爷，凡是与道教有关，和老庄哲理有关的题材，唱词中的“庄公”就是指的庄子。

当代人创作出来的是当代艺术，反过来，当代的艺术特性又培养了当代很努力的艺术家们，这是相辅相成的。在这个 960 万平方公里的土地上，是否南海渔民还有什么说唱我就不知道了，从陆地到海上这支庞大的南腔北调的队伍就够梳理的。

小　结

非物质文化遗产单弦岔曲的传人张蕴华女士早年拜师韩德福先生的合影

从岔曲延伸谈到了京韵，还有西河大鼓、铁片大鼓、东北大鼓、乐亭大鼓、奉调大鼓、梅花大鼓、京东大鼓、河南坠子、天津时调、四川清音、苏州评弹……我这样一位忠实的老观众当然是希望能够把曲艺整理研究，著书立说成为一门代表传统艺术的学科。这是一定要有国家立项、政府支持，犹如李学勤等专家参与的“断代工程”，戴逸先生主持的“大清史”等方能实施完成。习总书记最近补充的“文化自信”给我们极大的鼓舞，希望专业工作者和有愿望从事曲艺学研究的人们共同携手，增强信心，走出艰难的第一步。

2016 年 7 月 20 日

杂谈曲艺

2016 年 4 月在北京画院举办了我父亲的漫画展，并且开了一次很有内容的研讨会，其中两位的发言引起了我的思考，第一位是李楯先生（美术教育家李瑞年之子，清华大学当代中国研究中心专家网络负责人）对民国时期的四段分析，他认为：“第一段，中华民国是亚洲建立的第一个共和国，对那一段历史我们实际抹黑太多了。第二个阶段是北洋时期，那是个没规矩的时代，也是一个提倡法制的时代，当时发生了‘护法运动’，为什么要护法？因为那个时代尽管有人不遵法守法，但是口头上没有人敢否定它。第三个是党政的时代，第四个时代是国共之间的关系，直到包括共产党提出的‘和平建国纲领’时期。”李楯先生的这种归纳换了个角度，提示了我们对民国时期的认识和了解。第二位是李滨声先生（著名漫画家、民俗专家），在回顾中国的社会发展时他概述了民国时期文化经济发展的情况。他说：“20 世纪 20 年代到 30 年代，是旧中国的黄金时代，因为第一次世界大战以后列强顾不上中国，于是中国百业兴起文化艺术也发展起来。民族商业同时兴起了。”“后来由于日本侵略者的侵入，造成了萧条、穷困、民不聊生的局面。”他们两位的发言引发了我对民国时期，具体说是 20 世纪 30 年代文化艺术研究的兴趣，特别是在与李滨声先生的多年交往中，从他那里了解到不少早年戏曲、曲艺发展的历史逸事。既然有个兴盛发展的阶段，必然会留下文字资料。于是我开始关注 20 世纪那个特定的时期。

果然，我查到了《北洋画报》连续几期刊登的关于曲艺的文章，恰恰是 1936 年下半年。从文章内容分析，作者应该是十分专业的研究者，大概亦似齐如山对梅兰芳的了解和认知。现在我把三段文字原文选出，并加以点评，请读者共赏。

（一）鼓王刘宝全

刘宝全

对刘宝全先生我有一份特殊的情感。首先我父亲通过中国音乐学院教授著名琵琶演奏家杨大钧介绍，收购了刘宝全先生的三弦，奉为至宝，可惜丢失于“文化大革命”。由于天天看着这把高挂在白墙上的三弦，所以时时地想到这位鼓界大王。侯宝林先生当时说的相声《改行》风靡京城，他以刘宝全的唱腔装上《改行》的词儿：“吊炉烧饼扁又圆，那油炸的麻花脆又甜，粳米粥贱卖俩子儿一碗，煎饼大小你老看看，贱卖三天不为把钱赚，所为是传名啊，我的名字叫刘宝全。……咚……哗啦！”此时加上鼓点，这里抖了个包袱，就是把锅打漏了……这段相声把刘宝全的名字普及到了妇孺皆知的程度，即使没有听过刘宝全的，不知道什么是京韵大鼓的，通过侯先生这么一唱，也知道个八九不离十了。

且看这位墨农先生的《志鼓王刘宝全》。

誌鼓王劉寶全 墨農

劉寶全之大鼓，前無古人，譽之者乃尊曰大王。其嗓天賦至厚，雖登花甲高年，而甜潤甚於曩昔。在津躍技，垂數十年，聲譽不衰。蓋其藝與年俱增，至今已臻化境。每歌一曲，前後氣力一貫，始終不懈，而念字之清楚，腔調之抑揚，皆尚不足以言寶全之好處；最難能者，爲感人之聲調，與神肖之表情。如別母亂箭一折，形容周遇吉母子，夫妻，父子，主僕間至情，歷歷如繪。每唱至悲涼悽慘之句，便如巫峽猿啼，聞者心酸；而唱至活躍浪漫之句，又如生龍活虎，聽者興奮。此種藝術，有時且較戲劇感人爲深。以是每聆寶全歌唱寧武關，長板坡等段，感懷亂世流離之苦，恍如聽李龜年說天寶遺事也。一般唱大鼓者，左手執板，右手擊鼓，鼓板之聲聒耳。然寶全之板則輕，不一擊，擊則中節，「上板」後亦只輕髮微響，鼓聲能與唱聲吻合。憶自民十八年重行來津，在法租界歌舞樓演唱，迄今又歷七載，中間以歌舞樓主人之喪而輟演，以本人目疾足疾而罷歌者，凡十餘月，然叫座始終如一。年前小梨園重張，寶全解新中央之約，返爲台柱。客歲封台後，特赴首都一行，獻藝十日，舊歷年前返津，現又出演小梨園矣。

志鼓王刘宝全

先说“志”，在古汉语中“志”有自己的含义，其中区别于“志”的是“记述”的意思，例如《列子·杨朱》：“太古之事灭矣，孰志之哉？”

细读原文。作者在总评了刘宝全的天赋和成就之后，特别评议了他的用气和念字，特别强调了“感人之声调，与神肖之表情”，形容为“历历如绘”；其“唱至悲凉之处，如巫峡猿啼，闻者心酸”，唱到活跃浪漫的时候又如生龙活虎……在这里请注意这句话，“然宝全之板则轻不一击，击则中节，‘上板’后亦只轻击微响，鼓声能与唱声吻合。”读到此处应该理解，刘宝全的击鼓是为演唱服务的。他以各种方法表现的声调和击鼓的配合，全为了故事中的人物服务。而我们现在的演员达不到鼓王的演唱且不说，还特别爱玩“漂”，鼓打得山响，非要下好儿来不止。离开内容要技巧是有客观原因的，因为现在的观众心理不一样了，听的不是内容，而是演员唱得越花哨、越热闹越好。再捎带提一点，现在的鼓曲演员穿着贴近流行歌曲演员的服装，这是不合适的。鼓曲演员的说唱是有人物、有情节的，演员要跳进跳出地表现各种人物，比如《俞伯牙摔琴》本来是个很高雅悲戚的唱段，如果服装过于华丽，对人物和情节的表现就会削弱了。

刘宝全的两个弦师（左为王文川，右为朱桂林）

为什么在此处加上了自己的点评呢，因为在刘宝全之后也曾有过京韵的再兴时期。刘宝全先生创出了京韵大鼓中最有影响的“刘派”，他以刀枪架等戏曲身段见长，追随其后的白凤鸣先生，又在刘派的基础上发展出新的风格即为“少白派”。有少即有老，“老白派”是谁呢？就是擅长叙事，以演唱《红楼梦》段子见长的白云鹏先生，还有一位较早去东北发展的张小轩，被称为京韵大鼓的三大流派：刘宝全、白云鹏、张小轩。与“少白派”同时或稍后形成了一支颇为壮观的京韵队伍，京津尤盛，小岚云、良小楼、小彩舞（骆玉笙）、桑红林和中央广播文工团的台柱子孙书筠。此时京韵转为女性演唱为主，但大多数宗刘宝全先生的风格，尤以孙书筠先生光彩照人。他们的群起成为京韵的盛事。这个时段应该是起于20世纪30年代末至40年代初，虽然由于日伪时期经济萧条，后来又有三年解放战争，对曲艺演出市场有很大冲击，但是恰恰这些演员当时正是学艺初成、尖角初露的时候，因此到1949年以后至“文化大革命”前，他们的表演达到了成熟期，推进和发展了京韵大鼓。为什么我要加此段赘述呢？目的是想与当下鼓曲演员群体对比一下，虽然现在的青年鼓曲演员很努力，但却让人颇有单薄不支之憾，京津地区加起来演唱京韵的也没有几位！

（二）有关杂耍

雜耍談薈 非羽

雜耍名爲「什樣」，實則包括甚廣。要之爲「說，學，鬬，唱，吹，打，拉，彈，變，練」，故又有文武之分。嘗考什樣雜耍之興，肇始於清中世之「八角鼓」台面，搜羅各種技藝，以集於一堂，至於今日，乃有雜耍場。雜耍場以鼓書爲主，但德壽山之單弦，萬人迷之相聲，均曾演「攢底」，固不限末場演大鼓也。「大鼓書」，「京韻」，「梅花調」之外，若奉遼大鼓，樂亭大鼓，梨花大鼓，西河大鼓，河南墜子，：：因地而異，各有優點。餘若單弦，岔曲，京蓮花落，太平歌詞，快書連珠調，以及靠山調，蕩調，西皮，二黃等，皆屬之「唱」。尤以單弦牌子曲之夾說帶唱，非「子弟」出身，不能詞藻華麗。德壽山故後，今推榮劍塵矣。相聲，雙簧，重在說，學，鬬，以口才取勝。而相聲復有「明春」「暗春」之分，暗春即口技也，然亦異於今日之「張沈」。學雙簧者如郭榮山與韓永先，偶拆唱八角鼓，足使人捧腹。吹打拉彈，在戲班曰「場面」，不過佐配，但雜耍場則殊重視之。資全之歌，得力於其操弦之王文川，及操胡琴朱桂林者甚多。年前增連德康彈琵琶，益覺生色。（資全即擅琵琶）而爲唱牌子曲操弦者，猶須「幫腔」，是殆單弦在當日爲自彈自唱，迄今略具典型而已。「歌舞樓」當年每屆年終封台，必全台琴師合演「五音聯彈」，以絃子，胡琴，琵琶及雙琴，四人換手演奏，難能可貴。武藝中，除戲法，乘重說，要，變，練。變時講究細，綁，裝，揣，撕，擄，摘，撿外，若踢毽，飛义，耍罈，抖空竹，及東西洋魔術，注重在練，均爲雜耍場之好看節目。女子鬻歌之道既與，花茶館遍開，雜耍場風氣遽變，昔之重文輕武者，今乃似重女輕男矣。

杂耍谈荟

非羽先生以非常简练的文字概括了当年杂耍丰富的表演内容。明眼人一看就能发现，现在之所以不能称其为“什样杂耍”是因为他们都分别归类为各团体，杂耍、魔术等，鼓曲成为最失落的艺术种类，虽然仍有专业与业余的弟子学唱，但基本处于自娱自乐，或是难成气候的演出。

“河南坠子”歌女姚俊英，发表于《北洋画报》

从这段短文中我们可以了解，由于生活方式的改变，整体理念的变迁，以及娱乐方式的多元化，鼓曲艺术不被年轻人接受也是可以理解的。因为吸引眼球的东西太多了，从最初的上网、打游戏直到现在的抢红包……谁还想在下班以后到剧场听段《风雨归舟》呢？当年极为大众化的艺术竟然成为小众的艺术了！当然从艺人员中还是有不少人在这种环境下仍然坚持、努力，比如马小祥，作为世家子弟，他有义不容辞的责任，举办了几次专场演奏，技法纯熟、灵活而富有情趣，特别是以三弦演奏《土耳其进行曲》，别具特色。他与同行们演奏“五音连弹”虽为传统却也很有新意。尤其是我看到了小祥的儿子，已是马连登先生家的第四代，也继承了家传，很感动。

相声名家陶湘如

相声名家张寿臣

“什样杂耍”的形成是时代发展的结果，现在这个局面也是时代发展的结果。发展到某个阶段是不以人的意志为转移的。但是以中国人的哲理来解释，有起必有伏，有盛就有衰，人们的欣赏和追求还是会变的，比如20世纪50年代及“文化大革命”时期，“茶道”是不会发展起来的。因为那是“封、资、修”的生活方式，工农兵开天辟地干活，哪有工夫慢慢品茶呀！并且当时也认定那是追求享乐的生活方式，可是现在呢，没有茶道的表演喝茶似乎就不够档次，但是像我这种一贯“牛饮”，为解渴才喝水的人，实在很难一小杯一小杯地喝，着急呀！

（三）相声名家张寿臣

在这段文字中请注意对张寿臣的这几句评价：“寿臣口才给辩，思维敏捷，且具科学常识，嗜读书报，好学不倦，人缘极佳。”看来对张寿臣能有如此高的评价，和他的“玩艺”“人性”都有很大的关系。

相声是目前曲艺界门类最火爆的一种，能坚持演出，有青年人愿意学，能上春晚的舞台，这都是它依然红火的表现，但是在我看来，

談張壽臣　紅蛾

談相聲者咸推萬人迷，萬人迷客死關東，數年來當推張壽臣矣。張藝師承焦德海，德海與萬人迷（李德錫）爲師兄弟，壽臣實萬之徒侄也。壽臣口才給辯，思想敏捷，且具科學常識，嗜讀書報，好學不倦，人緣之佳，不減當年之萬人迷。「貫口」玩藝如「三節會」，「蒙古大夫治病」諸段，雖惜嗓音瘖啞，而聽者傾神。我國人向不注重劇塲秩序，故凡娛樂塲所，聽衆隨意在台前行動言談。壽臣對此，最有辦法，每値秩序不佳，彼即靜立不語，或故意飲茶不休，必俟安靜，始接續開口。壽臣偶說單口相聲，如順二太爺私訪，四霸天等，滑稽梯突，爲人所樂道。而諷刺世俗；尤絕一時，誠今世之曼倩也。其配手陶湘茹，善於捧湊；壽臣得其力不尠。邇者二人脫輻，張自赴京鬻藝，陶則邀周蛤蟆爲配，居然翻身。陶嚶子清亮，藝事雖不逮張，但已非庸庸者流所能及矣。

《谈张寿臣》发表于《北洋画报》1936年1月28日第1353期（第28卷）

同样具有传统丢失的问题。

梅兰芳曾经说过京剧改革的原则为“移步不换形”，这句话同样适用于曲艺、相声。比如大家熟悉的《四世同堂》的主题曲《重整河山待后生》，如果没有这首京韵歌的传唱，大家就不知道有京韵大鼓的曲调，但是如果你认为这首歌的曲调就是京韵大鼓那就大错特错了。相声也一样，现在年轻人说的相声段子，为了适应观众经常只是追求笑点而不顾及节奏，甚至以过多的肢体动作

李滨声速写《种玉杰演唱赵云截江》，1982 年作

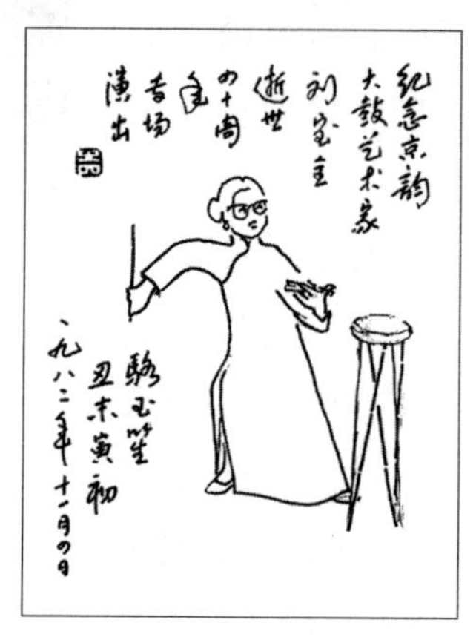

李滨声速写《骆玉笙演唱丑末寅初》，1982 年作

李滨声速写《陆倚琴演唱白妞说书》，1982 年作

李滨声速写《闫秋霞演唱老白派探晴雯》，1982 年作

李滨声速写《孙书筠演唱徐母骂曹》，1982 年作

取代了说学逗唱的基本功，像我这样的老观众心理感受是“太闹腾！”。

刘宝瑞先生有一名段《风雨归舟》，说的是一位京城大爷用“有张画儿神了，雨天，打开这张画，童儿就打开伞；晴天，他就夹着伞”，以此吸引买主。全段基本是叙述，直到最后才交代是两张一样的画，下雨天打开打伞的，晴天打开夹着伞的。我从小听这段单口，无数回了，没觉得烦，原因是你欣赏刘先生娓娓道来的语气都是一种享受。这是相声！

其实这段相声是刘宝瑞被同行们挤兑出来的。在后台聊天儿，唱单弦的说，我们有《风雨归舟》，你们说相声的没有；唱大鼓的也说：我们也有《风雨归舟》，就是相声没有。刘宝瑞先生说：“有，你们等着。”大家不以为然，两天之后，他老人家就编出了这么一段相声《风雨归舟》，直到现在观众仍然是百听不厌。

由此可见相声要有雄厚的生活积淀，要掌握编辑的技巧，如果刘先生直接编出一段风怎么刮，雨怎么打，在风雨中碰到什么人，出了什么事儿的段子，可能十分不讨巧，而以相声本身的特点，编出一段故事，用一张画为切入点，不但雅，结果还大出意料，没有生活积累、没有智慧是编不出来的。

好了，写到此处暂告一段，最后给大家提个醒，这些资料发表在1936年10月28日《北洋画报》第二版。

再给大家提供点资料：1982年纪念刘宝全先生逝世40周年，骆玉笙、孙书筠等京津名家在东安市场吉祥戏院举办两场演出。著名漫画家李滨声先生当场画了速写，现在看来是太珍贵了，那晚我们夫妇也在现场。如今再看这些名家，除了当时最年轻的种玉杰先生和现居天津的老艺术家陆倚琴以外，其他几位均已仙逝，不由得想到已故著名京剧、曲艺、音乐专家刘吉典先生的话：“北京不能没有带弦的说唱，一定要传下去。”

2016年9月

“振兴相声我没干完！”
——追念侯耀文先生

前月才别陈晓旭，今朝又辞侯耀文。
不知阎君是何意？挥笔频频招艺人！
无常招魂何其速？惊煞亲友众门徒。
顿足捶胸泪相顾，不知君魂去何处！
与君相识几十年，《胡同古韵》[1]邀君谈。
自言本是“世家子”，不及“双燕[2]”敢为先。
遥想当年侯公在，庚申[3]辛酉[4]正月三。
苦禅老人家中坐，相声大师[5]叩门环。
开门握手盈笑泪，庆幸渡过鬼门关。
十年劫数终已尽，发挥余热赛当年。
耀文雄心承父志，推陈出新侃侃谈。
说学逗唱多风采，双脚站定老曲坛。
东南西北火车跑[6]，春夏秋冬几十年。
呼兄唤弟齐努力，纳良举贤一大班。
栽培新苗办学校[7]，心中宏愿波浪翻。
谁知天不遂人愿，难测风云顷刻间。
望乡台上猛回首，八宝山前泪成片。
衣食父母难割舍，如此就擒心不甘！
耀文一怒冲霄汉，玉帝面前去喊冤。
“阎王欠我二十年，振兴相声我没干完！”
雪芹说“好”便是“了”，耀文去“了”未及“好”。

万事皆能抛脑后，唯有相声忘不了。
常有今人叹古人，生者总把故交念。
天地若真有轮回，侯氏父子再重现。
还演萧何追韩信，神州百姓争相看。

注释：

①《胡同古韵》：1994年李燕、孙燕华拍摄曲艺系列片《胡同古韵》后，特邀侯耀文参加座谈，他说："振兴曲艺应该是我们的事儿，现在倒让李燕、孙燕华走到前头了！"

②双燕：即李燕、孙燕华。

③庚申：即1980年。

④辛酉：1980年的正月初三为辛酉日。

⑤相声大师：即侯宝林先生。

⑥侯耀文生前工作在铁路文工团，终年为铁路职工演出，尽职尽责。最少的一次演出仅有两名观众，他与石富宽也认真讲完。

⑦见最近报纸报道，侯耀文先生要办相声学校，已在筹备中，可惜未了宏愿。

7月初第一稿，8月初改于纪念侯耀文专场演出之际

2007年8月

最后一张合影

12月8日，孙书筠老人走了，在她进入90岁高龄以后。我们俩无言地面对着一个多月之前的珍贵合影，默默地，默默地……

孙书筠先生是当年中央广播说唱团“四大金刚”（侯宝林、孙书筠、刘宝瑞、马增芬）中最后一位离开观众的演员。然而，由于病痛的折磨，她在最后十年中始终未能再有和观众见面的机会。这是她的遗憾，也是观众的遗憾，更是京韵大鼓艺术的遗憾。

京韵大鼓是由木板大鼓发展演进而来的，是刘宝全、白云鹏、张晓轩等老艺人奠定了这个曲种在北方曲种中的地位。尤其刘宝全先生广采博收，虚心求教于京剧泰斗谭鑫培才形成了京腔京韵的风格，京韵大鼓成为最有代表性的说唱艺术。

孙书筠先生自幼学习京剧，后改唱京韵。她全面继承了刘宝全的艺术成就，并且在少白派创始人白凤鸣（时任中央广播说唱团团长）的协助下，创作并演唱了许多新的唱段和新的唱腔。在继承和发展京韵大鼓艺术上孙先生功不可没。

20世纪50年代，中央广播说唱团在出国或外地巡演的前后，都有汇报演出，往往是在长安大戏院、中山公园音乐堂等地，我总是最忠实的观众。那时孙书筠先生三十多岁，风华正茂，台风大气，唱念俱佳，尤其是京剧的底子，为她演唱三国段子中所使用的刀枪架儿打下了良好的基础。她的演唱没有哗众取宠之嫌，唱腔与身段都为塑造人物和渲染气氛交代情节之用。所以唱腔听起来犹如长枪大戟荡气回肠，简洁明快十分舒展；身段看起来是一招一式帅气利落！那时我趴在长安戏院的台沿前看着她迈着利索潇洒的台步走出来，真是着迷极了！

虽是忠实的“粉丝”，但我们与她却不相识，直到1994年决定拍摄曲艺系列片《胡同古韵》的时候，才在钱亚东老人的《集贤承韵》票房有幸见到了她！此时孙老已是70岁的老人了，但仍不失当年的风韵。

那时我已近20年不听不看曲艺了。不听不看自有缘故。“文化大革命”中被抄家之后,父亲孙之儁十分钟爱的刘宝全先生使用过的弦子早已不知去向。往日，父亲弹三弦，我来演唱的温馨景况早已成了不堪回首的往事……

但是在从钱老票房回来以后，我们就下决心自己出钱拍摄电视片，记录下北京城里依然存活着的老北京人高雅的富有浓厚文化气息的生活方式。自此，我们和这些老人们结下了浓浓的情谊。在近20年的交往中，我们不遗余力地记录整理孙书筠老人的资料，孙老也抓紧一切时间传授技艺。

这些年，只要是孙老的活动，我们都全力以赴，收徒、演出、研讨，场场不落。特别是在她几次病重时期，我们竭力尽心，并且拉上我们的朋友呼吸科专家刘羽翔大夫。特别是在复兴医院她住院八个月，与重病顽强抗争，而且躲过了非典，健康出院……我们和孙老之间完全形成了一种家人的亲情。

2011年10月16日上午，我俩外出，回家一推门，看到坐在轮椅里的孙书筠老人正在说话呢。我惊讶地喊着：“哟！您怎么来啦！”同时不由自主地来了个“蹲儿安”。孙老大声地说：“我来看看你们！”照顾她生活多年的小香在旁边赶忙解释道：“奶奶听说李叔叔血压高，不放心，一定要来看看……”

“你们怎么来的？”

“在人民医院输完液，我就推着奶奶来了！”

嗬，从西直门一直推到月坛南街西口的钓鱼台！“小香，你可真行！”我俩异口同声地说。

孙书筠老人和李燕、孙燕华、慧香合影，2011年11月摄

“奶奶非要来！我就推她来呗！”看看刚当上妈妈的小香我俩齐声祝贺孙老，“您可是四代同堂啦！”老人乐着说：“可热闹了！”凡是熟悉孙老的人都知道小香，从十几岁来到老人身边二十年，

没日没夜细心照料，多次病危都是小香陪着老人闯过了险关。

“赶快照张相吧！”我们说。送孙老走的时候，我怕外面风大，赶紧找出一条漂亮的头巾给老人家围上，又让一位朋友开车送走了她们……

这是孙书筠老人最后一次来我们家！也是我们和孙老的最后一张合影！

孙书筠老人和那些老前辈一一离我们而去，我们不仅是一种悲痛，更有一种失落——对民族文化的失落感，因为他们本身就是优秀传统文化的载体！

2011 年

焦家讲坛（相声）

乙：哟嗬，多少日子不见，您干什么呢？

甲：我干了件大事！

乙：什么大事？

甲：办了个“焦家讲坛”！

乙：那叫“焦点访谈”！

甲：嗯，不，“焦家讲坛”！

乙：是“百家讲坛”吧？

甲：那不是我办的！“百家”是“百家”，我办的是“焦家”，“焦家讲坛”！

乙：一家就办一个讲坛？没听说过。

甲：读过中国古典四大名著吗？

乙：读过。

甲：其中有一本叫《红楼梦》，知道吗？

乙：知道啊！

甲：《红楼梦》讲的是谁家的故事？

乙：贾家、王家、史家、薛家。

甲：对呀！

乙：还对呢，那里头没有焦家呀？

甲：要不说你这人没学问呢！

乙：“四大家族”，没有姓焦的呀！

甲：贾家分几个府？我问你。

乙：宁国府、荣国府啊！

甲：这宁、荣二府谁的辈分最大？

乙：宁国府是贾敬，荣国府是贾母。

甲：这是主子！使唤人里谁的辈分最大？

乙：林之孝、周瑞、赖大、赖二！

甲：这都是小字辈儿的，你往资历最老的那拨儿想……

乙：想不起来。

甲：真笨，焦大呀！

乙：焦大！哦，就是那个骂了贾珍、贾蓉的马夫。

甲：别看是马夫，人家资历最老，辈儿最大！

乙：怎么说呢？

甲：话说第七回“送宫花贾琏戏熙凤　宴宁府宝玉会秦钟”，吃了晚饭尤氏准备送秦钟，就是秦可卿的弟弟回家。这活儿派给了焦大。正赶上焦大又喝醉了，一听这苦差事，可就骂起来了。凤姐就批评尤氏（学凤姐）说：“我成日家说你们太软弱了，纵得家里人这样还了得了。”

乙：那尤氏怎么说呢？

甲：书中先来一笔“尤氏叹道”，叹，就是为难呀！（学尤氏）“你难道不知这焦大？连老爷都不理他，你珍大哥哥也不理他。只因为他从小跟着太爷们出过三四回兵，从死人堆里把太爷背了出来，得了命。”

乙：敢情对主子有救命之恩！

甲：“自己挨着饿，却偷东西给主子吃。”

乙：义仆！

甲：“两日没喝水，得了半碗水给主子喝，他自己喝马尿。”

乙：真不易！该念人家的好！

甲：哪儿呀，挺大岁数了，贾珍、贾蓉他们还净派他苦差事呢！

乙：那可太不仁义了。

甲：要不，焦大喝醉了怎么就骂呢：（学焦大）“焦大太爷跷跷腿，比你们的头还高呢！”

乙：这是骂管家赖二呢！

甲：“不是焦大一个人，你们就做官、享荣华、受富贵？你祖宗九死一生挣下这家业，到如今不报我的恩，反而和我充起主子来了！”

乙：这是骂贾蓉呢！

甲：“不和我说别的还可！若再说别的，咱们白刀子进去红刀子出来！”

乙：真急了。

甲：“白刀子进去红刀子出来”就是打这儿来的。

乙：找着根儿了。

甲：这凤姐在旁边不说劝劝，反倒说：（学凤姐）“还不早打发了这个没王法的东西！”

乙：激火儿呢！

甲：焦大越骂越狠，连贾珍都骂上了。贾蓉让小厮把焦大拖到马圈里，捆绑起来，填了一嘴马粪！

乙：瞅瞅！

甲：你说，这么个重量级人物，该不该好好研究研究？

乙：倒是该研究研究。

甲：我能不单给他设一个讲坛吗？

乙：不过，打这一回以后也没他什么事啦，说清楚就行了，还值当得……

甲：嘿，瞧你说的！贾蓉的媳妇秦可卿在《红楼梦》第十三回里就死了，人家刘心武先生还研究出一门“秦学”来呢！我怎么就不能研究出一门“焦学”来呢！怎么就不能设个“讲坛”呢？

乙：得，还小瞧您啦！

甲：再说了，现在都疯魔似的续写《红楼梦》呢，指不定哪位在后四十回里专门写一回焦大呢？

乙：能有那事？！

甲：那，哪儿有准呀！

乙：这也太没谱了！

甲：我就打算在续写的最后一回，也就是一百二十回用“焦大”收尾。

乙：用焦大收尾？

甲：有分量啊！听着，第一百二十回“刘姥姥带巧姐荣归故里焦太爷随宝玉大闹天宫”！

乙：嗬！这贾宝玉怎么成了孙悟空了，还闹上天宫啦！

甲：贾宝玉怎么就不能闹天宫啊？你不知道吧！贾宝玉本来就和孙悟空是哥儿俩！

乙：什么？！

甲：女娲炼石补天，剩下的一块石头，丢到青埂峰下，到人世间走了一遭，它是谁？

乙：贾宝玉！

甲：话说，傲来国的花果山上有一块仙石，每受天真地秀，日精月华，感之既久，遂有灵通之意，内育仙胞，一日迸裂，产生一石卵，因见风，化作一个石猴！他是谁？

乙：孙悟空！

甲：这考证出成果了吧？贾宝玉、孙悟空——两块石头！

乙：要这么说，也论得上哥儿俩！

甲：要不然《红楼梦》怎么也叫《石头记》呢？要翻成英文就叫《一块石头的故事》！

乙：嗬？！照您这么说，《红楼梦》和《西游记》也可以叫作姊妹篇了！

甲：这么会儿工夫，学问见长！

乙：反正抡圆了胡勒呗，关公能战秦琼，这吴承恩和曹雪芹兴许也能见着！

甲：林黛玉死了，贾宝玉哪儿也找不着哇，阴曹地府都转遍了，没有啊！刚从阎王殿出来，就碰到茫茫大士、渺渺真人了。

乙：还真巧！

甲：这两位告诉贾宝玉，林黛玉哪能下地狱呀！？人家是“天上掉下个林妹妹”，既是天上掉下来的，还是打哪儿来回哪儿去。你还是上天宫找去吧。

乙：贾宝玉要大闹天宫了！

甲：让谁跟着去呀？焦大吧！就他有武功！

乙：贾府里就他跟着太爷打过仗。

甲：从焦大跟着太爷出过几次兵，我就开始研究，他参加过什么战役。

乙：还战役呢！

甲：按曹雪芹的年代推算，起码贾宝玉的太爷追随皇上乾隆参加过平定准噶尔和大小金川战役。

乙：这是乾隆统一疆土的大战！

甲：贾宝玉的祖上要不是打过几场硬仗、大仗，哪有现在这么大的战功啊！哪有那么大的家产啊！

乙：也就出不来“焦学”啦！

甲：是嘛！焦大能打仗，说明他出身行武。

乙：那是！

甲：由此，我又考证出，他的祖上必有大将，将门出虎子嘛！

乙：他祖上是谁啊！

甲：焦赞！焦大是焦赞的第一百零八代孙！

乙：啊？

甲：你没听过《杨家将》的戏，（学京剧）“焦孟二将听令！”

乙：孟良、焦赞，是有这么二位！还有一出戏，叫《打焦赞》嘛！

甲：还真知道！焦家在宋代是武将，在汉朝还出过文人名士呢！

乙：谁呀！

甲：焦仲卿啊！《孔雀东南飞》里男一号。

乙：刘兰芝的丈夫。

甲：他有一把焦尾琴，后来传到焦大这辈儿。焦大没成家，无儿无女，这琴传给谁呀？给林姑娘吧！

乙：合着林黛玉弹的琴是焦大他们家的？！这哪儿跟哪儿呀！

甲：你们没钻进去，钻进去，这里的学问大了去了！索隐嘛！

乙：我怎么听着这么累呀！

甲：可不累嘛！我为了进一步弘扬“焦学”，还参加了“海选”呢！

乙：海选《红楼梦》演员？你演谁呀？

甲：宝玉，贾宝玉呀！我还能演谁呀！

乙：您这样的贾宝玉？

甲：是呀！英达评委说啦："郭德纲都能演贾宝玉了！"他能演，我不能演？

乙：人家不是这么说的。是有一位男士，男扮女装，参选演宝钗，英达说："你要能演薛宝钗，那郭德纲就能演贾宝玉啦！"

甲：我没听见前头那句。

乙：好嘛！合着就听最后一句啦！

甲：（向乙，学越剧道白）"我就是那多愁多病的身啊，你就是那倾国倾城的貌啊……"（做身段）你看我像不像贾宝玉？

乙：得了，得了！您有多少愁我不知道，您那病倒是不少，糖尿病、高血压、肝炎、肺结核……

甲：闭嘴！关键时刻不能把这些商业秘密泄露出去！

乙：还商业秘密呢！

甲：导演知道我有那么多病该不让我上了！

乙：没病，就冲您那模样也演不成贾宝玉。

甲：我是"金玉其外"！

乙："败絮其中"——"腹内原是草莽"，倒是挺够格！

甲：那我就是"金玉其内"！

乙："败絮其外"！

甲：我这"外"怎么啦！就我这模样够不上"宝玉"，也能够上"子儿玉"啦！

乙：……

甲：（加身段）"马来玉"？"俄罗斯玉"？

乙：得了，得了，您够上"汉白玉"就不错，那也是石材呢！

甲：我不但参加演员的海选，还当评委呢！

乙：你评哪场呀？

甲：宝玉、黛玉，都有人评了，我就参加评焦大那场吧！

乙：到现在我也没看见有那么一场！

甲：选焦大的消息一传出去，那报名的人，海啦！

乙：还真有那么多人？

甲：我告诉你吧，报名宝玉的是二十二万，黛玉的是三十三万，宝钗的是四十四万……

乙：报焦大的呢？

甲：二百五十万零三人！

乙：这也太多了！

甲：评委都急了，下不了班了！一个挨着一个，站都站不下了。

乙：太多了！

甲：还是英达有主意。

乙：怎么呢？

甲：不是二百五十万零三人嘛，把那二百五十万都去喽，就剩仨！

乙：快刀斩乱麻！

甲：我一看剩这仨，立马就乐啦！

乙：谁呀！

甲：铁三角——张国立、张铁林、王刚。

乙：这三位都是大腕呀，他们能演焦大？

甲：嗬！都巴不得呢！

乙：怎么？

甲：贾宝玉，他们仨是没戏了！

乙：岁数太大了！

甲：他们仨都说了，改改自己的戏路子，一定要演焦大！

乙：那也不能仨都演呀！

甲：那就 PK 吧！头一个出场的是张国立，扮好装，穿上马夫的衣裳，梳着大辫子，

（学张国立）刚一转身，大伙全乐了！

乙：怎么呢？

甲：他手里拿着那根大烟袋……

乙：整个一个“纪大烟袋”。

甲：第二个上来的是张铁林，扮好装，摆出身段，（学张铁林）“要不是朕一个人，你们就做官、享荣华、受富贵？”

乙：嗬！这哪儿是马夫啊，整个一个皇阿玛！

甲：最后上来的是王刚。

乙：这个行！

甲：（学王刚的语调）“要不是焦大一个人，你们就做官、享荣华、受富贵？你们不报我的恩，反和我充起主子来了！”

乙：好嘛！整个一个和珅附体！

甲：他要是演了焦大，要不勾着鸳鸯把贾母箱子底儿那点银子都捣鼓出去才怪呢！

乙：这怎么办呢？

甲：我也发了愁！

乙：怎么这个“焦大”就这么难找呢？

甲：我正发愁呢，从人海中飘飘悠悠地出来一个人。

乙：“焦大”浮出水面。

甲：这一回我是真乐了，就是他！

乙：谁呀？

甲：李嘉存！相声演员李嘉存。

乙：他怎么会合适呢？

甲：别看焦大戏不多，但是有文有武！

乙：怎么呢？

甲：焦大先是骂，这是“文戏”。

乙：骂还是文戏！

甲：这个“骂”，跟平常咱们说的“骂人”不是一个概念。

乙：怎么呢？

甲：这个“骂”是用大量的事实数落对方的不是，可不能像你平时骂人那样一嘴的脏话。

乙：你才那么没水平呢！

甲：比方说《徐母骂曹》《贺后骂殿》那都是，扮演徐母、贺后的演员站在台上且数落呢！

乙：且唱呢！

甲：是嘛！得数落够了，这段唱才完呢！

乙：那焦大也得骂出个子丑寅卯来。

甲：可不是吗，焦大的骂还和别人不一样呢，他得跺着脚，乘着酒醉，顶着脑门，大骂。得骂得宁、荣二府都听得见。是不是吃功夫？是不是得大嗓门？

乙：那是得大嗓门！

甲：你当宁、荣二府是你们家呢？推门就上炕！前门儿的蛐蛐儿叫唤，后房沿都听得见！

乙：那是，人家是深宅大院。

甲：这焦大是不是得找那底气足，气儿冲的！

乙：对！李嘉存底气足，嗓门大！怎么还有武呢？

甲：你想啊，贾蓉让小厮们把焦大给绑起来，那焦大能干吗？他得挣吧，这不就得打起来嘛！

乙：动手了！

甲：最后，众人把他捆绑起来，扔到马圈里。

乙：得！

甲：注意啊！这有个细节，非得由李嘉存演不可！

乙：什么细节啊？

甲：塞了焦大一嘴马粪（做动作）。这个，别人都演不了！

乙：为什么别人演不了呢？

甲：别人？演不了！

乙：怎么哪？

甲：咳！李嘉存他不是吃嘛嘛香么！

乙：嘿，你给用这儿啦！

2010 年 8 月 13 日

孟小冬的回响

我是一个戏迷，自打能进剧场就随父母看各类戏曲、曲艺的演出。但是对于孟小冬却知之甚少。由于各种原因，“文化大革命”前至20世纪80年代介绍她的文章凤毛麟角，只知她是个天才、奇才。关于她晚年在香港的情况就更少知道了。

电影《梅兰芳》公演之后，孟小冬像出土文物似的，兀的推到大众面前，此时，由于我长期以来整理我公公李苦禅和父亲孙之儁的资料，已部分地见到介绍孟小冬艺术成就和生活经历的“旧闻”，很珍贵。

孟小冬戏装照

更让我欣慰的是在戏曲频道白燕升采访王佩瑜的节目中得知仍有那么多的人关注京剧，关注佩瑜，关注冬皇……因此想到推荐几幅我搜集到的照片和几段当时对孟小冬的评价和介绍给大家!

“十余年前，女伶中唱老生者，如小兰应，恩晓峰，小翠喜，李桂芬等，当时均无先后映辉，分道扬镳，亦均负一时盛誉；然其能以谭派书声南北，经久不衰，且至今益为时人所折服者，惟有一孟小冬耳。小冬在各埠演唱，所至有声，近来息影沽上，不常出台；然而于堂会或义务戏中，一露色相，举座叹赏，盖其嗓音清亮，且有苍凉之韵，行腔使调，一宗老谭，竟已登堂入室。说白做工，亦均摹拟谭氏，惟妙惟肖。故说者每谓听小冬之戏，比听小余尤为过瘾，两非溢美。余屡听其街亭，捉放，探母，各剧，深为折服。”

“女伶中唱老生者，今日当推孟小冬为巨擘；盖其嗓音纯正之中，具苍劲之韵，可称得天独厚，而使调行腔，既非凡响，神情做派，亦异俗流，落落大方，自非寻常女伶所可比拟也。顾小冬尚慊然以为未足，将于百尺竿头，再进一步，以期深造。前此言菊朋来津，在春和露演，小冬排日往观，悉心体会，深为折服，近日乃请人介绍，欲拜菊朋为师，俾可请益。菊朋亦以小冬为女伶英才，欣然允诺，小冬已专函邀请菊朋莅津，将择吉行拜师盛典，闻菊朋日内即可就道。小冬之谭腔，大都均得自琴师孙老元，今又得谭派专家之言菊朋，为之指授，他日艺事之精进，自可欲卜，故特记之。”

孟小冬戏装照

从这两段文字中我们既体会到孟小冬当时的风采，又能看出她对艺术的执着。天才是有的，有天才而又坚持不懈下苦功夫的人是不常有的，所以出一个大师、一个巨匠真是不容易啊！

2010 年 4 月 9 日

难忘宏腔永绕梁

前年，李嘉存先生为李多奎老前辈的纪念活动曾到我家，邀请李燕为纪念册题词。我们在追忆李多爷的谈话中，聊起许多往事，不由得让我这个老戏迷感慨万分。

受我父母的影响，我从小就喜欢看戏，听曲艺。我现在记得最清晰的应该是 1952 年在长安戏院看张君秋先生的《贺后骂殿》，那年我七岁。还有早些的记忆是魏喜奎、顾荣甫、尹福来、关学曾演的《新探亲家》，顾荣甫演乡下的妈妈，关学曾演城里的婆婆，尹福来演傻柱儿，为什么至今不忘呢?除了全台都是我熟悉的演员外，就是那头真驴上台后拉粪了。当时台上台下都乐了，至今已记不得演员“现挂”了什么台词，总之是记住了这一段没准备抖的“包袱”。

记得每年七月初七母亲必带我去看场《牛郎织女》。50 年代许多剧团还有这个传统，每逢年节都唱时令戏。那时大栅栏里的庆乐戏院常年是由陆蕊芬、杜丽珠他们团演出，有一年在鹊桥会一场还使用大转舞台的功能——小燕子们在桥下转，当时我觉得可新鲜啦!

记得 1957 年夏天，在长安戏院看了一场叶盛兰和杜近芳的《牛郎织女》，王玉让先生饰金牛。那时候正是这拨儿演员最好的时候，太过瘾了。没多久，看到报上登着王玉让先生病故，我还真感慨了许久。

看戏多了就会碰上好事。有一次看关骕骦先生的戏，没想到那天梅兰芳先生也去了,隔着好几排,我一个劲儿地看先生,觉得能和梅先生一块看太荣幸了。

小小年纪的我已经对广和楼，长安、吉祥、中和、大众、人民、西单剧场，前门小剧场……北京的大小剧场非常熟悉了。

自打成立北京京剧团，谭、马、张、裘诸大师聚在一起后，他们的演出是我主要锁定的“频道”了，全部《龙凤呈祥》和全部《朱砂井》这两出戏都是在虎坊桥北京工人俱乐部看的。看完了挤 15 路汽车回复兴门内柳树井的家，经过西单路口，刚拐过来，正好看见马连良先生的汽车也徐徐地停在他家门口……

这些都是 20 世纪 50 年代、60 年代初的事儿了。

总之“文化大革命”前，我曾把自己收集的戏报、戏单、说明书订成两大厚本，那可是极珍贵的资料啊！可惜 1966 年 9 月我家被抄时都丢了。

苦禅老人爱戏，青年时曾拜尚和玉先生为师，会不少戏。在杭州国立艺专、中央美术学院任教时不但在教学上强调让学生们看戏，并粉墨登场组织学生唱戏。他常说：“不懂京戏就不懂写意艺术！”

到我也能理解这句话的道理后，小时候看的那些个戏就帮我的忙了，逐渐地我对花鸟画，对传统戏曲的写意内涵理解得更深入、更生动、更具体了。

在 1993 年纪念苦禅老人去世十周年的时候，我和李燕特邀中国京剧院的孔新垣先生导演，傅雪漪先生作曲，演出了绝响舞台 50 年的《四声猿——狂

20 世纪 30 年代，李苦禅扮演《铁笼山》之姜维

20 世纪 30 年代，在“左联”领导的革命演艺活动中，李苦禅曾演过京剧《霸王别姬》，此照片是苦禅先生扮演项羽的剧照

鼓吏》。在2009年纪念老人110周年诞辰时，我们又特邀苦禅先生的老友奚啸伯先生的三代传人奚中路再现了老人酷爱的全部《铁龙山》……

1994—1995年，我们拍摄、录播了十三集曲艺片《胡同古韵》，特邀刘吉典先生讲解北方流行的主要曲种，为钱亚东老人主持的《集贤承韵》票房的活动留下了珍贵的资料。

积少成多，逐渐在社会上有了影响，因此经常受到京剧界、曲艺界朋友的称赞，其实我们不过是两个普通观众而已，只是在追求那从小植根于我们心底的对传统艺术的热爱罢了。

前几天裘继戎小友来我家，言及今年是裘先生95周年诞辰，于是我把给李嘉存的单纯纪念李多奎先生的顺口溜，改写、添加几句，编纂成了我对当年北京京剧团鼎盛时期老艺术家们的追忆，题写出来，或可能召来知音呢!

菊坛大家多姓李，奎爷榜上美名扬。
遥想昔日京城内，路人竞学《训子》忙。
邻院常听“叫张义”，导人行善有良方。
金龟钓罢《打龙袍》，响遏行云气轩昂。
《赤桑镇》里铡包勉，台上台下共悲怆。
人生如戏终归去，阴阳隔界两茫茫。
李多爷，盛戎公，尔今驾鹤去何方?
昨夜梦中胡琴响，凌霄宝殿唱吉祥。
城头观景谭富英，南屏借风马连良。
甘露寺里夸刘备，多爷嫁女喜洋洋。
君秋先生盛妆到，款款走来孙尚香。
花团锦簇峥嵘貌，各路神仙聚一堂。
你方唱罢我登场，倒是他乡是故乡?
醒来自知一场梦，难忘宏腔永绕梁!

2010年8月4日于京西

由“戏”说起

在汉语中“戏”字的使用率颇高，仅从各种剧目上说就不少，比如《游龙戏凤》《吕布戏貂蝉》《戏目连》（目连救母劝善记）、《戏牡丹》（吕洞宾戏白牡丹），等等，至于我们日常用语中的典故就更多了：烽火戏诸侯、刘海戏金蟾……

查“戏”字本意，一为嬉戏、游戏。二为歌舞杂技等表演，三为军中之帅旗，同“挥”字。常使用的多为一、二之意。由此可以看出一个“戏”字包括我们生活中的很多内容。而凡是我们生活中各种形式的嬉戏、游戏、歌舞、杂技等均反映出我们的精神和物质的生活方式，都属于我们的民族文化。

在中华民族文化中有一种形成并成熟得很早的对美的追求——既写意美，这种对美的追求意识早已形成了我们现在常常以为是创新了的“穿越”，也早已形成了前几年还显得很超前的提法“意识流”……无论是“穿越”，还是“意识流”其实早就被爱好艺术富于幻想的中华各民族在发展中采用了，并且洋洋洒洒地深入诗词歌赋、绘画、戏曲、小说中，即使是长期以来以“现实主义”或“索隐”而倾力挖根溯源的《红楼梦》又何尝不是以写意的大手笔创作出来的呢？

就写意画而言，它的形成和发展也是始终伴随着社会的演变和民族文化推进的。如果称梁漱溟先生为“最后的儒家”的话，精于大写意花鸟画的李苦禅先生亦可以称为当代“最后一位传统文人画家”。他的绘画创作建基于儒、释、道传统文化，他的美学观念是在新文化运动之后，接受了西方绘画教育，研习了许多同时代艺术观念之后形成的，经过自身的融化在他的作品中依然强烈地表现出民族文化中的仁、义、礼、智、信道德内涵的牢固丰沛及阳刚与阴柔之美的整体意识。

他的教学方式也很灵活，因材施教是他的法宝。李竹涵先生是他的入室弟子，本人是河北梆子演员，毕业于中国戏曲学校地方剧科，工丑行。竹涵对文化艺术追求甚高，他善学善记且稳重内敛，思考有余，常有卓见而绝无张扬浮躁之嫌。一日他又拿书画给苦禅先生点评，老师说：“你虽然在我这儿学画，但不一定非画花鸟，你演人物，你能在台上看剧中人物，这是你的优势和长处，画戏中人物，一定会别开生面。”竹涵顿悟，此后以老师的指导，笔不离手，演出时在后台画，不演时看电视戏曲频道画，总之经过基本功的一段练习后，终于画出了几张戏画呈于恩师。竹涵惴惴不安，恩师的眼前却突然一亮。老人家指着画中曹操，笑着说：“这多好！真像袁世海演的神气！”老人特别指出：“这张曹操在虚实处理、墨色位置的安排上显出了你的书法功力和造型能力，你看这曹操画得多整，没有一点儿多余的用笔。”老人高兴地为他题了别具一格的竹涵的戏画。

画戏画的人不少，但是本人既是演员又能画戏画的不多，因此竹涵的戏画呈现了自己的特点，他谨遵师教，力求写意性的大气和完整，其一，他知道戏词，

李竹涵戏画（一）

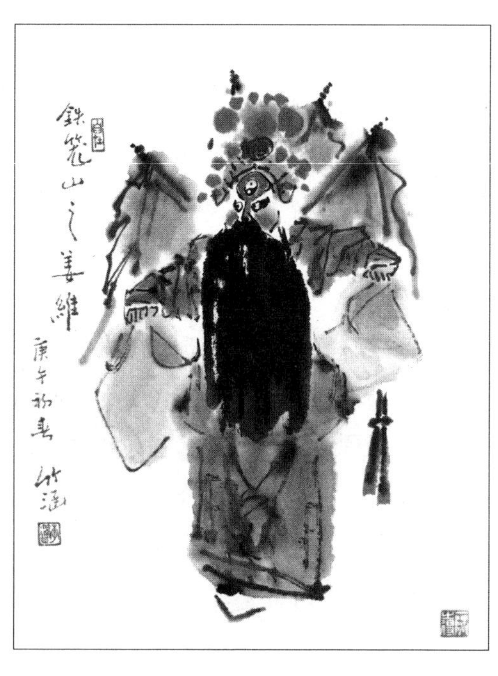

李竹涵戏画（二）

知道演员表演的动作与相应戏词的统一，懂戏的人看画时能知道画里的人物正在说哪句台词，这就有趣了。其二，他能灵活地夸张处理身段、道具的作用来渲染剧情。秦香莲的水袖原本没那么长，但为了表现她见到傲慢的皇姑后的正义与怒气，把身体处理成直线，水袖夸张得很长且甩为直的斜线，产生了一定的冲击力。《空城计》中诸葛亮在城头弹琴，观众坐在台下是看不到琴的，但在画上必须有个交代，画出半张瑶琴示意，请注意司马懿的眼神与身段，二老军的组合……此种构图的处理深得苦禅先生的真传，大气，不琐碎，有冲突，有矛盾。

李竹涵 戏画《 十五贯》

再说“戏”字，生活中我们常说：“这件事儿没戏！”意思是此事没有结果，不会成功，但是要创作好的艺术作品就要“有戏”，“有戏”才有看头，那么“戏”是什么，其实就是我们从生活中提炼出来的“冲突”和“矛盾”，回到戏的本意上来了。综合起来大概应该理解为，以某种艺术表演形式采用各种表演手段和人物之间的故事情节，造成一定的矛盾和冲突，完成一种具有欢快的或悲壮内容的“游戏”。怪不得老百姓中流传着这样一句话：人生如戏，戏如人生！

李竹涵 戏画《空城计 》

竹涵所画的“测字”一折是昆曲大师王传淞扮演的

《十五贯》中娄阿鼠的形象，是老艺术家扮演的最成功最精彩的一个人物。竹涵十分尊重王老，认真地画了这张《测字》，深得王老赞许，故而也为他题了全剧名：《十五贯》。现在看来真是十分珍贵了。

从竹涵的画中能读出“戏”来，其实也就读出了绘画与戏曲艺术的真经了！

2014 年 9 月

李竹涵戏画《十五贯》，王传淞先生题诗塘

李竹涵戏画《秦香连》，李苦禅先生题字

越剧在北京

10 月 24 日，傅全香女士在上海华东医院病逝，“越剧十姐妹”中的最后一位也离开了我们，这标志着一个时代的终结。

越剧是地方戏，从 20 世纪 40 年代发展至今，成为颇有影响的剧种，实属不易。我是生在北京，长在北京的人，但却十分迷恋越剧，目睹了越剧在北京的发展，回想起来，有一种浓厚的情结。

一

越剧在北京舞台亮相并引起轰动应该是在 20 世纪 50 年代。电影《梁山伯与祝英台》的放映掀起了热潮，随之陆陆续续来了许多越剧团，带来了各自的优秀剧目。在我的记忆中，上海芳华越剧团由尹桂芳、徐天红、李金凤等人带来的《宝玉与黛玉》，让看惯评剧、梆子的北京观众眼前一亮。文雅的唱词、淡雅的化妆和风度翩翩的表演，让当时在北京各部委工作的大量江浙干部和科技人员大呼过瘾，同时也吸引了不少北京的年轻人。这出戏具有了后来上海越剧院版的《红楼梦》的雏形，尹派唱腔也引起了人们的关注和欣赏。随即又有竺水招、筱水招为首的南京越剧团，金雅楼、金月楼的武汉越剧团，戚雅仙、毕春芳的上海静安越剧团，浙江省越剧二团，杭州青年越剧团等纷纷到京城献演。上海越剧院的徐玉兰、王文娟更是观众追逐的热点，金彩凤、陆锦花、吕瑞英等越剧名角也都各自亮相，颇受欢迎。许多唱段当时即引得北京观众学唱，而我就是其中一位。

在这段繁荣时期中，有三个越剧团功不可没：一个是以裘爱花、筱少卿为首的天津越剧团。他们演出剧目多，驻京时间长，代表作有《云中落绣鞋》《救风尘》《追鱼》《西厢记》《王老虎抢亲》《梁山伯与祝英台》等。

20 世纪 50 年代中期，越剧《梁山伯与祝英台 · 十八里相送》剧照，范瑞娟饰梁山伯、袁雪芬饰祝英台

20 世纪 60 年代初期，越剧《红楼梦 · 读西厢》剧照，徐玉兰饰贾宝玉，王文娟饰林黛玉

再有，即为实力雄厚的北京越剧团。这个团是在20世纪50年代末60年代初从上海越剧院分离出来调入北京的，由傅全香和范瑞娟带队，她们的演出可谓清新高雅。根据近年来看到的资料，范瑞娟和袁雪芬拍摄电影《梁祝》时，就曾受到周恩来总理的支持和关怀。特别应该提到的是，他们在京期间还排演了由马少波为他们新编的剧目《小忽雷》，许多年前，我见到马少波先生时还曾提到过这出戏。为什么我对这出戏印象如此深刻？当时的说明书有的会印出一部分唱词，尤其是重要唱段，我感觉新编的戏词如此文雅，有点像“长短句”，太不容易了。北京越剧团团址设在西单剧场对过，马连良先生家往东边一点，可惜这个团设立了两三年就撤回上海了。

还有一个越剧团，即是出了李玲玉和胡泽红（87版《红楼梦》惜春的扮演者）的，属于冶金部文工团的越剧团，也就是红旗越剧团。他们长期在朝内大街冶金部礼堂演出，偶尔也到其他剧场，我看过他们演的《唐知县审诰命》等，小生演员陈少鹏，演得很不错。

还有一些中小地方的越剧团来京，比如朱丽华和丁汉君取代了北京实验曲剧团的车锦茹和吴韵亭等人，在原长安戏院东邻的进康剧场驻场演出。能够“驻场”，说明还是有一定上座率的。

我有收集戏剧（曲）说明书的习惯，原来已经订了两大厚本，皆于1966年丧失，真可惜！这两大厚本中，越剧的说明书占了一大半。当时北京的剧团还没有印说明书的习惯，一般就印个戏单，知道演员和剧名就了事，可越剧的说明书印得十分考究，配上竺水招、范瑞娟、尹桂芳等的时装照或剧照，非常漂亮。所以对“十姐妹”的组成和经历，从我小时候就了解，尽管现在可能回忆得并不全面。

二

越剧的兴盛和普及不外乎如下几个原因：

第一，他们没有离开群众，主动去适应观众，勇于创新，广纳博收。越剧最初叫“的笃班”，是在江浙农村演出时形成的，进入城市后为了适应观众的需求，无论从唱腔还是剧本上都进行了大量的吸收、借鉴、移植和融化。其中最典型的代表就是徐玉兰。大家最熟悉的是她饰演的贾宝玉，但是她的《哭祖庙》，更发挥了声腔的特长。她从绍兴大班里吸收了不少高亢的唱腔，特别是表现悲愤激昂的情绪时，如《红楼梦》中宝玉哭黛玉“上天入地难寻觅”那几句，以及在《哭祖庙》中，她饰演北地王刘湛，因刘禅决心投降，痛恨父亲刘禅“一睡睡了几十年”的那一段，把眼看蜀汉就要亡国的悲怆推到极致，真可谓声情并茂。

傅全香女士则吸收了多种发声方法，丰富了自己唱腔的表现力。我看她演的《情探》中《打神告庙》一折时很受感动，她将一个弱女子的悲愤和无奈表现得很细微、很充分。

再有戚雅仙、毕春芳、金彩凤、陆锦花、吕瑞英等人，都能结合自己的嗓音特点丰富唱腔，加强表现力。特别要提到的是袁雪芬女士，她较早地认识到，作为越剧演员需要向昆曲、京戏老前辈学习的重要性，因此在对戏曲的认识和观念上有了很深刻的变化，极大地扩大了越剧的表现空间。在我心目中，袁雪芬一直是越剧发展过程中的一面旗帜，我看过她和范瑞娟的《梁祝》与《祥林嫂》，很成功。袁雪芬的“祥林嫂”既是舞台上的，又是生活中的，能达到这一点很不易。

因此我认为，越剧能发展成为有影响的剧种，是她们不保守，广吸收，虚心学习，根据越剧的地方特点，细化传统剧目，扩展新空间的结果。

第二，越剧和锡剧、淮剧、沪剧等都集中在上海、杭州、无锡、扬州等地，而越剧的迅速发展，还依靠几个：①是彩色电影《梁山伯与祝英台》的拍摄，使越剧一下子成为大众最了解的一个剧种，犹如《天仙配》让我们认识了黄梅戏一样。梁祝的故事有意思，很优美，有看点，《十八里相送》《楼台会》……特别是《化蝶》，表现的是中国老百姓对美好幸福婚姻的追求与渴望，双蝶飞舞使当时的观众大开了眼界，得到了艺术的享受。

②是何占豪、陈钢作曲的《梁祝》小提琴协奏曲的成功，极大地推动了各层面观众对梁祝故事的喜爱。对越剧的了解，如同《四世同堂》电视剧中的主题曲，普及了大家对京韵大鼓的认识一样，如果没有《重整河山待后生》，可能很多人就不知道京韵大鼓这个曲种。去年我到上海有机会见到第一位演奏《梁祝》的俞丽拿女士，听了她对梁祝几十年演奏的解读，受益匪浅。

③是谢芳和曹银娣主演的电影《舞台姐妹》，当时的谢芳因《青春之歌》大红特红，曹银娣也是初露锋芒，用现在的话说非常“吸引眼球”。这部电影

让观众对于越剧的起源、发展，演员们的苦难经历，有了深入的了解，尤其是上官云珠扮演的年老珠黄、被老板抛弃了的老演员商水花，令人泣下。

电影的普及作用和《梁祝》协奏曲在国际国内的走红，有力地提升了越剧的知名度，吸引了人们的关注度。

④ 是侯宝林、郭启儒的相声《戏曲与方言》。侯宝林先生是当时曲艺相声界最有影响力的演员，20 世纪五六十年代时最红，他的新相声段子非常受欢迎。在《戏曲与方言》中，他学的上海话，评弹、越剧很为观众称道，相声也让北京人了解了越剧。

第三，剧目的创新也是越剧能够蓬勃发展的原因。

越剧演出的剧目有共通的，更有各团的代表作品，比如南京市越剧团竺水招主演的《柳毅传书》非常成功，也拍成了电影，后被许多剧种移植，有的定名为《龙女牧羊》，听说梅兰芳先生还想改编成京剧呢。徐玉兰、王文娟主演的《追鱼》，也被其他剧种吸收，演出。《梁祝》改编为京剧时定名为《柳荫记》等，可见当时各剧种相互借鉴的情况是很普遍的。

同时，他们也大量移植其他剧种的戏，比如广东粤剧《搜书院》，红线女在北京唱红以后，天津越剧团很快就排演了。我记得看红线女演的时候，一句没听懂，直到后来在北京市劳动人民文化宫内劳动剧场看了天津越剧团的《搜书院》时，才听明白。

还有一些久演不衰的戏，如《珍珠塔》《西厢记》《桃花扇》《王老虎抢亲》《三看御妹》《碧玉簪》《孔雀东南飞》等，其中许多唱段因为演员演唱的特色而成为经典，比如金彩凤的《三盖衣》，徐玉兰的《天上掉下个林妹妹》，周宝奎的《手心手背都是肉》等。写到这里，读者应当能想象到在 20 世纪五六十年代时，越剧活跃的程度。

在这种大好形势下，他们没有停步，排演了不少新戏，比如尹桂芳的《屈原》，竺水招的《南冠草》，徐玉兰的《哭祖庙》，吕瑞芳扮演梁红玉的《战金山》等，从这些剧目来看，应该是在成熟期之后的一种推进，他们在丰富越剧表现的题材上进行了新的尝试。这几出戏更多地表现爱国情感，以阳刚悲壮的节奏为主。

当时剧场没有现代化的灯光变幻，大多依靠演员自身的表演，所以在上海这个非常时尚的大城市，他们必须向精致、唯美的方向靠拢。我是在北京人民剧场看上海越剧院演出的《红楼梦》的。开幕后我惊讶地发现，他们没有用台

著名越剧表演艺术家
王文娟和孙燕华女士

毯，而且将台面打理得非常光洁，演员在台上移动时，台板上会映出一个倒影，这无形中增加了贾府荣禧堂富贵堂皇的感觉，直到黛玉葬花时，这种光洁的台面同样烘托了葬花的环境，加之布景、灯光和王文娟倾尽深情的演唱，达到了某种似幻似梦的感觉……

当时越剧团来京演出的剧场，主要是原长安戏院、吉祥戏院、人民剧场等，只有人民剧场是新建的，可能只有这里的台面能达到这种效果。

越剧没有京剧那些程式化的东西，是演出现代戏的有利条件，因此在剧目中现代新戏也很多，比如《雨前曲》。

越剧试图改变为男女合演的剧种，曾经努力过，但不知什么原因总是不太成功。当时浙江省越剧二团是最早施行男女同台的剧团之一，我记得他们进京演出了《五姑娘》和《雨前曲》。《五姑娘》是一出清妆戏，《雨前曲》是现代戏，其中的《采茶曲》现在仍被传唱，成为一首非常流行的歌，但是人们大部分都不知道是出自哪里的："溪水清清溪水长，溪水两岸好呀么好风光。哥哥呀，你上坂下坂勤插秧，妹妹呀，东山西山采茶忙。插秧插得喜洋洋，采茶采得心花放，插地秧来密又快呀，采得茶来满箩筐。你追我赶不怕累，敢与老天争春光，争呀么争春光！"这首歌的曲和歌词都很有时代感，因为这出戏就是表现农村当时"大跃进"的主题的。越剧演现代戏比京、昆要容易得多。

1962 年，我的大姐夫宗凤洲从中国人民解放军第 12 军调到上海警备区任参谋长，全家迁到上海。我特别高兴，一是看望方便，二是我可以多看几场越剧。

20 世纪 80 年代后，百废待兴，随着改革开放的局面，越剧开始活跃起来，浙江小百花越剧团成为引人注目的新星。以吴凤花、茅威涛等新一代演员来京演出，使北京人再次看到了越剧的演进和发展，《五女拜寿》和《陆游与唐婉》轰动一时。从茅威涛开始，越剧走进了北京首都剧场。传统戏的恢复，特别是"十姐妹”中在世的名角各自培养了一大批青年弟子，这使得越剧的演员队伍没有断档。

此时，我虽然还关注越剧，但已经没有年轻时的能力——追着看了。在上海我看了肖雅主演的《何文秀》。戏演完之后，观众还不肯走，一定要肖雅再唱首歌，这是我没想到的。北京观众没有这个习惯。在此之前，肖雅也唱过歌，后来成立了肖雅工作室。因为中央电视台戏曲频道的方便，我从《越女争锋》等专题竞技节目中观赏到了一批又一批新人的成长。

作为一位老资格的戏曲观众——我从小接触在京演出的主要剧种有京剧、昆曲、评戏、河北梆子、曲剧和越剧，接触的时间从四五岁至20岁。在我40岁之后，恢复了一些传统剧目，我和先生李燕一起又看过不少戏，但比年轻时差很多了。

由于傅全香女士的离去有感而发，透过一个地方剧种在北京发展的历程，重新认识戏曲在中国老百姓生活中的作用和意义。我想说的是，要想加强文化自信，必须基于对自己国家文化的热爱和了解。以越剧为例，如果我不喜欢她，从小就没接触过它，是写不出这篇文章的。

2017年12月

从《三岔口》到《溪皇庄》

（一）

我手中的这张1954年的节目单已经过了一个甲子，其中第十个节目是“舞剧《三岔口》”，请注意，此剧的指导是李苦禅先生。今摘录一段参演人员线天长先生的文章，让我们一起回忆那段往事。

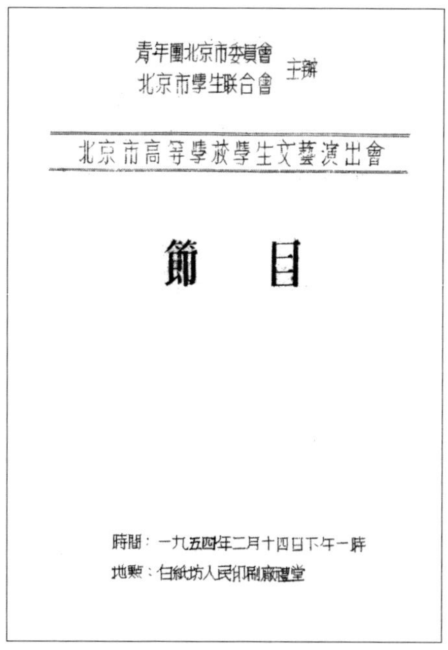

青年團北京市委員會
北京市學生联合會 主辦

北京市高等學校學生文藝演出會

節　目

時間：一九五四年二月十四日下午一時
地點：白紙坊人民印刷廠禮堂

1954年，北京市高等学校学生文艺演出会节目单

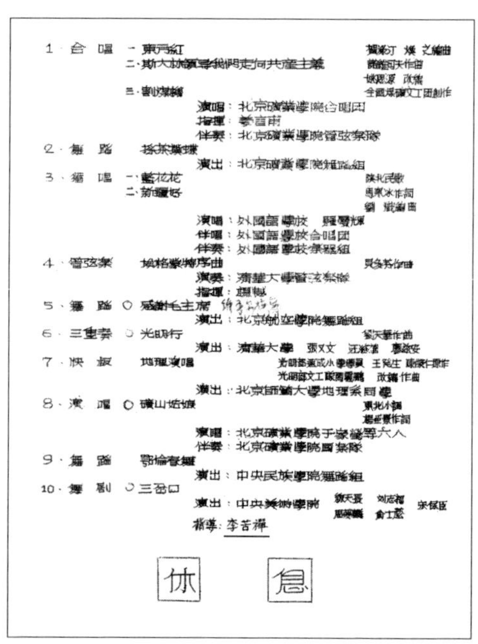

1、合唱 一、東方紅 賀綠汀 煥之編曲
二、斯大林領導我們走向共產主義 [illegible]作曲
姚思源 改編
三、[illegible] 全國煤礦文工團創作
演唱：北京礦業學院合唱团
指揮：[illegible]
伴奏：北京礦業學院管弦樂隊
2、舞蹈 採茶撲蝶
演出：北京礦業學院舞蹈組
3、獨唱 一、藍花花 陝北民歌
二、新疆好 馬寒冰作詞 劉熾編曲
演唱：外國語學校 [illegible]
伴唱：外國語學校合唱团
伴奏：外國語學校樂器組
4、管弦樂 埃格蒙特序曲 貝多芬作曲
演奏：清華大學管弦樂隊
指揮：[illegible]
5、舞蹈 ○感謝毛主席
演出：北京航空學院舞蹈組
6、三重奏 ○光明行 劉天華作曲
演出：清華大學 張文 [illegible]
7、快板 地理演唱 [illegible]
演出：北京師範大學地理系同學
8、演唱 ○礦山姑娘 東北小調 [illegible]作詞
演唱：北京礦業學院[illegible]等六人
伴奏：北京礦業學院國樂隊
9、舞蹈 鄂倫春舞
演出：中央民族學院舞蹈組
10、舞劇 ○三岔口
演出：中央美術學院 [illegible]
指導：李苦禅

休　息

1954年，北京市高等学校学生文艺演出会节目单

中央美院每年都组织一次新年联欢晚会，领导、老师、职工、学生都积极筹备，热闹极了。最活跃的是美院绘画系的同学，我们雕塑系就落后了。有人提议，请李苦禅先生帮我们排演京剧。找到苦禅先生，他看我们几个人都很热心，高兴地说："文戏唱不了，排练武戏吧！"初步选了《三岔口》。先生认真地给我们说戏，我们大体上知道了剧情、角色的要领。他告诉我们，"大后天在前门鲜鱼口华乐戏院有名角演出《三岔口》，你们去看看。"我们五个人都去了。那天是张云溪、张春华演的《三岔口》，不看不知道，一看吓一跳，我们根本不行。武生、武丑那些高难度动作，根本做不了。回去以后我们直说："演不了，演不了。"苦禅先生大笑说："谁叫你们去模仿名角的武功技巧？是让你们去悟解总体的意蕴。只要抓着'摸黑'一场戏，创造一些有趣的情节，让这场戏'趣味横生，抓着观众'也是可以成功的。"这回我们听懂了。

看来，苦禅先生对我们几个京剧外行调理出一个说得过去的节目，已经成竹在胸。听了先生的话我们也信心倍增。我抓紧时间练刘利华出场时的"前空翻"，刘志福练任堂惠出场的"走边"。排演时，对李苦禅先生所增加的一些情节、动作，我们有时不太理解。先生说："京戏是用虚拟的表演手法，体现写意的艺术效果，不受时间和空间的限制……"每次练习，苦禅先生都在场，托着我们的腰，十分爱护。20天后，苦禅先生说："准备彩排！"

在1954年中央美院新年联欢晚会上《三岔口》第一次演出了。苦禅先生坐在边幕演员能看得见的地方，让我们心里踏实，第一次演出总算没出笑话、没失误的事儿，还听到了掌声。

苦禅先生真没白下功夫，他首先去掉不少开场和结尾的一些情节。因为没有坤角，剧中刘利华之妻店主婆去掉了。最后的四人对打，改成三人混战，由焦赞解除误会，大家欢喜收场。"摸黑"一场，创造了许多黑暗中的悬念，许多趣味十足的小情节，就不赘述了。

此后"三岔口"被学院推荐参加1954年2月14日"北京市高等学校学生文艺演出会"，地点是白纸坊人民印刷厂礼堂，当时文化界许多名人都被请来观看、评判，老舍先生也来了。他对演出的评价甚佳，说："中央美院表演的《三岔口》改编得好！简洁、生动，舞剧的趣味性强，很大众化。"不久，学校通知我们的《三岔口》获得了演出一等奖。

苦禅先生是怎样为他们量身改制了《三岔口》呢？去掉了可以减少的人物和剧情，就着演员的表演基础设计武打动作，突出和丰富了"摸黑"的虚拟性和幽默性，没有离开京戏表演中的写意美学。

（二）

2014 年 7 月 10 日，在北京大观园戏楼由北京舞蹈学院选修课教师刘序的学生们演出了一场久不见舞台的京剧《溪皇庄》，很成功，也很有趣。成功，是在于学生们的敬业精神；有趣，是在于这些从来没扎过靠，没耍过刀枪，没穿过厚底的学舞蹈的学生们，居然凭着一股横劲，硬把这出戏特别认真地拿下来了，当然其中不乏打得掉了帽子（行内叫掭了），对打中瞬间"失忆"的停顿，场内虽然笑声不断，但绝无嘲讽之意，倒都是替他们揪着心。

戏是演完了，大家的心还激动着，于是 9 月 14 日下午由刘序的老师李燕和我牵头组织，请中央电视台王筱磊先生主持了一次长达 5 个小时的座谈。始终得到了北京舞蹈学院古典舞系领导和老师们的全力支持。

在洋洋洒洒几万字的听打记录中，仅选出最具个人特点的几句提供给读者或许会引起大家的兴趣：

刘序（音乐剧系客座教授）：这次我给学生们排演《溪皇庄》是本着梅先生的"移步不换形"的原则，删去了几个角色，保留了戏的主题。让我没想到的是学生们都很刻苦，以古典舞的基本功，较快地掌握了多种武把子的使用方法，特别是对打的节奏与配合，孩子们认真、拼命的劲儿让我感动。也许是中国人基因的特质，因为拍了这出戏唤醒了他们追求传统文化、戏曲、书画、诗词的热情，好事！

石仁奇（古典舞系二年级学生）：虽然刚刚接触书法和戏曲两门选修课，但对我来说已经隐隐约约感觉到它们之间的关系。我体会书法中每一笔的用笔过程，每一笔的衔接，和我们舞蹈艺术对于动作和技术要求的运用是一样的。

罗昱文（古典舞系二年级学生）：我感触最多的是传统艺术中程序化里面的文化。我理解程序是“物之准也”，是一种行为准则的意思，比如打把子，一定很准确细致地把握它的程序，否则就会出岔子。

我喜欢古诗词，听了刘序老师的课以后更有兴趣了。一天晚上走过主楼的小夹道，心里有点儿颤，忽发奇想趋了几句：“夜半独走幽路，心惧魍魉倾袭。忽闻紫藤盛开，霎时云淡风轻。”我立即发给老师，先生看后回信说：“有想法，可以用《西江月》的格律。”于是我按照六六七六的格式把第三、四句改为：“忽入紫藤盛开处，霎时云淡风轻”，顿时自己都觉得有趣味了。

苏海陆（古典舞系四年级学生）：我学了几套把子，现在也能扎着靠进行表演。我体会最深的就是呼吸和动作之间的关系，如果吸与呼处理不当会极大地影响动作的美感和效果。另外在起霸与亮相时除了注意呼吸，脚后跟也要使上巧劲，使身体整个跟上。如果演员只注意外在的神态，没有瞬间的造型意识，这个亮相就瞎了。

我也认真地进行了思考，作为一个演员第一就是心里要有观众，一定要引领观众。第二是要表现艺术的个性，要有自己的一片天地。

秦天（古典舞系 2014 年毕业生）：我的突然开窍源于《溪皇庄》，扮演了主要人物花德雷。我突然明白了戏曲有相当大的包容性，就舞蹈本身来讲涉及的面太窄，单一性的演员是不会被社会包容接纳的。这是我第一次担任主角，一下子增加了我对艺术创作的勇气和自信。

刘晓晔（音乐剧系讲师）：我上学在中央戏剧学院，一直学斯坦尼体系，到了俄罗斯，看到他们的建筑，意识到他们的民族文化、民族传统跟我们完全不一样。作为一个中国演员一定要有民族文化修养的传统，于是我在 36 岁之后开始学习戏曲，并且把一些表演手法用在舞台上，我相信这一定是有益的。

史敏（古典舞系教授、敦煌舞科研室主任）：今天我很开心，开心的是同学们开始对艺术有了自己的认知和感知，尤其对于传统文化的这份热爱，真是了不得。1979 年 14 岁时，我参加了《丝路花雨》的演出，扮演反弹琵琶的天女，我觉得是历史赋予我的任务。民族要昌盛，一定不能让民族文化消亡。

庞丹（古典舞系副主任、教授、研究生导师）：看了这场演出，我感触很深，对于公选课常常是上完了也就淡忘了，《溪皇庄》的演出让我改变了一个观念，原来我们学舞蹈的学生在舞台上也能呈现出完整的戏曲表演，在有限的时间内能够达到这么丰富，这么完整，我们在教学中要进一步思考传统与现代的关系。

张军（古典舞系教授、敦煌舞教研室主任）：古典舞中强调的身韵是唐满城老师在戏曲的基础上提炼出的一些基本要素，是从元素训练入手。戏曲不同，它有唱、念、做、打。舞蹈选择的是元素，戏曲塑造的是人物。演戏首先要身临其境，体现的是一种艺术的综合性、虚拟性。通过《溪皇庄》的演出，我感

研讨会上各位老师讲话（从左到右分别是刘晓晔、张军、史敏、庞丹、刘序）

研讨会结束后合影留念

受到一个学与用、学与演的关系，这是我的身韵课教学研究的课题。

五个小时，大家谈的都是真话，“真”是发自内心地对传统文化的初步认识和体会，都是自己的切身体会；“真”是发自内心的紧迫感，是对教学设置的不足和对文化课缺失的遗憾与懊丧；“真”是发自对艺术理想的追求与自己将要步入社会的茫然与失落的恐怖与担心。让我最受感动的是学生们对艺术的热忱与真诚。作为旁观者，我看到了古典舞系领导和教师们的深度思考，也看到了作为指导老师刘序的辛苦和付出。

（三）

为什么我要把《三岔口》和《溪皇庄》连在一起呢？是因为我惊讶地发现刘序的改编和压缩依然是遵循了苦禅先生的原则，首先选择了可以充分体现演员特点的武戏，抓住主线和剧情，充分发挥舞蹈学院学生的优势，比如在“十美献艺”中，有芭蕾舞、民族舞及地方戏、丑角戏等轮回上场，在突出武戏技巧的同时增加了幽默感和时代感。令我慨然的是这两出戏的改编和演出竟相距 60 年！而改编的思路和方式方法却很统一——以写意的手法，以剧情为主线，创作出让观众能接受、让演员能发挥的戏来，而不是许多新编京剧的话剧加唱！从各方面看，可以说，这次演出的全过程，是一次成功的试验。但愿我们的年轻人能更多地投入到对传统艺术的研究继承中。祝愿舞蹈学院古典舞系的师生们能在继承、挖掘、探索的过程中排演出更有传统特色的节目！

注：

*《三岔口》，杨六郎部下焦赞打死奸臣谢廷芳被发配，六郎遣任堂惠暗中保护。焦赞住入刘利华夫妇开的三岔口客店。刘利华夫妇好义，欲搭救焦赞，此时任堂惠也来住店，引起刘利华的误解，待刘潜入任堂惠卧室后，双方暗中格斗。刘利华之妻又杀死解差，救出焦赞，解除误会，同赴三关为国效命。

此戏为武生、武丑、武旦、武花脸之武戏，以表演“摸黑”著称。

**《溪皇庄》，土豪花德雷与采花贼尹亮为伍，作案累累。彭鹏私访至溪皇庄被押于土牢，彭部下徐胜、刘芳与褚彪、贾亮等人，各携妻女乔装卖艺，趁花德雷做寿之日，混入庄内，擒住花德雷，救出彭鹏，其中有寿宴之上“十美献艺”，妙趣横生，与武打部分形成大反差，很有兴味。

2014 年 9 月 23 日

文学 · 情怀

情　怀

三十多年前，刚刚升入初中的我沉醉在对古典诗词欣赏的惬意之中，那颗幼稚单纯的心经常随着诵读的诗句起伏跌宕。在一个阴雨缠绵的傍晚，我偶然收听到介绍古诗词吟咏的广播节目。

“萋萋芳草忆王孙。柳外楼高空断魂。杜宇声声不忍闻。欲黄昏。雨打梨花深闭门。”这深沉委婉一波三涌的浅吟，顿时让我觉得这首非常熟悉的词仿佛从来没有读过似的。那意境，那情感，那抑扬的声调，淳古的韵味，听得我流下两行热泪。

听了播音员的介绍我才知道这是我慕名已久的文怀沙先生在吟咏。透过声音，一个带着幻想的扑朔迷离的文先生的形象植入了我的心中。

往事如烟，情随事迁。当我识得庐山真面目的时候已是商品经济大潮冲击

孙燕华、李燕与文怀沙（中）老人

的 90 年代了。希望和幻想永远闪烁着迷人的光彩，而一旦变成事实，往往令人失落，觉得不过如此。可当我第一次坐在这位 85 岁高龄的老人面前，听他时而娓娓述说，时而慷慨陈词的时候，我仿佛跟着这位老人步入他为我打开的更为开阔的大门，真可谓“烟销日出不见人，欸乃一声山水绿”。

文先生的欸乃之声是那样悦耳怡情，他超凡脱俗的见解给了我许多惊讶。然而在惊讶之余我体会到的是老人睿智的思想和追求真、善、美的心。长达两个多小时的谈话给我印象最深的是他对爱情和爱情诗的见解。

他说：“在商品社会里，爱更需要一往情深；商品讲等价交换，来而不往非礼也。一般的商人是等价交换。再有办法的商人是将本图利。最有办法的商人是一本万利。爱情不是。爱情是付出，是奉献，在捐躯中得到幸福。这才是最高的爱。”

他说：“‘红豆生南国，春来发几枝。愿君多采撷，此物最相思。’这诗写得多么温柔，多么含蓄，多么情真意切。如果用等价交换的观念，用同样的办法写出这样一首诗：‘爱人在天涯，真是美丽呀，因为他爱我，所以我爱他’，如果找爱人用工资挣多少元，有没有双缸洗衣机，有没有小车……这等于出卖自己！”

他说：“爱，就是要用志士仁人成仁取义的心去爱。蒲松龄说，‘披萝戴荔，三闾氏感而为骚’，披萝戴荔就是千丝攀藤，牵牵挂挂，就像蔓生植物一样，轮廓不分明，屈原描写‘山鬼’的感情就是披萝戴荔。”

他说：“‘山鬼’表现一个女鬼约他的情人来，他没有来。如果用商品经济的观念，她就会埋怨，我等你半天，为什么不来呀！我的时间也是要钱的，有这个时间还不如去卖牛仔裤呢！但这个鬼不是等价交换的山鬼，是个温柔的鬼，是个一往情深的鬼。他讲‘君思我兮不得闲’。我在想你，我很痛苦，但我能理解你。你一定有重要的原因没有来，你

不能来，那你想我一定更痛苦：我最大的痛苦不是想你而痛苦，而是因为我所爱的人因为想我而痛苦。我为你的痛苦而痛苦：这就是最伟大的爱情。”

“屈原就是用这样的爱来爱他的祖国和人民，”他说，“如果我们能用这样伟大的爱来爱我们的子女，爱我们的社会，爱我们的祖国和人民，那不是很多问题都解决了吗？”

在满耳“经商”“下海”“挣钱”的喧哗声中，在满眼“大款”“傍家儿”“小蜜”的穿梭之中，听了文老这一声重重的“欸乃”，难道你不感到是一种净化、是一种升腾吗？如果说 30 年前文老的吟咏让我体会了古典诗歌的“美”的话，那么 30 年后的这番话使我体会了个中的“真”与“善”。

当我告别文怀沙先生以后，一个祝愿在心头萌生：愿天下人能用成仁取义的心去爱！

1990 年

写于祭灶——纪念老舍先生108周年诞辰

我活了六十多岁，从来没有像今年——丙戌岁尾，这么盼望祭灶——腊月二十三的到来。倒不是盼着家里的灶王爷降吉祥给我，而是因为我有一件珍贵的礼物要奉献给老舍先生！

“我是腊月二十三日酉时，全北京的人，包括皇上和文武大臣，都在欢送灶王爷上天的时刻降生的呀！”——老舍《正红旗下》

清光绪二十四年祭灶的这一天，老舍先生出生了。谁能料到，这位降生在穷困的满族后裔家里的小儿子，能成为享誉海内外的人民艺术家呢！

手中这本《骆驼祥子画传》（人民文学出版社 2006 年 12 月出版）就是我要供奉给老舍先生 108 周年诞辰的厚礼！它，凝聚着我家两代人，凝聚着我们两家两代人的共同心血。

《骆驼祥子》是老舍先生 1936 年夏天开始创作的长篇小说。1936 年 9 月至 1937 年 10 月在《宇宙风》上连载，1939 年 3 月由人间书屋出版。这本书是老舍先生众多作品中最成功的一部。

我的父亲孙之儁先生一生曾三次为祥子作“画传”。他让“祥子”的生活变成了立体的视觉形象。

第一次完成于 1948 年 10 月，连续发表在当时的《平明日报》上（1948 年 10 月 7 日—1949 年 1 月 5 日）。后出单行本。

第二次完成于 1950 年 12 月，上、下集，由上海华东书店出版发行（1951 年 4 月）。

第三次开始创作于 1962 年，完成于“文化大革命”前夕，现已荡然无存。

这本重新再版的《骆驼祥子画传》，就是用上海华东书店的版本为依据，精心修整，重新编辑而成的。

父亲在“前记”中写道：“远在十年以前就开始试着给祥子作插画。”“这书中的主角究竟画像了没有呢？”“在今年春天和老舍先生晤谈时，他说：‘祥子没毛病，虎妞很合理想，刘四爷也不错’。”（附图一）

图一

老舍先生用他充满京味的简洁语言，肯定了父亲的创作。

经过几十年的跌宕起伏，当我踏破了不知多少双“铁鞋”，终于寻觅回一套 1951 年版的《骆驼祥子画传》以后，我便决心将它再版，将这本极具时代感的连环画重新介绍给年轻的读者。

要再版，少不了“再版前言”。请谁写？——老舍先生的哲嗣舒乙大哥！

很快，舒乙大哥的“再版前言”就发到了我的邮箱里。他的文风向来都是开门见山，真砍实凿，不说废话，不绕圈子。“一幅是一幅，真下功夫，讲究构图，讲究人物造型，讲究艺术美，每一幅都是用心创作的画作。”他的评价令我感动并给我极大的鼓舞，同时也给我提出了一个难题。

他说：“‘小人书’是一种重要的美术形式，是一块美术阵地，是文学和美术的联姻，看看《骆驼祥子画传》的成功就会颇有领悟。”“这便是再版它的启示，千万别小看了。”“当然也要‘与时俱进’……要有新面孔。”

一本创作于 70 年前的小说，一本创作于五十多年前的连环画，怎么才能有“新面孔”呢？

我在反复阅读原著，反复琢磨“画传”以后，逐渐找到了自己的定位。陈子昂有诗云：“前不见古人，后不见来者。”我套用其句：“前为了古人，后为了来者。”再版，就要尽可能地把前人的文化内涵搭接给后人。于是我确立了这样一个原则：立足原著，分析画传，诠释老北京风土人情，回闪深藏在脑海的真情记忆。使新版书在讲述一个“老”故事的同时，衍生出一些有关社会变迁、人事沧桑的“新”故事。我把新书的内容分为三个部分：第一部分，原汁原味地出版 1951 年版，含封面、封底。第二部分，我写了六万多字的随笔《对比·推想·赏析》，作为“解读”。第三部分，介绍收集画传的艰难过程。这样，一本薄薄的“小人书”就变成了带有人生阅历、北京民俗、语言探究、城市变迁等，具有延续性、广泛性和知识性的“新”书了。这样做虽然相当辛苦，但在完成的过程中颇有一番前所未有的乐趣和欣慰的成就感。

比如，老舍先生让祥子在从兵营里逃出之后遇到了三匹骆驼，而不是三匹马，三匹驴，这是为什么？因为北京西郊一带有明朝时迁来的山西移民，他们曾经有很长一段时间靠养骆驼从事经营运输发家致富。这是有史可查的。祥子与骆驼的缘分建基于老北京的生活。

又比如，老舍先生把故事的开头，祥子被军阀大兵裹了去，设定在“妙峰山开庙进香的时节”；故事的结尾“又到了朝顶进香的时节”。这种安排并不是突兀的，因为妙峰山的庙会曾是老北京百姓们心理和生活的重要时空标志。在老舍先生生动简练地描述了妙峰山的庙会后，收尾时重重地来了一笔：“乱世的热闹来自迷信，愚人的安慰只有自欺。”

我还“考证”出，祥子被孙侦探抢了之后，“不知不觉，他来到中海。到桥上……”这个桥应该是中海的蜈蚣桥。何以见得？我是根据父亲画的木制的直档栏杆桥的画面，对照着中海蜈蚣桥的照片得到印证，而这座早已拆掉的桥的遗照却是颇有奇缘地在中国书店旧书拍卖会上得到了。

《骆驼祥子》这本书共有 16 万字，可是描写人物衣着的相关文字仅有一千多。老舍先生惜墨如金，不必要时绝不做多余的渲染。这样对于画者来说创作的空间就很大。但是在老舍先生写实原则的框架里，衣着、场景、用具等必须非常符合时代，所以我父亲在“前记”中写道：“服装景物跟时代有着密切的关系，由于书上说‘北平’，便确定是民国十七年以后；由于出版年月，便确定是民国二十五年以前，自祥子买车到出卖阮明前后是四年的工夫，这四年便包括在 1928—1936 年这几年里，所以画面上一定不许可画出 1936 年以后的服装，但是可以画出 1920 的服装来。例如刘四爷庆寿来的客人可能穿 1921 年的斗篷”。为此，我专门写了一节《和谐的补充》，对于画面中的服装鞋帽、用具等做了详细的研究。

不仅服装用具，对故事中的地点，父亲也丝毫不错地给画了出来。

比如，祥子婚后第二天一早就溜达到天桥，心情很郁闷。怎么能让读者知道祥子是在天桥呢？父亲选了当时天桥的标志性建筑——四面钟。

清代，先农坛很大，1919 年在坛内靠西北处修建了一座纯欧洲风格，造型典雅的三层塔楼，因为四面有钟，所以被老百姓称为“四面钟”。1926年先农坛外墙拆除，辟出街道，“四面钟”也被排除到内墙以外，周边逐渐盖起了民房，塔楼也就混入了天桥地界。（附图二）这幅画面为后人留下了珍贵的形象史料。

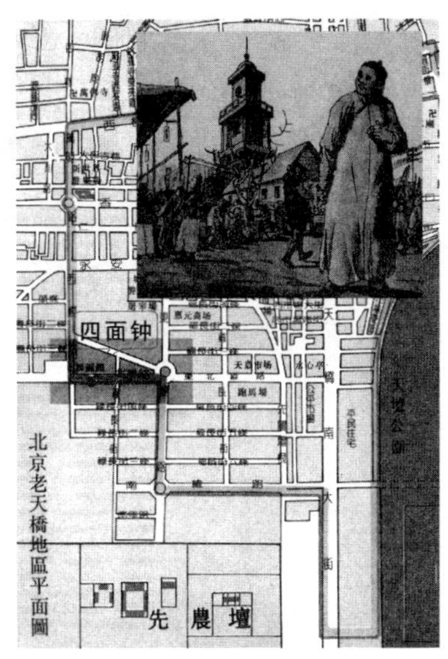

图二

在祥子与矮个子拉车出西直门这一幅中，一出西直门马路便往左拐，为什么呢？如果你仔细看看当年西直门的平面图就会明白，西直门瓮城的城门设在南边城墙上，所以过了西直门城楼就得往南拐，画面上马路拐向左边就真实而准确了。（附图三）

在老舍先生的笔端，总是离不开农历的各种节气、庙会和节日。因此，他笔下的人物自然而然地带有浓烈的生活气息。祥子被孙侦探抢钱的这一节，老舍先生就设定在祭灶这一天。“七点以后，铺户与人家开始祭灶，香光炮影之中夹杂着密密的小雪，热闹中带有点阴森的气象。街上的人都显出有点惊急的样子，步行的，坐车的，都急于回家祭神，可是地上湿滑，又不敢放开步走。”寥寥数语，生动而真切。

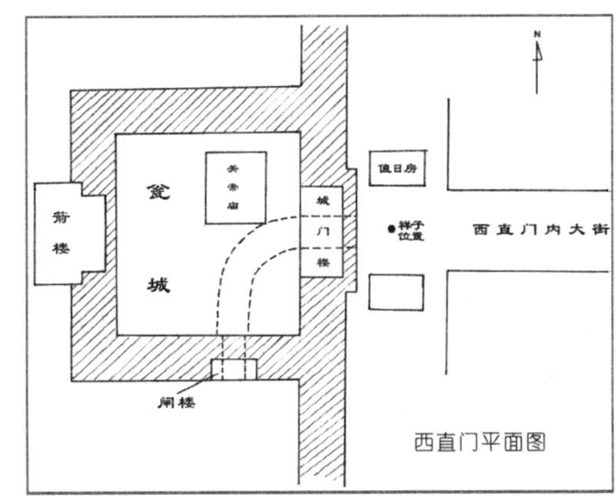

图三

图四

祭灶就是祭灶王爷。灶王爷姓什么现在有多种版本，但他的作用却是十分明确。简而言之就是“上天言好事，回宫降吉祥”。据说这位粘贴在灶台上的灶神专门监督人间的善恶，每年腊月二十四便去朝奏玉皇大帝，所以腊月二十三的晚上家家都要送灶神上天。为了不让说自己家的不是，就用江米或麦芽做成的糖来粘住他的嘴。看来祭灶具有某种“自律”的含义吧！写到这里，不由得想到，近些年来，民族的、传统的习俗和节日迅速地被淡化，过洋节成了一种时尚。伴随着这种倾向，民族节日和习俗的文化内涵也迅速地被淡化，自古以来的美德和伦理观念也严重失范、滑坡。设想今年，如果我们家家祭灶，恐怕有很多国人就难以让他家的灶神替他“言好事”了。那些行贿、受贿、买官、卖官、赌博、嫖娼，甚至杀人越货的……这些人家的灶王爷向玉帝汇报什么呢？！恐怕塞满糖瓜也堵不严灶王爷直言不讳的嘴！自然回宫也难降吉祥啦！

在祭灶的日子里，我们怀念老舍。如果老舍先生在世，面对这种文化、道德大滑坡的局面，他一定会大声疾呼：“有文化的自由生存，才有历史的繁荣与延续——人存而文化亡，必系奴隶！”（《大地龙蛇·序》）

为了留个纪念，我请舒乙大哥在新书的扉页上签个名。在我收到他寄回的“画传”时，竟然看到这样几行字：“叫作《画传解读》，其实应该叫作心血；时间长了，由笔尖滴出的是血和汗……谢谢燕华的呕心沥血。舒乙，2007 年 1 月 25 日。”当我把这几句话读给先生李燕时，两行热泪不禁流了下来。

2007 年

不能跌破的道德底线

——纪念《骆驼祥子》发表80周年

1936 年 9 月至 1937 年 10 月上海的《宇宙风》杂志连载了一部小说《骆驼祥子》，作者老舍。中国人讲究吉利，老年间叫祥子、福子、顺子的多了去了，但是绝大多数人都没出名，唯有这位有名无姓的“骆驼祥子”出了名。

老舍先生说，小说创作的核心是人物。《骆驼祥子》之所以能成为名著，根本原因就是老舍先生写出了一个生活在社会底层，有血有肉，有爱有恨，有挣扎有妥协，既真实地存在于社会之中，又能让读者心中认可的车夫形象。

骆驼祥子 18 岁来到北平，是一个淳朴、善良、勤快、诚实的农村小伙。他是逐渐沉沦的，在每一次沉沦的旋涡中都有一番挣扎，然而，最终成了失败者。对这样一个过程老舍先生处理得有层次，有故事，合情合理。保护了曹先

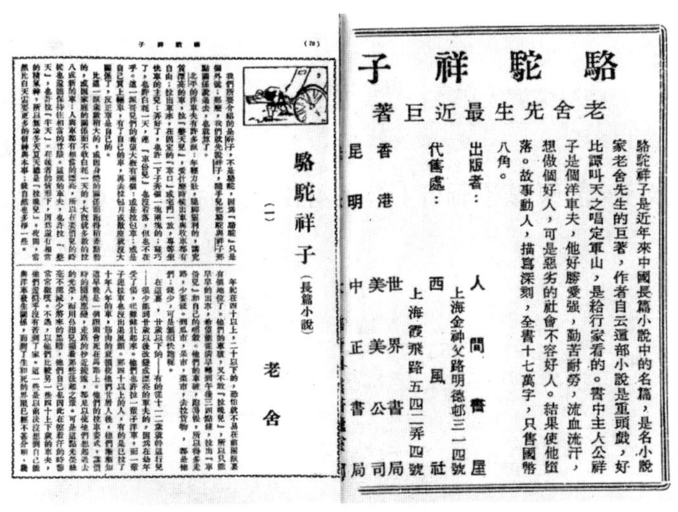

駱駝祥子（長篇小說）

（一）

老舍

駱駝祥子

老舍先生最近巨著

駱駝祥子是近年來中國長篇小說中的名篇，是名小說家老舍先生的巨著，作者自云這部小說是重頭戲，好比譚叫天之唱定軍山，是給行家看的。書中主人公祥子是個洋車夫，他好勝要強，勤苦耐勞，流血流汗，想做個好人，可是惡劣的社會不容好人。結果使他墮落。故事動人，描寫深刻，全書十七萬字，只售國幣八角。

出版者：人間書屋 上海金神父路明德邨三一四號

代售處：西風社 上海霞飛路五四二弄四號

香港 世界書局 美美公司

昆明 中正書局

1936 年 9 月—1937 年 10 月

《宇宙风》杂志连载《骆驼祥子》

生，自己的钱却被孙侦探抢了之后，祥子跳到邻院。躺在车夫老程小屋的地上，睡不着，他觉得冤，想跳回曹家拿几件东西以补偿自己的损失，理由是“为曹宅的事丢了钱，再由曹宅给赔上，不是正合适么？”。祥子都“已经坐起来了，又急忙地躺下，心中跳了起来”，“不，不能当贼！穷死，不偷！”“可怎么知道别人不偷呢？”“别人去偷，偷吧，自己的良心无愧。”

在“偷”与“不偷”的矛盾中，祥子挣扎着。老舍先生用他“坐起来”到“又急忙躺下”的动态显示出人物心理的快速变化。可在祥子稍稍平复以后，又想到：高妈知道他到老程这儿来了，如果万一丢了东西，他就是最大的嫌疑，“是他也得是他，不是他也得是他”！祥子陷入一种不但自己不肯去偷，反而怕别人去偷了，自己“洗不清”的紧张之中。他“又坐起来，弓着腿坐着，头很沉”。这一回他坐起来，不但没有急忙躺下，反而到了“又不敢睡的地步”。此时的他不但不想去偷，反而把曹家万一失窃的责任都背到了自己身上。怎么办？老舍先生以自己的“内存”：“害人之心不可有，防人之心不可无”的生存逻辑，为他找到了一个办法：祥子把老程从睡梦中叫醒，让他看看，“这是我的铺盖，这是我的衣裳，这是曹先生给的五块钱”；“我没拿曹家的一草一木！”这是以祥子的智商能想出来的唯一办法，让老程证明他是清白的。

祥子是文盲，书中写到他发现“人和车厂”的“人”字变成了“仁”字，不认识，就知道“模样”变了。大字不识的祥子为什么存有“决不能偷”的道德底线呢？此时的他，心中存在两个圣人：一位是遥远的孔圣人，再一个就是近在咫尺的曹先生。书中第七节是这样描写的：“他心中的体面人物，除了黄天霸，就得算是那位孔圣人。他莫名其妙，孔圣人到底是什么样的

《骆驼祥子画传》中祥子的结尾

人物，不过据说是认识许多的字，还挺讲道理。”“只有曹先生既认识字，又讲理，而且曹太太也是规矩的得人心。所以曹先生必是孔圣人；假若祥子想不起孔圣人是什么模样，那就必定应当像曹先生，不管孔圣人愿不愿意。”遥远的孔圣人控制着他的精神世界，身边的曹先生约束着他的举止行为。这两位标杆式的人物在理念和现实中维系着骆驼祥子的道德底线。

这条道德的底线说坚固也坚固，古代有“不食嗟来之食”“坐怀不乱”“不为五斗米折腰”等先例；但是说脆弱也脆弱，甚至脆弱到不堪一击的程度。在不断地受到挫折，看不到生活希望的时候，祥子从底线跌落了下去。他开始坑蒙拐骗，偷奸耍滑，吃喝嫖赌……从“决不能偷”滑到“能偷就偷，能骗就骗”“有便宜不占是王八蛋”的逻辑中，而且非常迅速可怕！什么“正派善良”“不能有污点儿”，什么“找到小福子俩人重新开始生活”的希望……统统地抛到脑后，祥子已经活到了不需要任何尊严的地步……

老舍先生认为，所谓文化就是一个国家、一个民族的“古往今来的精神与物质的生活方式”。当祥子跌破了道德底线之后，瞬间失去了精神的支撑，他心中再没有圣人的约束与呼唤，只有为个人生存的贪婪和下流。

老舍先生写的是个车夫的命运，但是祥子的蜕化过程却很有研究的价值。经过 80 年的变迁，老百姓的生存方式已经发生了根本性的变化：当年的车夫们早已甩掉洋车开上了汽车；董事长、总经理各种老板，早已取代了当时鳌里夺尊的刘四爷……但是正义邪恶与善良狡猾依然在道德底线两侧同时并存，相互争斗。我们看到不同层面的人群存在着不同的“祥子”，当他们在跌破道德底线之后，似乎着了魔似的以各种手段满足私欲，追逐着名利：“博导”可以做假，“院士头衔”可以购买，公款可以挪为已用，甚至戴上个面罩就去砸金店、建个网站就骗钱……招数可比当年的祥子多多了，他们绝不会徘徊在“偷”与“不偷”的纠结之中，他们不但不怕“污点沾身”，反而会为自己恶劣的行径与技巧的高超四处炫耀。在这种亮财炫富、金钱至上的物质生活方式中，古往今来的精神哪里去了呢？！

老舍对社会、对人生有着清醒的认识，通过对阮明与祥子蜕变的不同心理阐明了他的看法：

阮明为钱，出卖思想；祥子为钱，接受思想。阮明知道，遇必要

> 的时候，可以牺牲了祥子。祥子并没作过这样的打算，可是到时候就这么做了——出卖了阮明。为金钱而工作的，怕遇到更多的金钱；忠诚不立在金钱上。阮明相信自己的思想，以思想的激烈原谅自己一切的恶劣行为。祥子听着阮明所说的，十分有理，可是看阮明的享受也十分羡慕——'我要有更多的钱，我也会快乐几天！跟姓阮的一样！'金钱降低了阮明的人格，金钱闪花了祥子的眼睛。他把阮明卖了 60 块钱。阮明要的是群众的力量，祥子要的是更多的——像阮明那样的——享受。

站在金钱面前，多少人都是打了败仗的！这就是在当今，反腐倡廉的现实意义。那些被法办的贪官污吏其实都是在金钱和权力面前投降而堕落的阮明与祥子们。如果我们仅仅把《骆驼祥子》视为京味文化的代表，仅仅看作是祥子与虎妞的爱情悲剧，或者单纯地理解为是一部以车夫为代表的劳动人民命运的小说，那真是没有看懂老舍先生。

在小说的最后一节，老舍先生呼应着书的开头，把时间又设置到了妙峰山朝顶进香的时节。在描写了庙会的各种色彩之后，他用浓重的一笔向人们发出了警醒的一拍："乱世的热闹来自迷信，愚人的安慰只有自欺。"因迷信而掀起的热闹，造成了大多数愚人自欺的安慰，这是多么深刻的概述啊！

我的父亲孙之儁先生在《骆驼祥子》"出世"大约四五年后即开始琢磨为它立"画传"，一生三次画祥子，第一次出版为 1948 年，第二次出版为 1951 年，第三次创作为 1962 年。最后一次的创作是在与老舍先生商议之后，为外文版《骆驼祥子》做插图而画的。父亲又背上照相机、速写本，在前门、新街口、西单、南池子去实地观察、取景。第三次画稿完全采用的是铅笔素描，很写实，非常精致而严肃。可惜这份厚厚的画稿因"文化大革命"而丧失。那时候我已经 17 岁了，一直在父亲旁边看他画，留下了深刻的印象，至今历历在目。父亲一生始终关注社会底层，关注民众疾苦，这也是他三次画车夫"祥子"，三次画"乞丐武训"办义学的原因。

从 80 年前骆驼祥子的出生，到如今他已经成为世界级的名人。在这本书中老舍先生不但为我们留下了丰厚的文化财富，也为我们留下了深刻的反思。

写到最后我还想说明一点：在第二版《骆驼祥子画传》的结尾处孙之儁先

生给了祥子一个光明的结尾：曹先生介绍他去参加革命。这样的大结局有两个原因。第一，1942 年我父亲在沦陷区北平接待八路军一二九师派来的共产党地下党员为收集情报做协助工作。1945 年华北局城工部刘仁同志接见他以后革命热情高涨，至 1949 年前，一直为解放北平收集传递情报，因此当时的他认为，让祥子投身革命应该是最好的出路。第二，由于 20 世纪 50 年代初，老舍先生担任了北京市文联的领导，当时“劳动人民反映意见：‘照书中所说的我们就太苦了，太没希望了’！”老舍先生表示：“我可是没有给他们找到出路；他们痛苦的活着，委屈的死去。”“这使我非常惭愧”。

我推想，画传出版于 1951 年，父亲所改的这个结尾，应该是得到了老舍先生同意的。新中国成立初期刚刚回到新中国的老舍当然是要为文化事业的发展竭尽全力了！

以上的追述是对两位前辈的交代，也是对广大读者的交代。

2016 年 6 月

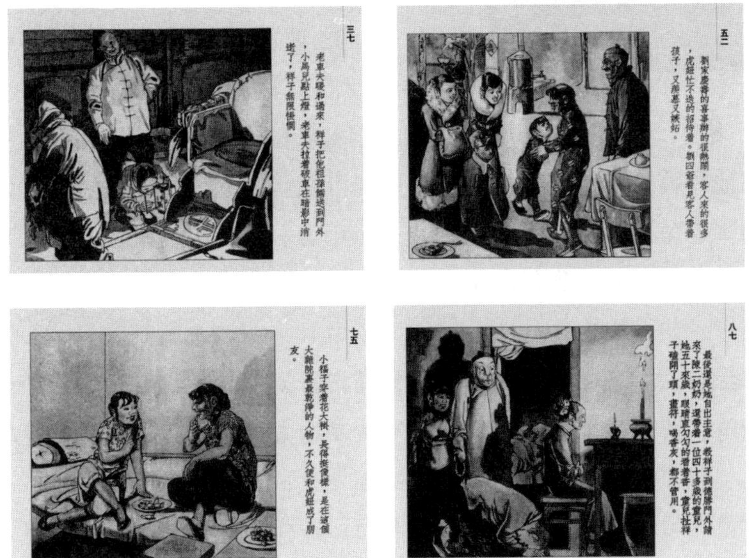

1951年孙之儁所绘《骆驼祥子画传》并由上海华东书店印行

浅析老舍的语言

老舍先生（1899—1966年）

语言是文化的重要载体，即使不识字的人也得说话不是？北京的语言是最丰富、最深刻、最俏皮、最泼辣的汉语之一，这和六朝古都的历史渊源有关，更与这里是多民族聚集的区域有关。近现代北京又是各种思潮、各种势力、各种政商界人物，你方唱罢我登场的舞台，因此语言之丰富难以概论。

老舍先生就出生在这座古城，经历了由帝王之都变为共和国首都的过程，社会的变革既调整着他的人生步伐，也开阔着他观察社会的视角，当然更触及他的心灵，这一切在他的脑中存储、发酵，产生了如万花筒般的变化和光彩，酝酿成为人们公认的“老舍语言”。有句歌词，“千年等一回”，这可不是人人都能赶上的过程。再说了，即使您赶上了，没有老舍的才华和功力也白搭。

一、老舍的语言，犹如他在刻画《骆驼祥子》中曹宅女佣高妈说话一样：“永远把事情与感情都掺合起来，显得既复杂又动人。”请读这段车夫老马出场：

门外的人进来了，也是个拉车的。看样子已有五十多岁，穿着件短不够短，长不够长，莲蓬篓儿似的棉袄，襟上肘上已都露了棉花。脸似乎有许多日子没洗过，看不出肉色，只有两个耳朵冻得通红，红得像要落下来的果子。惨白的头发在一顶破小帽下杂乱地髭髭着；

> 眉上，短须上，都挂着些冰珠。一进来，摸住条板凳便坐下了，挣扎着说了句："沏一壶。"
>
> 这个茶馆一向是包月车夫的聚处，像这个老车夫，在平日，是决不会进来的。
>
> 大家看着他，都好像感到比刚才所说的更加深刻的一点什么意思，谁也不想再开口。在平日，总会有一两个不很懂事的少年，找几句俏皮话来拿这样的茶客取取笑，今天没有一个出声的。
>
> 这时候，老者的干草似的灰发，脸上的泥，炭条似的手，和那个破帽头与棉袄，都像发着点纯洁的光，如同破庙里的神像似的，虽然破碎，依然尊严。

车夫老马是社会底层的人，他们的生存既有必要，又似乎毫无价值，有他们吧，显出了社会的多层面，给那些有善心的人一个施舍的机会；没有他们吧，芸芸众生也不会有什么失落感。但是，他们是人，是有尊严的人！老舍先生了解他们，爱他们。这段文字绝对是把作者对人物的感情和语言描述"掺合起来，既复杂，又动人"的典型，读起来令人压抑而感动。尤其是那句"今天没有一个出声的"，刻画了车夫老马的出现，以及伴随他的一切沧桑，对尚在中青年的车夫们内心深处的触动。这种简练的深刻，如果不是对所写的人物群体极为熟悉很难达到，"没有一个出声的"，犹如戏剧中的"静场"，产生了"此时无声胜有声"的效果。

我在房管局下放劳动的时候，组里就有这样一位老师傅，姓白，瓦匠，没文化，但是他生活得很真实，有技术，干起活儿来丁是丁，卯是卯，从不偷奸耍滑。由于家里负担重，虽然是五级工，在当时每月就拿七八十块钱，应该算不少了，仍是捉襟见肘。平时只抽烟叶，四季就两身衣裳，灰不拉儿，说不上样式，一双手已经很粗糙，胡子灰白，支支棱棱……但是他，说话和气，有条不紊，对活儿的计划性很强。我跟着他，给他当小工，供泥递砖。就在"文化大革命"初期"横扫一切牛鬼蛇神"的风暴中，他也总是笑眯眯地和我这个"反革命子女"说话。我知道，他是可以信赖的。在我的心里，他就是"发着点纯洁的光，如同破庙里的神像似的，虽然破碎，依然尊严"的人！在那个"把颠倒的世界，颠倒过来"的疯狂中，他居然心中有个定力，有个真章，不是神，是什么？

六朝古都的文化，融合了一代代的老百姓，“依然尊严”的人并不少见，他们规矩，通情达理，有自己的理念，是老北京百姓们的中坚。如果一个写者误以为“车船店脚衙，不死也该杀”，就可以刻画老北京人的群象，那是大错特错了，作为数百年的帝都所积累起来的传统文化，其厚重绝非以要几句片儿汤话，抓一两个特型人物就能写成功的。

二、老舍的语言是为刻画人物服务的，对人物的言行举止和心理活动，无论是客观描述，还是说话的口气、用词，无不坚持着现实主义的写作风格。

老舍笔下写“企业家”不多，《茶馆》里的秦二爷是一位，《骆驼祥子》中的刘四爷是一位。秦二爷是家底盈实，一心想以实业救国的改革者，所以他满怀希望，大刀阔斧，要学着西方开工厂。他要办“顶大顶大的工厂！那才救得了穷人，那才能抵制外货，那才能救国！”。他的救国，要有大作为，所以他不在乎眼前的穷人，甚至蔑视“给穷人一碗面吃”的常四爷。

秦二爷的台词，既符合他的身份、理想和心气，又符合社会的发展形态。他，说不出小刘麻子要创办的“托拉斯”，那是比“大工厂”更进一步的联合企业。实业救国是秦二爷时代有识之士的良好愿望，有成功的，如荣毅仁家族；更多的则是失败者，如秦二爷。因为他们斗不过官僚资产阶级，抗不过实力雄厚的外国侵略者和那群左右逢源的买办阶层，最后以“逆产充公”告吹。

在老舍笔下，刘四爷却是个很成功的人物，无论是细节处理，还是一带而过的地方，都凸显出了人物的个性和时代性。

刘四爷没有那么大的抱负，严格来讲，他的那点儿资产顶多算个中小业主，既不是工厂主，也不是实业家，但是他在老舍笔下却是具有革新手段，适应社会发展的人物。

书中说：

人和的老板刘四爷是已快七十岁的人了；人老，心可不老实。年轻的时候他当过库兵，设过赌场，买卖过人口，放过阎王账。干这些营生所应有的资格与本领——力气、心路、手段、交际、字号等等——刘四爷都有。在前清的时候，打过群架，抢过良家妇女，跪过铁索。

跪上铁索，刘四并没皱一皱眉，没说一个饶命。官司教他硬挺了过来，这叫作“字号”。出了狱，恰巧入了民国，巡警的势力越来越大，刘四爷看出地面上的英雄已成了过去的事儿，即使黄天霸再世也不会有多少机会了。他开了个洋车厂子。土混混出身，他晓得怎样对付穷人，什么时候该紧一把儿，哪里该松一步儿，他有善于调动的天才。车夫们没有敢跟他耍骨头的。他一瞪眼，和他哈哈一笑，能把人弄得迷迷糊糊的，仿佛一脚登在天堂，一脚登在地狱，只好听他摆弄。到现在，他有六十多辆车，至坏的也是七八成新的，他不存破车。车租，他的比别家的大，可是到三节他比别家多放着两天的份儿。人和厂有地方住，拉他的车的光棍儿，都可以白住——可是得交上车份儿，交不上账而和他苦腻的，他扣下铺盖，把人当个破水壶似的扔出门外。大家若是有个急事急病，只须告诉他一声，他不含糊，水里火里他都热心的帮忙，这叫作“字号”。

这段文字不但写了人，而且透过这个人所干过的事儿，深刻反映了从清末到民初社会的变迁，因此刘四爷和他的人和车厂必须与时俱进，否则就得破产，书中写道：

刘四爷打外，虎妞打内，父女把人和车厂治理得铁筒一般。人和厂成了洋车界的权威，刘家父女的办法常常在车夫与车主的口上，如读书人的引经据典。

精练的语言简洁准确地告诉了读者，刘四爷前半辈子是怎么混过来的，以他“看出地面上的英雄已成了过去的事儿”高度概括出他对社会的适应能力，于是“他开了个洋车厂子”，而这父女俩竟能纂出一套管理制度，至于什么制度，书中并未说明。但是一句“如读书人的引经据典”就足够了。能当“经典”的必定带有存在的合理性。其实老舍先生是以叙述的方式清晰地交代了刘四爷管理车厂的制度：他不存破车。破车得时不时地维修，不合算。车租，他的比别家的高，车租高是因为他的车新，车夫愿意拉，客人们也愿意坐干净的新车不是？三节他比别家多放着两天的份儿。三节（端午节、中秋节、春节），是重要的节日，走亲访友的多，刘四爷在此时比别家多放两天份儿，也就是说少收两天的车份儿钱，那谁不乐意呢？人和厂有地方白住，有宿舍，提供住处，省了房租钱，这可是难得的。交不上账而和他苦腻的，扣下铺盖，把人当个破水壶似的扔出门外。刘四爷决不开欠车份儿的先例，严格。大家若是有个急事急病，他不含糊，都热心地帮忙。这种义气让车夫们感到一丝温暖。如果把这几条按现在行文的方式发在网上，大概也会吸引不少北漂儿，相当于招聘广告了。

在刻画人物、叙述情节的过程中，能准确地简练地使用语言并不是一件容易的事儿，用得不对就会让人感到时空错位，不真实。现在的很多影视剧中人物的对话，完全不符合时代，大大地削弱了感染力，由于老舍先生对人物的刻画、情节的交代坚持着现实主义的方法，所以处处显得流畅、合理、生动而真实。

三、在平淡或慢慢地渲染中，老舍先生会突然写出几句击中要害富有哲理的话，深刻而犀利，不但读起来精彩叫绝，而且如黄钟大吕触及心灵，引人深思。

年轻的时候血气方刚，尤其是大量阅读了如《钢铁是怎样炼成的》《把一切献给党》等革命文学，认为最有战斗气息的作家就是鲁迅先生，他的“横眉冷对千夫指，俯首甘为孺子牛”，每每成为我们的座右铭。

而对老舍先生的著作却被“京味儿”遮住了，读他的小说往往注重情节，始终没认真体会其内涵。近些年由于我整理父亲孙之儁的作品《骆驼祥子画传》，反复地读了这部小说，并且涉猎到老舍先生的其他著作，对老人家在使用极普通的叙事式的语言中，阐述出内涵非常深刻、富有哲理的文字所深深地打动，读者如果没有对生活的深刻理解和阅历很难体会到这一点。

> 秧歌，狮子，开路，五虎棍，和其他各样的会，都陆续地往山上去。敲着锣鼓，挑着箱笼，打着杏黄旗，一当儿跟着一当儿，给全城一些异常的激动，给人们一些渺茫而又亲切的感触，给空气中留下些声响与埃尘。赴会的，看会的，都感到一些热情、虔诚，与兴奋。乱世的热闹来自迷信，愚人的安慰只有自欺。这些色彩，这些声音，

满天的晴云，一街的尘土，教人们有了精神，有了事做：上山的上山，逛庙的逛庙，看花的看花……至不济的还可以在街旁看看热闹，念两声佛。

这段文字选自《骆驼祥子》结尾部分，本来是描述妙峰山朝顶进香的热闹，当读者正被老舍所描写庙会的热闹所吸引的时候，一句“乱世的热闹来自迷信，愚人的安慰只有自欺”却重重地敲击了读者的心灵，道出了老舍先生对社会清醒的认识，“乱世”“愚人”“迷信”“自欺”，太深刻了！一串冷峻的音符，犹如一位饱经沧桑的作曲家，敲击着冰冷的琴键，随之哼着即兴的挽歌。

如果说，鲁迅是高举风驰电掣大旗的斗士，慷慨陈词；那么老舍则是漫长旅途中歇脚的哲人，徐徐道来。

老舍的敏锐是离不开生活的：

他提醒你说：

生活是种律动，须有光有影，有左有右，有晴有雨；滋味就含在这变而不猛的曲折里。微微暗些，然后再明起来，则暗得有趣，而明乃更明；且至明过了度，忽然烧断，如百烛电灯泡然。（摘自《北平的初夏》）

老舍的概括和归纳是站在文化高度上的。

他会叹口气轻轻地说：

自慰的话是苦的，外面包了层糖。（摘自《老年的浪漫》）

他点着你的额头会告诉你：

有钱，天下已没有可悲的事；欲望容易满足，也就无从狂喜。（摘自《阳光》）

他会轻敲着桌面说：

用绘画来表现思想，是漫画的最大功绩。漫画是民主政治的好朋友。在一个使大家莫谈国事的国家中，恐怕连漫画也不会有生命了。（摘自《漫画》）

《黑白》原载 1936 年 5 月 21 日《实报》半月刊

他会如醉如痴地告诉你：

北平是我的老家，一想起这两个字就立刻有几百尺“故都景象”在心中开映。啊！我看见了北平，马上有了个“人”。我不认识他，可是在我二十岁至二十五岁之间我几乎天天看见他。他永远使我羡慕他的气度与服装，而且时时发现他的小小变化：这一天他提着条很讲究的手杖，那一天他骑上自行车——稳稳地溜着马路边儿，永远碰不了行人，也好似永远走不到目的地，太稳，稳得几乎像凡事在他身上都是一种生活趣味的展示。（摘自《我怎样写〈离婚〉》）

最令人心碎的是老舍为小福子写的那几句话：

死是最简单容易的事，活着已经在地狱里。她不怕死，可也不想死，因为她要做些比死更勇敢、更伟大的事。

自己早晚是一死，但须死一个而救活了俩！

一语成谶，老舍先生在太平湖边沉思的时候，应该会想到，自己早晚是一死，但须死一个而救活……

2018 年 12 月 6 日

柳家大院的文明人

《柳家大院》是老舍先生笔下芸芸众生住的一个大杂院。院里住的人家儿不少，但先生只写了三家：“我”和“老王”是自封为最“文明”的两家，另一家是车夫张二。故事是以老王的儿媳妇上吊的原因、过程和结果进行的，情节并不复杂，但是文笔却十分犀利，遣词造句生猛火辣，两三句话就把人物勾勒出来，不管你是喜欢还是讨厌，他们总在你眼前晃。

老王是给洋人修草皮的花匠，“事事他老学那些‘文明’人”。“他闹气，不为别的，专为学学‘文明’人的派头。”“在洋人家里剪草皮的时候，洋人要是跟他过一句半句的话，他能把尾巴摆动三天三夜。”为了料理儿媳妇的丧事，“他给洋人跪下了，要了一百块钱”，其中五十是要由工钱里扣。

老王不但以洋人为自己的“文明”标签，还全盘继承了中国封建礼教的“文明”：“他要做足了当公公的气派。他的老伴不是死了吗，他想把婆婆给儿媳妇的折磨也由他承办。”他让儿子打媳妇，“往死了打！”

老舍先生以“文明”二字贴在老王身上却写足了他崇洋媚外的德行，也交代了他施展封建家长权威的狠毒，所以“文明”二字必须加上引号。

中华民国推翻了皇上，但是没有扫净皇权的阴霾；西方列强的侵入又迫生出一群摇尾乞怜的洋奴。

至于“我”和“张二”，是这出命案戏中的“硬里子”。硬里子，本指艺术水平很高，却常扮演配角的京剧老生演员，是借喻有本领、有作为，却不显露出来的人。因为说的是老王家的事儿，所以“我”只能当配角儿。但是只有“我”和“张二嫂”，从两个不同的角度对小媳妇表示了同情，可是，不但没有帮她伸张了正义，反倒让她更觉得委屈，而选择了上吊。

小媳妇的自杀并没有给这些毫无生路的人启示点儿什么，故事的结尾反倒是房东把张二一家撵走了。“我”在看着哪，“看二妞能卖多少钱，看小王又要娶个什么样的媳妇。什么事呢！‘文明’是孙子，还是那句！”

老舍以第一人称写小说最有影响的是《我这一辈子》，但是那个“我”和这个“我”不同。本文中的“我”是由卖过酸枣、落花生的小摊贩，由于有点“文明”，变身能在街上摆卦摊的算命先生。这个身份使得本文中的“我”，冷眼看世界，且点评有道。在行文时作者不必考虑叙事时的角度，一切爱憎和行动都在“我”里头呢！全篇酣畅淋漓，读者的情绪被笼罩在“我”的见解里！

谢培林先生多年研读老舍的作品，对先生的理解很到位，他选择《柳家大院》作为连环画创作的题材，可以说是别有深意。思想认识的惯性，总是控制和浸染着人们的心灵，很难超脱。文学就是人学，作品人性中阴暗的一面，应当使我们不断地清醒地审视自身的错误和不足，这应该是谢先生的目的吧！

2019 年夏月

注：本文为连环画《柳家大院》所写前言。

《柳家大院连环画》

略谈《小品文和漫画》

陈望道先生近两年“火了”。他是第一位把《共产党宣言》译为中文的学者、作家。无论是在纪念马克思的活动中，还是在庆祝中华人民共和国70周年的各种回忆文章中，都会溯源至马克思主义传到中国的历史，常常会提到陈望道先生，他本人的经历，成就和贡献频繁见于报端。

20年前，为整理我父亲孙之儁先生的漫画，曾广泛寻觅于报国寺、潘家园等旧书报摊。上天有意助我，竟让我得到一本陈望道先生主编的《小品文和漫画》。这是1935年3月，由上海生活书店发行的，书中收集58位当时活跃文坛作者的短文。分列题目归为：（一）谈小品文；（二）谈漫画；（三）二者兼有的。名家郁达夫的《小品文杂感》、鲁迅的《漫谈〈漫画〉》丰子恺的《我的画具》、黄苗子的《我的漫画理论》以及叶圣陶、许幸之、唐弢、茅盾等等大家均列其中，颇显出当时社会对小品文与漫画的关注。近期对陈望道先生的关注，使我又反复地读了这本小书，颇有感想，略谈几句。

择选出两段话我们来体会一下作者们的看法和主张。

> “小品文”的作者写一篇“小品文”是在那里说自家所要说的话，每个作者都是如此；但究竟谁的写得对，谁的写得好呢？这是要用作者对社会，对人生认识的深度来说明的。我想，一个好的作者，他一定是：说多数人可懂的话。说有益于大多数人的话。我对小品文的意见如此。我对于漫画的意见和对小品文的意见一个样，敢于说明事实表现真理的都是好的。（选自《小品文和漫画》作者万迪鹤）

作者肯定地说“敢于说明事实表现真理的都是好的”，我们选出1935前后发表的好的漫画供读者品味。

他认为无论小品文还是漫画都是“作者对社会、对人生认识的深度来说明的”，“说多数人可懂的话。说有益于大多数人的话”。

请看发表于同时期漫画作品，就可以理解当时社会的大多数人想说什么，社会事实又是什么，作者追求的真理是什么了。

朱门酒肉臭，路有冻死骨。当帝国主义列强分割我国为半殖民地国家后，老百姓的灾难更深重了。最下层的穷苦百姓靠乞讨为生；既使有招考报名的可能也是机会极少，最触及人心的是社会上的“拍马吹牛”的风气和“莫谈国是”的限令。这样的漫画当然如同小品文一样主题明确，战斗力强。

图书《小品文和漫画》，陈望道主编

《招考一名职员》发表于 1935 年 5 月 28 日 第 1249 期 2 版《北洋画报》

《环列》 发表于 1936 年 4 月 6 日天津《益世报》

《时代画题之一》《时代画题之二》原载 1936 年 3 月 22 日《晴雨》第 4 期

对漫画胡风先生说，它“也是一种认识形式”，要表现“人间关系”，而且要放大这种人间关系，使它带有更大的普及性和代表性。

> 大概地说来，杂文（杂感），随笔漫谈，读书记等是文艺性的论文，从理论的侧面反映社会现象，而速写、风俗志，游记等是文艺性的记事，由形象的侧面来传达或暗示对于社会现象的批判。
>
> 我觉得漫画也是一种认识形式，要表现出作者所看到的人间关系。而且是放大地表出他所看到的人间关系。漫画底独特功用未必不是在这里么？一个孤立的平面的现象，至少我是看不出它底内容来的。
>
> （黑点是作者在原文中加的，
>
> 选自《略谈＜小品文＞与漫画》作者胡风）

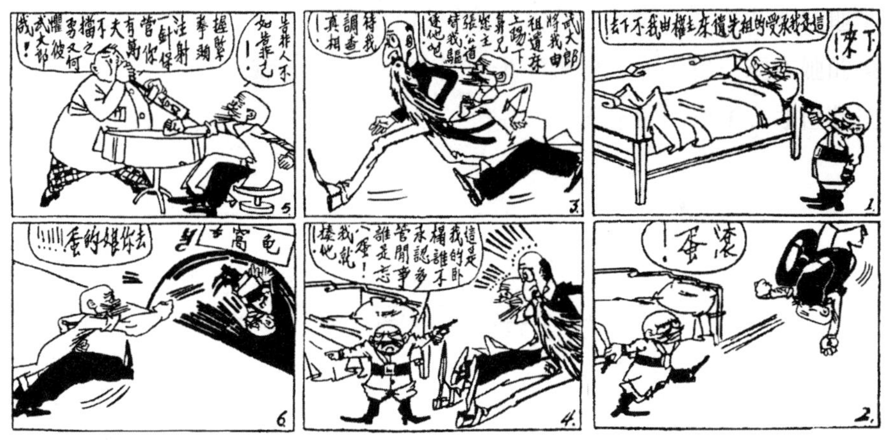

《老糊涂 · 第二十二回》 孙之儁作，发表于 1936 年 10 月 1 日—1937 年 6 月 30 日《世界画报》

一个时代有一个时代的文化发展的特质。简约的文字和明确的态度本身就展示出小品文和漫画的特征了。万迪鹤与胡风先生着眼点不同，阐明的重点不同，但是却符合我所推介的作品。陈望道先生在《辑前致语》中写道：“现在是小品文和漫画在中国的流行期，也是小品文和漫画在中国的转变期”。“我们从这特辑中间不但可以看见各位作者最近的见解，也可以看出一个差不多一致的动向”。

《戏剧人生》陆续发表于 1947 年 8 月 1 日—9 月 29 日，共六十回，这是其中的两回（傅基为孙之儁笔名）

1945 年抗日战争胜利以后，历史进入了解放战争时期，国民党政府的腐败已经到了不可整治的局面。漫画随着时代的发展出现在大家面前。

这本不厚的小册子为我们提供了自 1916 年新文化运动发展了 20 多年后，伴随着中国革命的进程，文化艺术工作者们的努力和进步。在陈望道先生编辑这本书的基础上，我选择出几幅孙之儁不同时期的作品，作为实例补充。我想读者会从“小品文”和“漫画”两种艺术形式中体会到前辈们的功绩。

2019 年 11 月 18 日

从断句说起

(一)

上小学时背诵杜牧的诗：清明时节雨纷纷，路上行人欲断魂。借问酒家何处有？牧童遥指杏花村。

上初中时语文老师讲语法，顺便讲断句，引申出了新意：

（时间）清明时节（背景）雨纷纷，
（人物）路上行人（情绪）欲断魂。
（台词）“借问，酒家何处有？”
牧童：（动作）遥指，“杏花村！”

由于断句不同，老师竟然把七言绝句改成了最短的剧本，多有趣！

随着语文能力和学习兴趣的增加，我们也经常互相调侃，记忆最深的就是不知流传了多少代的“下雨天留客，天留我不留”，被改为“下雨天，留客天，留我不？留！”文字游戏的乐趣，竟然就藏在这断句当中，这是我们喜爱语文课的原因之一。

自古以来因为断句不同，对同一篇文章生出许多解法，有的多解并行不悖，有的句子则由于“断”在不同位置，竟生出完全相反的意思，以至于形成不同的学术流派。客观来看，这也是语言研究和发展的结果。

新文化运动之后，古文逐渐离开了我们语文教学的主体，所以当代人似乎在断句上已不太注意，更何况当下网络语言大肆流行，把语言文字的本意和语法的功能挤到了一边。虽然这些网络语言和表达方式没有被编入教材，但是却占据了我们每天生活中语言表达的“大半江山”，可怕！

（二）

南齐，公元490年前后，谢赫提出了“六法论”，专门论述画品。他集古人之成就，高度概括了当时中国绘画的特质和美学追求，“六法者何？一、气韵生动是也；二、骨法用笔是也；三、应物象形是也；四、随类赋彩是也；五、经营位置是也；六、传移模写是也。”

此“六法”，出自他撰写的《古画品录》。《古画品录》是中国绘画史上第一篇系统评说历代绘画的专著。由于他对“六法”的归纳概括高度精准，且极易推广，故在此后的500年间广为流传。

唐朝，“诗圣”杜甫在描述和评议画家曹霸所画的良马玉花骢时，写出了著名的《丹青引赠曹将军霸》，其中“诏谓将军拂绢素，意匠惨淡经营中”一句，杜甫不但写出了“六法”中“经营”的性质，而且强调了它的艰辛——惨淡。由此，“惨淡经营”作为成语被沿用至今。看来杜甫真的很忙，不但悲怆地书写着“三吏三别”，祈盼着能有广厦千万间，安置无房户，还经常给画家的作品题诗。据说在唐代为画题诗者，无论从质量上还是从数量上，杜甫都数第一。

时光又走过一千多年，中国的许多古代文献已经被译成多种文字流传世界了，谢赫等古人亦早已被国外学者关注，而我们却在忙着与世界接轨，不断提升各种“现代派”的位置。事物的发展总会显露出转机，最近这些年来，人们开始选择回归传统，这彰显出我们的文化自信正在逐渐加强。而在近期发表的许多学术文章中，传统的美术理论重新进入人们的视线，“六法论”，也再一次被关注。

（三）

前几日读到陈贵民先生的文章，他引用了钱锺书先生在《管锥篇》对“六法”的断句，颇有启发。

一、气韵，生动是也；二、骨法，用笔是也；三、应物，象形是也；四、随类，赋彩是也；五、经营，位置是也；六、传移，模写是也。

对比原文，钱先生的断句产生了很大的变化：原文中的“一、气韵生动是也”，此处的“气韵生动”既是作者已经达到或者追求的标准，又是观者对绘画作品的评价，创作的过程和结果在这里分得并不清楚。而钱先生用区区一个逗号把“气韵生动”断开后，语境发生了很大变化，将其译成现代白话为：一件优秀的绘画作品，它的“气韵”如何，表现在是否“生动”上。

一个逗号，引发了我的思考：不同的断句，就会有不同的效果。这种不同的效果是随着社会的发展、生活方式的改变、人们对语言使用的改变，以至于审美取向的更迭等等而变化着的。“断句”不但有趣，而且是大有学问！

2017年8月16日

读报有杂感

某日读报，见一篇文章题为“没有唐伯虎就没有红楼梦”，作者以《红楼梦》中的诗句为索引，溯源至唐伯虎。据我所知，胡适其实也注意到了这个关联，只不过后来没有专门写文章发表出来。

为什么对这篇文章感兴趣呢？因为我也发现《葬花词》中的部分诗句有些接近唐伯虎的《一年歌》。“一年三百六十日，春夏秋冬各九十。冬寒夏热最难当，寒则如刀热如炙……天气温和风雨多。一年细算良辰少，况又难逢美景何？”每次读《一年歌》，我总会想起林黛玉的《葬花词》：“花谢花飞飞满天，红消香断有谁怜……一年三百六十日，风刀霜剑严相逼……”联想到如今的抄袭之风，顿有“穿越”之感，遂得一结论：一定是曹雪芹抄袭了唐伯虎！

唐寅，六如居士，明代才子；曹雪芹存世于清康乾年间。这位生在温柔富贵乡的曹公子，不但读过唐伯虎的诗，而且深稔于心。所以当他为林黛玉构思《葬花词》的时候，便把积存于心的感受融入他与唐寅同感的情绪中，编织出更优美、更符合林黛玉口吻的诗句，进而有了“侬今葬花人笑痴，他年葬侬知是谁”的哀叹。谁曾想，真是一语成谶，我们至今都不知道是谁安葬的曹雪芹。

与“江南第一风流才子”唐寅相比，曹雪芹对升沉荣辱、世态炎凉体会得更加深刻：家族的百年兴衰，跌落到“酒常赊”的西山黄叶村的境遇，使曹雪芹的内心积淀要远远厚重于唐伯虎。加之脂砚斋和大某山人畸笏叟等亲友助力批改点评于侧，《红楼梦》的内涵远非唐伯虎的诗文可比。那为什么报纸上的这篇文章把题目做得如此“果断”？我想大概是为了吸引读者的眼球吧！

由此又想到了大词人频出的宋代，“庭院深深深几许，杨柳堆烟，帘幕无重数”，欧阳修《蝶恋花》中的“庭院深深深几许”已成为名句，被人们一用再用。女词人李清照南渡后，漂泊不定，夫君赵明诚的突然离世，收藏的金石拓本大量遗失，她孤身一人，时常处在凄情之中。在福建建安时，李清照曾作

《临江仙》一首，词前有小序，其中写道："欧阳公作《蝶恋花》有'庭院深深深几许'之语，予酷爱之，用其语作'庭院深深'数阕。其声即曰《临江仙》也。"摘原词几句如下：

庭院深深深几许？云窗雾阁常扃（jiōng，即关闭之意）。柳梢梅萼渐分明。春归秣陵树，人客建康城……

欧阳修生于1007年，逝于1072年，时年65岁；李清照生于1084年。以宋代词坛的盛况而言，少年李清照就读到了欧阳修的大量词作，因此她才能在小序中称"予酷爱之"。而李清照在福建建安的居所潮湿难耐，门窗常常关着，层层院落悄无人声，此时易安居士想到了"秣陵树""建康城"（均指南京），想到了与赵明诚一起度过的美好日子已经一去不返，心中凄凉无限，愁绪困扰，无法解脱……她想起《蝶恋花》里的词句，便借用过来。

写到此处，做一小结，当后人在艺术创作过程中，有与前人（古人）同感，可又编不出新词儿、好词儿的时候，可将前人的句子直接用在自己的作品里，但要用得巧，有新意、有创意，《临江仙》便是一例。

对现代人来说，还要记住《著作权法》中的一条规定：原作者去世超过50年，任何人方可不经原著作权所有人许可而自由使用该作品。如此看来，李清照还是一个"守法"之人呢！一笑！

读，就读名著

1951 年我进入西城奋斗小学读书。这是由傅作义先生在绥远五原作战时候创办的，北平和平解放以后，迁址到西单区库资胡同。以校长唐自强为首的教师队伍基本是傅先生的部下，他们十分注重对学生素质的培养，特别注重引导孩子们广博阅读的兴趣。

为此，学校经常组织“诗歌朗诵”“讲故事”等活动。记得我们班曾经以普希金的《渔夫和金鱼的故事》参加比赛。男生王小绥是“渔夫”，女生翟立华是“小金鱼”，恕我忘记是谁担当“老太婆”的角色了。我呢，担任全诗的叙述部分。

回到家里，我把全篇背了个滚瓜烂熟，而且分别“扮演”着三个角色。因为年龄小，对作品的理解还很浮浅，读到结尾处，对老太婆依旧守着她的大木盆，在语气中，表现出来的鄙视和幸灾乐祸的情绪很浓重。母亲提醒我说：“故事的‘结尾’可不仅仅是‘结果’，你想想还有什么更深的意思。”我想了想，说：“不能像老太婆那样太贪心！”

“对呀，所以你在朗读结尾的时候应该慢一点儿，把诗人要表达的深意，让听众有一个理解和回味的空隙，才能达到最好的效果！”

这首诗的排练和演出给我留下了终生的记忆和教育——个人的欲望和要求不能没有节制、没有止境。因此，“不能贪心”成了我一生的座右铭。

1957 年，我考入北京女八中，就是现在的鲁迅中学。当时的校长是王季青，她是功勋显赫的王震将军的夫人，毕业于北京师范大学，在师生心中威望甚高。王校长同样重视对我们文化素养的引导。刚一入学，学生会就送来一份书单，上面列着中外古今的名著，当然由于时代的关系，外国名著主要是俄罗斯和苏联及其他社会主义国家的作品，英法的较少，但是巴尔扎克、莎士比亚等还是“榜上有名”的，特别是英国诗人雪莱的名句“冬天到了，春天还会远吗？”

早已成为鼓舞少年斗志的警句。

在当时被广泛阅读的《卓娅和舒拉的故事》中，有这样一段情节：卓娅看到妈妈在灯下一边流泪，一边读书。她问妈妈，在读什么书？母亲说："《牛虻》！"

牛虻，这位原名亚瑟的青年，不但感动了妈妈，更感动了卓娅。她和弟弟舒拉成为苏联卫国战争中的英雄，是我们儿时的榜样。

当我和同学们也读过《牛虻》，特别是看过苏联拍的电影《牛虻》以后，一个艺术的、英雄的人物形象在我们的心中活跃着，植根于青少年时期的文学力量始终没有被生活的磨难和各种无奈抹去，越到老年反而更体会出它纯洁的力量。

我的好友李景屏，中国人民大学清史所教授，正当她在不断出成果的时候却患了胃癌，而且发现时已是晚期。我到病房去看她。她说："燕华，我要辉煌谢幕！还有三本书的文稿没有结束，我一定争取最后的这点儿时间，'无论我活着……'"听了这一句，我随即跟上："还是我死去，我都是一只，快乐的大牛蝇。"这是牛虻临刑前写给女友琼玛最后一封信结尾的四句诗，太熟悉了！此时，一种超越时空甩掉一切尘世烦恼的空灵和纯净油然升起。我陪着她，不知是在向生命告别，还是在迎接死亡的到来！病房里静极了，静极了……

景屏走了，9 年了，但那一幕仍在我心中……

名著、名篇之所以感人肺腑，是因为它们经过历史淘汰，是随着社会跌宕起伏发展过来的；它们的光辉凝聚着人类的智慧、磨难和成就；它们汇聚着人性的优劣；它们是随时提醒我们的挚友，是纠正我们自身的镜子，是升华我们心灵的良药。

读书吧！一定要读好书，读名著，它们是能够给予你正能量的源泉！

2019 年 5 月 28 日

读，就读原作

写下这个题目，心里却很发虚。因为我没学过英语，俄语也忘得差不多了，剩下几个简单的句子还得随着少儿时学的俄文歌曲才能“再现”出来，所以“原作”二字只限于中文而已。

汉语的独特性无法替代。汉字延续至今，虽经历代文人以各种文体整合，但是都没有离开汉字的根，再加上中国传统哲学的延续，让我们的经史子集、诗歌词赋、大块文章等都很难被完全释意，讲解得那么通透。比如，《诗经》《陈风》中的《月出》篇，首段为：“月出皎兮，佼人僚兮。舒窈纠兮，劳心悄兮！”译为白话：多么皎洁的月光，照见你娇美的面庞，你娴雅苗条的倩影，牵动我深情的愁肠！

这首诗的意境是迷离的。清代方玉润《诗经原始》说它“从男意虚想，活现出一月下美人。”诗人望月怀人，这是一种惆怅的思绪，一种既遥远缥缈，又近在咫尺的感觉。由此诗引发出历代名家望月怀人的名句美文，比如谢庄的《月赋》“隔千里兮共明月”，张若虚的《春江花月夜》“江畔何人初见月？江月何年初照人？”追溯寻源，这首《月出》可是称为古诗中以国人的审美意识和文学载体结合的端倪。直到如今我们还是背诵着“古人今人若流水，尽看明月皆如此”的诗句。如果我们不读原诗，特别是不能系统地，广泛地阅读或背诵那些上承有序的经典，就很难理解名篇、名句的源头和发展变化的深邃。

虚拟、借代也是古诗词的手法，比如，柳宗元的“烟销日出不见人，欸乃一声山水绿”的前一句是“晓汲清湘燃楚竹”，以“湘水”“楚竹”做了巧妙的借代，引我联想到，这“欸乃”之声是“川味”？“湘味”？还是吴侬软语式的？怎么一声“欸乃”山水就绿了呢？！

苏东坡在评论此诗时说“诗以奇趣为宗，反常合道为趣，熟味此诗有奇趣”，对这首诗给以极高的评价。既是“不见人”，何来“欸乃声”？正因其“反常合道”方显意境的高妙。试想，不读原作，把它译成白话，即使用上三四百字解释，也恐难达这番境界。

大家都熟悉《关雎》，译成白话是：“关关和鸣的雎鸠，相伴在河中的小洲。那美丽贤淑的女子，是君子的好配偶。”在需要引用这首诗的时候，我相信谁都会选择“关关雎鸠，在河之洲。窈窕淑女，君子好逑”，绝不会选用字数多且无朦胧诗意的释文。

古诗词中有许多常用的字、词，比如明月、清风、春草、寒梅等，由于文人们创作时的心境、目的的差异，巧妙地组合成完全不同的效果。大家熟知贾岛的“推”与“敲”的典故，就是一个生动的例子。

古文章更是如此。诸葛亮的《后出师表》、王勃的《滕王阁序》都是语文课本上精选的篇目，无论是“鞠躬尽瘁，死而后已”，还是“落霞与孤鹜齐飞，秋水共长天一色”，即使是语文老师竭尽全力，声情并茂地给以详尽的解释，恐怕也难以达到原句中情感的表达和意境的描述，特别是王勃的那两句，更多的是主观的感受，渲染着更多的感情色彩。

又如《醉翁亭记》中的开头：“环滁皆山也”，再简练也得需要十个字“围绕滁州四面的都是山”来解释，而原文中一个“环”字不但说明了滁州的地形地貌，而且表现出作者宽阔的胸怀和视野引领的作用。

在阐述理论的文章中，更显出汉语表达的优势，简而明且信息量大。韩愈在《原毁》一文起笔写道：“古之君子，其责己也重以周，其待人也轻以约。重以周，故不怠；轻以约，故人乐为善。”如此顺达而简练的表述，难道读者会不接受吗？！

写到此处，请大家不要误会我只提倡读古文、古诗，我只是想说明“原作”的优势。新文化运动之后，古文逐渐被白话文取代，这里就存在一个“断代”的问题，尤其是现在的年轻人习惯于碎片阅读，即使背下几句名言、名句，却不能把几千年来汉语的词意和使用把握好，这岂不是很危险吗？近百年来白话文中经典很多，不论是政论文章还是散文，因为这些作品没有古译今的问题，所以不在这里多写。但是我想，无论是古文还是白话文，都应该踏踏实实地读原作，读全文，才能把我们民族的文化传承下去。

2019 年 6 月 17 日

杂感 · 随想

杏花出墙来

春天，意味着无限的生机，闪耀着斑斓的色彩，散发着沁人心脾的芬芳……她不但给人们以美的享受，更给人们以生活的勇气和希望。

然而，1968 年的春天，仿佛不忍目睹这惨遭蹂躏的大地似的，迈着迟迟的步子，悄悄地来了。

当春姑娘的脚步轻轻地飘落到一间不足 6 平方米的牢房时，这里窒息而清冷的空气微微地振动了一下。一个瘦弱的身躯随之辗转起来，也艰难地挪动着双腿，费力地扒着墙，努力地爬呀，爬……终于爬到了牢门，坚固的牢门上有一个只能允许一只眼睛向外张望的小圆孔。虽然它是那样小，虽然允许她张望的时间又是那样的短，但是就是这样的一个小圆孔却给了她多么巨大的欣慰和鼓舞啊！

此时，她把脸贴在门上，深邃的目光探索着，搜索着……忽然，她发现在布满铁丝网的围墙外，竟有一枝小树杈翘首而出。微风稍停，她竟意外地发现，在那俏皮的小树杈上缀着几个花蕾。“花儿！”她惊喜了，仿佛见到亲人一般，双眸顿时亮了起来，身上的伤痛仿佛也减轻了许多。她欣喜地盯住那抖动的小枝，好像生怕这嫩枝从她眼前跑掉似的。

“花儿快开了！老伴能看到吗？别的牢房的同志能看到吗？”她急切地想着，真想冲出去，把春天的信息告诉那些连一片树叶、一株小草也看不到的同志们。然而，除了这小小的圆洞，她和外界绝对无法交流。她轻轻地吁了一口气，疲惫地倚在门上。

从此，只要一得机会，她就去看那抖动着的树枝。

花蕾渐渐大了，花儿开了，是杏花，多美的杏花呀，她想抚摸它，想闻闻它，然而，她只能深沉地望着，望着……

是梦？是醒？昏昏沉沉。

花丛中传来了欢声笑语，仿佛是“抗大”女生连的战友们；花丛中传来了雄壮的歌声，仿佛一支队伍走了过来，过来了，她看到了老伴高高的身影，看到了一个个熟悉的面庞。忽然一个似曾相识的年轻人从队伍中向她走来，他是谁？不是老战友……

“你叫什么名字？”一个温厚而清亮的声音传来。

她猛醒了，是他，就是这个小战士。

人们的感情交流有时是不需要语言的，一个眼神，一个动作，友善或敌意就已使对方敏锐地感到了。

自从这个小战士被派来看管她以后，她感到了一种微微的松动。某种严格的“规定”和“禁令”在那双善良的眼神的默许下，她可以“超越”一点，比如从这个小孔中向外窥探的这点自由，就是在这位小战士来了之后才获得的。长期处于孤寂中的她，有时会听到几句简短的话语，这话语不需要回答，原来是在向她透露一点外界的消息。她感到一种纯朴的温暖的关切。

一个人在最痛苦的时候是多么希望亲人和战友在身旁啊，一只温暖的手，一句宽慰的话，都可能使濒于死亡的微弱的生命重新挣扎起来。此时的她，就从那年轻的战士身上和那充满生机的杏花枝上得到了这种鼓励和安慰！

她开始和杏花“说话”，默默地向它倾诉着这不能理解的一切，倾诉着对亲人的思念，也倾诉着对小战士的敬意。这一枝探出墙头的杏花啊，竟成了她心灵上的巨大安慰，成了她患难中的挚友。

年复一年，小树杈长大了不少，而她却苍老了许多。神经反应迟钝了，语言含糊不清了，然而对那枝杏花，她却像熟悉自己的孩子一样清楚地知道，哪些是新长出来的枝，哪些是新开的瓣儿。尽管严冬一次一次地使它凋零，但只要春天一到，它又会顽强地生长起来。

一天，小战士在“放风”时轻轻地对她说，他要调走了，以后希望她千万要自己珍重。

她的心空落落的。

六年的监禁生活终于结束了。当她迈出牢门时已经不太会讲话了，为了表达她强烈的愿望，她构思了一幅画。

她不是画家，甚至从未动过画笔，颤抖的手先画了一个大圆圈，又画了竖在外面的铁栏杆，再拉上铁丝网，最后画上那翘首而出的杏花枝和那充满生机的花朵。然后，她庄重地落了下款：郝治平。

她开始寻找那位值得尊敬的小战士，但是几年来却杳无音讯，为此深感遗憾。

一位中年画家含着眼泪听完她的叙述，怀着对老一辈革命家，对罗瑞卿同志的尊敬，特地为她作一幅杏花，魏传统老同志又欣然为此画题词一首：

铁窗外，杏花开，
一年一度报春来，悄然劝节哀。
夏日渺，秋低回，
寒冬信息舒胸怀，新松费寻猜。

郝志平（罗瑞卿夫人）与丁冷

又一个春天来到了，杏花又开了。年轻的战士啊，你一定成长得更坚强了。

注释：这是写于20世纪70年代末的小文，我的姨姨丁冷在太行抗大一分校学习期间，郝志平阿姨是班长，并且是丁冷的入党介绍人，所以我有机会认识郝志平阿姨，并听她讲述了这段经历。

（发表于1983年7月9日《北京日报》第三版）

杂学大家李燕五十知“天命”

孔子云：“五十而知天命。”

李燕今年整五十岁。

他自作“过五十岁生日”七律一首：

前程无量皆滥调，百年一瞬亦陈辞。
总望远处常绊脚，老盯足下爱犯痴。
超凡未曾当书架，入世尚能躲粪池。
幸得《周易》早孔子，天命何须五十知？

自注：孔夫子曾恨得《周易》太晚云：“加吾数年，五十以学《易》，可以无大过矣！”

他把这首诗写在宣纸上，贴在画室的墙上。没有请亲朋好友，没有办丰盛佳肴，在这安静的画室里，任思绪悠悠。他既庆幸得《周易》早于孔子得《周易》的年龄，又感慨于人生的荣辱沉浮和酸甜苦辣。

这种气氛不禁使我想到了和他一起走过的 22 年……

我们的“恋爱”是在那场苦海无边的浩劫中度过的，而我们的“结婚”又是在一种苦涩中完成的，新婚之喜的是幸有一“小巢”，可晚上必得跨过一辆没横梁的破旧女车，才能上床睡觉。

北京城旧城的西南有个复兴门，沿着城墙有一条名为柳树井的胡同。在我的记忆里，这儿真的有一口井。没接自来水管之前，我们每天都要到水井那边儿去挑水。

从二三十年代起，在这个“旗人”占不小比例的胡同里，逐渐响起了山东、河北、东北、四川口音。来自山东高唐县的李苦禅先生和来自河北藁城县的孙之儁先生既是当时北平国立艺专的同学，又成为住在柳树井的邻居，在这里留下了悲壮坎坷的人生经历和两代人的一段情缘。

我的父亲孙之儁买下了柳树井甲 5 号院外的一块空地，建造了属于自己的 6 间半平房。我就出生在这个被编为丙 5 号的院内。而李苦禅先生住在柳树井 2 号，仅隔 3 个门。

作为老一辈正直的爱国知识分子，他们在抗日战争和解放战争时期，在这两个小院中不知掩护了多少抗战爱国的志士仁人和共产党员。他们也先后从这两个小院被日本宪兵队和国民党特务抓去，受尽了酷刑而没有失节。在那极为困苦的日子里，两位老友互相接济，结下了深厚的友谊。

后来，苦禅先生离开了柳树井。虽然大人们还有往来，但是我和比我长两岁的李燕却从来没有见过面。

1974 年李苦禅先生（前排左一）和夫人李慧文（左二），左三丁阶青（孙燕华母亲），后排孙燕华（左）、李燕（右）在香山赏菊。

（一）

1966 年，“文化大革命”开始。一群红卫兵冲进了我的家，风卷残云般地彻底扫荡，竟使我没有御寒的衣物。残酷的批斗在父亲身上留下斑斑血痕。父亲的头上缠着纱布，和母亲一起，背着破旧的被褥被迫离开了他用一生笔墨劳动所得——燕子啄泥般地营造起来的家。

父亲含冤去世了。我像一个幽魂被留在这空荡荡的院子内，我家的一间南房——原是厨房。严酷的打击和强烈的求生愿望缠绕在一起，我在这里挣扎着，苦熬着。

1970 年冬天，邻居徐东鹏大哥悄悄来看我。他说：“我去看了苦禅先生，他听说了孙先生的事儿很难过，问你一个人怎么生活呢！”

真没想到，像他那样自顾不暇的被“批判对象”，还如此关心老朋友的孩子，我十分感动地说：“春节时去看看老人吧！”

看过老人的第二天，苦禅先生竟策杖从王府井美院宿舍来到他熟悉的柳树井。

当我把这位“李伯伯”让坐在屋内唯一的一把椅子后，他开门见山地说：“我有个儿子李燕，现在宣化部队农场下放劳动，昨天你走后，我就和他妈商量了，觉得你俩挺合适。”随后又说，“和你妈商量商量吧！”

后来我接到母亲的来信，她说：“你们或许真有缘分。”她告诉我，在我满月的时候，李苦禅先生特意到柳树井，说“来看看大侄女”，并在我的枕下放了个红包。

这充满亲情的往事更增添了我对苦禅老人的依恋。他对我的慈爱也弥补了我当时失掉家庭、失掉父亲的痛楚。

后来我女儿长大了，她曾问我：“你和爸爸怎么结婚的？”我说：“你奶奶带我到宣化，见到你爸爸，一年多以后我们就结婚了！”

“一点儿也不浪漫！”她天真地说。

我苦笑着：“那时候我们前途未卜，能好好活下来就不容易了，哪儿有什么浪漫可言！”

当时李燕没有行动自由，更不能请假回京。都是我乘星期六的火车，晚上到宣化，星期天下午再回来。记得有一次，我晚上 10 点多钟才到，李燕把我安置在招待所就更晚了。恰巧在他未回到宿舍之前的这段时间里，旁边酱油厂的筐堆着火了，于是“放火的可疑分子”首先就选中了他。反正你“出身不好”，有什么坏事先审查你，谁叫你同“反动学术权威”的老爹“划不清界限”呢?

第二天一上午，他也没提这件事儿，直到我回京后，他才写信告诉我这件查无实据的放火案的审查过程。

李燕先生和孙燕华女士结婚照

1971 年夏天，很长一段时间，我没收到李燕的来信，心中十分担忧。在那个“天有不测风云，人有旦夕祸福”的年月里，用忧心忡忡来形容我们的心境真是毫不过分。

一个星期六的中午，我请了假直奔宣化。“学生连”里一个男同学说：“他不在这里！”我的心顿时一沉，莫非真的又出了什么事？给“隔离”了？我怯生生地问：“他在哪儿？”“在张家口！”天哪！为什么在张家口？我不敢直接问，生怕人家抓辫子。

“在张家口什么地方？”我有意避开去的原因，悄悄地问另一位女同学，她告诉我，李燕得了伤寒，住进张家口部队医院。直到此时我悬着的心才落下地。

我们的“恋爱”实际上是在那场苦海无边的浩劫中相互牵挂与相互鼓励中进行的。而我们的“结婚”又是在一种苦涩中完成的。

在法定的“绝对不可超过”的 13 天“婚假”中，我们要到 3 个地方去看望两家尚在的老人。婆母正在磁县与中央美院员工下放劳动。苦禅老人由于几次昏倒在地里，被一位有人道主义之心的军代表照顾回京，但被美院“左派”指令去看传达室。母亲同父亲被遣返藁城不久，父亲故去了，她一人栖身于亲戚家里。对此，我们一一赶去看望。

在磁县农村，婆母为我们借了一间农民的房子，时值大雪，土坑无火，冻得我们通宵没睡。

赶回北京后，婚假还有几天，在那种年月里我们又敢去惊动谁呢？柳树井“家”里剩下的那间小厨房就是我们的“新居”。为布置新居，李燕搬来他姥姥用过的床和旧书桌。桌面破烂了，弄两块三合板一钉，盖上块“称心如意”的塑料布，就算是有“家”了。亲友们凑钱做了两条被子，买下两个小马扎（折凳），加上患难同事送的两个搪瓷洗脸盆，抄家剩下的一辆旧女式自行车、旧脸盆架，这就是我和李燕成家的全部财产。

“新居”窄小，“家具”占去了大半，虽夫妻二人进去，也须“侧足而立，侧目而视”，晚间在一角洗漱完毕后，迈过这辆幸而没横梁的自行车——才能上床睡觉。如赶上大雨则屋里下小雨，外头雨停了屋里还在滴答……这则是后话。但“新居”那门窗上却贴着一个个猩红耀眼的大窗花，那是李燕的剪纸杰作，至今尚留一个悬在迎门的镜框里。

经过“世界观的彻底改造”，李燕和他的同学们终于盼来了朝思暮想的“分配工作”。在几经周折之后，李燕总算没分配他乡，被安置在北京荣宝斋工作。

结婚后的四年内，我们跟着老人共同渡过了“四人帮”“批黑画”这一关，又分别下放“五七干校”劳动，直到第五个年头才算稍稍安定下来。

有一天，一位 50 年代毕业于“北京师范”的我父亲的老学生，画家孟庆堂到荣宝斋找李燕，说要见我母亲和我。在我们恍如隔世般地叙述了各自的经历后，我不禁奇怪地问：“你怎么知道我和李燕结婚了？”他说，以前孙先生说过，苦禅先生有个儿子，画得挺好，将来和燕华挺合适。所以他得知我父亲的遭遇后，一直在找李燕，他坚信：“只要找到苦禅先生的儿子就能找到你们娘儿俩。”

他的话使母亲很惊讶，因为他们二老从来没说过此事。看来是父亲在和这位老学生聊天时流露出来的想法。不过，我听后倒十分欣慰，我的婚事正合父亲的心愿啊！

李燕曾在中央美术学院附中和中央美术学院度过了 8 年的学习生活。当时美院校规很严，不准谈恋爱。而他毕业的那年正是“文化大革命”开始的1966年。所以他在没有尝到恋爱滋味之前就因为“为反动老子翻案”被关进了“牛棚”，享受那份被审查批判的滋味去了！

“难道在认识我之前，你就没有考虑过自己的婚事？”我问。

他给我讲了这样一件事：苦禅老人有一位经历十分坎坷的隐士挚友包于轨先生。苦禅老人让李燕向包先生学书法，因此李燕从 18 岁就经常出入包家。一天，他进门后，看到包先生和一位貌似罗汉研究《易经》的陈迹父先生下棋。见到李燕进来，包先生说了句“陈陈不已”，陈先生对了句“燕燕于飞”。说毕，二人相视一笑，李燕当时虽未顿悟，似乎隐隐约约感到点什么。

李燕说：“我有一种感觉，我的妻子仿佛应在父亲老朋友的女儿当中！”

因为我俩都生在北京，老人们在起名字时不约而同地选用了“燕”（音焉）字。这也许是月下老人为我们牵上的红线吧！

后来友人想帮我们制一对铜尺，问李燕铸什么字。李燕便不假思索地写道：“燕燕于飞，华华而实。”这对铜尺一直静卧在我们的案头。

（二）

人们常说“有其父必有其子”。这话用在苦禅老人与李燕身上是再合适不过的。美术界的许多朋友对我说：“李燕可是孝子。”我说：“那是，要不怎么跟老子一块儿坐牛棚呢！”这虽是一句开玩笑的话，其实是有道理的。

1993 年 6 月，在纪念苦禅老人作古 10 周年的活动中举行了一个有深远意义的研讨会。到会的老朋友、老学生在肯定了苦禅老人的艺术成就之后，总是以极富感情的语言和生动的事例回顾着这位难以令人忘怀的老人。摆脱了“阶级斗争”的羁绊和历次政治运动的负面影响，人们更深切地体会到，在苦禅老人身上闪烁着中华民族传统的美德：古道热肠，行侠仗义，心口如一，平易近人，特别是他敬祖爱国的高风亮节。尽管苦禅老人是一位中国画坛上的近代革新者之一（美术理论家李松先生的评价），但在他的为人处世上却是沿袭着仁、义、礼、智、信的传统原则度过一生的。

苦禅老人出生在极为贫困的农家。他每每提到幼年的生活，母亲的辛苦，奶奶的慈爱时，都很悲怆，特别是在他晚年的时候。这种深厚纯真的感情往往使我们在侧的子女为之动容。李燕在这方面极像他的父亲。每当他给我讲起“文化大革命”中，隔着一道墙听到苦禅老人在那边挨造反派毒打时，他的表情总是那样沉重。讲到母亲担惊受怕地为他们爷俩往“牛棚”送饭，悄悄地在米饭下面放个鸡蛋的情景总是那样歉疚，涌动着对母亲的慈爱报答不尽的感情。

多年来他是循着孔夫子“入则孝，出则悌，谨而信，泛爱众而亲仁”的原则在处世做人。

他在中央工艺美术学院任教15年，讲课的认真程度学生们是极为称赞的。也正因此，在学院评选优秀教师时，由学生背对背评选后他获得了学生的认可，捧回了一份优秀教师证书，并且把它挂在画室的最高处。因为在他看来，这份荣誉比什么都重要。他说：“凡是群众给你的荣誉，都比花钱买来的，托官换来的名誉要宝贵。”

每当上完一天课回来，他的嗓子都是哑的。我常跟他开玩笑：“听你的课，学生的学费可真没白交。”每次上课之前他必先到即将上课的班去看一看，和学生们熟悉一下，然后再针对这个班的专业和学生的特点备课。有一次他给学生上人体课，回来时拿着两块3米长的白布。“这是干什么？”我奇怪地问。“给模特用的，背衬的布太脏了，裸体模特不愿挨身，我就买了两块。”学生上国画课，因为有些画册、录像带不好带到学校，他便安排到家里来上课。每逢这时，李燕就让我跑去为学生采购一顿简单的午餐。学生们吃着，笑着，看着画册、资料，十分热闹。有的学生往往要提很多问题，直到傍晚才离去。

别看李燕在家里什么事儿也不操心，居然还带个“优秀班”。他当过4年班主任，直到把这个班送走，没拿一分额外补贴费。年轻人思想活跃，问题不少，那时他常常回来很晚，还向我唠叨学生中的事情。他班里曾有个家庭生活比较困难的学生，他就将自己的工资悄悄放在他的枕下，恐怕到毕业也没有人知道这是谁做的。

几乎每年李燕都应系里、班里甚至院里的邀请，为学生举办一到两次大规模的讲座。从中西文化的对比，传统文化的漫谈，直到易学与禅学的研究，近代史与爱国主义，涉猎古今中外。学生们摩肩接踵，拥坐在小礼堂，凝神屏息。他则是站立台前，旁征博引，慷慨陈词，几个小时下来竟不觉得累。

也许就凭这股认真教学的劲头儿吧，每到新年，我们总会收到工艺美院许多学生寄来的贺卡。良好的祝愿，成绩的汇报，那来自五湖四海的学生的心，使我们得到莫大的慰藉。

每当这种时候，他总会触景生情地回忆起美院附中老校长丁井文的严肃治学；李斛、蒋兆和先生的循循善诱；刘继卣、田世光、俞致贞、刘冰庵、郭味蕖、黄均等教过他的老师留给他的那种敬业精神和严谨的教风。为此他常常感慨地说："一个好的老师，一种好的作风，对学生的影响太大了！不管社会上风气怎么样，我还是要像我的老师们那样来教学生！"

圣人的话总是被站在各种立场，怀着不同心态的人做着反差极大的解释。比如有人对"孝悌"的含义就曾给予曲解。但我们试想一下，如果一个人不尊敬自己的父母，不爱护自己的兄弟姐妹，他能爱自己的祖国吗？

从 1980 年首次到香港办展算起，李燕已经先后出国 9 次了。而这些活动都是以讲学和文化交流、弘扬中华民族传统文化为宗旨的。特别是前年和去年到马来西亚与印尼这两个华人聚集的国家，他连续开办了有关易学、禅学与写意艺术的讲座，甚至开办了 10 场"李燕夜话"茶座，从生肖到饮食，从服装到民俗，从音乐到戏曲的杂谈。有意思的是，他每次回国，一下飞机归家的一路讲的都是那里的华人如何爱国，爱中国传统文化。他眉飞色舞地描述马来西亚当地的华人如何膜拜三宝太监的脚印，极为动情地讲述一位华侨为了让孩子学习中文，把幼小的女儿送到新加坡去，以致由于长期分离影响了母女之间感情的故事。让他感动得热泪盈眶的是，当马来西亚的华人得知国内闹水灾后，不分男女老少纷纷赶到庙里捐款的情景。看到那感人的场面，他立即画了一张 6 尺大画在那里义卖。回国后的第二天，我们就把 1 万元收入捐给了灾区人民，又把 5000 元捐给了他的学校。

他深有感触地对我说，许多华侨仍然非常传统地恪守着"一丝一缕当思来之不易"的古训，那些被称为"太太"的中年妇女更是相夫教子，吃苦耐劳，甚至不描眉画眼戴首饰……

几次出国非但没有使他产生定居国外的想法，反倒使他从那些淌流着中华民族血液的侨胞那里，感受到传统文化源远流长的巨大魅力，因而更升华了对民族文化的爱，对祖国的爱！

这种爱促使他创作了一系列中华民族的伟大形象。1984 年他首先为中华圣祖黄帝造像。之后他又应邀为孔子、老子、张仲景、文天祥、李太白、陆羽等先贤画像。特别是在那幅文天祥像上，他用小字将"正气歌"全文抄录，工工整整。这帧作品现已漂洋过海，收藏在文天祥一位后代的家中。

苦禅老人提出“爱国第一”，并身体力行。老人有两件珍爱的文物，都是和国家的尊严与利害有关的。一块是由吴大澂铸的墨，墨上文字阐述了有关中俄边界勘定的历史。另一件是事关中韩日三国关系史的《好大王碑》最早拓片。为了考察“好大王碑”这一具有特殊价值的文物，李燕遵照老人的遗愿，前年夏天挤出时间亲自到东北吉安地区拜谒了这一重要的石碑。回来后感慨良深地谈了他此行的收获。他说：“文物的价值不仅在于研究历史，更重要的是标志着国家的尊严和利害呀！应该记住它们，宣传它们，让后代永不忘怀！”

（三）

今年春节，我们拜访了老学者文怀沙先生。文老是李燕在美院读书时的文学课老师，也是给他印象最深、影响最大的老师之一。当我们敲开文老房门，经过一番寒暄后，文老向他身旁的一位客人介绍说：“这就是李燕教授！”

“不是教授，”李燕急忙解释说：“我是副教授。”一听此言，84 岁的文老竟笑得跟孩子似的，拉着李燕的手说：“副教授，副教授！”随即给我们讲了一段历史。

他说的是，汉文帝时南粤王赵佗逞霸一方，却仍不满足，欲发兵造反。在此危急时刻汉文帝写给他一封信。第一句话就把他慑服了：“朕，先皇帝侧室之子……”原来汉文帝是从民间找回来的，母亲是个出身低微的丫头。他如果不说谁也不敢说。可是身为皇帝的汉文帝不掩盖事实，反而公开承认事实，认为并不丢脸，这种坦率的态度使赵佗大为感动，觉得当今圣上太了不起了。也许是汉文帝这种求实的态度吧，经过他的努力，终于造就了历史上被称为“文景之治”的一段辉煌！

讲完这段，文老话锋一转对李燕说：“你这是汉文帝的作风。”“不敢当，不敢当！”还没等李燕谦虚完，文老又接着说：“现在社会上一个重要的问题就是虚伪。副教授就是副教授。我们艺术家追求真、善、美，首先就要真。你的态度就很真！”

老师对自己的学生夸奖可能带着浓厚的感情色彩。不过我们共同生活的二十多年，他的坦率和真诚给我的感受颇深。

他不喜欢“包装”自己，也不会“包装”自己，甚至反对目前社会上对“包装”这个词的使用。他说：“如果内外一致的包装，那是有意义的，如果金玉其外，败絮其中的包装，不就是虚伪，坑人吗？”作为一个艺术家，他是个情绪型的人。对于社会上的不良现象和风气，他得机会就要坦诚地表达自己的意见。

“我从来没有获奖的运气，”李燕说：“我抓阄从来都抓空。”可是他在6年前得过一个愿意得的奖是首届绿色杯全国环境好新闻奖。

那年我们到广州、深圳，一路上看到很多餐馆门口的铁笼内关锁着国家规定的一、二类珍稀动物。而餐馆的老板却为了赚钱，明码标价地将它们列入了菜单。李燕对此十分气愤。回到北京以后画了一张漫画：老鹰、猫头鹰、果子狸、穿山甲都在笼子里哭，并在画面上写了一大段文字。国务委员宋健同志亲自对此作了批示，予以支持。

于是，这幅作品发表在《中国环境报》的头版，并且加了编者按。

在他从当时国家环保局局长曲格平手里接过奖杯时，极为兴奋。看着他那副样子，我开玩笑地说：“以后咱们再去广东，天上飞的、地上跑的都欢迎你，唯独没地方吃饭——餐馆老板不欢迎。以后再去真要‘辟谷’了！”他却很正经地说：“不管他！动物是人类的朋友，你难道没感到在与动物的真诚相处中净化了人们的心灵吗？”他把这个观点写进了《人与动物》这本书的介绍文章中，发表于报刊。

苦禅老人爱“说”，只要是有“听众”，就能从1919年刚到北京，赶上“五四”“六三”说起，直说到“文化大革命”。其中历史事件、风土人情、梨园趣闻、名人轶事，无所不包。说到高兴处没准还给你唱几句京戏，拉几个架式呢！

子继父业，李燕也特别爱“说”。用我的话说，“他不用句号”。不同的是李燕不唱，他自知五音不全，但在说的过程中却用“学”来弥补了“唱功”的不足。凡友人聚会的场合，他便成了“主角”。因为说得多，所以他的怀疑和观点便被更多的人了解，他还作为特邀嘉宾在北京广播电台开办了系列讲座，颇有听众。

伴随着经济的大发展，急功近利，游戏人生，飞扬浮躁，唯利是图等观念和风气大肆向人们袭来。只要为了赚钱，不分良莠，不顾尊严，不讲后果，统统地拿了出来。对此现象李燕极为反感。他对学生们说：“中国人在‘戏说乾隆’，英国人为什么不‘戏说伊丽莎白’？美国人不‘戏说林肯’呢？干脆再排出‘戏说你爹’好不好呢！”

有人问：“李先生，您为什么不下海？”

“您看我这样儿是下海的人吗？”一身运动装，或者一件夹克衫，一顶网球帽（还得把上面的商标拆了，说不为他们做广告）一穿就是10年。唯一的一套价值52元人民币的西装和一双旧式皮鞋，是他出国时遵照必要礼仪暂用的“礼装”。至于领带，也是人家帮他打好的，礼仪一结束，他又把领带松圈小心摘下来，留着下回再套上——方便。一回国，这身洋装又封箱啦！还念念有词地背诵那两句“木兰辞”：“脱我战时袍，著我旧时裳”。有一次我们去崂山，陪我的朋友笑着跟我说：“你得看好了李燕！”我说：“为什么？”他说：“你刚才没听见他和道士们聊得那么投机，不定哪天他就出家了呢！”我略微停了一会儿说：“你听过那段老相声吗？一个人死了，家里请了和尚、道士、天主教徒为他超度。结果这个人的魂都不知该飞往西方极乐世界呢，还是进入蓬莱仙境？或者往天堂上报到？”朋友听了大笑，我随即补充道：“李燕进了寺院谈佛，见了阿訇谈古兰经，对于土生土长的‘道’当然更是备感亲切了！你说他该进哪个门呢？”

听到这里，这位一贯做行政领导工作的干部朋友奇怪地问：“他为什么对这些这么感兴趣呢？”

“这要从苦禅老人那里说起。”这回该轮到我说了。

苦禅老人认为，中国的文化是一个“国学体系”。画画只是小道，比画高的是书法艺术，书法艺术上又有诗、词、歌、赋、曲，而古曲的“无弦之琴”“无声之乐”又比文学高上一筹。而古典的哲理——老庄、禅、易、儒——是这一庞大体系之冠。按苦禅老人的说法，要想使自己的画高，必须有画之上诸层的修养——以高度的哲理来统领其下的共生艺术。苦禅老人经常举出苏东坡与徐青藤的例子。东坡之才如“万斛泉涌”，“不择地皆可出”，正是他涉及诸方面，交互一体，方能相得益彰。青藤集诗人、书法家、戏剧家、军事谋略家、大写意宗师与“丹经之祖”的“周易参同契”研究于一身，方显出他高出同代人的成就。

谈到现代，苦禅老人认为：中国画家应当像林风眠、徐悲鸿、李叔同等诸大师那样，兼有“国学”与“西学”的修养，进而了解民间艺术的气息，方能胜过古人。

最后，我对这位朋友说："李燕接受了父亲的这个观点，所以别人称他为'杂家'，其实他是在研究诸家，在诸学派之中汲取精华、补养自己，力图能达到更高的境界。当然，至于能达到什么程度，那是另一回事儿。因为还有机遇的要素。"

（四）

李燕给自己的画室起名"禅易轩"。

李燕在画室挂上一条自己写的大篆座右铭："走自己的路"。

李燕在这里不断地求索。他练气功，研究《周易》，也写一些专门的学术文章，甚至给好朋友预测前程，遥诊疾病，真可说是个"杂家"。

有人曾问我："李燕现在还画画儿吗？"

我奇怪地回答："不画画干什么呀？"

在"国学体系"思想的指导下，他开始了新的构思。

《老子与爱因斯坦》就是他构思独特、蕴含深厚的作品，在他的个人展、画册、海外出版物"艺术与科学"画集中，这幅画引起人们极大的兴趣。

画上，两位智者，一古一今，一东一西，微笑着握起手来，太极图，相对论公式，象征符号，天干地支，火箭和 UFO……在具有动感的空间里旋转着，融合着，整个画面显示出无穷无尽的追求。有人问李燕："你怎么会把他们二位画到一起，并且握起手来？"

李燕说："老子的'道可道，非常道'和爱因斯坦的'科学没有永恒

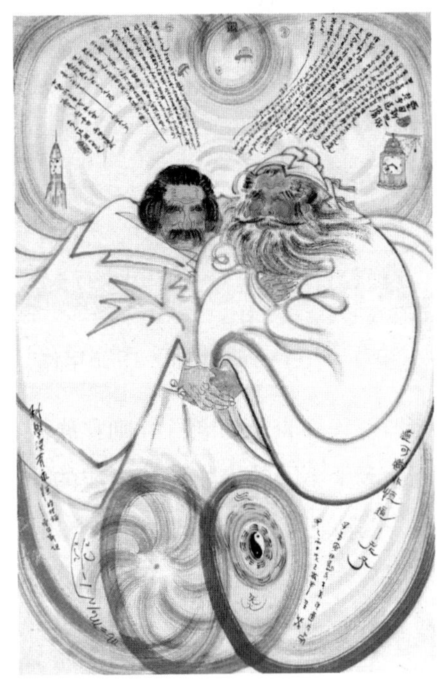

李燕《爱因斯坦与老子造像》1986年作

的理论’，我认为是不谋而合的，而且东西方文化体系未来的融合也是人类科学文化发展的必然趋势，所以我就先让他们二位里程碑式的人物站在这里做个标志吧！”

《五色土》也是他探索中的一种尝试。在这幅具有装饰味道的构图下侧，他写上了这样一段话：

李燕《五色土回想曲》1985年作

浩劫之际，一日大雨，中国京华之中山公园几无人焉，乃登社稷坛，想幼时常来此地，游玩而已，今复来此，嘘唏！两千载国史一并注上心来。低首踱于坛上，见五色土已模糊其色矣！不禁太息良久，遂坐一腹稿焉。是时自不得动笔，至今方忆而为之如是也。

这是他“文化大革命”中有感，作成于粉碎“四人帮”之后。他把画面分割成五块，中间黄色代表皇权，左右两侧蓝和黑代表实行国家统治的强权机构——军队和司法。上方一片是穿着红袍的官僚形象。在这红黄蓝黑的重压之下，用白描处理的各种职业的老百姓则在底层中挣扎。构图奇特分割，大色块的强烈对比，九十多个不同的人物形象组成的一个个情节……把两千年封建社会的负面浓缩在一起。它陈列在个人展上，陈列在“国际书画博览会”的主厅内，不加注解，却有许多观众看懂了。一位经济学者竟看了40分钟，认为“生动、有意义、对人有启发”。

由于对中华传统文化研究的不断深入，中华先贤先哲们就成为李燕崇敬的形象，以致在1988年出版的《李燕人物画集》中收了他不少这方面的创作。

他以“服从内容的形式大反差”手法，与不同内容而“千篇一律，千人一面”的“名家习气”彻底划清了界限。同时，也充分表现出了他不忘父亲的教导：“你不要跟我一样，要创自己的路子。古人父子文艺家多有子因父得名的，史册上都不客气地以大小相称，如‘大小李将军’‘大小米’……对父子皆有创造性地都给以并称，如称王羲之、王献之父子为‘二王’，称苏东坡父子三人为‘三苏’，称曹操父子三人为‘三曹’……历史是公平的，也很无情，子因父得名的都没有历史地位。”

1993 年 4 月，李燕自己校正、翻译（白话）与插图的《易经画传》由中国和平出版社出版了。此本书的出版了却了他的一大心愿——完成了中国美术史和易学史上的第一部《易经画传》——集“易学”与绘画于一身的巨著。当然，他为此付出了极多的心血：历时两年的 700 多个晚上，校对勘误，查阅资料，在构思成熟后不起草稿地直接勾勒成 448 幅白描画面——900 多个人物，100 多个动物，不计其数的道具……终于使他从来视力“1.5”的眼睛戴上了 100 多度的花镜。

为了使读者便于理解此书，他写了《自序》《学易心得》和《太极图解》三篇论文来阐述自己的观点。其中的主要观点已广泛地被刊登在海内外的书刊报章之上，受到“易学”爱好者们的青睐。1993 年底此书又被台湾《时报》出版机构以另一种版本在台出版，不到半年竟又再版。如今国内版本基本脱销，人们买不到便常托人来问，他用一万多元稿费自购一部分，至今已送了一多半了。他说：“这叫君子爱财，取之有道，用之有道。”又开玩笑说：“这叫来之不易，都是‘易’，走得容易还是‘易’！”

他从不抽烟，品酒也只当是一种“酒文化的修养”，不够“嗜好”程度。讨厌进歌厅，根本不会跳舞，更不追求时髦的豪华享受：攀比汽车、房子、家具与职务。他的饮食习惯清淡简单，并且非常“老北京式”。一看到现在社会在吃穿上的浪费便总是在那里“忆苦思甜”，老爱说：“比当臭老九那会儿自在多了！”一副心满意足的神态。

但是对待公益事业他却是毫不吝惜，在为“希望工程”捐款后，他被列于中央工艺美术学院捐款榜上第一名。

我们在一个电视节目中看到了患白血病小女孩，因为经济困难无法接受治疗时，都非常同情。第二天一早李燕竟骑着自行车寻找到医院，送去了 1000 元。

他常说："正因为咱们自己的稿费收入有限，'教书匠'工资不多，这钱才应该用到最有意义的事情上。"

李燕有自己的"财产观"和"消费观"。他始终认为应该自力更生。我们全家也始终认为苦禅老人属于我们的家庭成员，是我们的父辈，更属于祖国和人民。所以在婆母与李燕多次和山东省济南市协商后，把老人的宝贵书画、收藏的文物捐献给山东老家，建立了"李苦禅纪念馆"，使这些珍贵的艺术品发挥了更大的作用。

李燕愿意拿出比生活费多十几倍或几十倍的钱去帮助人、买资料书，又自费从事"人体科学"的 10 年实验计划，却绝不肯花钱买虚名。他曾多少次拒绝以交钱为条件的外国《杰出人物名典》和国内的《艺术伟人辞典》《艺术名人典》的来函，而不用交钱和托后门载入的《名人录》他便欣然接受。他认为"这是靠真学术功夫得来的荣誉，是荣幸的事。靠收取一定的费用或者私人关系编制'辞典'岂不是太不严肃了"！

从 1978 年到现在，英国欧罗巴出版社出版的《世界名人录》多次再版，载入他名字的通知书上，他都愉快地签了名。不久，他又被通知：列入了《中国社会科学家辞典》（英文版），成为美术界第一位被列入这部辞典的画家。可是当人们问到我关于李燕这些事时.我几乎说不出这些辞典的名称和出版社。因为在我看来，他还是他，只不过比在宣化相处时长大了，比十几年前忙了，更有历史责任感了，成了一个生活得虽劳碌但更充实的李燕了。

他 50 岁了，早过了"风华正茂"，更无意"指点江山"，既无出洋闯荡之心，又无下海拼命之想。"在自己力所能及的范围内，干我们力所能及的事——孔子曰：君子素其位。"李燕这样说的，也正在这样做。

不过，社会上许多知音说："李燕是在做着'继承优秀文化传统，发扬光大传之于后人'的有意义的事业。"这，也许就是李燕认为应该自知的"天命"吧！

应《中华儿女》杂志社主编杨筱怀之约写于 1993 年

依然行走着的武训

2006年12月1日，百多位专家、学者聚集在鲁西平原，当下并不被人们熟知的地方——山东冠县。它，就是曾经以行乞办学而名扬海内外被称为“无声的教育家”武训的家乡。

我不是学者，也不是专家，但是历史却把我放在了无法推却、必须参与的位置上，因为我的父亲孙之儁三次画过武训的故事。

1936年，承蒙段承泽先生的邀请，我父亲到包头住了半年，与他合作了第一本《武训先生画传》。1937年春开始在天津《大公报》上发表。后出单行本，再版六次。1944年被誉为“人民的教育家”的陶行知先生为此画传作了跋，并将文字部分译成英文，介绍到苏联、加拿大、印度、英国和美国等国家间进步的教育界朋友中。

1937年父亲又以四条屏连环年画的形式画了武训的故事，由天津杨柳青出版了3万份，发行到华北广大农村。

1950年由上海武训学校校长李士钊先生撰文，与父亲合作，又出版了一本《武训画传》，于1951年1月出版发行。

段承泽、李士钊都是被武训深深感动的人，这种感动并不是仅仅掉了几滴同情的眼泪，乃是效法武训、宣传武训而有大作为者！

“段公绳武（段承泽，字绳武）便是受他（武训）的影响而改变的一位志士。自从他驻军泰安（民国十六年，即1927年），听到武训行乞兴学的事迹，大受感动，自称‘退赃赎罪’，将房屋车马变卖，建立包头新村，依耕地农有之原则，实行集体生产，以期造成共同劳动平等享受之社会；而且实施生活教育以期创造新农村，建立新文化……”（摘自陶行知先生为《武训先生画传》再版跋文）

伟哉！壮哉！一位生活在20世纪二三十年代的旧军人竟然有此超前的实

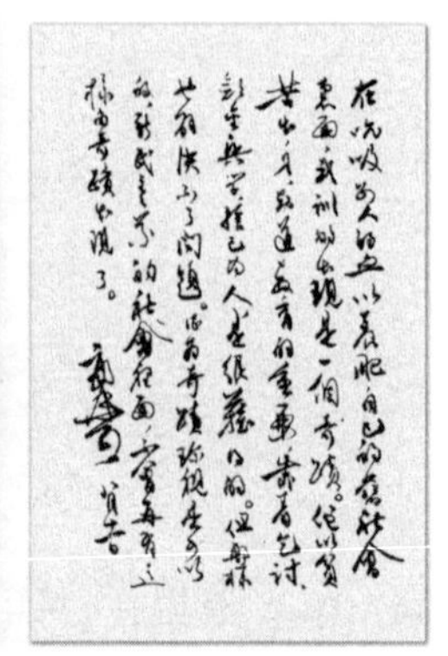

1951年版《武训画传》，郭沫若先生作序

践性的壮举，这难道不值得历史学家、社会学家们去深入研究吗？

李士钊先生是山东聊城人，他的家离武训的村子——武庄只有几十里路。自幼便听到老人们赞颂武训。上学后阅读了陶行知所编的《平民千字课》，其中有一篇《乞丐办学堂》的课文，深受感动，在以后的二十多年里搜集整理武训的史料，便成了他最要紧的使命。1948年他编著了《武训的传说》。1950年，“在时间空间和历史观点评价上，都需要加以修正补充”（摘自李士钊《武训画传》序言）的思想认识的指导下，他重新撰写了《武训画传》的文字部分。

我的父亲孙之儁早年毕业于北平国立艺专，与我的公公李苦禅为同学挚友，目前我收集到他早年的漫画3000多幅，在此不赘述。他一生三次创作一个人物形象共有两位：一是真人武训，一是老舍先生的小说人物——祥子。一个是乞丐，一个是车夫，都是生活在社会底层的小人物。父亲对他们倾注了深切的同情和关爱。艺术创作，绝对须有真情实感的良知，才能创造出使人们心弦共鸣的人物形象。孙之儁笔下的武训得到了陶行知先生的肯定，而祥子则得到了老舍先生的首肯，更感动了无数的观众。

一位武训先生把陶行知、段承泽、李士钊和孙之儁连在了一起。“文化大革命”之后，士钊叔叔曾带我拜见过段承泽的夫人王庚尧女士。就是她继承夫志，在段先生去世之后，把《武训先生画传》的锌版交与陶行知先生，才得以六次再版。

前辈去矣，而关于武训的研究和有关的公案似乎自然地延续到我们这些子女身上！

在这次会议——第三次全国武训精神研讨会之前，我和士钊叔叔的儿子李刚、李勇多次联系，又有幸认识了中国陶行知研究会会长方明先生（陶先生的学生，现90岁高龄）和陶行知的孙女陶铮女士。我和先生李燕一道应邀赴会并安排了重点发言。

12月2日，我们分乘六辆大轿车来到柳林镇，拜谒武训祠。当日晴空万里，天朗气清，走过百米碑廊，远远看到“高歌台”。台分两层，上层中间高耸着武训的全身立像，身背褡裢，手执长柄勺，诚恳地微笑着，迎着朝阳前行。四座石碑环绕，分别是郭沫若、冯玉祥、何思源、陶行知的石刻像和碑文。第二层四座石碑环绕，分别是赵丹、孙瑜、李士钊、我的父亲孙之儁的石刻像和碑文。此时大家情绪激昂，赶紧合影留念。

我站在父亲的石碑左侧，轻轻抚摸着父亲的名字，默默地告诉他，今天是您的生日，阴历十月十二，我能够参加这次研讨会，在这里纪念您，足以告慰您的在天之灵了！

李燕夫妇在山东冠县柳林镇武训祠内高歌台上在父亲孙之儁的纪念碑侧合影留念

环视四周，是五湖四海前来瞻仰的人；仰望台上，静静地伫立着故人的碑刻、石像……时空的交替定格在这一刹……

武训，已经逝世110周年了！赞扬与诋毁、歌颂与批判，逝去的武训任人评说。

古往今来办义学的人士也是有的，但都不是靠乞讨。像武训这样积一生乞讨的钱办了三座义学的，可能全世界只有他一个！

他能忍受胯下之辱，但没有韩信的雄才大略；他有沿街乞讨的经历，但没有朱元璋的野心；他积攒了足以与当时富人比阔的财产，但却没有把丝毫看为己有；他有“行兼孔墨”（张学良对他的评价）的作为，但却没有至圣至理的名言；在他大字不识一个的身躯里，跳动着一颗把穷孩子们都送进他办的义学里的决心！既不是游侠，也不是豪杰，更不是蒙昧中的愚民！即使司马公在世，恐怕也难以给他列传。还是冯玉祥将军的评价得当：“特立独行，百世流芳，先生之风，山高水长！”

想到这里，我似乎听到了一个朴素的呼喊：“修个义学为贫寒！”似乎看到了一个依然行走着的身影——贫民教育家武训先生！

2006年

何思源*先生与武训的纪念

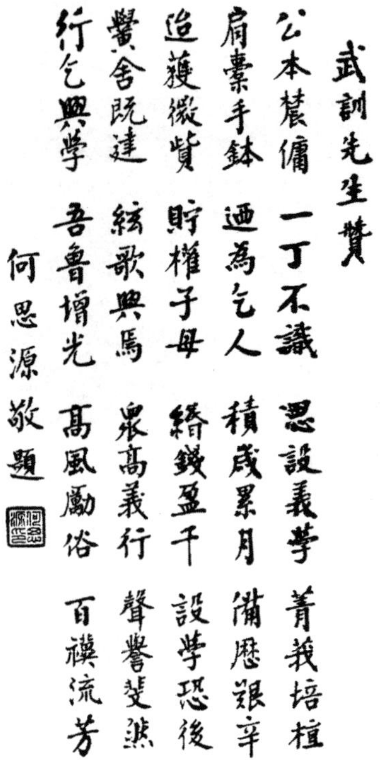

武訓先生贊

公本農傭 一丁不識 思設義學 菁莪培植

肩橐手鉢 迺為乞人 積歲累月 備歷艱辛

追獲微貲 貯權子母 緡錢盈千 設學恐後

黌舍既建 絃歌興焉 衆高義行 聲譽斐然

行乞興學 吾魯增光 高風勵俗 百禩流芳

何思源敬題

图一

武训百年诞辰纪念，发表于《大公报》1937 年 5 月 26 日

说起何思源先生，人们最先想到的是，在北平和平解放期间，他作为国共和谈的首席代表，为和平解放北平所做出的特殊贡献和付出的惨痛代价，失去了自己的一位爱女。人们永远不会忘记他。然而要说起他重视教育事业和宣传贫民教育家武训的活动却鲜为人知。

武训（1838—1896 年）是清末山东冠县柳林镇武庄人。他目不识丁，一贫如洗，但却以行乞积钱的方式，完成了一生修建三座义学的宏愿，从而使当地的穷孩子们能免费入学念书，使他自己也成为教育史上一位奇特的“无声的教育家”。

对于武训的宣传和纪念活动在百多年来曾有过几次高潮，这当然都是与山东省当时的一些官员和社会贤达，以及主管教育的开明人士有关，如蔡元培、陶行知、

* 何思源（1896—1982 年），字仙槎，山东菏泽人。1919 年参加五四运动。曾赴美、德留学。1926 年回国，任广州中山大学教授。1934 年任山东省教育厅长期间，发起并组织了纪念武训九十七周年诞辰活动。1944 年任山东省主席兼保安司令。1946 年任北平特别市市长。1949 年担任国共和谈首席代表，后留北平。新中国成立后，曾任政协全国委员会委员。1982 年逝世于北京。

冯玉祥等。而 20 世纪 30 年代担任山东省教育厅长的何思源先生有着独特的贡献。

为纪念武训 97 诞辰周年，1934 年，何思源先生与临清武训小学校董发起纪念活动，出版了一本《武训先生诞辰九七周年纪念册》，这本纪念册征集了当时国民政府的主席林森、蒋中正、戴季陶、于右任、张学良、冯玉祥、宋哲元、吴佩孚……及至文化教育界名人蔡元培、陶行知、张伯苓、梁实秋、郁达夫等 100 多人的题词。还收集了包括梁启超、刘半农等人的文章，老师、校友的回忆文章，以及学校管理章程等。这本纪念册已成为研究我国近现代历史特别是教育史的重要史料和教材。其中包容了从蒙学、经学到现代初级教育的丰富内涵。

何思源先生本人写的《武训先生赞》也收集在内。（见图一）

自 1937 年 3 月 25 日起，天津《大公报》不断报道纪念武训百年诞辰的消息，包括修缮武训祠墓，拟为武训摄制影片，4 月 13 日开始连续刊载段承泽先生撰文、孙之儁先生绘画的《武训先生画传》。

1937 年 5 月 26 日，天津《大公报》刊载消息，《武训百年诞辰——纪念办法》发起人举行首次会议，发起人是谁呢？首位便是何思源先生。拨开历史的尘封，我们可以看到当时详细具体的纪念办法。（见图二）

武訓百年誕辰

紀念辦法

發起人舉行首次會議

十二月五日在柳林開紀念會

图二　发表于1937年5月26日《大公报》

1945 年，人民教育家陶行知先生又发起了一次纪念武训先生的高潮。

今年是武训先生逝世 110 周年。山东省冠县县委、县政府邀集 100 多位专家、学者到冠县，举行第三次全国武训精神研讨会。何思源先生的女儿何鲁丽副委员长特为大会发去贺信。信中说："衷心希望武训精神研讨会结合我国当前形势，继承和发扬武训为教育事业百折不挠、艰苦创业的精神，进一步促进教育的普及和发展，为全面落实科学发展观、构建社会主义和谐社会做出更大的贡献！"

何鲁丽副委员长的贺信给与会者以很大的鼓舞。到会的专家学者不是研究历史的就是研究教育的，人们被何思源先生家两代人对我国教育事业的关心深深地感动。人们衷心地期望我国的教育事业健康蓬勃地发展起来。

2006 年于京

李燕、孙燕华夫妇与何鲁丽副委员长合影于北京历代帝王庙

动起来的启示

一看到《老北京动起来》这个题目，我立刻就兴奋了，是谁策划了这么一个内涵丰富又极具活力的展览！乘着初秋早晨的清凉赶紧驱车到水立方后面的国家会议中心去看一看。

作为出生和居住在北京的66岁的我来说，这里是我深爱着的地方。尤其是近几年整理了父亲孙之儁创作的连环画《骆驼祥子画传》和他的漫画作品以后，我的视野和认识上接到父亲那一辈对北京的贡献和情怀，特别是大量地吸纳了老舍先生对这座美丽而极具文化积淀的古都的深情。作为一座文化名城，自有它的厚重和绰约。我们常用“蕴含”和“滋养”来形容周边环境对人的影响，北京就是一个赋予你灵魂和精神滋养的圣地。

我想，我的体会一定会得到生于斯、长于斯的北京人的赞同。

作为六朝古都的北京是中华民族文化历史发展的最深厚、最丰富、最凝重的载体。她的存在、变化和发展代表着国家的衰败、兴盛和发达，而近百年来的风云变幻更是如此。随着这个世纪的时光，生活在这里的人们得天独厚受到了锤炼，形成了北京人大义凛然、智慧豁达、宽容幽默、沉着机敏的特质，用一句时髦的话说，“够爷们儿！”同时也形成了北京特有的文化氛围。

在“十二五”规划中，大力提倡发展文化产业，大力推进文化创意，这又给我们多方思考和选择的大题目，大空间。创意绝不是凭空就能想出来的。好的创意一定要建立在深厚的文化积淀上。产业能否形成和发展也绝不是靠一哄而上就能成功，大浪淘沙，好的产业也是在竞争中巩固的。因此我觉得《老北京动起来》开了个好头！这个题目好就好在她有活力，有号召力，有潜力！

王大观先生的长卷以前就拜观过，看静止的画面与看活泼的场景，有大不相同的感觉。当我浏览着这些熟悉的画面时，脑海中立刻联想起很多场景和可发掘的因素与题材，比如，我们在十多年前摄制的曲艺系列电视片《胡同古韵》，

在老舍基金会顾委会成立大会上的留影。从左至右：孙燕华、于滨（舒乙夫人）、舒乙、李燕

涵盖了十多个北方流行的曲种，目前传人甚少，尽管有的已列为非物质文化遗产被保护下来，但是保护不代表发展。

又如，我父亲画的《骆驼祥子画传》如果也能做成数字多媒体艺术展览，那一定是非常有价值的。因为他的创作极为写实，祥子时代的用具、穿着、红白喜事的仪仗都特别考究、准确，因此舒乙大哥评价说："可以当作一种有历史价值的参考资料对待。"

由此，我又想到如果以老舍先生出生地小羊圈胡同开始，把他在北京的活动路线与作品人物结合起来做成多媒体艺术岂不是更妙！

推而广之，林语堂、鲁迅、郭沫若、胡适、梅兰芳、梁思成、冰心……又如启功，季羡林……我们北京的文化名人太多了！让他们都动起来，活起来，再配合他们当年的讲话录音，那将是一番什么景象啊！

如果按照这个思路把更多的历史人物、重大事件、风土人情，选择重点的编辑出来，一定会受到广大群众的欢迎。只要热爱北京的人们，眼动起来，脑动起来，手动起来，脚动起来，把心灵中的老北京描绘记录下来，创意出新的北京文化，那可是我们不小的功绩啊！老舍先生说，所谓文化，就是一个国家、一个民族"古往今来的精神和物质的生活方式"，"教育、伦理，宗教、礼仪与衣食住行，都在其中，所蕴至广"。

沐浴着京城初秋的清凉，让我们动起来吧！

2011 年 8 月 17 日

中西对话与中国化

金秋是灿烂绚丽的季节，九九的艳阳洒满大地，让人感到了一种充盈和幸福。恰恰是在这个时节，我们第一次迎来了法国印象派大师雷诺阿（Pierre-Auguste Renoir）家族的作品展。雷诺阿笔下丰富色彩、松弛的笔调与明快的京城秋色融合在我们的心中，带来了令人陶醉的美！

多年来，我们始终纠结在东西方文化艺术的探讨、隔膜和肯定与否定之中，总是习惯于以“先进、落后”“创新、守旧”甚至是“以阶级斗争”的标准来衡量艺术品。改革开放以后又涌现出不断与国外“接轨”的过程，诚然产生了不少优秀的作品，表现出了画家的个人追求和修养，但是也出现了不少突发奇想的实验性的或丑陋的东西，甚至造成目前画坛上种种不正之风的怪象。

最近习近平总书记把中小学课本中古典诗文的缺失，提高到“去中国化”的高度来批评，我们依此精神去理解，中国人绘画艺术的根基，还是应当站在中华传统文明的基础上，特别是将诗、文、书、画、金石艺术以至国学体系全面予以综合融通，才能既汲取国外真正的文化艺术，又让我们的绘画艺术在不断发展中永远“姓中”。

雷诺阿《午餐结束后》

继承传统绝不等于墨守成规。我们看到，雷诺阿的艺术探索道路也是不断变化的，他与画家莫奈、希斯来、马奈、迪亚兹、莫利索、雕刻家罗丹，戏剧家梅特林克，诗人魏尔兰，作曲家德彪西等同时代人之间的大量交流与互鉴，并继承了卢浮宫展出前辈名家名画的传统，说明雷诺阿也是在西方文化艺术发展的基础上不断思考，不断实践才形成了自己的风格。这本来就是人类文化艺术相互融合、相互吸纳从而不断发展的共同规律！

文化艺术相互融合得不好的作品，处处带有“焊接”的痕迹，它不是融合，而是“来料组装”。但融合得好的作品则形成一个有机的整体。

雷诺阿家族的作品来了，迎候这个家族的是谁呢？是活跃于中国近代文化艺术界的“八大家”！

2014 年 10 月在中法建交 50 周年之际，法国印象派大师雷诺阿家族后裔藏品首次来华举办“家族式联展”，中方由齐白石、徐悲鸿、李苦禅、吴瀛、潘天寿、李可染、许麟庐与艾青家族提供了作品，并举行了学术交流会

与其称为“八大家”，其实是“一大家子”，为何？八家中有五家首推齐白石，师承他的是李苦禅、李可染、许麟庐和新凤霞女士。

徐悲鸿先生是中国现代美术教育的开拓者，一个从法国学习油画回国执教的著名画家，毅然聘请没有上过正规学校的齐白石，到国立艺专执教，徐齐之间的信任与仰慕由此可见一斑。徐院长的一生为确立现代中国的美术教育奠定了正确的基础。青年的潘天寿先生一直活跃于江浙，最早推介他的书法与诗作给齐白石先生的，是齐门大弟子李苦禅。珍存至今的白石老人1931年的书信，清楚地记录了这事件。当时李、潘二位先生一同执教于杭州国立艺专。潘天寿先生一生在大写意花鸟方面广纳博收，形成了自己的风格，在教学中也形成了自己的理念和方法。所以，世人常以“南潘北李”来概括这二位的艺缘。

八家中年龄最长的是吴瀛前辈，他是一位保护故宫文物与初创国立故宫博物院的大功臣，大学者。正是他的学识、才干和爱国的情怀，才教育培养出了剧作家吴祖光、表演艺术家新凤霞伉俪和音乐家吴祖强等吴氏的文艺子孙们。特别是由白石翁起名的吴欢，一直是活跃于文化艺术界被称为“无处不欢的”才子。

表面上看艾青与油画家艾轩父子似乎与这些国画界的人们关联不大，其实不然。吴祖光先生是广交文艺界朋友，能使用“十八般武艺”的大家，他与这位从延安来的著名诗人作家艾青先生交往多年，更何况艾青之子艾轩正是当下油画界的悍将呢！

白石老人有句名言：“学我者生，似我者死。”这种艺术教学上的开放理念，培养出了写意花鸟画的大家李苦禅与许麟庐。这对情同手足的师兄弟都画出了各自的风格，特别是李苦禅先生执教于中央美术学院，他把自己最早受教于徐悲鸿的教育思想和国立艺专的西画基础，自然顺畅地融入了他的教学中。许麟庐先生则在90岁以后，完全突破了自己以往的书画作品，完成了齐白石（1864—1957年）、李苦禅（1899—1983年）、许麟庐（1916—2011年）长达147年生命历程构筑成中国美术史上大写意花鸟持续发展的特殊阶段。受到“文化大革命”严重迫害的新凤霞女士则以其写文作画走过了她的后半生，为人们留下了许多清新艳丽、独具特色的画作和倾诉心臆的文章。

白石门下的李可染先生独辟蹊径，经过多年的写生和思考成为当代山水画的大家，形成了独树一帜的“李家山水”。

略述脉络，大家也就会同意我们的观点了吧！名为八家，实为“一家”。这“一家”的含义是明确的：那就是，近百年来我们的民族艺术，特别是绘画，就是在这些“大家”和其他的“大家们”的努力下，共同推动着，演变着，发展着，而这种推动和发展都姓“中”，都是中华民族“一大家子”的艺术。

在中法建交50周年的喜庆时刻，中国绘画名家与法国印象派绘画名家雷诺阿家族的作品能同时同地展出，应当说，是一次有历史意义的盛会，是一次有突破性的别开生面的盛会。作为最具有代表性的东西方绘画的大家们，各自亮出最智慧、最深邃、最闪亮的作品，让我们并行思考，融汇分析，这种具有历史延续性的东西方绘画展览一定会激发我们的灵感，这种融合与交流正是我们今天所需要的！

海明威曾说："假如你有幸年轻时在巴黎生活过，那么你此后一生中不论去哪里，她都与你同在，因为巴黎是一个流动的圣节。"在我们热烈欢迎雷诺阿家族展览的同时，我们也想说，亲爱的朋友们，你们有机会来到北京，举办这次展览，此后一生中无论你们走到哪里，北京都会与你们同在，作为中国的首都，北京是一个赋予人们灵魂和精神的圣地！是一个产生过多少文化艺术大师的圣地！

我们衷心地祝愿此次展览的成功！

2014 年 10 月 9 日

注：此文为该展览的前言。

由《北平无战事》说起

（一）

《北平无战事》是近年来拍摄严肃、角度特殊、人物鲜明、动人心魄、发人深省的电视片。剧情缜密深刻，丝丝入扣，叙事严紧。在松弛有度的节奏中深咏细微地刻画着人物的心理脉络；剧中人的对话符合自己的身份，没有出现为了迎合观众而“现代地穿越语言”，突出了人物的个性特点；不拼不凑，不拖泥带水，没有花拳绣腿的俗套。剧中谢培东、梁经纶、曾可达、王蒲忱、马汉山这类人物在以前的影视剧中难以感人，即便是有所表现也很浮浅，多有概念化、脸谱化的倾向。对这类人物的塑造不够深入则难以立住。原因很简单，他们是“好人”还是“坏人”？“好人”就是革命者，“坏人”就是反动派，似乎不应该有权衡个人得失，追求自己的理想，处在中间状态的人物，比如梁经纶。几十年来在文艺发展的过程中曾经出现过批判“中间人物”和必须以“高大全”的模式塑造英雄人物的阶段。当然，像《红岩》《小兵张嘎》等优秀影片也深受群众的喜爱，《亮剑》和《潜伏》等电视片也广受欢迎，但是像《北平无战事》这种立足于更复杂、更深入的片子还是鲜见的。特别是对谢培东的塑造，倪大红的面部表情以不变应万变，表演节奏永远处在慢半拍甚至一拍上，但却丝毫不让人感到木讷、愚钝和拖沓，因为他的心理节奏是十分紧凑和准确的。观众认可，只有富有谋略和经验的革命领导者才会有这样的气质，处于“襄理”位置的他必须是这样。

坐在我旁边的外甥一边看一边指着片中的人物，问：“这个人到底算好人还是坏人？”“国民党怎么也称同志？”听了问话，我很感慨，对于一个出生在“文化大革命”后期的人，这真不是一两句话能说清楚的。历史的发展很复杂，人生的道路也很复杂，真实的人性是多变的，何况剧中人物处于国共两党的最后交战之中，处在蒋氏父子政治措施、谋略的分歧之中。共产党人也好，国民党人也好，他们在执行各自最高领导的命令时都是面对复杂严酷的现实，都要准确地判断和分析各种纠结的局面，否则就会输给对方，给自己造成重大的损失。对于“文化大革命”中出生的人群来说，虽说已近 50 岁，但是几十年来始终没来得及客观、冷静地认真学习研究过近现代历史，因此也难以客观地认识历史。近年来看惯了婆媳大战、小三插足、活劈日军、英雄不死、商场狡诈、尽落金甲……的观众们面对《北平无战事》的片子时，仿佛还没有做好功课。这些年来不少文艺创作从概念出发，从主观想象出发，从单纯经济效益出发，从无厘头娱乐至死出发……总之，既没有深入地接着地气，又没有对真、善、美的高尚追求。那些争奇夺怪、只抢眼球的作品当然不可能释放出正能量。但是这次不同，我们可以清晰地感受到这部片子的价值。它是下了大功夫的，不但查阅了大量的资料，掌握了众多的人物素材，更是以尊重历史的冷静视角、客观求真的态度进行创作的，因此它才合理，才生动，才可信。

这种真实吸引着我认真地逐集地看了下来。在被感动的同时我也想起了曾经活跃在北平做地下工作的长辈们……

《戏剧人生》

《北平无战事》的后半部，有一组镜头是马汉山与方孟敖的谈话，以他掌握的资料分析北平金融经济的情况。马汉山说：“民国三十六年……民国三十七年……”此时我想起了父亲在1947年即民国三十六年发表在《纪事报》上的两组连续漫画《戏剧人生》（1947年8月1日—9月29日）和《老鼻烟壶》（1947年10月2日—31日）。这两组连续漫画正是反映国民党统治后期贪污、腐败、民不聊生的社会状况，反映了蒋经国企图“打老虎”却不能根本打倒的原因。因此我挑选出几段选登在这里，推荐给读者，或许可以作为对该片时代背景的补充，因为漫画就是及时地记录和反映社会各种矛盾和斗争的最得力的匕首和投枪。

《老鼻烟壶》

我的父亲孙之儁是一位漫画家，1930年毕业于国立北平艺专。从1927年至1949年他有连续22年发表漫画作品的历史。这些散落在各大报刊的漫画，记录了社会的各种矛盾，各种人物，反映了他对当时社会和人生的看法。

1942年父亲谈过他创作漫画的目的：“导人为善，是我理想中的漫画主题。”1935年他在《漫画浅说》一文中阐述：“讽刺画在现代新闻纸上占了很重要的位置。因为它能很坦率而深刻地把那舆论界认为不满意之点，具体描起来，使人看了，得一个清楚深刻的印象。简直说，一幅讽刺画等于一大段社论，这是很明显的事实。那么自然一般人都欢迎简而乐的讽画喽，所以它成了新闻界之骄子。”（原文发表于1935年6月3日、10日、17日天津《庸报》）

由于有配合共产党做地下情报工作和三次被捕的经历，他的漫画创作更贴近人民、贴近生活，更有战斗性。

《戏剧人生》与《老鼻烟壶》的作品发表时，父亲用的笔名是“付基”，是“反蒋”两个字拼音的声母。这正是当时他热情地投入地下工作，迎接胜利心情的表现。两部作品都是反映社会现实问题的，是 1947 年北平社会状态的记录，也是作者爱憎分明，战斗精神的表现。

（二）

我的姨姨丁冷是中共地下党员。她在 1939 年上太行山参加了革命，1940 年在抗日军政大学学习时由郝志平（罗瑞卿夫人）介绍加入共产党。经过一段做城市工作的培训，1942 年一二九师领导派她做北平到石家庄一线的地下情报工作。上级领导说：“到北平就住在你姐丈孙之儁家里，有人会去跟你联系。”丁冷到北平后就一直住在我家中。我的父母也就开始协助她的工作。至于上级领导为什么敢于将她安置在我们家里，应该是有背景的，但我现在已无从知道了。

1945 年抗战胜利，大家欢欣鼓舞。秋季，丁冷姨带着我的父亲激情满怀地到华北局城工部汇报工作。父亲受到刘仁同志的接见，还单独和他谈了话，至于交代给他什么任务我现在也无法知道了，只是听母亲说当时父亲受到很大的鼓舞，回到北平后积极地联络工作对象，开展工作。这正是电视片中表现的时间段。

1945 年 8 月，我的大姐孙静（中共党员，现为上海文史馆馆员）19 岁，受河北藁城（我们老家）的共产党委派来做父亲的工作。她被沿站转送到北平，到家里后说明来意，妈妈告诉她，父亲和姨姨去华北局城工部汇报工作去了，才知道父亲已经在帮助共产党了，她很高兴。

丁冷姨和孙静走后，以“越隐”为暗语的地下工作人员又和父母联系，接上了头。1948 年秋北平解放的前夕，在情报传递的过程中泄密。因为查出情报上的字是父亲的笔迹，他被捕了。于是特务们跑到我家“蹲坑”，准备捕捉其他人员。搜索中他们发现了父亲收集的毛主席像，于是翻箱倒柜，企图再找“罪证”，甚至把地上的砖都撬起来。母亲做出了严正的抗议，既不吃，也不喝。虽然我当时三岁半，可直到现在仍然模模糊糊地记得我依在床边对妈妈说："我饿！我饿！"其中一个特务冲我说，"我们也没吃饭啊。""我做饭去，你等着吧……"至于后来吃了些什么我已经全然不记得了，但当时那种害怕的感觉却深深地留在了我的心里。

北平和平解放前夕，父亲从国民党监狱被释放出来。最后和他谈话的是一位傅作义的副官。那位追随傅作义多年的官员对他说："我们原来以为你是共产党的负责人呢，现在清楚了，你不是共产党员，你是位画家，能画画，干吗要参与这些政治斗争呢？现在我们失败了，成了败将。打了这么多年仗，为什么呢？想起来我很后悔……"

回忆着父亲曾对我说过的这段情节，不由得想到这位国民党副官的话，这应当是他当时的真心话。在傅作义先生决定和平谈判以后，他的下属们会怎么想呢？亲共产党的当然高兴，亲国民党的也会像曾可达一样考虑着自己未来的命运。为什么父亲的这段话让我如此深刻地记住了呢？因为他是在极难以描述的心境下说的，我也是在极难以描述的心境下听的。那是 1966 年 9 月 3 日，我家被红卫兵彻底抄家之后，父母被勒令回农村的前一天，我和父亲坐在院子里的小板凳上，我问他，您还有什么没有交代的吗？他说："都交代了。"顿了一会儿，他给我讲了上面的那段话。直到写这段文字的时候我才理解当时他是多么痛苦和失落。

但是在当初父亲并没有理会那位副官的劝说，因为他正怀着极大的热情迎接北平的解放呢！出狱后他宣传共产党解放军的各项政令，又是画宣传画，又是编节目带学生演出……然而让他完全没有想到的是，他精心创作的《武训画传》（1951 年版），连同电影《武训传》在 1951 年受到了严厉的批判，这对于他来说简直是当头一棒。为此，他和当时凡是宣传过武训的人一起做了公开的检查，发表在报纸上。

即便是这样，父亲也没有消沉，仍然认真教书，转为连环画创作。此时少年的我仍然经常听到丁玲姨与妈妈、爸爸在一起讨论当时的各项政策和如何正确理解 50 年代一场一场的运动。直至"文化大革命"初当江青再次点到武训和我父亲的时候，父亲已经被迫害至死了。

我的大姐夫宗凤洲（曾任中国人民解放军十二军参谋长，少将军衔），与李德生同志一起经过淮海战役、解放南京、西南剿匪，又赴朝鲜参加上甘岭战役。

出征前和凯旋后他们都多次来北京我们家。当时大姐也还没有复员，家里出出入入的都是穿军装的。我刚上小学，同学们都好奇地看着我家，我也特别引以为豪。这种家庭环境给我以极大的影响，这些亲人和前辈的经历使我对人生、对社会有着深刻的理解和体会。已经70岁的我为什么能坐下来静心地看完《北平无战事》呢？是因为与它所表现的时代有共鸣，也是在思念着前辈，思考着他们所走过的道路，也就是我们的国家和民族所走过的道路。这应当就是一部好的文艺作品所应该给予人们影响和慰藉吧。

最后我还要多说几句傅作义先生，对他我有一种特别的尊敬，傅先生非常重视教育，早在驻守西北五原的时候，就以随军家属的孩子们为主创办了奋斗小学。参与办学的校长、员工都是他的部下。新中国成立后，这所学校固定在西城区库资胡同，我入学时它还是私立学校，后改为公办学校。小学六年我都在这个学校读的。我相信读者如果是奋斗小学的老毕业生，一定会想起唐自强校长、窦溪萍老师、刘耀明老师、石主任、申老师……他们朴实勤恳，极负责任，从这样一个群体中可以看出傅作义先生的影响和作风。

一部好的文艺作品是触及人们心灵的，《北平无战事》就是这样一部成功的电视剧。

2014年11月

沪上两日行

看电影是我们这一代人的钟爱，尤其是在20世纪五六十年代。那时候的文化娱乐不但种类少，而且绝不可能通宵达旦，在青少年的生活中占的比例不太大，因为主要任务是学习，可是“分量”却很重。重到什么程度呢？对一部电影，凡是有影响的，大家都会自觉地去看、自觉地去讨论，不用去组织。课余时间，各抒己见，有人模仿影片中的人物，有人争执剧情中的矛盾等，涉及的范围很广；对演员，对编剧，甚至对作品的时代意义……总之，在我的记忆里，那时我们是非常认真地进行文化娱乐“消费”的。

因为这种氛围使得我们这些70岁上下的老人可以历数出几十部记忆深刻的电影，上百位让我们着迷的中外电影演员和十分崇拜的导演，而夏梦就是这些明星中最受欢迎的一位！

2014年11月15日，我们在上海参加了夏梦女士从艺65周年的活动，共进午餐，同看由她主演的电影。这是少年时代连想都不敢想的，她可是我心中的美神啊！人生就是这么奇妙，大家常以动如参商来形容相遇之难，但是也常有偶遇的巧合。这种偶然的巧合其实也有暗中的机缘。我和先生李燕能在古稀之年见到82岁的夏梦女士的机缘是什么呢？为我们牵线的便是国粹京剧。

夏梦女士的妹妹杨洁是电影《女篮五号》的原型，是位篮球运动员，也是位一听胡琴响就激动的人，京剧名票，能唱能拉。我们俩是戏迷，因为老友马玉琪先生的关系，看过他们合作演出的《朱痕记》等，因此与杨洁大姐也就相识多年了。玉琪兄是“戏痴”，早年毕业于中国戏曲学校，是叶盛兰先生的入室弟子，现今已75岁，每日练功，按时吊嗓，时不时粉墨登场，多年来不止于小生，对程派戏也颇有研究。前不久与同学京剧名家夏永泉先生商议将当年的旗装京剧《梅玉配》精心改编，删减冗繁，重新装腔，以移步不换形的原则，将该剧推上舞台。经过夏永泉改编，马玉琪、温如华、冠春华、郑岩、仉志斌等人的演绎，火爆京城。为此杨洁与众亲友很希望这出戏到上海“跑码头”，演一场。得知此意，我们夫妇决定全力相助，促成这场专程赴沪为夏梦女士的庆祝活动增彩的演出。

《梅玉配》演出完后合影。自左至右：李燕、孙燕华、卢东来、蒋昌颐、郑岩、寇春华、杨洁、夏永泉、陈正薇、马玉琪、夏梦、温如华、汪依华、仉志斌、高彤

上海天蟾是仅存的以演出京剧为主的戏院。当晚的演出十分火爆，演员极认真，观众多内行，台上台下的呼应丝丝入扣，这是我们多年未见到的“看戏”的场景了。上海的同行与戏迷们给予了很高的评价。夏梦女士更是称赞不已。她对京戏的研习有渊源，会唱京戏、越剧，这在她主演的一些电影中可见一斑。这种底蕴和背景使她在表演中表现出特有的节奏与典雅的气质。

共进午餐的时候我和杨洁大姐分坐在她的两侧。我笑着问了她一个问题，“为什么这么多年您能没有绯闻？”尚未等本人开口，杨洁抢着说：“我替她回答，她从不参加任何无关的开幕式啊，剪彩啊，记者采访啊……即便出席，她说话也很少，从不炒作自己，安安静静的……”对此言，我确信不疑，因为我见到她本人的刹那就感觉到了她的气场很安静、深沉。此时我顿悟出了一个道理，夏梦女士是把自己做了准确的定位，自己是一位塑造人物的演员，而不认为自己是“明星”。她看重的是剧中人物，而不是自己。她相信的是自己的表演实力，而不是靠着“造势和炒作”。

两日后返京，我认真翻阅着她赠予的《绝代佳人》这本书，太亲切了，她

李燕、孙燕华夫妇跟夏梦女士合影

演的电影我几乎全看过，而且记忆犹新。所以当我见到她时，不由自主地唱起了《抢新郎》里的歌："走天涯，到天涯，天涯处处是我家……"现在想起来也够唐突的，这不是圣人面前卖三字经吗？近距离的接触让我看到了她对生活和艺术的认真态度，看到了她纯真严肃的内心世界。

在这里我可以从一些细节的处理上证明我的感受。宴间有一道小醉虾，这些小活虾在似醉非醉的状况中挣扎着，有一个掉在我的盘边，这使我有机会数了数它长了几节——六节。于是我就向夏梦女士讲了白石老人画虾为五节，被阮章竞先生误解为"大师也有错的时候"的故事。阮章竞先生的结论让舒乙先生记住了。后来舒乙大哥在整理胡絜青老人的遗物时，发现了齐老有画成六节虾的画稿。但是为什么白石老人后来一直画成五节呢？舒乙的结论是：白石老人并不是不知道虾是六节，他一定是认为画成五节，单数，效果更好，这就是艺术从生活中提炼的典型范例。

夏梦女士非常认真地听我转述了这个故事，点头称赞。我想，作为一个有成就的艺术家，她一定在自己的创作中对提炼、归纳、简化、求美等方面有很深的体会。

中国电影的起步比世界电影晚十年，但是并不落后。这种艺术形式很快就被融合到了中国人的生活中，受到普遍的欢迎。在几代电影人的拼搏中，夏梦有她独特的位置。她是在继胡蝶、周璇、阮玲玉、王人美、白杨、秦怡、王丹凤之后的一颗闪亮的星。是她，在香港长城电影制片厂的位置和与她同时期合作的老演员们共同努力推动和撑起了在香港五六十年代的电影事业的一片天地，沟通着当时与国外电影的交流。夏梦出演的时代女性，已经脱开了阮玲玉、胡蝶、周璇的时代，也区别于白杨、张瑞芳、秦怡、王丹凤等人。与她年龄相仿的女演员于蓝、王晓棠、田华、陶玉玲、谢芳等人当时大多以革命者或进步女青年的形象出现在银幕上，处在香港电影界的夏梦则在银幕上创作了《绝代佳人》等，含蓄、典雅、纯真的众多女性，就成为20世纪40年代末至60年代末中国电影不可或缺的一部分了，这就是她独有的贡献。

沪上两日十分愉快，难以忘怀，匆匆记之。

2014年12月1日

“知我”与“不知我”云云

启功先生曾为自己撰写墓志铭，其中有“瘫偏左、派曾右”，以自己的身体患病之“左瘫”和曾经在政治斗争中被划为“右派”的经历组成了“绝对”。读至此处，人们一定会被启功先生的豁达与幽默所感染，自身曾左瘫，且又当过右派分子，启先生处境之艰难可想而知，然而这只是他一生中的两场戏罢了！

李滨声先生曾出过一本书《我的漫画生涯》，也赠我们一本。因为李燕忙于工作很难坐定读书，我便趁他作画之时，边看边读给他听。当时的情境既没有共谈诗文的纯美，也没有引吭高歌的悲壮，但却是我终生难忘的一次阅读。因为李滨声先生用娓娓道来、不露声色、不偏不倚的准确词句，生动而微妙地描述了他被定为“右派分子”以后所遭遇的一切，这种能力让我们佩服得五体投地。我是一边笑着一边流着泪读完他的文章，那些生动的描述至今历历在目。后来，他对我说，吴祖光先生读了这本书，对他说：“你不能当剧作家。”李问：“为何？”吴答：“你愣把悲剧写成喜剧啦！”绝妙的评议！如果一个人能以旁观者的心态，以清晰的笔触去描述自己那不堪回首的过去，犹如又一次“炼狱”，那得需要什么样的心态和胸怀啊！

中国的“知识分子”，过去以“文人”相称，现在似乎两种提法并用。这个“群体”中有一股中坚力量，他们有一个突出的观念，就是以“君子”的标准要求自己。当然在目前社会，“君子”应该具有什么样的标准似乎很难统一界定。但是我相信启功先生称得上是“君子”，李滨声先生称得上“君子”，而且，一定要在他们的“君子”前面加上“正人”二字。

人们不能选择自己生存的时代，用老百姓的话说，就是“你赶上了！”，用相声名家高英培的《钓鱼》段子中说的就是“赶上这拨儿了！”（此处需用天津方言）。

李滨声的《我的漫画生涯》

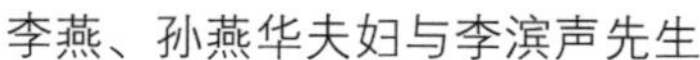
李燕、孙燕华夫妇与李滨声先生

20世纪50年代初，李苦禅先生就赶上排斥中国画这拨儿了，认为它不革命，认为它跟不上革命的步伐，无法表现热火朝天的社会主义建设，无法表现工农民，无法为无产阶级革命文艺路线服务……按当时的逻辑，花鸟画是封建迷信的……当然，后来在那“百花齐放、百家争鸣”的短暂时期，苦禅先生的花鸟画又有机会与社会见面，本人也走上了美术学院的讲堂。但是无论怎么说，他那以墨为主的大写意还是不如艳丽漂亮的工笔和小写意能表现欣欣向荣；当然更不能与添加拖拉机、飘扬着红旗的建筑工地，能够表现生龙活虎场景的山水画相比。加之苦禅先生说话很随意，不符合时代要求的语言似乎比比皆是。苦禅先生显得很无奈，酒后挥毫画了一幅作品，随即题上：“人道我落后，和处亦自然。等到百年后，或可留人间。”这二十个字显示出的是彻底的坦荡与真诚，怎么想的就怎么说，就怎么做，让时间去证明吧！苦禅先生君子也。

想当君子，说难也不难，就淡泊与坦然而言，说起来不难做起来却极难。曾子云：“知我，吾无欣欣，不知我，吾无悒悒。”意思是说，大家知道我，理解我，我也没什么可以沾沾自喜的，大家不知道我，不理解我，我也不会因此而不安、忧伤以至戚戚焉。按照自己既定的人生观与价值观去做人、做事、做学问……

从启功先生、李滨声先生、苦禅先生的三个小故事中，我们看到的是一种超脱世俗，坦坦荡荡的心胸，别人不理解我，我还不知道自己吗？只要认为自己是对的就坚持。在自己不能改变客观恶劣环境和巨大压力的时候，他们采取了博大而自信，甚至幽默的心态对待人生。

李燕向他崇敬的国学大师、书法家启功先生请教“游戏人生”四字的奥义

曾子的前辈孔夫子之言更简练：“人不知，而不愠，不亦君子乎。”不愠，不恼怒，不怨恨，他们做到了。

启功先生在其最后拍的电视片《大家》栏目中说了这样一句话“我就是游戏人生啊！”同时露出一脸的坦诚。和他的老友王世襄先生被称为“玩家”一样，启功先生在他的人生中“游戏”成了大学问家，“游戏”成了文物鉴定专家……

中国的知识分子啊，就是以前为古人，后为来者的心态，秉承着祖先的教诲，写出了自己的人生。

2014 年 7 月

没地儿问与没地儿送

十多年前，先生李燕时任全国政协委员。春节前夕接到邀请，参加政协团拜活动，可以偕夫人，我便陪同前往。

礼堂大厅灯火辉煌，众人相互问候，场面十分热闹。忽然，大家的视线齐向大门而去，只见启功先生笑眯眯地徐徐走来，有三五个人快步迎上，搀扶他到主桌位坐定。老人抬眼看见我俩，挥挥手，我便顺势给他行了个不标准的“蹲儿安”，走上前去忙不迭地提了个问题：“《四郎探母》里，大国舅、二国舅向萧太后行的是什么礼？”这是我事先想好的，因为估计启先生会到场，就想问他。老人一听就乐了，示意左右搀他起来，大有要拉开架势，详细开讲的意思。谁知此刻一位领导同志进来了，而且径直奔向启功先生。我赶紧退到后边，这次见面没能听到启功先生的解答，真遗憾！

后来，我们听说傅雪漪先生因为黄斑病变双目失明，抽空赶紧去拜望。此时的傅老已经失去了与我们合作，在中央电视台录制《中国风》——古典诗词吟唱时的风采，但他头脑十分清醒，记忆尚好。聊到兴头时，我忽然想起了那个没有得到答案的问题，赶紧求教。傅老笑了，说：“大国舅、二国舅行的那个‘番邦大礼’，是从少数民族骑着马，在草原上遇见之后，互相打招呼的礼节动作中提炼出来的。”

噢，我顿时明白了。立即起身，摆了个身架，实际体会体会。正在我因为有了答案而高兴的时候，傅老的一句话，让我的眼泪差点流下来。

他说：“你问我，我能答；我碰到的很多问题已经没地儿问去了！”他那双失去了目力的大眼睛茫然地望着半空，脸上的表情似乎凝固了。我像被重重地击了一下，不知怎么应答。我知道对学者、艺术家来说，这句话意味着多么厚重的内涵和责任。那时的情景，如今依然深深地留在我的记忆中。

启功、傅雪漪、刘吉典、翁偶虹、朱家溍、任继愈、杨绛……那些我们非常熟悉和尊敬的学者的远逝，使得他们的学术成就、艺术经验、人生体味再也无法以语言的方式传递给我们了。像我这样才疏学浅的人，“问题”原本就不少，如今更是“有问题没地儿问”了。每当我看到现在的年轻人有问题急着查百度的时候，真是为他们遗憾：为他们得不到与老一辈交流时那种温暖、情感和趣味而遗憾。

年过七旬后，我不但有问题没地儿问，还有礼物没地儿送了。年轻的时候逢年过节，我得捋着、数着，该看望哪些长辈，哪些老人：美术界的、京剧界的、曲艺界的，亲朋故旧，老师同学，然后根据他们每个人的需要备些可心的礼物。近几年已经数不出几位该由我们去看望的前辈了，大有想送礼却没地儿送的空落！时光真的太快了，我们都成了年轻人要看望的长辈了。人生如逆旅，“没地儿送”是大家都能明白的，谁也不会跟客观规律较劲儿，这种感觉是一种顺势自然，能够自愈平复，是精神层面的。而“没地儿问”却是一种心理上的较量，因为在问题没有得到内心认可的结果时，自己总会跟自己较劲儿，老是想求得个答案，这大概就是“吾将上下而求索”的纠结吧！

2017 年

我与《北京晚报》

中国人的智慧表现在各个方面，比如周而复始的观念，特别鼓舞人们的意志，还能不断挖掘内心的动力。60 年一个甲子的循环就是一例，它既有中华民族对自然科学认知的属性，又有人类心理层面的潜意识。

如果前一个 60 年没有成功，后一个 60 年再去努力；如果前一个 60 年成绩辉煌，后一个 60 年再建新功。《北京晚报》从 1958 年发行到 2018 年的 60 年，即属于后者。

一、第一次当报童

聂耳的《卖报歌》是我们小时候最爱唱的一首歌。1957 年 9 月 1 日，我进入了北京市第八女子中学读初一，就是现在位于新文化街的鲁迅中学。1958 年 3 月 15 日《北京晚报》正式出版发行时，学校少先队大队组织同学们去卖晚报，太好了！小队长领回来属于我们的 80 份报纸，唱着《卖报歌》，就奔了西单。我们在十字路口的南边，分兵两路，一拨儿在路西，同春园饭庄门口；一拨儿在路东，文华用品商店门口，那是个卖纸张和作业本等文具的商店。

我带的同学们在东边儿。为了抢先把报纸卖出去，大家使劲地吆喝，“《北京晚报》，两分钱一份！”听见孩子们清脆的声音，大人们纷纷凑过来，你一份儿我一份儿地买着。又要拿报纸又要找钱，一时大家手忙脚乱，经验是练出来的，马上分工，管收钱的，管递报的，管找钱的，嘿，干得真痛快！我们不时地偷偷张望路西那边儿卖的是快是慢，心里还跟她们比赛着呢！

也许是因为又紧张又兴奋，觉得时间还没怎么过呢，报就卖完了。我们几个人赶紧到文华商店的玻璃柜台上去数钱，二分的、五分的、一毛、两毛。哈哈！钱数正好。

此时同春园门前的同学也跑过来，两组会合，大有“胜利会师”的感觉。我们高高兴兴地返回学校,望着南边儿远处的宣武门城楼在傍晚余晖下的轮廓，上下翻飞的雨燕儿，看着骑自行车下班的“车队”，熙熙攘攘的人群，心里别提多高兴了。这就是我第一次当报童的体验。

二、选择美文贴剪报

我一直偏好文科，高三年级时进入文史班，准备考中文专业。教研组长戴樾老师教我们语文课，历史老师范永禄是班主任。由于王季青校长（王震将军夫人）的领导艺术，学校所有老师各显其能，无一懈怠。

戴老师是位极认真负责且亲切幽默的人。他要求我们剪报，就是把自己喜欢的美文粘贴在本子上，以便随时阅读和欣赏。

老师一说，学生就干，纷纷选报。两周之后一汇总，同学们全乐了，为什么呢？敢情大部分人挑选的都是《北京晚报》上发表的马南邨（cūn）写的《燕山夜话》，理由是：文笔流畅，内容丰富，文史兼有，适合为“范文”。

因为都是爱好文史的同学，已知的“名家”里没这么个名字，一致推断“马南邨”肯定是个笔名，是谁呢？大家使劲地猜，谁也没想到会是邓拓用的笔名。更令人想不到的是这位与吴晗、廖沫沙在1966年夏天以“三家村”的“罪名”被彻底批判。

我喜欢散文，也喜欢读记述北京的掌故、逸闻趣事的短文，所以在我的剪报中，有五色土副刊中的不少小栏目，如《谈北京》《一分钟小说》等，尤以吴晓铃、翁偶虹、启功、吴小如、李滨声、吴祖光等诸位的短文，我是必看的。直到现在，我仍保持着剪报的习惯。

三、油墨味道的永生

2000年，我从中学美术教师的岗位上退休了。此时摆在我面前的两项最重要的任务，就是整理我公公李苦禅先生和父亲孙之儁先生的资料。两位老人是国立艺专的前后同学，是20世纪二三十年代美术界的先锋人物，涉及的史料非常多，这使我一头扎进资料的整理中拔不出来。特别是对于我父亲三次画

《骆驼祥子》的研究，迫使我更深入地研究老舍先生，更广泛地研究北京民俗。为了再版《骆驼祥子画传》，我与人民文学出版社王海波女士深入地探讨。经过两年多的时间，我写了6万多字的解读，补充到画传的后面，以使年轻的读者对北京文化、对老舍先生和我父亲的画面有更多的理解。2006年12月，《骆驼祥子画传——老舍名著的形象解读》终于出版了。完成之后，我才感觉到自己对北京文化的那份感情竟是那么深厚。

近些年里，我不断地把这种感情收拢疏通，写成短文，发表在《北京晚报》的副刊上。由一个伴随着晚报发行的小报童，成为经常为五色土副刊的投稿人，奇怪吗？不奇怪。因为《北京晚报》就是北京人文化生活的载体，只要人们一代一代地在这里工作、生活，它的职能就不会消失。我深信，不管现代网络如何发达，纸媒的作用是不可替代的。

您瞧，今天，带着油墨味道的晚报又送到我手上了！

2018年1月27日

写在五月三日

我的老友中国人民大学清史所教授李景屏已经故去八年了，然而作为一位历史学者所特有的认真、执着却依然时时影响着我。

一天傍晚，她急匆匆地破门而入，大着嗓门说："你说，这小偷偷谁不成，偏偷我这教历史的……"我一听立即笑喷，"我这自行车后头的饭盒里就一个鸡蛋，一袋儿方便面，半道儿上了一趟马路边儿的公厕，出来一看，饭盒没了！赶快给我垫补垫补，还得马上到人大给研究生上课去！"她家住西坝河，到海淀去上课，突发此情，急中生智就近骑车到三里河我这儿来找饭辙了。

看着她急急忙忙吃饭的样子，一阵酸楚，清贫，似乎是甘于坐冷板凳学者的影子！

景屏与我一同长大，自上初中以后她就住在我家。上北大，学历史，纯属我父母对她的教导和影响。

今年是发生在"济南五三惨案"的90周年，为了回顾由王君异、王石之和我的父亲孙之儁等八人在1928年5月3日惨案发生之后，成立的"以国耻之日为名"的"五三漫画社"，我翻阅着手头的有关资料，准备写篇小文，突然发现了景屏为我提供的有关这一惨案的旧稿，读后十分感慨：第一，感慨她的认真，史料细致，分析透彻，有理有据；第二，感慨现代的年轻人对这段历史了解得太少太少了！许多人可能只知有"五卅"，而不知有"五三"。

帝国主义列强用洋枪洋炮瓜分蹂躏中国的时代过去了；第一次、第二次世界大战过去了；冷战时期过去了；当代人类社会该怎样发展？中国领导人习近平主席提出的"人类命运共同体"，和而不同，就应当是全球各国互利共生的目标。

但是，为了创造一个新时代达到和谐共生，我们绝不能忘记历史，不能忘记我们是怎样从苦难中走出来的，因此在这个特殊的日子，我特别提供出李景屏收集整理的“济南五三惨案”资料予以发表，以祭奠那些为国牺牲的将士和百姓，同时也慰藉景屏的在天之灵。

济南五三惨案史料概括

自从19世纪40年代鸦片战争爆发以后，中华民族同帝国主义的矛盾就成为中国社会的一个主要矛盾，到19世纪末20世纪初由于日本帝国主义发动甲午战争并通过《马关条约》迫使清政府支付2亿两白银的巨额赔款[①]、割让台湾、辽东半岛[②]等大面积的国土，中华民族同日本帝国主义的矛盾也必然变得日益尖锐。

从巨额赔款获得发展资金的日本，其综合国力迅速提高，而综合国力的提高，则又为其变本加厉地侵略扩张奠定了基础，如为争夺中国东北所发动的日俄战争、第一次世界大战期间以对德宣战出兵山东、1915年提出旨在灭亡中国的“二十一条”。反对日本帝国主义在第一次世界大战期间对中国的侵略，是五四运动的导火线，游行示威的学生所提出的“外争国权，内惩国贼”“誓死争回青岛”“还我山东”等口号以及要求严惩亲日派卖国贼曹汝霖（袁世凯签订“二十一条”时任外交次长）、章宗祥（驻日公使）、陆宗舆等主张，都已经反映出反对日本帝国主义已经成为当时革命斗争的主要目标。

迨至20世纪20年代末，日本政府为实现侵占中国东北的狼子野心[③]挑起了一系列的流血事件，从制造“济南五三惨案”到发动“九一八事变”“七七卢沟桥事变”，直至发动全面侵华战争，中华民族同日本帝国主义的矛盾也必然上升为主要矛盾。因而从1928年起在孙伯父的漫画中，揭露日本帝国主义侵略中国的罪行、号召人民奋起抵抗就成为一个重要的内容。

发生在1928年的“济南五三惨案”并非孤立的、偶然的，它反映出极力要占领中国的东北，策划满蒙独立，进而侵吞满蒙、侵占全中国的日本统治集团同得到英美支持的蒋介石政权之间的矛盾[④]。日本帝国主义竭尽全力要破坏南京国民党政府所进行的旨在结束奉系军阀张作霖割据势力的第二次北伐。

在蒋介石带领的北伐军到达济南之前，日军抢先占领军事要地，大肆构筑工事，4月30日，“午后两点，日兵在商埠纬七、八路一带架设大炮与机关枪，凡商埠马路均用麻袋筑垒，外覆电网，做防御工程；日哨兵荷枪实弹，做进攻状，行人一律不能通过。居民睹此，竞相迁移，市面大起恐慌。日兵十一旅团司令斋藤公然张贴布告：‘保护胶济路及其电线，任何军队如闯入其保卫界内，一律解除武装。’日本军队开枪放炮，随意抓人。”

5月1日上午，北伐军刚进入济南商埠，就遭到日军拦截，日军大开杀戒，奸淫妇女、杀戮平民，无恶不作，两个日本兵“强暴商埠小学女教师黄咏兰，并将其残忍地杀害”，“又将一女掌柜的双手砍掉”，北伐军的一些官兵也被日本兵刺死。

日本侵略者在制造大规模惨案的前夕——5月3日上午8点，还派日本驻济南的代理总领事西田畊一及武官酒井隆拜会蒋介石，声称：“到济南来的日本军队和宪兵今天就要撤回去”，特来“辞行”。他们所说的“撤回去”就是即将发起大规模进攻、进行惨绝人寰的大屠杀的代名词。日方代表与在蒋介石分手不久，就精心制造了“济南五三惨案”：日军突然袭击在济南的北伐军，7000余人被缴械，中国士兵、百姓遭到杀害。日军还唆使“日侨义勇团”杀害有反日言论或参与取缔日货的中国工人、学生。仅5月3日白天，被屠杀的中国军民有1000多人。

5月3日深夜，日军又强行搜查了山东交涉署。国民党特派外交交涉员蔡公时用日语抗议：“我们是外交官，这里是非战斗单位，不许搜查。”然而日本人根本不管国际法，不仅不理会蔡公时的抗议，反而把他捆起来，残忍地割下他的鼻子和耳朵。蔡公时怒斥日军道：“日本人决意杀死我们，惟此国耻，何时可雪！野兽们，中国人可杀不可辱！”恼羞成怒的日军，又剜去他的眼睛、割下他的舌头，将其摧残至死④。而其余16名交涉人员，除一人侥幸逃脱外，均被残酷杀害。

济南惨案发生后，南京国民党政府立即向日本提出抗议，英国总领事也出面调停，但均无效果。为避免扩大冲突，蒋介石命令北伐军“忍辱负重”，撤出济南，绕道北伐，只留士兵千余名留守在济南。5月7日，日军又向蒋介石发出最后通牒，限12小时以内予以答复。当蒋介石派人连夜奔赴济南与日军交涉时，日方却谎称已过期限，拒绝谈判，并于次日用重炮攻城，炮火延烧千余家。

留守的中国军队被迫反击，奋战三昼夜后撤出。在留守的北伐军突围后，济南再次遭到屠戮，来不及撤出的几百名北伐军伤员被屠杀，市民则被驱赶至一处，成为日本士兵练习刺杀的目标……在济南惨案中，中国军民万余人惨遭日军杀害，财产损失近2000万元。

注释：

①2亿两白银相当于日本四年财政收入的总和，日本将《马关条约》赔款的一半用于扩军备战，另一半用于建立银本位的国际金融体系，投资重工业，发展教育，实现近代化。

②割让辽东半岛的条款妨碍了沙皇俄国在东北及朝鲜的侵略利益，俄国联合法国、德国，向日本提出备忘录，要求“日本放弃对辽东半岛之实际占领”。在三国的干涉下，日本最终同意清政府以3000万两白银的代价“赎回”辽东半岛。

③1927年4月，日本田中义一组阁，6月27日至7月7日，日本内阁在东京召开“东方会议”，制定侵略中国的方针，明确提出：伺机占领中国的东北，策划满蒙独立，进而侵吞满蒙，侵占全中国。

④新加坡著名爱国华侨陈嘉庚先生，在得知蔡公时惨遭杀害的消息后，特请德国雕塑家为蔡公时先生塑造铜像，以示悼念。铜像现存济南趵突泉公园管理处。

李景屏整理于2008年

2018年5月3日

鼠年有感

十二生肖鼠为大，不知何年何月何人所定。2020 年是公历，按农历计又该是子鼠当执。原本对生肖不大关注的我，却因读老舍的《新年试笔》恰与父亲孙之儁的一幅漫画内容相合，引发了对国事、家事、社会、人生的一番五味杂陈的感想。

（一）

120 年前的 1900 年是鼠年，庚子鼠，是我们中华民族最耻辱的一年。8 月 14 日八国联军进入北京城内。从 16 日至 18 日，联军首领特许士兵抢劫 3 天，大开杀戒，焚掠全城，生灵涂炭，皇城内外惨烈一片，文物瑰宝损失殆尽……直至 12 月底，清政府全盘接受“议和大纲”12 条，“庚子赔款”——以空前的耻辱写进了史册。

84 年前的 1936 年是鼠年，丙子鼠，是中华民族长达 14 年反抗日本侵略者的战争，陷入更为艰难困苦的一年。

1931 年“九一八事变”后，我国东北是抗日战争的前沿。1937 年“七七事变”，北平沦陷之后，日军向华北及广大内地大肆入侵，8 月 13 日淞沪战争爆发；9 月平型关战役，虽伏击板垣师团首次大捷，但我方伤亡惨重。11 月南京失陷；国民政府迁都重庆；12 月日军实施了震惊世界的南京大屠杀，惨绝人寰……中日之战在我国境内全面爆发，随后引发第二次世界大战。丙子鼠年的 1936 年是抗日战争由局部引至全国的前夕，一切矛盾、苦难，积聚着，扭曲着。

中华民族的优秀文人都有一颗“国家兴亡，匹夫有责”的心，更何况自身就挣扎在水深火热之中呢！国难当头的时刻，他们以作品表达出自己的观点和心声。

《鼠年——但愿它平安过去!》

1935 年 12 月 31 日，时年 29 岁的漫画家孙之儁在《北洋画报》发表了《鼠年——但愿它平安过去！》的漫画。

骨瘦如柴的当执鼠官，心惊胆战得不敢下水。巨齿獠牙的凶猛“战鱼”，齐聚游来成围剿之势。能躲过被吞蚀的劫难吗？悬！拟人的动物造型生动形象，画面主题一目了然。矛盾双方交点的位置处于画面三分之一处，虽为漫画，构图却非常严谨。这只倒霉的老鼠官儿既没有“一苇渡江”的飘然，也没有对“彼岸乐土”的期盼。老百姓常说“是祸躲不过”，它只能硬着头皮下水。1936 年，能平安地过去吗?

19 天后，1936 年 1 月 19 日，天津《益世报》发表了老舍的小品文《新年试笔》，一起头就道出了同样的担忧。

> 新新年已过了半个月，旧新年还差着十来天。两对付着，用“新年试笔”，大概还是免不了“过犹不及”。这可也真无法！一九三六来到，我不敢施礼向前，道完新禧，赶紧拿笔；我等着炮声呢。一九三六不是顶可怕的么？元旦开炮简直是必不可免的，还有心拿笔？笔不敢拿，更不用说还想过年喝酒。除夕，我九点就睡了。元旦，很早的起来，等候死亡。大失所望，炸弹并没雪片般地往下降。一直等到初二，还无消息，一九三六年大概没什么出息了；灰心，就不愿动笔。

“不敢施礼”“等着炮声”“一九三六不是顶可怕的么？”“很早的起来，等候死亡”……翻来覆去地描写等着“开炮”，“炸弹”的惊恐，简直就像那即将当值的鼠官儿。这年过的！

一张漫画，一篇小文，准确地反映了当时的社会状态和群众的心理，这就是文艺作品的力量和意义。这里需要解释一下年轻人尚不了解的一点：使用通行国际的公元和传统农历的纠结。

1911 年 1 月 1 日孙中山在南京就任临时大总统。2 月 23 日南京临时政府把新编历书颁行全国，公元纪年始于 1912 年 2 月，成为第一部阴阳合编的历书。由此，便产生了过两个“年”的情况。阳历的年即为现在的“新年”，阴历的年是“旧年”，即为现在定名的“春节”。普通老百姓重视的依然是过旧历年。因为我们的许多民俗是跟着农历走的，直到近二三十年，过“洋节”才成为年轻人追求的时尚。老舍写“试笔”一文时，这种纪年方法才实行了 25 年。因此，在这段中使用的“除夕”和“元旦”虽是过年的专用词，但却指的是 1935 年 12 月 31 日和 1936 年 1 月 1 日。

文中“新新年”，即公历 1936 年 1 月 1 日，是旧历乙亥猪年的十二月初七。“旧新年”，是 1936 年 1 月 24 日，是农历丙子鼠年的正月初一。两个“新年”差着 24 天，“试笔”文发于 1 月 19 日，正是“新新年”已过，“旧新年”未到之际，所以老舍先生用了“两对付着”。

孙先生的漫画发表在“新新年”的前一天，乙亥猪年的十二月初六。所以我也“两对付着”用了。

根据年表，《新年试笔》应该是老舍在青岛居住时写的。1936 年，是他人生转折的一年，辞去大学职务，成为专职作家，连续发表作品，特别是完成了名著《骆驼祥子》，引起国内外轰动。这是后话。

我想由于当时的新闻传播尚不及时准确，下面一段，作者只点明几件要事，没有作具体的交代：

> 五号以后，天天看报。仿佛北方又丢失了几县，可是没听见一声大炮。原来最可怕的一九三六年并不特别开打，而是袖里来袖里去；黄河也许不久就成为人家杯里的香槟。可怜的一九三六年，你只能在非洲撒野，在东方的乐土就没有你的事儿！
>
> 又闹学生呢，这可不是好现象。果然，破坏和平者无赦。是这么着！

北方丢了几个县，大约指的是 1935 年后半年冀东“香河事件”和“华北自治”事件。“又闹学生呢”，说的就是，因为提出“华北自治”后引发的轰轰烈烈的“一二·九”学生运动。果然，那些“破坏和平”的学生“无赦”。

当局镇压学生毫不手软，但是转过年来的1936年1月3日，也就是新新年刚过，为了宣传抗日救国，华北学生联合会决定组织“平津南下宣传团”。事态发展到2月1日，也就是旧新年的正月初十，“中华民族解放先锋队”在北平师范大学正式成立，还没吃上正月十五的元宵呢，大批学生就果敢南下了。他们激情燃烧，不拒威吓，宣传抗日，喊出了“华北之大，已经放不下一张平静书桌”的口号。看来，丙子鼠年一开头平津地区的抗日烽烟就起来了。

日本人马上就会侵占到黄河以南早已成为众人的预感，所以这条母亲河里的水，“不久就成为人家杯里的香槟”，老舍先生说。

巧妙有趣的是他在描写如此严峻的时刻却用了一句北京土语“袖里来袖里去”，这本是形容进行隐秘的钱物交易过程的一句“黑话”。现在我们尚能在电视剧里看见这种形式：两人袖筒互接，以手指在内中沟通，既不挑明价格，也不问古玩来路，“黑道”成交。在这儿，用这句太损了！为什么呢？

我们再来看孙先生的漫画《公约其一、其二》：

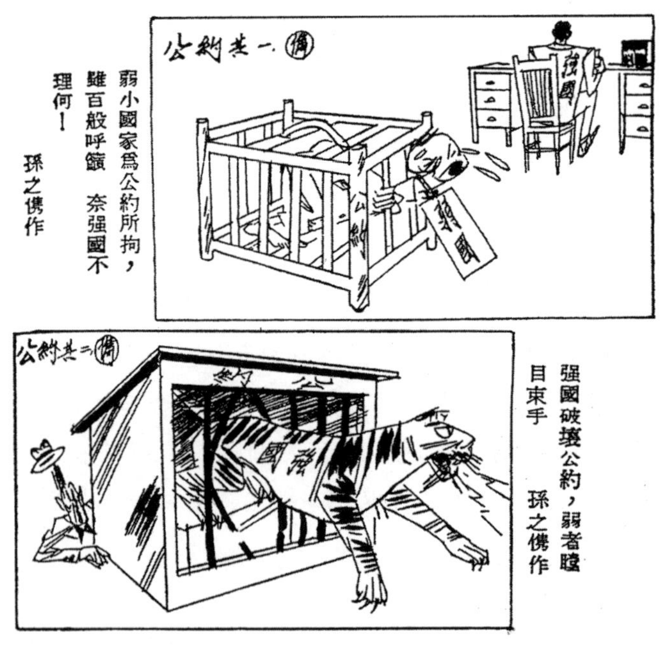

《公约其一、其二》

强国与弱国绝没有公平可言，强国之间也都是“背后”和“暗中”交易，利益分成，最后堂而皇之公布的是一些经过所谓双方或几方达成的，能拿得到桌面上的协议。至于“袖里来袖里去”的买卖是怎么做的，不知道。大清政府将倾之前，给后代留下的这种耻辱的条约协议还少吗？

老舍先生毕竟出过国，虽然没去非洲，但是在英国伦敦侨居达五年。一个身处封建落后的非常贫穷的文艺青年，突然进到老牌殖民主义大国，他的敏锐视角和切实体验，为他提供了全新的思考和素材，充实了他的写作勇气。

“可怜的 1936 年，你只能在非洲撒野……”应该指的是 1936 年，现在的埃塞俄比亚（原译为阿比西尼亚）被意大利侵占一事。在“非洲撒野”起于 1935 年，以墨索里尼为首的意大利政府出兵阿比西尼亚（埃塞俄比亚），而原殖民统治者英国，为了保护自身利益，竟把阿比西尼亚让出，给了意大利。简而言之，是英国与意大利之间的一场利益纷争。

1936 年 5 月 14 日孙之儁先生创作的漫画《呼吁》，对这句话做了很好的注释。虽是一张小小的漫画，却体现了同样在帝国主义列强威压之下，敏感而富有正义感的中国知识分子看待国际问题的明确态度。以发生在非洲国家的政治或时事的漫画，在当时来说还不多。孙先生笔下黑人的造型很典型，动态夸张得也很像，很有特点。画面中，国联的大门紧闭着，加释的文字更能说明作者的态度，“悬案”，就是“解决不了”，进而就是“不解决”！

写到此处，我也要卖弄一番。手头竟有一本由陈望道先生主编的《小品文和漫画》，1935 年 3 月，上海生活书店发行的。书中收集了 58 位当时活跃于文坛作者的短文，可分三类：谈小品文的；谈漫画的；二者兼有的。胡风先生《略谈〈小品文〉与漫画》给我助了力。略引两段，以加后劲。

《呼吁》

大概地说来，杂文（杂感），随笔漫谈，读书记等是文艺性的论文，从理论的侧面反映社会现象，而速写、风俗志、游记等是文艺性的记事，由形象的侧面来传达或暗示对于社会现象的批判。

我觉得漫画也是一种认识形式，要表现出作者所看到的人间关系。而且是放大地表现他所看到的人间关系。漫画底独特功用未必不是在这里么？一个孤立的平面的现象，至少我是看不出它底内容来的。（黑点是作者胡风在原文中加的）

对于胡风先生，记忆颇深的是小时候听到的“胡风反革命集团”。虽然后来平反了，但对他仍不了解，没读过他的书。这篇短文不但使我略知他当时的观点和文风，而且恰恰是既涉及了对《新年笔试》这类小品文的定位，同时涉及了对漫画的看法。我随即拿来“两对付着”引用。

《军械》 原载天津《益世报》1936 年 4 月 18 日 第 14 版

我们从“漫画也是一种认识形式”，而且是从“放大地”表现“人间关系”出发，再选几幅孙先生创作于 1936 年初的作品，以了解他是怎样“由形象的侧面来传达或暗示对于社会现象的批判”的。

老舍先生曾发表过一篇专门谈《漫画》（1945 年）的短文。他说：“用绘画来表现思想，是漫画最大的劳绩”“漫画是民主政治的好朋友”，漫画家“既是艺术家，也还需是学者及新闻记者”，说得非常到位。这就是我读了《试笔》后联想到父亲漫画的根本原因，他们以不同的艺术形式表现出相同的思想，而且有着突出的时效性。

这篇以“新年”起头的小文是怎样收尾的呢？

最近两三天，我听见了炮声；不是大炮，是小爆竹——欢迎旧新年的先声。

《抗议》原载天津《益世报》1936年4月17日第14版

新新年既然是空过去；即使一九三六年有翻天覆地的本领，也抵不过我干脆不搭理它，而快快活活地欢迎鼠儿年。设若我再得个胖儿子，他是属鼠儿的，根本与一九三六年无关。这笔账儿我自以为算得不错，我等着听除夕彻夜的鞭炮，我等着看元旦娘娘庙进香，我等着看大年初二祭财神，我等着看……总而言之吧，鼠儿年一定是万紫千红，好一片太平景象。就是有战事的话，你放心，那是人家打，咱们总会维持和平。老鼠万岁！

在老舍的笔下，老百姓生活中实实在在地保存的风俗习惯俯拾皆是，以过年为题的短文自不能少了“年味儿”，文中“听除夕彻夜的鞭炮”当然是指农历三十儿晚上的“鞭炮”了，依次历数了从除夕到大年初二的活动程序，他等着……他等着太平景象，可是“人家”还是会打，而当时的政府却“总会维持和平”。要不，老舍为什么会在1937年11月15日，黄河铁桥被炸断了之后，告别妻子和三个儿女，离开济南奔向了武汉抗日救国的洪流中呢！他，是有心理准备的。

（二）

12年一转，到了戊子鼠，1948年。

北京人常说一句老话儿，“三十年河东，三十年河西”，别说30年，刚过12年，社会、国情就发生了非常大的变化，或者说是根本性的变化。历史课本中是把抗战胜利后的1946年至1948年归为三年解放战争时期，我也没有专门关注过1948年。今年不同，为庆祝中华人民共和国成立70周年，从历史资料、地理方位、文学作品、艺术创作等各方面，特别是军事史和红色基因的延续上做了全面的梳理。各种史料文章、亲身回忆、访谈笔记等等，各年代、各阶层的人们多角度地回顾了共和国成立前后的过程。在这些口述历史和文字资料中，1948 年凸显出它作为时空节点的关键作用。

1948 年 2 月 24 日，彭德怀率领的西北野战军占领了宜川，这使胡宗南完全丧失了主动权。胡宗南、彭德怀是国共两党带兵打仗的名将。这次交锋虽没有三大战役的规模，但大大地削弱了胡宗南的士气。这一天正是戊子鼠年的正月十五。彭德怀来了个开年大吉。

1948 年 3 月 23 日，中共中央机关，在毛泽东、周恩来、任弼时率领下离开陕甘宁边区，东渡黄河，进入了晋察冀解放区。从地理位置上看，更靠近当时的政治、文化和经济的中心区域。这天是鼠年的二月十三。

1948 年 5 月，中共中央进驻西柏坡，与中央工委会合，正是鼠年的四月，小满、芒种的初夏时节。回顾西柏坡时期，中共中央无论在对未来国家的建立，政府的性质和设想等做了充分的计划和安排，尤其对三大战役的指挥决定了共产党的胜利。

1948 年 10 月，长春和平解放，锦州被克，廖耀湘兵团全军尽丧。11 月 2 日，东北野战军进入沈阳、营口，经过短暂休整随即进关。辽沈战役，长达戊子鼠年夏、秋、冬三季，可谓最长也是最惨烈的，特别是夺取四平的过程，触目惊心。

1948 年 11 月，淮海战役在徐州打响，刘邓大军的二野和陈毅、粟裕率领的三野，与黄百韬兵团进行激战。张克侠、何基沣率部起义后，国军完全处于劣势，最后黄百韬兵团全军覆灭。12 月淮海战场蒋军再丧师 20 万人。至 1949 年 1 月 9 日，也就是戊子鼠年十二月十一日，淮海战役以杜聿明被俘结束。此时已到了这个鼠年的年底了。

三大战役中的平津战役经过艰苦的工作，在陈长捷苦撑 29 个小时之后，天津在东北野战军参谋长刘亚楼指挥下解放。由于傅作义的转变，随即北平和平解放。1949 年 1 月 31 日，解放军举行了进入古都的仪式。这一天正是己丑牛年的正月初三。我们从电影资料镜头中看到了老百姓倾城出动迎接解放军的热情场景，看到年轻的解放军战士们勇敢、淳朴的精神状态。

我不是研究军事史的，但是为什么如此关注这几大战役呢？我也有心中的情结。大姐夫宗凤洲参加了淮海战役，所以从我小时候，心里就充盈着一种光荣和自豪。20 世纪 50 年代初，十二军驻守华东，姐夫经常到北京学习或开会，每逢大姐和姐夫来京时，都会在家里住几天。我总是羡慕地摸摸他们的军装，静静地听着他们讲战场上的“故事”。在那些断断续续的回忆中，我体会到那种出生入死的战友之情。记得大姐说过，在一次战斗中，姐夫一直在前沿指挥，炮弹飞来，警卫员背起他就跑，总算钻进了掩体……那些只在小说和电影中看到的场面，我的家人都亲身经历过……

抗美援朝期间，第十二军赴朝增援。他们穿着胸前标有中国人民志愿军字样的胸牌来到家里。我听爸妈说，大姐也要去朝鲜了，我真觉得特光荣。十二军军长李德生，也来过家里，和姐夫谈事情。他们朴实无华的作风和亲切坦诚的交流，清晰地留在我的记忆中。20 世纪 80 年代，李德生从东北司令员的岗位调到国防大学工作后，与夫人曹云莲还来过我现在的家。他用手比着说：“第一次见到你的时候，你才这么高……”他们和姐夫、姐姐之间经过战争考验，同生共死的亲情也波及我的身上，凝聚成为埋在我心中的“红色基因”。这就是促使我阅读三大战役资料的动力。回顾戊子鼠年，它是解放战争取得决定性胜利，保障中华人民共和国成立的最关键的一年。

对于我家来说，这一年是在迎接新中国诞生的最为艰难的一年。

1945 年秋，抗战胜利后，上级安排姨姨丁冷带领我父亲一起到西山华北局城工部去汇报工作。父亲到西山后，看到了城工部的同志们斗志昂扬，还见到了美术界吴一舸等熟人。革命大家庭中浓烈的气氛，使他备受鼓舞。特别是当时担任部长的刘仁同志单独接见后，他以极大的信心和满腔的热情投入到迎接解放军进城的工作中。

1948 年秋，由于情报在传递过程中泄露，我父亲和他所发展的下线人员中的骨干成员或被捕或受到牵连。这是继他在 1945 年秋被国民党政府以“汉奸罪”判刑，被关押一年零四个月之后的又一次被捕。抓捕父亲的是国民党突击大队第 16 大队的特务。他们不但对父亲采用了压杠子、灌凉水、疲劳审讯等残酷手段，而且在我家派驻了“蹲坑”的特务。

我很佩服母亲的果敢。父亲被捕后，她立刻把我关在家里，到父亲发展的下线人那里去报信。要知道，我家是独门独院，而且当时我才三岁。母亲请邻院一位车夫的母亲，寡居的善良的奎老太太看着我。为了保护大家，母亲，一位文雅的知识女性竟然如此勇敢地行动起来！

天津美术学院教授穆家麒就是父亲发展的下线之一。在他的《梦琴回忆录》中写下了当时的情况。

某日按照原来与孙约定的见面时间来到孔德中学小画室，我与赵等到将近中午未见他到来，忽然老工友领着一位中年妇女找赵冠洲先生，待工友离开，她急忙问你们可是赵、穆二位？赵问来者贵姓？她说，孙之儁是我的先生，现在没时间详谈，老孙出事了！他去上级家被“蹲坑”的宪兵便衣抓了去！你们联手的事赶快全部停下，好在联络点（指叶家）没有暴露，但工作急需停止，大家可设法营救老孙！据闻他被傅作义的宪兵队抓了去，这还好些，你们如有门路想想办法，上级组织也在设法营救。

父亲的挚友，原北京工商联文史委副主任闫少青先生回忆：

在解放北平前期，孙兄曾数度密往西山解放军某部根据地（说是看他的学生），回来同我讲说共产党对民族工商业的保护政策。一次又说“将来‘在紧要关头’要保护好工商企业，不使反动分子破坏”。

11月某日孙兄突然找我说“有人在出西直门时被搜去‘名单’，恐将按名逮捕”。住在我家躲避七天，未见动静或可平安无事了，乃回家探视，不料仍被敌人逮走。

追随父亲多年的学生于东海利用他在国民党部队工作的便利，为父亲提供了许多重要情报。他回忆了父亲的上级与母亲接头的过程。

1948年秋，中共北平城工部派董克珍同志到西城柳树井和孙老师接关系，暗语是“越隐”。丁冷同志和她姐姐丁素心分离时曾约定，今后如有人说找“越隐”，就是咱们的人。丁素心师母一开门，见是一位身穿国民党军服（当时董在第五补给区司令部的军械库工作）的男人，畏缩一下又把门关上。老董说：“我是来找‘越隐’的。”

敢于担当的母亲就这样，在父亲 1947 年刑满释放后，又与城工部和其他同志接上了关系。为了保释又一次被捕的父亲，她只身跑到军调部找到叶剑英的秘书。秘书告诉她，正在协调北平和平解放的问题，安慰她不要着急，组织上正在想办法……

此时已是国共谈判后期，和平解放北平大局已定，突击大队的特务们曾押着父亲回家探望过一次。冬天的一个夜里，我尚未完全睡着，迷迷糊糊地觉到父亲的大身影走近，坐在床边，摸着我的小手，低声和母亲说着什么，后来又被特务们押走了……还不懂事情的我，怎么能理解父母呢？

此时，距离解放军进城也就剩一个来月的时间了。

其实，这一年的夏天，我的父母亲已经受到了极大的意外打击。

我曾经有过一位长我两岁的哥哥，因父母都属羊，生于 1943 年的他也属羊，小名就叫“羊子”。父亲对他寄予很大的希望，起学名为“孙培华”，教他画画，带他滑冰。妈妈说，我老爱拔尖儿，又爱哭，却总是被哥哥呵护着。1948 年的夏天，他得了急性脑膜炎，瞬间，生命就结束了，爸爸妈妈的精神受了极大的刺激。特别是父亲，他完全失控了，一到饭点儿就跑到门外喊：“小羊子，回家吃饭……”

人生就是这样的坎坷无情。在他们还没有从巨大的悲痛之中缓解过来的时候，就发生了情报泄露，到了父亲被捕受刑这个阶段了。我常想，当时他们的身心是何等坚忍啊！要极力克制自己的悲伤，还要机敏地应对国民党特务，对于这一对纯真的知识分子来说真是太难了。

父母特别注意对我的教育，教我背的第一段古文就是：

> 天将降大任于斯人也，必先苦其心志，劳其筋骨，饿其体肤，空乏其身，行拂乱其所为，所以动心忍性，曾益其所不能……

我想，这是他们，要教会我明白的一个道理。我出生在 1945 年 3 月 23 日，乙酉鸡年的二月初十，1948 年是我人生中度过的第一个鼠年。

（三）

明年，2020 年，又到了庚子鼠，是我要度过的第七个鼠年。许多朋友劝说，该歇歇了，何必那么赶罗自己！知道人家是好意，但是自己却于心不忍。75 岁了，我也走到了人生边上。因为与杨绛先生为邻长达 40 年，很受她的影响。打扫人生最后的战场，也成了我的目标，虽然没有她的高度，也没有她的业绩，但是，这个战场却也不好打扫。

公公李苦禅先生的资料整理，学术成就，尚需以极大的精力去归类、分析和重新梳理。当一个熟悉的人远行之后，特别是苦禅先生这样的人，你会越来越发现，他还有许多方面没有被人理解。着眼于历史长河的推进，重新认识他作品中所拥有的古今中外，文化艺术的信息量要补学很多的知识。画上题字的内容，瞬间会为你眼前打开一扇窗，悟出其作品的精神所在，引领你游走在上承先古、另辟桃源的境界。近年我写了不少介绍苦禅先生作品的小文，虽然尚显浅薄，但却是我真实的体会。

婆婆李慧文晚年告诉李燕，苦禅先生曾对她说："老了老了，做了件错事，不该让燕华到这个家来。"

"为什么？"慧文婆母问。

"燕华得受累呀，以后她还得累……"

婆婆去世后，李燕十分悲切，常常忆及老人的叮嘱。某日，触景生情地把这几句话告诉了我。没等他说完，我已是泪流满面了。内心的感动一拥而上，没想到，老人家对我竟如此地了解！别看他平时似乎对生活中的琐事不太顾及，对孩子们更少说教，但是闯荡社会，饱经风霜，阅人无数，泾渭分明，他的心底有杆秤，是很有分寸的。20 世纪 50 年代初，王青芳（著名版画家）先生贫病交加，亡故之后，苦禅先生四处求助，为其主办了丧事。1966 年秋，得知我的父亲被迫害自缢之后，生怕我孤零无依，不惧当时的压力，促成了我与李燕的婚姻。受人之恩当涌泉相报，我虽没什么本事，但苦其心志的耐力，挖山不止的决心还是有的。

老人传道、授业、解惑的榜样在前，眼看着年轻人对传统文化的疏远和陌生，不知句读（dòu），不讲平仄，惑而不求解的现状，总不能不尽些责任吧？！

父亲孙之儁是学西画，素描、速写的，基础扎实。他的漫画从创作变形、夸张透视等各种手法运用上游刃有余，很有时代性。

1927 年，正是林风眠意气风发地回国后，主持北京艺术专科学校的初起。这位自 1919 年 12 月即赴法国留学的文艺青年，从枫丹白露起步，游走于法德之间，吸纳现代与古典的绘画天才，一心想把他的教学理想迅速地在艺专实施开来。

1927 年 5 月，在中国美术教育史上发生了一场颇具影响的活动，林风眠校长组织艺专师生们举办了轰轰烈烈的“艺术大会”，提出了令人耳目一新、振聋发聩的口号：

打倒模仿的传统的艺术！
打倒贵族的少数独享的艺术！
打倒非民间的离开民众的艺术！
提倡创造的代表时代的艺术！
提倡全民的各阶级共享的艺术！
提倡民间的表现十字街头的艺术！
全国艺术家联合起来！
东西艺术家联合起来！
人类文化的倡导者世界思想家艺术家联合起来！

三个打倒，三个提倡，三个联合，如此有思想、有目的艺术口号绝非一哄而起仅凭热情就能提出来的。从新文化运动、五四运动纵向来看，它们是国内新思潮的具体体现；从横向来看，它既有文艺复兴的元素，法国革命的情怀，还有美国时尚元素的影响。而我国当时面对的是西方和日本等列强虎视眈眈的侵略和威胁，这一切在青年学生中激起的反抗情绪一触即发。特别是当年 4 月 28 日奉系头领张作霖绞杀李大钊革命先驱的暴行更引起了北京各校师生的愤慨，总之，那是一个各种政治主张、艺术思潮、战争威胁和列强压迫等种种矛盾纠集在一起的时代。因此，艺专学生们激昂的情绪和果敢的行动是觉醒的呼吁，是时代的综合思潮的反映。

1928 年 5 月，“五三漫画会”就是在这种背景下成立的艺术团体。

当时国立艺专高才生王君异、王石之、孙之儁等八人，针对日军在1928年5月3日制造的“济南五三惨案”，拍案而起，以“取国耻之日为名”，组成了“五三漫画会（社）”。20世纪三四十年代被舆论赞誉为“漫画史上光荣的一页”绝不是偶然的。据我现在手头上的资料，王君异和王石之都曾在1926年冬分别秘密地加入了共产党。

了解这些社会背景后，再去细读那九大口号和漫画作家们的作品，就会理解当时青年艺术家们的新鲜活力和革命性。他们以抨击时政，揭露丑恶，表现社会世相为目的。父亲孙之儁自1927年至1949年连续22年的作品，几乎是社会发展事件的编年史，虽然我已经将其编辑出版，但仍需进一步研究，这是我责无旁贷的又一项义务。

七十多年后，漫画家毕克官先生编著了《中国漫画史》。他曾对我说：“整理出你父亲作品真是做了一件了不起的事情！编书的时候我访问了六七十位漫画家，没有一个人谈到你父亲……”我说：“能理解，因为谁都不愿意给自己找麻烦。”

麻烦是什么呢？不外乎两点。第一个大麻烦是1951年因电影《武训传》被批判，同时受到批判的还有孙之儁绘画，李士钊著文的《武训画传》。时至今日也没有对涉及武训的这两部作品和被批判的人员有个什么说法。只有1985年9月5日胡乔木同志在中国陶行知研究会和基金会成立大会上的一段讲话：

> 解放初期，也就是1951年，曾经发生过对电影《武训传》的批判，这个批判涉及的范围相当广泛。……我可以负责地说明：当时的这种批判是非常片面的、非常极端的和非常粗暴的。因此，这个批判不但不能认为完全正确，甚至也不能认为基本正确，这个批判涉及了许多人……

让父亲没有想到的是，在他刚刚热情地迎接了新中国成立之后，却受到了莫名其妙的批判。作为一个当时既不知道什么是“延安整风”，也不知道什么是“大批判”的知识分子来说，他不理解。在我的记忆里，丁玲，这位革命老同志不停地从思想上帮助他，要正确对待……从此他不再画漫画，淡出了美术界，甚至连个美协会员都不是。他以教学为主，业余时间画连环画。他从“仁、义、礼、智、信”中选出了“信”字用作自己的笔名——孙信。目前，对他所画的连环画我还没有整理。从中国画线描所表现的故事题材，发展到现代意义上的连环画，我父亲应当是最早期的代表人物，特别是他提出的“现代文学得配现代画法”的观点，突破了传统画法，其中《武训画传》和《骆驼祥子画传》即为代表。

第二大麻烦就是他的“汉奸罪”名。1966年秋曾有“小报”张贴于前门等地，至今仍有人问我，所以我想做些必要的说明。

1945年秋，抗日战争胜利后，我的大姐孙静受河北藁城县共产党组织的委派，到北京家里来，希望父亲协助工作。大姐到京之后，母亲告诉她，父亲由姨姨丁冷带领到华北局城工部汇报工作去了。待他俩回来后，大姐说明来京的目的，姨姨得知是组织上派来的，就带上她和另外一位老同志，又到城工部去。谁知途经良乡被当地国民党驻军抓捕。姨姨老练沉着，大姐才19岁，一看就是一个农村姑娘，敌人也没有抓到她俩任何实证。父亲托朋友闫少青以“铺保”方式，分别将她俩保释出来。倒是由于他自己借了一身国民党军装，态度十分强硬地去保释她们，惹火了驻军头领，以“强保女共匪”的名义扣押了他。后来得知父亲即为当时著名漫画家孙之儁，曾参加过沦陷时期的伪新民会，于是押解回北平城内审讯，并以“汉奸罪”判刑一年零四个月。为了保护共产党的地下工作者，父亲必须顶着这个罪名坐进国民党政府的监狱。在监狱里他看到了社会更残酷黑暗的一面，于是在狱中画了一本名为《歌名城》的小册子，寓意“革命成”。这本小书我只看到过一次，是在1966年8月，父亲必须把它和其他“罪证”交给学校造反派的时候。估计现在也不在了。

我的父母都是河北藁城县东四公村人，青梅竹马。后来父亲家为其娶亲，母亲一直以做一个新女性的目标从事教师工作。1940年他俩的经济收入完全独立后，在北京组成了自己的家。

姨姨丁冷知道大姐的身份后，促成了她和老战友宗凤洲的婚姻。

宗凤洲也是藁城人，成元村的。他在1935年由单线介绍加入共产党，后来失掉了关系，1941年重新入党。“七七事变”后，华北沦陷，宗凤洲拉起了一支队伍抗战。丁冷在1939年上了太行山，进入抗日军政大学，并由郝志平（罗瑞卿夫人）介绍，1940 年加入中国共产党。姐夫宗凤洲带领着游击队也上了太行山，被编入一二九师。姨姨一生未婚，性格豪放，因刺杀日本小队长的英勇事迹，藁（城）无（极）中共县委曾表彰她为“民族英雄”，载入宣传手册。当时组织上并不知道她的党员身份。丁冷写的回忆录现在也交到了我的手上，对于这样一位老同志无论如何也该有个交代吧！

家人的经历和战斗生活始终在我心中萦绕，这些英勇无畏的藁城人，颇有燕赵之风。更重要的是他们虽是革命历史征程中的有功之臣，但却从来没有向党、向国家、向人民索取过任何回报，而且始终把人民的利益、国家的利益放在前面。我为他们骄傲。

如今只有我的大姐，95 岁的孙静依然陪伴着我。她在上海，是上海文史馆馆员，受到国家照顾，住在第六医院，是我家上几代人中仅存的代表了。她始终记得的是，被保释出来后，母亲每天要去监狱给父亲送饭，而她抱着出生 8 个月的我，因为没有奶吃，连头都抬不起来。小羊哥哥哭着向她说：“大姐，我饿，我要吃大米……”每忆及此，大姐总是擦着眼泪，对我这个妹妹也是特别关爱，无论是顺境还是逆境……

回忆往事会令人清醒、理性。能走到人生边上已经很不容易了。要整理出这些人的经历更不容易了。写到这儿我才发现，自己的人生感受还没排在序列里呢。但愿我能活到下一轮鼠年 2032 年吧！到 87 岁的时候，大约有充裕的时间能够打扫完战场告别人生了。努力吧！

注：

阎少青（1911—1993 年），原北京正阳药房经理，民建成员。曾担任是工商联执行委员。1983 年后任市民建、工商联文史委副主任。1958 年错划为右派，1980 年得以改正。

穆家麒（1917—2011 年），北京人。满族（镶白旗）。早年留学日本。曾历任北京艺专教授、南京中央大学教育学院艺术系教授、吉林长白师院美术系教授兼系主任。新中国成立后，任天津美术学院教授兼理论教研室主任，是新中国首届中国美术家协会会员、中国老教授协会会员，享受国务院颁发的政府特殊津贴。

于东海（1916—1996 年），原河北省立第八中学（易县）毕业，北京建工学院教师。于东海先生始终是父亲的追随者，和父亲有着同呼吸共命运的经历。他告诉我，他的回忆文章写得很吃力，多少次都是伏案痛哭之后接着写的。现在看起来虽然不够详细，但却十分珍贵。他历经磨难，“文化大革命”以后，由于参加解放战争时期的地下工作，根据中央政策，他的晚年以离休干部的身份过了几年平静的生活。

2019年12月18日

智者们的警言

孙燕华参与编辑出版的
《中学生日常行为规范读本》

诺贝尔奖的获得者都是为人类做出贡献的人。他们的成就难以界定，也许一项发明或成果当时就震惊了世界，还有些是突破或扭转了某个定理概念，而这一点点突破能从根本上改变或推进研究的方向，对大到宇宙，小到量子产生重新认识的可能。获得这一殊荣的人们往往都是在埋头工作，毫无准备的状态下荣获的。我们的屠呦呦女士即是如此。

他们是人类智慧的代表，但却如同“脸朝黄土背朝天”的农民，辛劳地工作。在他们的成就中没有捷径可走，只有实事求是、持之以恒地实干。因此冷静客观地对待世界，遵循自然规律和社会发展规律成为他们的共性。

1994年，我参与编辑《中学生日常行为规范读本》的小册子，负责第一部分：自尊自爱，注重仪表。

为了起个“好头”，我选择了从历史传统入手，告诉孩子们，万世之师表孔子是怎样教导的，并且遴选出中华优秀美德的小故事做补充。正当我搜集材料的时候，意外地发现了一份报道。20世纪70年代，曾有75位诺贝尔奖奖金获得者提出：要在21世纪继续生存下去，避免混乱，必须恢复孔子道德。

这令我非常惊讶。可惜因时间久远，这份资料不知放在什么地方，难以提供出来了。

为什么我会想起这段往事了呢？因为疫情！因为全世界大规模爆发的疫情，我们地球村人们的生存混乱了。在疫情恐怖的笼罩下，各国政要、官僚层面、财团大亨、专家学者、蓝领白领，不论中产阶级还是贫民群体……无一幸免。如果说各民族、各人种都能齐心协力抗疫，我们会看到比现在要好得多的局面。可惜的是，因为各自的“利益”横亘在主导人物们的面前，出现了“甩锅”“造谣”“掣肘”等令人厌恶反感的主张和言论。这些矛盾的堆积有新产生的，更有历史遗留的……看到电视上谭德赛讲话的无奈，我都替他着急。

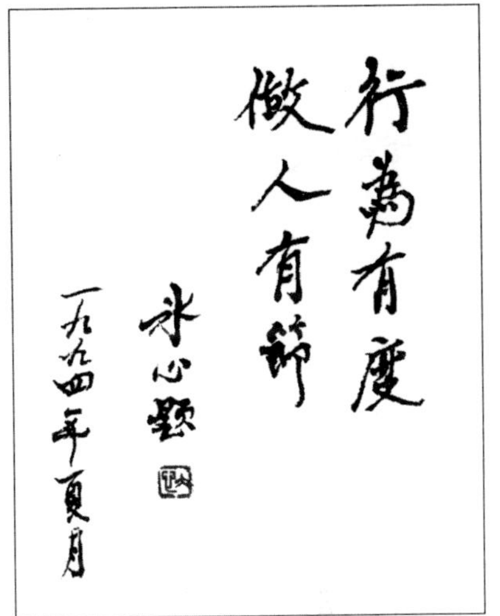

冰心老人为《中学生日常行为规范读本》题字“行为有度，做人有接”

在每天如潮的新闻中，我特别注意了关于中医诊疗在抗疫中所起的重要作用，想起了我国的诺贝尔获奖者屠呦呦，想起了她根据葛洪的《肘后备急方》，提炼青蒿素的路径，同时就想起了诺贝尔奖奖金获得者们的那番警言。

我们常说，世界上没有“如果”，但是在人类面临如此巨大变动的当下，万一出现了“如果”呢？那我同样希望的就是恢复孔子道德。

我敬佩那 75 位诺贝尔奖获得者的远见卓识，敬佩他们的坦诚和智慧。

2020 年谷雨时节

教育观念是当一名好教师的关键

作为一名美术老师，我在北京56中工作了19年，虽然没有耀眼的成绩，但是却有许多美好的回忆。

美术老师担负着对学生进行美的教育的重大责任，这里面涉及的面儿太宽了，在这里暂且不谈，只选择几个我曾经为之努力过的目标和具体的实践来谈一谈。

一、美育是个大课堂

我的父母都是教师，他们的言行一直影响和教育着我，尤其是父亲，著名漫画家、连环画家孙之儁先生。他的教学思想和方法一直引导着我，大美育观就是其中最重要的一点。

在56中的近20年中，我以力所能及的热情尽量为学生提供好的环境和机会。

当时初二年级的语文课本内有徐悲鸿先生的文章，语文老师高希芬找到我，希望能联系到徐悲鸿美术馆去参观。我打电话给徐悲鸿先生之子徐庆平，约好时间，带全年级学生到馆内参观。记得当天学生们席地而坐，展厅里安安静静，倾听徐庆平先生的讲解，《徯我后》《愚公移山》……孩子们的眼神中流露出真诚的尊敬，甚至于崇拜……讲完课后，大家购买了书签印刷品，请徐庆平签名……

20世纪80年代，港台电影充斥着屏幕，学生们尤其崇拜“四大天王”，说话也学着“鸟语”，面对这种状况，正面说教很难见效，于是我和年级组长联系安排了几次活动。邀请瞿弦和、张筠英夫妇来给初二学生讲过一次怎样朗诵的指导课。他们是大家都熟悉的艺术家，不是“明星”，不是“小鲜肉”，学生们很是尊敬他们。这二位是我的老同学，和他们讲了目的和要求之后，俩人十分认真地完成了“教学任务”。当场还有几位同学上台，被现场指导了读音和语调，对于学生来说这肯定是终生难忘的。

再有一次是为全校请来游本昌先生做报告。我在和他通电话的时候即说明了主题，针对学生们狂热的追星心态，做一次现身说法的报告。游先生说，我就以“从16到60”为题，讲我是如何从16岁追星，到60岁成了被别人追逐的明星谈谈自己的体会。我记得，他对学生讲得最深刻的一句话就是：“狂热的追星，你就会失去自我。”

在遵循大美育教育观念过程中，我体会最重要的是对心灵美的塑造。为此我曾邀请著名女诗人、作家柯岩，亲自到学校给学生们讲《周总理，你在哪里》的创作过程，这首诗当时也是课本上的篇目，学生们听得很感动。柯岩老师也很感动，是被我的真诚所感动。因为她身体不好，不准备接受邀请。我给她讲了一段往事：在我上小学的时候，景山公园里的北京市少年宫组织各校学生听柯岩阿姨讲故事。我有幸被选中，兴奋地听了她讲创作儿童诗歌《帽子的秘密》和《小迷糊阿姨》的故事。以后我就经常积极参加诗歌朗诵比赛了。

我告诉她，“您那时候梳着两条辫子，可年轻了，这就是您对我的教育和影响！”柯岩老师听后，才决定来给学生做报告的。

柯岩老师对周总理的尊敬深深地感动了学生们，她自己也很动情。讲完陪她出来的时候，有几个高年级女生请她签名……这情景很不容易，因为当时中学生们狂热追逐的是“明星”“歌星”，言必称“刘德华、郭富城”，能够意识到留下这次记忆，一定是真情的。“大美育观”应该是美术教师追求和行动的指导：蔡元培先生早就提出过对青少年美的教育，只不过没有得到很好地推行。

二、美术课中的思想道德教育

我们在小学、中学读书的时候，一直是按照“培养又红又专的无产阶级革命接班人”的标准来接受教育的，和现在的学生们所处的社会环境差距很大。教育环境的改变，也可以说是恶化，为教师们的正面教育增加了很大的难度。面对这种情况，是退缩，不闻不问，还是改变方法，随时随地进行以身作则的教育和引导，这是我们身为教师的责任。

记得我曾经教过一个学生，叫李宝华，男孩，不喜欢上美术课，常不带工具，爱说话。有一次在课堂上，我说："我认识两个李宝华，一个是咱们班的李宝华，一位是李大钊革命先辈的长子李葆华。这位李葆华已经八十多岁了，作为革命烈士的后代，他也为新中国做出了自己的贡献，如今退休了，每天在院子里散步，读报纸。我一看到他就会想起你。李大钊同志给自己的孩子起了一个这样的名字，寄托了多么恳切的深情啊。你也叫李宝华，多光荣啊，你可要为国家多做贡献啊……"其实他俩的宝（葆）字不是一个字，我只是利用同音对学生进行教育而已。从此这名学生在上我课的时候再也不闹了。至今我仍记得，在我讲这番话时，他那双澄澈的眼神。

我住的大院是"名人"大院，"文化大革命"后期落实政策，许多老干部和文艺界、科技界的知名人士都集中住了进来。

为了给孩子们提供"亲历、亲见、亲闻"的机会，我利用寒暑假组织多次采访活动。访问的老革命有李葆华、瞿独伊（瞿秋白的女儿）、刘英（张闻天夫人），等等，当时我校的政治老师那路、郑洪和我配合得非常好。后来我又组织学生们写作文，其中有一段给我印象特别深。她说："开门的是一位衣着朴素的老奶奶，我以为是瞿独伊老人的阿姨，没想到孙老师说，这就是瞿奶奶。我想象，她应该白白胖胖，有司机，有阿姨……没想到革命烈士的后代是这么朴素、平易近人……"孩子讲述的是她真实的想法，她们很难体会早期革命者的品质和心态。

这种活动坚持了很多年，以至退休以后，应张丽芳老师的邀请，我还把瞿独伊介绍到丰盛中学去。当时张丽芳已经从 56 中调到丰盛中学任书记，她非常赞赏我的这种做法，所以我也就为她的工作提供了力所能及的帮助。

思想政治工作不是生硬的说教，心灵美的塑造也不是一蹴而就的，所以我时刻注意联系着社会的动向和发生在身边的事情，为孩子们铺就路径。在 1998 年夏季长江发大水，报纸上报道了很多生动的感人事例，我选出一篇，编成六段故事，分给六个小组，由每组的同学合力制出可以做拓印的纸板，犹如木刻画的木板，然后在课堂上用油墨拓印，效果非常好。版画练习是教材上有的内容，但是我把它活用起来，结合现实，既联系现实进行思想教育，又完成了教学内容。

类似这样的事例，我还有两次成功的实践。一是在练习画京剧脸谱时，我请了北京市戏校的老师和学生来，一边演唱，一边勾脸，学生们在现场看到了"脸谱”在塑造人物方面起到的重要作用，另一方面也了解了中国民族艺术——京剧。

二是漫画创作，我请过李滨声先生来讲漫画的创作，然后安排初一、初二都画漫画，又选出两件好的作业发表在《北京日报》上。学生家长给我写了一封长长的信，认为这件事对孩子的成长有很大的鼓励作用……

这些做法的初衷，都是为开拓学生的视野，提高他们上美术课的兴趣。现在回过头来看，都是符合教育方针提高文化自信的目的的。

三、美术课堂一定要活跃

美术课不同于语文、历史，更不同于物理、化学等科目，一定要充分调动学生的积极性，要让学生兴奋起来，这样才能达到充分互动的效果。

有的学生不爱上美术课，对这个问题，我连续在几年之内，一直坚持在初二各班进行过“辩论”：设美术课是利大于弊还是弊大于利？选出正反两方，八位同学，到前边列为两组各抒己见，下面的学生可以补充。对这样的课程安排，我并非一定要“解决问题”，一定要得出“利大于弊”的结论，目的就是让学生们思考、答辩、争论，因为这种开诚布公的争鸣是学生体现个体价值的一种方式，一种宣泄，当然，教师一定要掌控好教学的方向，让大家在高高兴兴的争论中，认识到上美术课的意义和作用。

动手操作，是美术课的一大难点。课堂上所使用的工具很多，笔墨纸砚、刀剪、胶水、滚筒、抹布……因为我在校时一直没有专用的美术教室，每节课都跟“搬家”似的，有时还需要课代表帮助。尽管如此，我一直坚持当场示范，国画课画螃蟹、松树、白菜、南瓜……一定要让学生看过程，看结果，激发他们的兴趣。我非常认同一条大家承认的规律，其实每个学生只要挖掘出积极性来，都会创作出好的作品，作业中绝对有体现。只要老师对他们的指导不要太过分，过度的教授会限制他们的发散思维。

有一次我安排学生的图案课是给家里设计一件工艺品，诸如靠枕、背包……学生邵小颖交上一个沙发靠枕，正方形米黄色的底上画了左、右两手的对称设计，我问她：“什么意思？”她说：“我姥姥总是腰疼，这是我的两只手在给她按摩……”多好的构思啊！

对二维、三维观念的教授，我的原则是用最简洁的方式讲明白。先给学生出了个题目《观鱼》，俯视、仰视、平视都可以，在河边，鱼缸都行。当堂交上来的作业五花八门。第二节讲评作业时选出最具代表性的，比如长方形呈成角透视的鱼缸里的鱼——三维，俯视圆形盆里的鱼——二维，其中有一张给我印象最深，是一只大眼睛里，眼珠里画着一条鱼，把鱼看到眼睛里去了。我特别表扬了这张作业，把爱鱼的感情都画出来了！这个学生可能看到过类似的宣传画或漫画，他记住了，用上了，这就好。而这种创作画面在当时还很前卫呢！

在多年教学中，我一直坚持让学生观察，写生，这是提高学生能力的最佳途径。特别是讲述透视课后，我总是安排学生们画楼道写生——平行透视；到校外西边小花园写生，西苑饭店大楼——成角透视。出去写生一定会增加学生的兴趣，当然这种做法适合当时的学生，非常缺乏自制力和生活能力的现在的学生是安排不了这种课的。

总之，我是以一种乐观愉快、积极向上的心态来组织初一、初二教学的，因为他们这个年龄段非常需要关爱，非常需要正确的引导，需要美的教育。

小　结

我想了想，大概培养了进入不同层次的美术学（院）校的学生近百人。其中一部分是功课不太好，又怕考不上高中的学生，我配合班主任，根据文化课成绩分别送进职高或技校，以服装剪裁、美容美发为主。另一部分学生文化课也好，经过一番“魔鬼训练”分别送入美院附中、工艺美院附中、工艺美校和美术职业高中、徐悲鸿美术中学，等等。后来他们又都进入了中央美院、中央工艺美院、北京服装学院、北京电影学院、中央戏剧学院、首师大美术系等。现在实验中学的美术教师吴荻就是56中的学生。每天出现在北京晚报上画插图的宋溪就是我一直带的学生。中国京剧院的灯光师李竞成也是从56中考走的。大家都知道的青年优秀教师李争艳，和她同一届的付江，现任理工大学艺术学院的老师……这些学生们成为对国家有用的人才，我感到十分欣慰。能够在普通中学输送如此多的美术人才是我的一份成就吧！

2017年7月

注：此文为参加区老教协征文《我的教育故事》而写就。

追忆·怀念

智者的幽默

傍晚散步时，常与杨绛先生相遇，双方摆摆手以示问候。有一天，我看见她伸出手，食指和中指作“V”字状，心想，先生92岁了，还挺时髦，用年轻人常用的手势。走近一看，她食指和中指在不停地绕动。我问，这是什么意思？她笑着说：“小蚂蚁见面的时候，就是这样互相碰碰触角，咱们这样就算打招呼啦！”我赶紧伸出两个手指和老人的手指碰了碰。我们像孩子似的开心地笑了！

人民文学出版社管士光社长（右一）和孙燕华（左一）看望杨绛先生（中）

老人带着一脸恬静的微笑走过去了。我对我先生说：“她老人家同钱锺书先生同舟共济数十载，经过那么多风雨坎坷，还有这种童心的幽默真不容易啊！”先生说：“这是一种修养，一种境界啊！”

随后，我俩又回忆起1993年拜访冰心老人的一段往事。

当时冰心老人腿脚不好，只能终日坐在写字台后面的椅子上接待客人。她告诉我们，前几天邮递员给她送稿费汇款单，跟她开玩笑，说：“您瞧，您老多福气，坐在椅子上，就等着来送钱！”老人笑着说：“我这是坐‘椅’待币！”

启功先生的幽默也是出了名的。他为自己写的墓志铭，我早就拜读过，每当想到文中的“瘫偏左，派曾右”，都会在酸甜苦辣的滋味中笑起来。前年夏天的一次拜访，让我又一次切实领悟到先生幽默的功夫。

李燕与启功先生

由于家中有一开山水小册页，没有图章，落款是“元白”，启功先生的字，于是便将册页带去，请老人补盖印章。老人一看自己这件二十多岁时的画，笑逐颜开，连连说：“是我画的，补个章吧！”一方小小的印章刚盖完，老人又转身在窗台边上取了一个小铁盒，一边开着盒盖，一边神秘地慢悠悠地笑着说：“来点儿炭疽（一种病毒，可提炼成白色粉末状）！”一听“炭疽”，我们全愣了，我伸长脖子看老爷子的铁盒子。

“白色粉末！”老人眼睛笑成一条缝，一边说，一边往外倒。“这到底是什么？”我们急着问。“滑石粉！”老人抖了个大“包袱”。我们全都大笑起来。噢！原来是他怕刚盖的印泥粘脏了对合的画面，照例撒上这种粉末来吸干印油。

“嗬！您老怎么还知道炭疽呢？”我们逗乐儿地问。

“今天早晨看报，美国那儿不是发现有人往邮件里投放一种白色粉末炭疽嘛……”

智者的幽默之所以意味隽永而各具特色，除了源于他们博大的学识之外，还由于他们既丰富又坎坷曲折的生活阅历，是知识和生活造就了他们善于幽默的心。

2001 年

“同学”送杨绛

杨绛老人仙逝让我们全家沉浸在无限的哀伤之中。这种悲哀既不是血缘亲情的失落，也不是噩耗飞来的恐惧，是一种无法把握的失衡，无法弥补的悲恸。

我们同住在一个大院已经36年，目睹了钱锺书、钱媛的离世，目睹了杨绛先生自己是怎样一步步走过来的……作为“小友”“同学”，我们对她有着无限的尊敬，有着甜美的回忆。面对杨绛先生平和而淡定的笑容你绝不敢轻狂而率性；聆听她智慧而友善的话语总有被点醒的愉悦。

有一次我和杨绛先生在院里的体育器械前相遇。两根长长的垂下来练习臂力的铁链被我俩各抓住一根。我开玩笑地说，咱俩看谁能胜过谁。当时她92岁，我想应该不会有太大力气，所以并不太使劲。没想到她竟然十分认真，用双手揪住把手，整个人几乎蹲了下去！当时我很担心，赶紧保持平衡！看她站稳我说：“您的劲真大！”她就给我讲上小学玩叠罗汉，女校把这种玩法叫叠菩萨，她总是最后一个攀到顶上充当菩萨；讲她怎么赛跑，怎么淘气，此时她满脸泛起了一片童真，真感动人！

老人一直称我为“同学”，这使我一方面诚惶诚恐，一方面又沾沾自喜。起因是她有一位小学同班同学和我同名同姓。只要散步时远远地看见，她一定会在楼角站住等我，喊我的名字，她说：“我叫一声你的名字就像喊我的小伙伴一样。”这是一种多么令人羡慕的心态啊！

写到此处心痛极了，这样一位亲切的老人走了，我再也不能被她“点名”了！带走了她的学识，带走了文采，带走了微笑……

所幸的是在2015年7月17日她最后的一次生日的前一天，因为她从不过生日，我们给她送去了最美好的祝愿，送去了最温馨的祝福。如今她带着这份温馨与祝福和早已在天堂等她的亲人相聚去了！

2016年5月25日

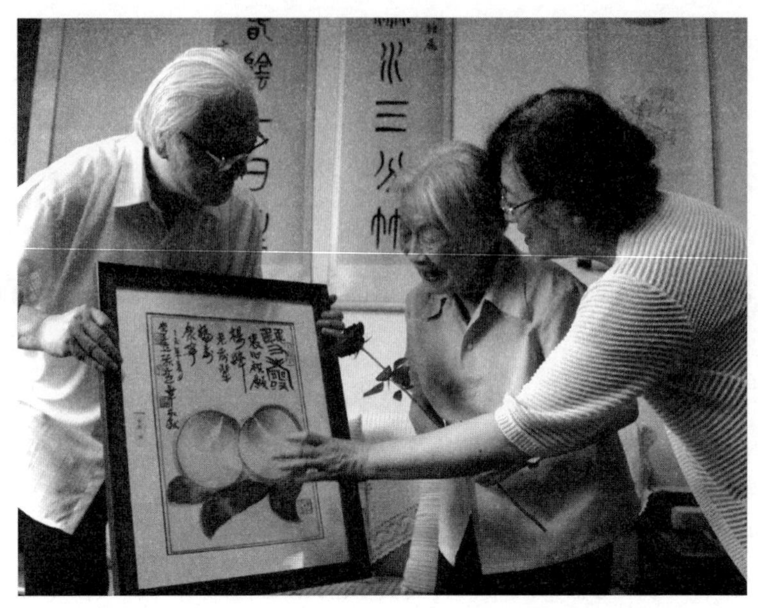

我的先生李燕为杨绛先生画的寿桃配好镜框送给她。我说："这两个桃子一个是您，一个是钱先生。"读了《我们仨》之后，我就懂了她的心，其实他们夫妇精神上始终是在一起的

我的小重孙女也去祝寿，杨绛先生不但接受了她的花朵，还接受了她的头饰，这可是一次世纪相会：105 岁的老人与 10 个月的小宝贝，此情此景仿佛就在昨天

我是孙燕华

“你是孙燕华？”

“是，我是孙燕华。”

“我投了你一票！”杨绛先生笑眯眯地对我说。

十多年前，我从教学岗位退休以后，被南沙沟社区居委会“相中”，诚恳邀请我参与社区工作，并且说“事儿也不多，不用坐班”。谁知这一干就下不来了，到今年 72 岁，还没 OUT，所以没被“炒鱿鱼”。居委会的成员三年换一届，每次都要投票，所以我的名字就被社区居民熟悉了，其中包括杨绛先生。

40 年的邻居们相处下来彼此颇有感情，尤其是近十多年，杨绛先生经常在院内散步，我们见面说话的机会就更多了。

院子的花圃里种了一片牡丹，几十株，每到春季花香四溢。一天上午 10 点多钟，我们三口去赏牡丹，突然发现杨绛先生笑眯眯地走过来。相互打过招呼，她指着一朵将要凋谢的“魏紫”，说：“这就是我。”又指着旁边盛开着的“赵粉”，说：“那是你们。”我赶忙接过话茬儿，“这是曾经的你，那是未来的我……”咦！脱口而出的这两句话怎么那么富有诗意和哲理？我很惊讶自己的机敏，转头看看正在点头微笑的杨绛先生，突然我明白了，是她即景生情，“头儿”起得好，才令我有了出彩的“承接”。这就是情境！如果不是伫立在牡丹花侧，不是面对杨绛先生，大概不会迸出这样的“诗句”，仿佛是“轻轻的我走了，正如我轻轻的来”。

大院西边有健身器械。夏季晚饭后，我正在用吊环练臂力，杨绛先生也来了。我交给她一根吊绳，说：“咱俩一块使劲，看谁拽得过谁。”当然，我不敢使大劲儿。但是，她，一位九十五六岁的老人，抓住手柄，两腿一曲，往下一坠……这动作着实吓了我一跳。

“您上学的时候，是不是很喜欢运动？”

“是呀，我们女校有一项活动——叠菩萨，男生是叠罗汉。因为人小，我总是当顶上的那个菩萨。”说到此刻，她的脸上一片天真烂漫顿时感染了我：一个小小的杨季康，攀上菩萨顶，一副文弱而惬意的样子仿佛就在眼前。

“你知道，我为什么一下就记住了你？”

“不知道！”

“我有一个很要好的小伙伴就叫孙燕华，和你名字的三个字是一模一样！”

“是吗？那我太荣幸啦！”

“所以，我只要远远地看到你，总要叫你一声！”

啊，怪不得杨绛先生对我“情有独钟”呢，原来是这样。此时我才发觉她每次见到我都会讲到小时候的故事。由于我的名字给老人带来了愉快，真是意想不到的事儿，“这应当是我的荣耀吧！”我这样想着。

当然由此也增加了我对杨绛先生的“要求”，因为是“同学”嘛，总得讲“同窗”之谊吧？！比如买了她的书，请她签个名，得优先吧；过年过节登门造访，拍个照片总是可以的吧？于是我获得了一封杨绛“同学”的来信。

5 月 25 日，《文汇报》的“笔会”上首次发表了《幼年往事》（外一篇），文中写道，“我的好朋友孙燕华和我两个陪新娘子，新娘子左等右等没等到，大家就先吃喜酒了。吃完喜酒，孙燕华就和她家带她弟弟的臧妈回孙家了。”

哈！果然出现了“孙燕华”！而且是和她一起扮演着陪伴新娘的小角色。

读完这段文字，内心五味杂陈，不知道我应该是哪个“孙燕华”！……记得我曾问过杨先生，“孙燕华后来到哪去了？”她说：“很早就去了美国。”我失望了。

没有任何挟带的杨绛先生喝过孟婆茶以后，应该是干干净净、利利索索地去见钱锺书和钱瑗的。那种轻松和愉快常人无法比对，因为她是打扫完了战场，没有留任何遗憾走的。这是多么难得！多么完美啊！

同名同姓，引出很多麻烦的事儿，比如“潘金莲”，而我不会，因为隶属于“孙燕华”名下的女子（或有男子）尚无出大名者，所以我既借不着光，也惹不上祸，不必为甄别而去一路“上访”。我只会偷偷地笑，因为自己的名字，我成了杨绛先生的小伙伴，成了同学，嘻嘻……

2017 年 5 月 31 日

电视剧《围城》很有影响，我编了“出城入城，古今皆同”八个字，请青年书法家梁晓军写成，裱好装框送至杨绛先生家

中国社会科学院外国文学研究所

燕华“同学”：

我小时候最要好的同学叫孙燕华，天天一起玩，不意老来又遇到同名同姓的邻居。称“老同学”吗？还是“小同学”呀？都不对。我老你小，还是称“同学”最合适吧？

承惠赠令尊遗作，当细细拜读，谢谢再谢谢！

我的破书，经不起“读若干遍”的。我心虚得直冒汗呢。遵嘱在书上写上一个名字，没写别的。

祝 贤伉俪 中秋快乐！

“同学”杨绛

2008年9月12日

杨绛写给孙燕华的信

笑写沧桑孙之儁

【编者按】在请李燕馆员回忆其父李苦禅时，他几次提到了岳父孙之儁。李苦禅和孙之儁不仅是老街坊，都住在柳树井胡同，还是北平国立艺专的老同学。更有意思的是，尽管相互之间十分熟悉，却对彼此在隐蔽战线的工作毫不知情。

孙之儁是近代著名的爱国漫画家。1995 年末，为拍摄苦禅先生电视片，李燕夫妇查阅 1925 年至 1949 年的报刊资料时，发现了孙之儁先生的漫画作品、插图、游记、散文、小说等作品三千多件。二十多年间能有如此大量的创作，实在是个惊人的数字。

恰巧李燕的妻姐孙静是上海文史研究馆馆员，15 岁就参加了革命。顺着这条线索，笔者又来到上海第六人民医院探望并采访了 92 岁高龄的孙静，虽因病住院，但精神尚好时，她还颇有兴致地在病房作画。通过孙之儁两个女儿的口述，当年那段尘封的历史逐渐清晰起来。

用漫画书写历史

我的父亲出生于 1907 年，河北藁城县人。清末民初，是中国历史瞬息万变、吉凶莫测、跌宕起伏的一段时期，所呈现出的那种伟大的惨烈、杂乱的喧嚣、绚丽的色彩和悲壮的乐章，都给那个时代出生的史学家、哲学家、思想家、文学家、艺术家们无限的思考空间和多角度的争辩支点，给了他们层出不穷的创作题材和激越的灵感。

跟随父亲漫画作品的脚步，清晰地看出，他是怎样从历史中走来的。因为他的漫画创作是密集的，几乎天天有，甚至有时一天发表两幅，仿佛一本“漫画日记”。

许多漫画反映长期存在的社会问题，比如贪污腐败、男女不平等、劳动人民的苦难等，对日本帝国主义侵华阴谋，对卖国求荣贪官污吏的丑恶嘴脸敢于进行犀利的讽刺与揭露。作为一个漫画家，父亲保持着对社会的敏感和追求真理的正直，他也用自己的行动表明了他的社会责任感。

《北洋画报》1928 年 5 月 30 日刊登的《漫画社复活记》中说道：“宗维赓、孙之儁诸子是‘鉴于漫画之在今日，实于改良社会，描写性情，不可少之民众化的艺术’，才‘复纠合同志，重振旗鼓’成立‘五三漫画社’。”短文中附有父亲所画的漫画《五三》。这是一幅寓意深刻的漫画：日本侵略者是一根重重的铁链，把中国人牢牢地捆绑起来折磨其身躯，求曲在地。“五三”则是为了纪念1928年5月3日日本侵略者在济南进行屠杀的野蛮行径,史称“五三惨案”。

为发出“教育救国”的呼声，1936 年秋，父亲与国民党中将段承泽先生合作完成《武训先生画传》的绘画创作，此书由陶行知先生作跋再版六次，并译成英文在国外发行。陶先生的跋文给了父亲极大的鼓舞。

父亲是个热爱生活的人，他爱好十分广泛，而且每一项爱好都钻研到一定深度。他擅长花样滑冰，曾两次在报纸上连载滑冰讲座，且自画插图。他特别钟爱京剧、昆曲和各种曲艺。无论中式乐器还是西式乐器，如钢琴、小提琴、京胡、二胡、三弦、笛子、洞箫、唢呐，都能拿起来就演奏。父亲常画油画，他擦笔的纸是决不会乱丢的，油画板上的颜色位置按照他的习惯安排得井然有序，决不多挤颜色，用多少挤多少。

他生活得既严肃、高雅，又很艺术化，他希望做的每一件事都能达到他对美的标准才行。他的自行车经常要大拆大擦，会用上半天的时间认真专注地完成这件“工程”。家里的房子漏了，他自己上房去修，让孩子帮他打下手。即使是和灰，也得要匀匀净净的。他干活和画画一样干净利落。

用漫画支持抗战

复兴门立交桥的东南原有几条胡同：嘉祥里、坑（读“炕”）眼井儿、柳树井儿等。柳树井丙 5 号，后来改为 23 号的院就是我的家。

20 世纪 40 年代，父亲买了这里的四分空地，自己盖了个院子，用母亲的话说，燕子啄泥般地搭了个窝。院子正南正北，四四方方，东西两侧种了很多树，有丁香、海棠、樱桃、山桃、枣树、桑树、柳树和槐树，加上花草，从春到秋花香不断。铺甬路虽用的是普通灰条砖，但因父亲设计了非常有特色的几何纹样，而显得很突出。

1942 年，母亲的妹妹，姨姨丁冷来到了我家。在我们的生活中，谍战片《潜伏》中的人物都是真实地活在身边的。

姨姨是个花木兰式的人物。1939 年秋她奔赴太行山参加抗日。1940 年，一二九师领导派吴栋同志来到我家，向父母介绍了太行山的情况，并说要派丁冷到抗日军政大学学习。父母为了鼓励姨姨上学，临走时还给她买了钢笔和本。姨姨在抗大的班长是郝志平阿姨（罗瑞卿夫人），就介绍她加入了中国共产党。

经过一段如何做城市地下工作培训以后，1942 年姨姨来到了北平，当时的领导党崇山和陈光同志向她交代：“到北平后就住在你姐丈家里。”经组织考察，当时父亲有伪新民会的身份掩饰，而且是爱国的，所以 1942 年至 1945 年间，我家就成了姨姨的掩护点。她一直往返于北平和石家庄一线。燕华曾问她刚到北平时候“怎么开始工作啊？”，她说：“先完成了申伯纯同志交给的一项任务。”“什么任务啊？”她没有说，“保密”已成了习惯。

父亲虽然当时被拉入伪新民会，但他内心十分爱国。他在前门大街创作了一幅大型水彩画：画面是在一个农村田野里，一棵果实累累的柿子树，枝干上挂着一个大铁钟，大树的左方有个农民扛着一捆稻谷，太阳照射在他的肩上，是一幅很秀丽的田家乐画卷。姨姨来了以后，父亲就拉着她去看这幅画，开始姨姨没看明白是怎么回事，父亲指着柿子、钟、扛稻谷的农民和太阳说：“这就是始（柿）终（钟）抗（扛）日”。这就是父亲身在敌占区的心迹表白，这一大幅水彩画在街头张贴了很长一段时间。

父亲积极为姨姨寻找公开职业，用在伪新民会工作的便利，调换了北平“良民证”，又搞了一个伪新民会职员的证件，这些对她开展地下工作带来了很大的方便。

在这期间，姨姨几次被捕。有一次姨姨在梅花镇开展工作时被捕，押解途中，趁敌不备，掏出暗藏的剪刀，向日本特务小队长青原一夫猛刺数刀，其他日伪特务见势不妙，立即将她五花大绑。姨姨一路上高呼抗战口号，连喊带骂，一直骂进了敌人的宪兵队。

姨姨到北平以后就被怀疑了，曾抓捕过苦禅先生的日本特务上村喜赖就怀疑到我们的父亲。上村喜赖是专门对付文化艺术界的。他把父亲抓到远东饭店审讯，连踢带打，十分野蛮。审问的内容就是丁素荣（丁冷）是不是八路。父亲一口咬定："就知道她是我的小姨子，不知道她是不是八路。"日本人审问了一天，也没找到任何确凿证据，只好把父亲先放回来。

姨姨在做地下工作这几年多次被捕，受尽了凌辱、折磨与拷打。当时的中共藁（城）无（极）县委并不知道她是共产党员，所以授予丁冷"民族英雄"的光荣称号，并将她的事迹印成小册子，广为宣传，还排演了一出《血染滹沱河畔》的戏。1945 年 7 月，姨姨才逃出敌人魔掌。

用漫画讽刺揭露

1945 年日寇投降后，姨姨再次进入北平。这时的任务转向了如何配合解放北平的目标。在孙之儁先生的配合下，选择工作对象，亲连亲，友连友，很快就发展了十余名地下工作人员。并通过这些人获得了国民党军政的一些重要军事情报和"接收大员""先遣军"的活动材料。姨姨又和父亲共同研究，在他周边的友人中，要求公开任伪职的，到紧要关头要想法控制本单位的机要部分，保护好敌人档案，厂矿设备，以迎接大军进城。

为了更好地开展工作，姨姨带父亲一块到华北城工部汇报和请示工作。这一去山里就是二十多天，在城工部那段时间，敌人来了还要转移。

刘仁部长还单独和父亲谈了话。父亲和姨姨回来后带回很多宣传资料。他特别激动，可以说热血沸腾地参加了革命。

就在这期间，大姐孙静也从解放区来找父亲。

孙静回忆：

1945 年 9 月底，我们老家中共藁（城）无（极）县领导找到我，派我来做父亲的工作。经过城工部的沿站转送，我在河间晋冀鲁豫军区停留后即被送到北平。由城工部的地下党人刘丙刚将我送到北平复兴门内柳树井家里。因不知道父亲的底细，刘丙刚这一次并没有进门，送到门口就走了。我到家后看到父亲不在，妈妈告诉我，父亲和姨姨去西山城工部去了。我随即告诉刘丙刚，父亲已经在给城工部做地下工作了。于是刘丙刚第二次来到我家，与父亲见面，谈了话，并提出让我入党，那年我19岁。

10月，姨、我、刘丙刚等五人决定到城工部汇报工作。我们几个人只有一辆自行车。由于我前一天走路脚上磨了泡，大家就让我骑自行车先往前走。当我骑到宛平县城时，莫名其妙地被抓了起来。

那时，抗日战争刚刚结束，国民党政权刚到北平不久，不分青红皂白地乱抓人。他们正在抓一个共产党县委书记的妻子，见我一个女的骑着自行车，就把我当成了嫌疑分子。因我年龄小，也很单纯，没抓到什么证据，看守得比较松。我求看监狱的老头找来纸笔，给父亲写了信，希望尽快想办法保我出去。看监狱的老头，可能也是地下工作人员，他在信封外面写了一句话，告诉父亲“此人明天将转押到北平警备司令部监狱”，让父亲到那里去保我。

监狱位于一个非常大的地下室里，女囚被关在一个大笼子里。一共关了三十多个人，我不敢问他们是干什么的，我也怕暴露身份。笼子外边关的是男犯人，地下铺着草，一个挨一个睡。住了大概个把礼拜，父亲和我联系上了。他后来找到正阳药房的经理阎少青做铺保，把我保了出来。我的一生被国民党抓到监狱里就这一次。

我出来后，听说与我同行的姨姨丁冷等人也被捕了，关到了良乡县监狱。国民党对他们进行分别审问，由于预先没有商量好，所以口径没有对上。他们在监狱里吃了很多苦，用刑很重。我父亲很着急，去了好几次都没有保释出来。情急之下，父亲借了一身国民党军装又去保人，与国民党看守发生争执，结果以“强保女共匪”的罪名将父亲扣押。

姨姨坚守党的秘密，当地国民党驻军也没有抓到什么把柄。姨姨后来在监狱里生了病，国民党害怕她死在里头，也没有拿到口供，母亲又通过阎少青先生出具铺保将姨姨“保外就医”。但父亲因“态度强硬”，逮捕他的国民党方面下不来台，得知父亲是当时大名鼎鼎的漫画家孙之儁后，就说他在伪新民会里干过事，送到北平审讯，最后以“汉奸罪”被判刑一年零四个月。父亲被关押后，妈妈每天去监狱送饭，所以我在家里待了一段时间，照看弟弟和妹妹燕华，当时妹妹才八个月。后来父亲通过朋友给我办了假证件上了火车，回到解放区。我还记得父亲在假证件上给我起名“孙怡芳”。

大姐出狱后，经姨姨丁冷介绍，与刚从延安学习回来的一二九师团长宗凤洲结了婚。宗凤洲是仅仅比姨姨小两岁的同乡，都是河北藁城人，抗日战争爆发后他们先后参加了八路军。姐夫是电视剧《亮剑》里李云龙式的人物，很会打仗。他在第十二野战军工作了很长时间，参加过百团大战、淮海战役、解放南京、入川剿匪、抗美援朝上甘岭战役，等等。1962 年，宗凤洲被调到上海警备区任参谋长，由于交通方便我和大姐一家一直保持密切的联系。

父亲在监狱的经历，让他对社会认识得更加深刻。他说，真正的汉奸走狗、杀人犯，因送了金条就被放出去了，而很多老百姓却平白无故地被抓去坐牢。他也了解国民党官员许多贪污行贿的手段，对国民党的腐败是一肚子气。出狱后，父亲就用“傅基”的笔名——“反蒋”两个字的第一个字母，开始了十分激烈的漫画创作，迅速发表了《戏剧人生》和《老鼻烟壶》。经过此番人生沧桑，他的作品中充满了批判、揭露的火药味儿。父亲还在监狱里画了一本小册子——《歌名城》，寓意“革命成”，封面上是许多人在唱歌，一个人在指挥。

姨姨出狱后很快转移了。她走后，又来了一个和我母亲接头的人，对我母亲说，如果来的人说出“越隐”两个字，那就是“自己人”。

用漫画导人为善

经历过磨难的父亲更有胆识了，出狱后他在北平师范任图画教师。

1948 年的一天，一个身穿国民党军服的人敲门，母亲畏缩了一下又把门关上。门外的人说：“我是来找‘越隐’的。”他就是中共北平城工部派的董克珍同志，当时在第五补给区司令部的军械库工作。

他让父亲做迎接北平解放的工作。父亲除绘画之外更积极地发展他的亲朋好友为共产党做地下工作，如于东海、闫少青等。规定单线联系暗号和化名。他们搜集情报、散发传单，父亲满怀激情地对他们说：“天就要亮了！”

1948 年底，剿匪突击大队抓到了父亲的上级，在手套里发现了纸条，经比对确认是父亲的笔记。在父亲被捕后，母亲把我锁在家里，然后分别通知父亲的“下线”，告诉大家：“老孙出问题了，你们赶快躲躲吧！”这次被捕审讯非常残酷，疲劳审讯，灯照着三天三夜不让睡觉、灌凉水、打死过去、压杠子、插竹签子，于东海的妻子也被抓去，压杠子把腿都压折了。他们以为破获了共产党的一个大组织，认为我父亲是组织的头。

于是，特务们就在我家住下来“蹲坑”，等着抓捕来接头的人。

特务们在我家把地砖都一块块翻起来搜。母亲气得在床上躺着不做饭，我饿得直哭，特务就说：“小妹妹，我做饭给你吃。”特务们就拿我家的米做饭。把家里翻了个乱七八糟，街坊邻居也都怕这帮特务，躲着他们。

经过好几天的各处奔走，方才打听出父亲被关押在傅作义的宪兵队。开始被关的二十多天，父亲受到了非人的对待，后来，国民党特务也知道我父亲不是共产党的头了。为了营救父亲，母亲直接找到了军调处叶剑英同志的秘书，他说让母亲别着急，由于傅作义有意起义，和平解放北平，所以对政治犯的问题会尽快解决。

就在傅作义宣布起义，和平解放北平的几天里，父亲与他的上级被放了出来。后来父亲的上级董克珍说，因有人被捕叛变，暴露了组织，在突然袭击下他被抓了进去，严刑拷问下挺过来了，保护了组织。父亲被捕是因来不及通知，他去联系工作，被蹲坑的宪兵逮了去，虽刑讯逼供，却未吐露只字。

新中国成立了，父亲满怀喜悦的心情，积极开始新的生活和工作。父亲的视线一直关注着社会底层。他一生三次创作一个人物共有两次，一个是真人武训，一个是小说人物骆驼祥子，一个乞丐、一个车夫。他说过：“导人为善是我理想中的漫画主题。”

小时候，我常趴在父亲的写字台前看他画连环画。看得多了，就发现父亲的表情是随着笔下的人物变化的，这常常引得我大笑不已。父亲告诉我，画连环画跟当导演似的，你得设计好人物形象，体态、衣着、表情，再配置上相应的环境——犹如布景；配上相应的用具——犹如道具。

1949 年 12 月，老舍先生从美国回京。父亲拿着他重新绘制的《骆驼祥子画传》到北京饭店见了老舍先生，征求意见。老舍先生说：“祥子没毛病，虎妞很合理想，刘四爷也不错。”1951 年 4 月，《骆驼祥子画传》由上海华东

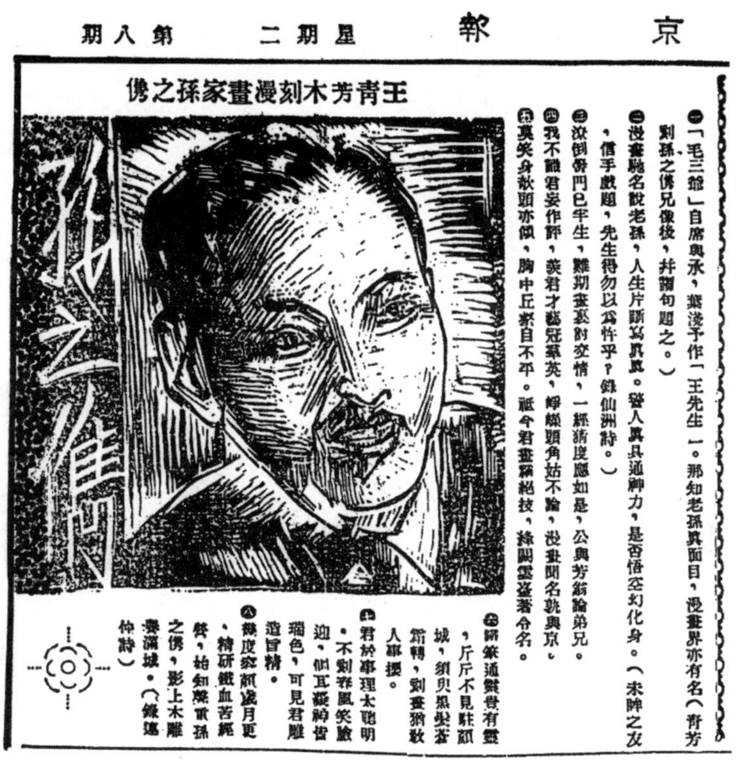

京報　星期二　第八期

王青芳木刻漫畫家孫之儁

㈠「毛三爺」自席與承，葉淺予作「王先生」。那知老孫眞面目，漫畫界亦有名（青芳刻孫之儁兄像後，并謅句題之。）

㈡漫畫馳名說老孫，人生片斷寫眞眞。發人眞具通神力，是否悟空幻化身。（未眸之友，信手戲題，先生得勿以爲忤乎？錄仙洲詩。）

㈢淤倒衙門已半生，難期畫裏討交情，一經猜度應如是，公與芳翁論弟兄。

㈣我不識君妄作評，羨君才藝冠羣英，崢嶸頭角姑不論，漫畫聞名孰與京。

㈤眞笑身軀頭亦傾，胸中丘壑自不平。祗今君畫稱絕技，絳闕雲臺著令名。

㈥研究通盤曾有靈，斤斤不見駐顏城，須臾鬚髮蒼新轉，刻畫猶教人事攖。

㈦君於事理太聰明，不剗莽風笑臉迎，但耳凝神皆瑞色，可見君雕造旨精。

㈧幾度深顏歲月更，精研鐵血苦經營，始知漫畫孫之儁，影上木雕滿城。（錄鴻仲詩）

王青芳木刻作孙之儁像并配诗原载1936年7月28《京报》

书店分上下两集正式出版发行。其中最重要的改动是将结尾改为祥子经曹先生介绍去了解放区。

父亲与李士钊先生合作，再次创作了《武训画传》，希望通过对武训的宣传而达到普及教育，提高国民素质的目的。这两本连环画的完成，标志着父亲从夸张、幽默的漫画风格转变为写实的风格，特别是《骆驼祥子画传》现已成为经典，作为插图与小说一起出版，并再版多次了。

上海文史研究馆馆员孙静、

中央文史研究馆馆员李燕之妻孙燕华口述

（吴睿娜整理）

发表于2018年《国是》杂志

武训与教育

父亲搭建俄罗斯式篱笆的时候，正是刚刚经受了一次莫须有罪名打击的时候。

1951 年对电影《武训传》的大批判涉及一切和宣传武训有关的人，我的父亲也是首当其冲。他在 1936 年下半年，两次去包头，与国民党中将段承泽先生合作了《武训先生画传》。抗战爆发以后这本书的锌版被段承泽带到重庆。他去世之后，由其夫人交给陶行知先生。陶行知先生作跋，再版六次，并译成外文发行到国外。就是这本画传感动了当时在大后方重庆的电影名导演孙瑜和著名电影艺术家赵丹。赵丹先生是山东肥城人，从小就听到过武训的故事，据说，他看了这本《武训先生画传》后泪流满面，激动不已。他俩商量决定拍一部电影《武训传》，由赵丹扮演武训，宣传武训为穷孩子办学的精神。

《武训传》是分两个阶段拍成的，一部分是在 1949 年前，最后完成是在 1949 年 10 月后。然而在他们正为新中国成立后拍摄完成了第一部表现劳动人民的电影而欢欣鼓舞的时候，却受到了突如其来的严厉批判。

如果事情只是这样的话，我的父亲或许不会受到多大的牵连。命运真是难以捉摸。1949 年李士钊先生（山东聊城人，新中国成立前曾任上海武训学校校长）来到北京，他找到我的父亲说，陶行知先生在世的时候因为不满意由南方的画家画的武训，认为许多场景、人物的衣着和用具、农具不对，嘱咐他“到北平一定要找到孙之儁先生，再画一部精美的《武训画传》”。

就这样，由李士钊撰文孙之儁绘画的《武训画传》于 1951 年在钱君匋先生主办的上海万叶书店出版发行了。

电影《武训传》和连环画《武训画传》的几乎同时放映和出版，似乎形成了一股宣传武训的热潮，其实他们并不是商量好的，并不像现在的《哈利·波特》既拍电影又出书的运作方式，如果真能想出这种商业模式，他们岂不是太超前了吗？但是这些参与者也不是突发奇想地要拍武训，要画武训，而是都认为武训是穷人，是劳动人民；他办学是为了教育，是为了让穷孩子们上学读书，在这一点上和让穷人翻身得解放是不矛盾的。他们没想到的一个“逻辑”是，武训以自己讨饭得来的钱购置了土地，并且建造了校舍——房产，因此改变了自己无产的成分，而成了大地主！在新中国成立后，第一个以发表社论开始，掀起在全国范围大批判的这种进行阶级斗争的革命便由此开端了。

父亲和赵丹、孙瑜、李士钊、郭沫若……先后公开在报纸上做了检查。

自此，孙之儁这个名字就消失了，父亲改用笔名孙信，逐渐淡出美术界而潜心于美术教学。这段过程发生的时候我仅仅五六岁。新中国成立初期，因为我的大姐和大姐夫及其他许多亲属都在部队上，我家来来往往的人很多，但这位操着满口山东话的李士钊叔叔却给我留下了很深的印象，只记得他兴致勃勃地拿来郭沫若先生的题词交给父亲，可惜“文化大革命”时题词也被抄走。

有一次李叔叔大汗淋漓地送来精装和平装的两种《武训画传》，平装的是红皮，精装的是白本，很漂亮。他还告诉父亲，这本新书已经送给了董必武等中央领导同志了……

后来就听到母亲说：“武训这本书被批判了。”“武训买了地，如果按照有地就是地主的话，定他个地主成分还成，为什么还说他是个大流氓？本来清朝时候农村妇女都裹小脚，画个年轻小脚的媳妇儿、女孩，就是歪曲劳动人民？我们这一辈儿人，像我这样不裹脚又能上学的都不多……为这个也要做检查？！”

我不知道母亲的埋怨是为什么，因为我刚刚零零星星地认识几个字，他们也没有当着我的面解释过“批判”和“检查”是什么含义，不要说我不懂，就连他们也不明白这就叫“犯了立场错误”，而且是很“严重的错误”。此后十几年我没有听过父亲再提武训，再提起陶行知，也没有说过一句牢骚的话。

整理父亲的作品和年表，跳出自己孩童时的印象，我深刻地理解了父亲当时的心境。1947 年父亲出狱后仍在协助中共城工部做地下工作，迎接北平的解放，因为情报在传递过程中泄密又一次被捕，直到北平和平解放前夕，他才被释放。从 1942 年我的姨姨丁冷做地下工作到北平住在我家开始，直到 1948 年底父亲从狱中被释放，他已经由协助到直接参与搜集情报达 6 年之久，对于新中国的成立他是怀着极大热情的，迎接解放军、迎接共产党、迎接解放！

对《武训画传》的批判严重地伤害了他，伤害了他的热情，伤害了他的心。他在美术界被边缘化了，连美协会员都不是。他无法辩解，而且谁也不能替他辩解。

我从来没有听到过他对自己曾经协助共产党做地下工作入狱受刑，又没有得到什么待遇而委屈抱怨，也没有因为《武训画传》受到批判做了检查而埋怨。在幼年的我看来，他生活得依然很乐观，认真地教书，勤奋地画画，闲时拉拉胡琴，弹弹三弦儿，养花，种树……那段俄罗斯式的篱笆就在那个年代的某个夏季完成了。我只记得，那一年的夏秋两季雨水很多，这段篱笆墙下冒出了许多蘑菇，仍然有着生命力的榆树干上还发出许多芽，雨后还长出了许多肥厚的大木耳，这是我第一次看到长在树干上的木耳，肥肥的，还有点弹性……

四十多年后，当我认真地整理和思考他的作品时，我才知道他曾经画过那么多的有个性、有思想的漫画，曾经参加过那么多的活动……按时间捋着这些作品，我清晰地看出他的思路和人生轨迹，是怎么随着自己生活的变化、社会的动荡而变化的；理解了他对生活的热爱，对正义的追求，对老百姓的关切；发现了他天性中的幽默、率真、睿智和机敏；佩服他惩恶扬善的勇气，对社会变迁中的敏锐忧患意识和他自觉的使命感和责任感。

孙之儁的三个女儿在武训石像前，从左至右依次为：
小女儿孙燕华、大女儿孙静、二女儿孙慕华

近距离的生活岁月让我了解的是他性情中柔缓的艺术的一面；远距离地分析，让我看清了他冷峻、尖锐、正直、战斗的另一面。

武训只不过是大字不识一个，以行乞的方式，为穷苦孩子创办义学的一位奇人，一位执着的“苦行僧”，用现在时髦的称呼，也可算作同治、光绪年间的“犀利哥”。不同的是现代“犀利哥”绝做不到他的那种程度！“执着”容易，“吃苦”不易，“受辱”就更不易。据说“犀利哥”参加过抗震救灾，但是在公益活动之后他必须挣钱，养自己，养家；而武训的“犀利”是终身为了一个目的，要办义学！而且为了这个目的一生都在行乞，这就是他能得到从上到下那么多人尊敬的原因。

这位根本没有名字的“武豆沫”，恐怕在阴阳两界都想不明白：他既不想让光绪皇帝为他题匾；他也不想让蒋中正等后来的党国政要们为他追封，他更没想到的是自己被捧到天上，若干年后又被狠狠地摔到地下，并遭到了挖坟掘墓，还牵连了那么多人……

1997年，我们为了拍摄《爱国艺术家——苦禅大师》到了山东高唐县。我特意安排去了一趟冠县——武训的家乡柳林镇。高唐和冠县都属聊城市。那里已经恢复了他的坟茔，是个空的，周边仍有一所武训小学。一踏上那片土地，我的泪水止不住地往下淌，我家和武训没有任何关系，宣传他的陶行知、李士钊、孙瑜、赵丹……都和他没有任何关系，是神圣的教育事业把他们这些人和武训连在了一起。

为了整理《武训画传》，我把能找到的资料都找到了，以便更清楚地了解武训其人。

父亲总是对我说：“滴自己的汗，吃自己的饭，自己的事自己干，靠人靠天，靠祖上，不算英雄好汉！”我不知道这是谁说的，因为在批判武训的时候，连大力宣传过武训，已经故去的陶行知先生也受到了株连，因此父亲虽然是用陶先生的话教育我，但是却没有告诉我是谁说的。直到近十年整理父亲的创作时，才认真地看了些有关陶行知、梁漱溟，以及旧军人中办学的段承泽、冯玉祥和傅作义等人的资料。在蔡元培先生的启发和号召下，有能力的人，爱国的人，都在思考怎么能提高中华民族的素质，增强国力，解决民生问题，以达到孙中山先生的理想，因此，“教育救国”曾经是当时许多有识之士的梦想。

梳理了父亲前期的漫画作品和后期的连环画作品，可以清楚地看出一点脉络，即“导人为善——是我理想中的漫画主题”，这是1942年他回答记者采访时的一句话，“导人为善”就是他的教育理念。

父亲虽然是在新式学校受的教育，但是优秀的传统文化，伦理道德，做人做事的标准……是他十分崇敬和始终遵守的。他不会算计人，也不会隐瞒自己，就像友人文章中所写的。

20世纪80年代中的一天，我被汽车撞了，因为骨折在床上休息了二十多天。此间，弘一法师的书法集就成了我打发无聊时光的最好读本。不翻则已，一翻这本书便引起我无限的怀念和联想——书中许多警句名言都是父亲常常挂在口头教育我的：

有真才者必不矜才，有实学者必不夸学
日日行不怕千万里，常常做不怕千万事
心志要苦意趣要乐，气度要宏言动要谨
静能制动沉能制浮，宽能制褊缓能制急
人好刚我以柔胜之，人用术我以诚感之
临事须替别人想，论人先将自己想
从前种种譬如昨日死，从后种种譬如今日生
处逆境心须用开拓法，处顺境心要用收敛法

当这些修身养性为人处世的警句突然出现在眼前的时候，仿佛又能听到父亲既是教育我，又是自我安慰的声音，此时我明白了，心不嗔怒，乐观向上是父亲长期修养的结果！

2012年

苦禅先生的世界

“苦老是个传奇式的人物！”凡是接触过他的人几乎都是这么说。传奇在哪儿呢?

1972 年初，在老人的撮合下，我和李燕成了婚。至 1983 年老人去世，我与他共同生活了 12 年，但是没有读懂他。那时我也会跟在婆母李慧文和李燕的后面，为他的“说话没遮拦”而着急和揪心。

但是近几年，我似乎读懂他了。因为在这十多年里，为了整理苦禅老人和我父亲孙之儁的资料，我查阅了许多历史文献，对近百年的中国知识分子——学者、艺术家、文学家有了重新的认识和了解。当他们每个人的学术观点和成就，成为历史，尘埃落定的时候，方显出各自客观清晰的面目。苦禅老人的个性与成就，使他的形象在那一代从历史沉淀出来的艺术家中，显得更具淳朴、厚重、丰富而生动的传统内涵和生命力。

虽然苦禅老人在北平沦陷时期曾为掩护八路而被捕受刑，当时的社会舆论评价很高；虽然他出身贫苦，为求学拉过洋车，按阶级成分说，起码应该是劳动人民，无产阶级吧?但是为什么在不断强化无产阶级专政的时代，他反而变成“落后分子”了呢?

当时“落后”的概念就是跟不上“革命的步伐”。

1958 年由于头脑过热全国掀起了“大跃进”。美院教师开会座谈“大丰收”。现在的人都知道，“丰收”是要有科学基础的，但是在那虚夸的年代，人人都得赛着报捷，造成“捷报频传”之势，否则就跟不上形势要挨批评。轮到了苦禅先生发言，他操着那一口山东话说：“听人说有个地方大丰收，一亩地收的粮食比平地刮下三尺土的分量都沉。”说到此处，自己都忍不住要笑，“还有一个地方，有人挖出块大白薯比他爷爷还大！哈哈哈！”全场顿时哑然，不知道他是“正说”还是“戏说”？主持座谈会的人赶紧请下一位发言。

有人请苦禅先生画张鹰，画完了才说：“请题上‘林彪元帅正之’。”老人问“哪个彪字？”“虎字加三撇的彪。”“不好！此字太俗，京戏上叫彪的多是勾歪脸的，像《法门寺》的刘彪即是。劝他改个字吧！”“咳……哪能……”“不过，俗字不俗写也凑合用。”说着写了一个长尾一笔虎字，右边点了三个点子。画拿走多日之后，苦禅先生又遇见此人，特意问道：“那位元帅对我的鹰有什么说词儿？怎么没回音儿啊？”“对不起！秘书说，‘首长有病，怕刺激，这鹰太凶了，不叫拿进去’。”老人很不高兴，说：“莫非这元帅是属兔儿的，怕我的老鹰？那就给我要回来吧！”

1974 年发生了“黑画事件”，这本来是“四人帮”把矛头指向周恩来总理的阴谋。苦禅先生因为画了“八朵荷花”而被指责为攻击八个样板儿戏，因此又被批了四次。

苦禅先生嘟囔着：“我就知道《沙家浜》《红灯记》，不知道那六个是什么戏……”

“文化大革命”已近结束，作为美协负责人华君武对他说：“苦禅同志，请你明天参加一个会。”

“好！我去！什么会呀？”

“这会……我知道你心直口快，当然该提的嘛还是要提的……可是明天这个会呢，你就多听听吧……”

“不让我发言，不让我多说话，是吧？那我就别去了！”

“领导说一定要请这几位老画家参加……”

“让我去，又不让我说话，那我去干什么？”说到此，两人都乐了……

“咳，让你去你就去吧！”华君武同志无奈地说。

这个颇具戏剧性的小情节非常说明问题：苦禅先生的率真真是达到了“路人皆知”的程度，华君武同志以其诚恳的态度巧妙地提示，完成了邀请的任务。

他“率真”的原则是什么呢？从上面几件事就能看出：不实事求是的，他不盲从；位高爵显的，他不逢迎；莫须有的，他不屈从……这是传统的中国知识分子的“士人”境界。

然而他又有着极为善良与柔情的一面。

1949 年，李苦禅先生在中央美术学院受到冷遇，没安排课程，生活极为清苦。一天他看到家门口围了一圈人，当中一位大汉在耍刀使枪，有人不时丢下几个钱，显然是卖艺的。他便拨开人群大步走入圈内，对那大汉说："你的功夫不到家，我给你练两下子。"说着，又从家中取出了自藏的鳄鱼皮鞘月亮盘护手的双刀，瞬间抽刀，起势，舞了起来，最后把大刀朝空中一抛，单手在背后接住，收势。顿时响起一片叫好声。围观的人们纷纷扔下了钱，只见那大汉把地上的钱拾到匣里，送到他的面前，连说："好功夫！这钱理当是您的。"可是苦禅先生却说："我不要钱！我这是为你帮个场子！"说罢，扬长而去。

有一位老友向苦禅先生索画，因为忙，搁置了几天，不料这位老友竟去世了。他知道以后追悔莫及，立即挥毫画了一幅《白荷》，并提上了这位亡友的名字，而后亲自烧掉以祭亡友。他一直看着焦纸片儿的火星星随风散尽，才回到屋里，并且叮嘱李燕："凡日后有上年岁的让我画画，你要记下来，我得先赶紧画，岁数大的人与世不久啊！"

有人在和平画店见到李苦禅与许麟庐在谈话，亦趋前攀谈，并且一直跟到苦老家中，一再诚恳地说："我真喜欢您老画的鹰，可惜太贵了些……"苦老说："不必买，我现在就给你画。"说着说着就挥笔画开了。待这幅四尺中堂《雄鹰图》画完，已是中午 12 点多了，苦禅先生留他在家吃饭。时值国家经济困难时期，每个月的半斤定量肉统统地待了客，可家里人呢，却在另一屋里吃素。这位爷餐后携画而去，苦老热忱送出大门才回来。此时家里人问："他是谁呀？怎么没见过？"苦禅先生怔了一下："他说他爱书画，忘问名字了！"又赠画又招待吃饭，他竟不知人家叫什么！只是因其爱书画便视为同道，也太轻信了吧！谁知后来此人又来多次，要去了大大小小多幅画作，苦禅先生皆是赠送。然而日后此人对苦禅却甚刻薄，老人只是摇摇头叹息而已，再不愿提及。

为支持原中国画研究院（现中国国家画院）筹备工作，苦禅先生在一年里义务作画 130 多件。当时主持筹建工作的黄胄先生一碰到难处就向苦老求援，购沙子，买石料……为此，年底有关部门送来节日慰问费 200 元。苦禅先生说："慰问费怎么这么多？"

1980 年，老人赴香港举办《李苦禅、李燕父子书画展》，李燕陪父母一行三人随展赴港。在宴席上，盛情的主人问："李老喜欢用点什么？"他笑道："我是有腿的不吃板凳，有翅的不吃飞机。""客气啦！请点菜嘛！""我会点什么？我是吃混合面儿、杂合面儿（日军侵占北平时的一种劣等粮）过来的，会点什么呀！"下榻处也不是豪华酒店，而是新华社招待所。即使如此简朴的住所，他仍要让李燕退掉一套房间，搬到他们老俩住的那套房内。每晚睡在外屋沙发上。他说：“这样国家开销少些。”有人不解地问：“人家大画家都住大酒店，您一家怎么住招待所？”他连说：“那太贵，在这里住心里踏实些。”“您的画展不是能赚钱吗？”“那是给国家做贡献，少开销些国家就落得多些。其实住这里比我家里还强哩！再说，要是住进那高级地方，不成了刘姥姥进荣国府了吗？真要露了怯影响不好，还是住这里自在。”在港之日他每天忙于接待四方来客，照应画展，难得出门逛街。老人在港 13 天，只应邀去过一次山顶公园，为的是俯瞰当年“租让”出去的香港。另外还参观过一家国货公司，看了一场电影。回京上飞机时，他不提洋货，只攥着一大把香港郁郁葱葱的“万年青”，一直攥到家中。

金钱的概念对于苦禅先生来说是极其模糊的，大康（康殷）先生说：“苦老是我见过的最像艺术家的艺术家！”

此话由何说起呢？在一次电视采访大康先生时，他说到，现在的许多书画家作品价格上涨到夫妻俩点了一晚上都没点清的地步，对比着说起苦禅先生的金钱观，还说到他连粮票、面票的都不认得的趣闻。李燕说起，1982 年，在广州为香港某报社作画，该报赠苦老纪念品一份，50 元面值的兑换币一张。他问：“这是哪国钱？”“中国的。”他笑笑说：“还是 10 元一张的好，不然一个月挣 50 元的老百姓一旦丢了一张，一个月的工资都没啦！况且，一出大面值的钞票，这物价可就要涨了！老百姓就怕出大票子呀！”

苦禅先生不是不知道钱的重要，年轻时他经常被钱所困。新中国成立前他就无数次地以自己的稿酬资助地下工作者，谁不知道干什么都得用钱呢？！但是他却从来不以自己的艺术作品作为获取高额金钱的手段！因此很多人笑称他“傻”，其实这种“傻”带有传统文人的清高，在他的心里最高尚的是他的艺术，绝不可以被金钱玷污了。

“文化大革命”后，有关干部来问苦老丢失文物的线索，以便查找到归还原主。他说：“别问了！谁偷了文物谁当财存着，你一追，他就当赃物给销毁啦！你不追，到他灰孙子辈儿上许能拿出来换个棺材本儿。这文物本是咱们祖宗传下来的，只要能传世，不论在谁家都行……”

又有单位按通知规定让李燕去认领散乱的查抄物品，苦禅先生再三叮嘱：“上次叶浅予和陆鸿年把错还给他们两家的那些东西都退给咱了。这时候可正是看人心眼儿的时候，咱们要错领了也一定要还人家啊！”正巧，在李燕领到的“杂画一批”中发现一卷儿20件黄宾虹未装裱之作，上有两三件书有李可染上款。他马上交还工作人员，并立即通知李可染老先生。李老喜出望外，苦禅先生也很高兴。在场的友人开玩笑地说：“还不趁早跟可染先生讨张牛？”苦老连说：“物归原主是做人的本分，再向人家讨画，那太小气了！不可！不可！”

这是苦禅先生做人的标准，他的这个标准很清楚——正直，不失人格。

诸如此类的故事很多很多，古人常说，“画如其人”“字如其人”。在这里我为什么加上“古”字呢，是因为现在的许多年轻人已经不写字了，完全依靠电脑打字，如果非让他写也是歪七扭八，连笔顺都不对。但是我绝对不能说“其人是歪七扭八”的吧？！

苦禅先生绝对做到了“画如其人”“字如其人”。在他的画里，描物写景则疏朗大气；抒发心境则爱恨相生；议理明志则泾渭分明。在他那一代，他是全面继承诗书画一体的画家。作物写志，妙合眼前；剖事议理，纵横千古。在他的画面中，无论是小禽小鸟，鲲鹏雄鹰，鱼龟虾蟹，牡丹荷花，还是松竹梅兰，皆是画以情显，情因画发，借画说理，寓理于画，充满了人性化的意境和人生的哲理。使观画者只顾睹其性情襟怀，却忘却了观其娴熟技法了。他是以庄骚之情，超纵之笔墨作画。

这是我几十年研究拜观苦禅先生作品之心得。究其之所以能达到如此境界，那是由于他对传统文化的深度研习、运用、继承的结果。

黄埔四期的文强将军曾回忆拜访同乡白石老人时见过苦禅先生，并且在白石画屋畅听过苦禅先生讲《易经》。

1945年日寇投降，文强将军（毛泽东表弟、全国政协文史委委员）北上，过北平，一行四人前往跨车胡同齐白石家拜见这位湘潭同乡画师。叩门后，开门迎接者是一位气宇轩昂的高个子男子，将一行请进“白石画屋”（齐翁自书此匾，后于“文化大革命”浩劫中毁失）齐翁向文强一行介绍这位男子：“这是我的弟子李苦禅，他到我这里拜师以前已经画得很好喽！好读书，还深通《易经》呀！”文强说：“我一直对《易经》感兴趣，可惜忙于政事，无暇专攻啊！今日来主要是拜访我们同乡长者白石老先生，三天后我想专程来，请苦禅先生讲讲《易经》，好不好？”齐翁师徒都欣然同意了。三日后，文强将军一行四位如约而至，白石老人早已嘱咐摆好了座位，李苦禅也立于主讲座位前迎候，请诸位落座，主讲即开讲，唯白石老人因有人订画，仍立于画案里侧作画。文强倾耳听讲，嘱同行者记录。讲到“热处”，白石老人竟放下画笔，也拉来椅子坐下，李苦禅见恩师如此举动，不禁停讲，白石老人立即举手示意，说：“讲下去，我也要听，我们一道学《易》论《易》才好。”文强将军说：“讲得好！我们文家的祖宗文天祥讲的‘法天不息’就是苦禅先生所讲的‘乾’卦的精神，要效法‘天行健，君子以自强不息’的精神嘛！他的详释更加深了我对‘法天不息’的理解。苦禅先生讲的‘阴阳’变易，不仅可用于如何处理写意画的黑与白，刚与柔的关系，也用于敌与友的关系，苦禅先生讲‘可以化敌为友’很合《易》理的……”白石老人不断点头，大家的谈兴更浓了，李苦禅在恩师的如此鼓励下讲得也更加起劲。一时间，“白石画屋”竟变成了“《易》学讲堂”。是年李苦禅46岁，正值壮年。他与恩师白石翁以及南方的黄宾虹老先生，皆把国学中被古贤尊为“众经之首”的《易经》思想融入自己的人生与艺术实践和教学之中，这在西学东渐之风盛行而经学日淡的岁月中，实属难能可贵，于画坛尤属罕见的幸事。直至苦禅先生老年，在《易经》被打入“封建迷信”禁区时，他仍尊孔子教导“吾道一以贯之”。1961年曾致信晚辈画家李巍：“中国文人画作之理，其要在《易》。”并与当年的中央美院史论系学生薛永年谈及学《易》。

《芭蕉雄鸡》释文：人道我落后，和处亦自然。等到百年后，或可留人间

这是苦禅先生的根基！他在北京国立艺专学习三年油画中，转身拜师齐白石，自有他对西方艺术和传统艺术的认识过程。而他之所以有此方向性的转移，是他从土生土长的中华沃土中，从易、儒、释、道……汲取的养分所决定的。在他的心中和笔下，黑中有白，白中有黑，阳刚与阴柔相济，飞动与静寂并存。加之多年文化积淀和笔下功夫的磨炼，在他的画中才浑然形成了必达之意与难显之情的高度结合。

苦禅先生有一首题画小诗，颇有唐人诗意："人道我落后，和处亦自然。等到百年后，或可留人间。"这四句如大白话的诗中蕴含的坚守、冷静、直白和坦荡是非常令人感动的。我突然意识到，这就是他的世界！

2012 年 2 月 27 日

告慰景屏

李景屏与孙燕华真称得上是“抹泥之交”，两人挤在一把椅子上，手里都拿着采下来的野花呢

李景屏是中国人民大学清史所教授。她就学于北京大学历史系，如果按正常的学业制度，应该是1968年夏季毕业，可惜被1966年发生的“文化大革命”耽误了。直到70年代末她才迈入清史所的大门，一干就是三十多年。

我们俩同年出生在一墙之隔的两个院子，我长她五个月。因为她的四个弟弟陆续出生，家里不但拥挤而且不便，在考上初中的那年她就搬到我家，与我同住了。

我们共同走过65年，几乎没有一刻的分离，这不是指空间，而是指心灵。

我的父母是非常正直的知识分子，清醒的家长，可敬的教师。是他们教育和培养了我们俩。虽然我俩的脾气、秉性、爱好有很多不同，但是我们的人生观、价值观却在青少年时期被父母教诲得很一致。

我们热爱生活，乐观积极开朗；我们热爱知识，追求探索向上；
我们认真工作，绝不懈怠无章；我们善待人生，珍惜生命时光；
虽然我们有错误，有不足，还有不少缺点，
虽然我们有痛苦，有埋怨，更有无限心伤。
但是我们俩在人生道路上相互鼓励、搀扶、共勉……艰难前行。

景屏在得知自己已是胃癌晚期的时候，她只想着“还能利用有限的时间做些什么”。在各种治疗的痛苦中，她艰难地跨越了三个年头，完成了最后一本著作《乾隆1795年》和其他论文。只有坐在电脑前工作的时候，我们才会看到她那炽热坚毅的目光。

“我要辉煌谢幕！”她做到了！

小说《牛虻》结尾处有几句短诗，是亚瑟写给琼玛的：

李景屏（前左一）、朱学文（前左二）、孙燕华（后）

无论我活着，还是我死去，
我都是一只，快乐的大苍蝇。

不知为什么译者将牛虻译为苍蝇，让当时还是少女的我俩读后不但笑起来，而且拿起了苍蝇拍打在对方的背上……

在病房送她远行的最后一刻，我轻轻地对她说：“你永远是个快乐的大苍蝇！”她笑了。

对逝者最好的追念就是成就她的事业，我很尊重这三位年轻的女性，她们再版了景屏的这本书，做得比我好。

她们就是李景屏的学生夏燕、旅游出版社的编辑谭燕和我的女儿李欣磬。如果我们的后人都能有她们的这种意识和追求，我想，李景屏一定会得到极大的安慰！

2011年4月

注：

朱学文女士系李景屏北大历史系的学姐，为北京社科院研究员。她学识渊博，勤奋努力参与多项国家项目的组织与研究工作。在李学勤主持的“断代工程”中，负责疏通各类学科的统筹，出色地完成任务。

在随丈夫刘光宁出使印度担任科技参赞的几年间，以她的能力和才华做出了许多有利于中印友好的工作。

目前因身体原因住进养老院，但仍在整理着重要史料。

永远的怀念

8月1日是中国人民解放军建军节，也是我的大姐夫宗凤洲的生日。其实他的生日并不是这一天，因为只知道自己是热天出生的，于是就被他的孩子们定在了这天。

姐夫是军人，但他没有当过兵。抗战前他就开始从事革命活动，1937年华北沦陷后，又立即组织了抗日武装，后来被编入了八路军。当时我们家乡河北藁城周边的几个县要打鬼子的年轻人说："咱们找宗凤洲去！"

20世纪60年代的宗凤洲

1977年，宗凤洲在安徽省军区与孙静合影

我的姨姨丁冷也是在抗战初期就上了太行山，当上了八路军战士，长我姐夫两岁，他们既是战友又是同乡。大姐孙静（原名孙爱华）与宗凤洲的婚事就是姨姨促成的。

"你姐夫不爱说话，可是特别能打仗……"姨姨不止一次地跟我说。从百团大战、淮海战役、解放南京、进军大西南、抗美援朝……姐夫一直在火线前沿，解放战争时期归属第二野战军、时任第十二军高级指挥员，被授予少将军衔。他和李德生同志共同战斗了18年。

20世纪60年代初，姐夫被调往上海警备区任参谋长，因此在1963年我有机会和母亲第一次到上海、杭州参观游玩了一个月。那时候还没有“旅游”这个概念，因此让同学们很羡慕。

“文化大革命”初起的1966年9月2日，我的父亲孙之儁被批斗、抄家，遣返回了老家河北省藁城县，第二天晚上自缢于院内的葡萄架下，当时我只有21岁。面对这突如其来的一切该怎么办？此时，我的姨姨、大姐和姐夫这三位久经考验的中共党员都为我担心，虽然当时他们也分别在各种单位接受着审查、批判和必须的学习，但是却不断地写信鼓励我，要正确地对待这一切，要相信共产党的政策，要顽强地生活下去，要勇敢地锻炼自己……至今我深深地记着姐夫对我说的两句:“燕华,你要背水一战,革命战士是不能打败仗的！”“一定要坚定地跟着毛主席的革命路线走，情况很复杂，要跟线不要跟着某些人。”姐夫极不爱说话，但他这两句话却像金石一样铸在我的心里，背水一战这是战将必备的气魄；不去蹚浑水，这是他多年来的人生经验。他的话让我记了一辈子，并且成为我静观动向、客观分析、坚韧不拔地办事，光明正大地做人的原则，他的话帮助我度过了一个又一个复杂艰难的时刻。

姐夫、大姐和姨姨是革命队伍中的优秀战士，他们是我学习的榜样，是我可以完全信赖的人。

“文化大革命”后期有一段“批黑画”的过程。我的公公李苦禅老人因画荷花引出了一项“八朵荷花攻击八个样板戏”的罪名。而他又不服，说：“我就知道《沙家浜》《红灯记》……”我们每天为他的这张嘴担心。此时又因营口地震影响到北京，于是大姐和姐夫就邀请我母亲、姨姨和苦禅老人到合肥去住一阵。因为各种原因，当时姐夫已被调到安徽省建设兵团任副司令，专门管工业去了。

苦禅老人住在姐夫的独门宅院里，可以不必与外界接触，他想说什么都行，反正周边都是家里人，安全系数增加了很多。母亲和姨姨与姐姐、姐夫相聚很难得，再加上他家几个正处在青春年华的孩子，每天都是欢声笑语，其乐融融。大姐能得机会向苦禅先生学习国画更是异常兴奋，并由此而不可收，一直坚持

20 世纪 70 年代中期，宗凤洲任安徽省建设兵团副司令，此为当时合影。前排左一宗凤洲、左二李苦禅、左三丁阶青、左四丁冷。后排左一宗七兵、左二孙静、左三李明、左四宗六兵

到现在，已经有三十多年，近几年作为上海文史馆馆员，她还举办了多次个人画展呢！

特别爱说话的苦禅老人与极不爱说话的姐夫，反差很大，可是自从老人住下之后，姐夫每天下了班也会在苦禅老人身边看他作画听他聊天，偶尔也说上几句。有时自己也拿起毛笔练练字……总之，那是“文化大革命”期间一段非常难得的温馨日子。

姐夫在晚年一直享受副兵团级的医疗待遇，他的病房就在华东医院高干病房，巴金老人病房的旁边。我每次去看姐夫时都在巴金老人的窗外站一会儿，默默地向老人祝福。

2009 年，97 岁高龄的姐夫离开了我们。对他的去世上海警备区举行了高规格的追悼会，报纸也都发了消息，我在网上看到一些年轻人的留言，有人写道：“又一位开国元勋走了……”这句话令我十分感动。

是啊！人民追念的不仅仅是宗凤洲，而是追念那些对国家、对人民做出卓越贡献的人！人民会永远地记住他们，尊敬他们，怀念他们！

写于 7 月 31 日晚

友人·媒人·故人

李白有诗云："小时不识月，呼作白玉盘"，当代的人们"小时"不但"识月"，而且知道月上既无宫殿，亦无嫦娥，只有人类骚扰的痕迹，完全没有了幻想的诗意。

然而，浪漫的李白还是为我们留下了极富联想的名句："床前明月光……"在月光下我们仍然可以保持着那份多愁善感的心境，留守着那份温馨甜美的幻想……

友　人

我们的朋友庞先生，名月光，多么含蓄而优美的名字。他的为人和形象都配得上这个名字。

出身名门，为月光的人生画出了既定的符号。他的父亲庞士谦大阿訇在伊斯兰教协会是大家尊敬的学者，曾担任过埃及国王的东方事务顾问，是伊斯兰经学院的主要创始人，在学术研究方面颇有建树。父亲是月光的榜样，无论在什么情况下，不辍地学习是青年时期的月光留给我们的最深印象。

月光爱好颇广，读书、习字、唱歌、拉小提琴……干什么都十分认真而努力。唱歌时专心致志，音准第一，且绝不能唱错半拍；拉琴时揉弦儿一点不含糊，力度和情绪一定要到位；读书时绝对要"咬文嚼字"，无论是书上错了，还是自己错了，都得查个明白。练习书法是每天定时定点的功课。1976 年唐山大地震期间，大家都不敢进到楼里，而他却在一楼办公室内气定神闲地在报纸上练着大楷。看他实在投入，我们介绍他结识了书法大家郑诵先老人，拜郑老为师，从此研习章草。现在我们看到的月光的书法皆为当年苦心经营的作品，颇得郑诵先老人的神韵。

贵州人民出版社 1997 年出版
《抱朴子外篇全译》，庞月光译注

在我们的朋友之中有几位致力于学问，甘心坐冷板凳的人：中国人民大学清史研究所的李景屏教授，北京地方志办公室的编审罗保平先生，还有庞月光先生。

月光生前担任北京教育学院中文系主任，编写了不少面对中学语文教师的教材。在授课的过程中积累了许多经验。还编纂了几本非常实用的工具书。他最大的成就即为东晋葛洪所写的《抱朴子外篇》的译释。《内篇》，前人已有注释，《外篇》尚未有注释，因此这项工作既是历史上的第一次，也是月光业绩的浓重一笔。为此，他花费了多年业余时间，搜集各种资料，吸纳各家观点，研究、对比、考证，令人佩服。但遗憾的是，他没有赶上近年来习近平主席号召加强文化自信的新时代，因此有些观点和探究还没能完全展开和诠释，可惜呀！

媒　人

虽然北京是个多民族聚集的地域，但是回族和满族仍然是属于“少数”，加之信仰和生活习惯的差异，青年男女的婚姻问题并不是太好解决。然而我们却促成了庞月光和李正伟的美满姻缘。

这还得从李苦禅老人说起。

苦老人缘颇好，交友甚广，朋友们也是隶属于社会各层面。大家都知道他“文武双修”，除了画画，还唱戏，练武术，故而他有一些武术界的朋友，其中包括大名鼎鼎前辈武师的王乡斋先生。久而久之，王乡斋老人的弟子李见宇也成了苦老的朋友。

李见宇先生是回族，他是“又武又文”，喜欢写字画画。二女儿李正伟是师大女附中 66 届“老初三”的学生。她与庞月光这位“老高二”的，北京三十一中高才生非常般配，于是我们便成了他俩的媒人。安排在我们家见面之

孙燕华与庞月光、李正伟夫妇

后，双方都很满意，尤其是两家都是北京回民之中的名人，虽然不相识，却早已耳闻，又有共同的爱好，这就构成了他们共同生活的基础。我们也替他俩高兴。

媒人有多种类型，有“三仙姑”“刘媒婆”那类的，也有我们这样的“介绍人”，尤其当时“文化大革命”尚未结束，大破“四旧”的口号已把“旧风俗，旧习惯”一扫而光，也无须送彩礼，领了结婚证即成为合法夫妻了。我们也常为自己能在非常时期，在回族有限的范围内，巧搭鹊桥促成了这样一对同样喜欢文学与书画的，志同道合的美满姻缘而感到喜悦。

故　人

怀故人是古典诗词中的重要题材，年轻时只是读前人的文章、诗词，没想到近十多年来，我们也经常要“怀故人”了，李景屏是一位，庞月光也是一位。

“怀人”有各种情感，“遍插茱萸少一人”中少的那位兄弟还活着，只是在远方，而“怀故人”更令人伤情，比如苏轼的《江城子》中的名句“十年生死两茫茫，不思量，自难忘……”十年尚且如此，十五年又当如何？月光离开我们已经 15 年了，且不说逢年过节，就是朋友见面还会十分感慨。如果他能活到 2017 年，应是 70 岁，应该还有充沛的精力工作。在这 15 年中可以做多少事，出多少书，讲多少课，培养多少学生啊……

我们的家经常成为“小沙龙”，当然既无法与“太太客厅”比，也无法与“大风堂”比，只不过是几位尚存对传统文化几分热爱的人交流点儿观点而已。只要他们几位一到，话匣子马上打开，一段史实、一段文章、一个象形字的演变、一张名画的点评……争论不已，虽然也归总不出令人惊愕的警句文章，但也十分尽兴。那是多么令人怀念的时光啊……直到今日，我们还会觉得，庞月光、李景屏会随时推门而入，然而，这一切都成为幻觉……

《抱朴子外篇全译》是1996年贵州人民出版社出版的，它是《中国历代名著全译丛书》中的一本。经过与学苑出版社协商，我们一致认为重新再版庞月光注释的《抱朴子外篇》是对庞月光先生最好的纪念，也是为加强文化自信做出的最得力的推进工作。荣幸的是，北京师范大学王宁教授为此书写了纪念月光的文章。作为王国维先生家族的后人，王宁女士多年来的努力和贡献社会上十分关注。许多文化人都在为传承做着努力，因此这本书的再版已经超出了对故人的纪念，应该说是对传统文化的普及和推广做的贡献。

作为月光的好友，我们感谢学苑出版社的努力，同时祝贺李正伟和女儿庞然的成功！

2018年元月

远行的李杭大哥

2018年6月21日上午10时10分，李杭大哥离开了我们。他的远行似乎是冥冥之中注定的。6月初，执意要去嘉峪关的意念完全锁定了他的心态，是因为眷恋那片曾经为之贡献无数汗水的土地，还是牵挂着那里的儿孙？不可得知……

在西行的火车上，由于地势的增高，对于一个已经患有严重肺纤维化的老人来说潜伏着极大的危险，他窒息了。然而不知是顽强的意志还是上天的眷顾，杭哥竟然坚持到达了嘉峪关，住进了医院，送进了抢救室，在全家人的陪护下走到了生命的尽头。

（一）

在我的记忆和认识中，李杭大哥是冶金战线上的老兵，忠诚的老兵。

1952年2月，19岁的他毕业于长春会计专科学校（现长春大学），此后一直工作在冶金系统，从鞍钢到湘钢、到酒钢、到山东冶金工业总公司，直到退休。如果我们把他工作过的几大钢铁基地连成一条轨迹就会看出，他确实响应了“哪里需要到哪里去”的号召。

1958年我读初二，正赶上“大跃进”，全民大炼钢铁。我们北京女八中后院小操场上也垒起了几座小土炉，说不上钢花飞溅，但是每位同学却是心花怒放，因为大家都在为争取钢铁产量达到1070万吨的目标奋战着。对于当时13岁的我来说，热血沸腾，深深地埋下了一种意识——钢铁可以强国。

此时的李杭大哥已经在鞍钢工作6年了。

鞍钢是我国几个老钢铁基地之一，是经过国内战争和抗美援朝战争之后百废待兴的局面中首推的钢铁工业振兴之地，作为年轻的财会专业人才，李杭的人生由此起步了。

李杭与同班同学夏雨生在鞍钢结了婚，安了家。他们两人堪称珠联璧合。对雨生大嫂，我不知道祖辈上有什么基因，对李杭大哥财会方面的特长，我始终抱着神秘的疑问，因为他的父亲李苦禅先生是连“粮票”“面票”都不肯用心分清楚的大艺术家；他的生母凌成竹女士长于绘画，以教授中国画终其一生；凌女士的弟弟就是赫赫有名的电影导演凌子风……我真想不明白，在这些非常具有个性的艺术家群体中，李杭的稳重内敛和严谨的逻辑推导，以至细心、耐心，是怎么和遗传基因统一的。

20 世纪 50 年代的人绝对是把党的召唤、国家的需要放在第一位。在湖南建立湘钢时，他俩作为骨干被调了过去。那是 1958 年 9 月，天气的潮湿、闷热，真让长期生活工作在东北的人受不了，但是去支持湘钢的人们没有退缩，当时年轻人心中是没有“讲条件”的任何诉求和理由的。他们工作业绩的突出受到了尊敬和瞩目，所克服的困难也是现在年轻人难以想象的，他们的四个孩子出生地也是天南海北的，儿子李明，双胞胎女儿李荣、李莉出生于鞍钢，小女李弘出生于湘钢。

1966 年 10 月，甘肃酒泉钢铁厂需要一位财务科长，李杭、夏雨生又被调去，在那里一干就是 13 年。

我们了解大庆，了解大寨，了解航天人，了解潜水艇，是因为新闻报道文艺宣传有力度，可是对冶金系统，与各大钢铁基地的发展，无论是电影，还是电视剧，小说等宣传却不精彩也不充分。如果有被人们知道的大概还是 20 世纪 50 年代新闻电影介绍的鞍钢“老孟泰”呢！而我由于身边有李杭夫妇的工作轨迹，似乎和钢铁战线也亲近了许多。每逢听到《我为祖国献石油》这首歌的时候，我都会联想到钢铁战线的人们和石油战线的一样，为祖国的建设奉献着自己的全部青春年华和生命！

由于雨生嫂患了脑胶质瘤，手术后在西北工作有问题，1979 年 5 月，他们申请调到山东省冶金工业总公司，回到了济南，李杭担任财务处副处长。

也许他们并没有胸带大红花被领导表扬，被众人簇拥，但他们生活得很真实，工作得很踏实。我记得，在一次偶然与杭哥的聊天中，说到雨生嫂在湘钢工作时，因为算盘使用的得心应手，出类拔萃，被人们称为“南霸天”，在这儿可不是反意，倒是在当地“无出其右者”的赞扬。

进入冶金工业总公司后，赶上查账，工作繁重复杂，然而李杭这位刚来不久的财务处长，却在很短的时间内显露出他的能力，被人们称为“查账专家”，多乱的账，经他一过手，问题出在哪儿很快厘清，造假账的隐蔽处逃不过他的火眼金睛。

我很敬重这样的人，扎扎实实、不温不火、毫无锋芒，然而却像一位庄重多能、朴实硕壮的金刚力士，令人望而生敬，且可信任依赖。

这就是我们的李杭大哥。

（二）

幸福的家庭都是同样的幸福，而不幸的家庭却有各自的不幸——托尔斯泰在《安列·卡列尼娜》书中的这句话触动过无数人的心，我也如是。高中时少年不知愁滋味的我怀着激情初次读到这句话时，仿佛被醍醐灌顶了一般。现在的我心中倒生出许多疑惑，大概是由于自己已经走到了七旬年纪，对“幸福”与“不幸”有了属于“中国式思考”的体会和认识了。

1928年秋，林风眠先生南下杭州，奉命组建杭州国立艺专，1930年聘任苦禅先生为该校教授，每月三百块大洋。此时的李苦禅31岁，风华正茂，充满活力，于是拜别白石老人，携妻子凌成竹离京赴任杭州。

西湖之畔，一座座二层小楼居住着杭州国立艺专的教授们，其中就有苦禅先生一家，1932年李杭出生了。

然而，好景不长，由于李苦禅先生支持革命的青年学生，被校方辞退，在1934年愤然北上，随之他所营造的小家也由于妻子的离去而解体了。

当苦禅先生带着两岁的李杭回到北平之后，只好仍旧回到凌家，委托岳母凌老太太帮助抚养孩子。至此父子二人一直住在柳树井2号凌家的小院里。

在这十多年（1934—1948年）中，国家经历着抗日战争、北平沦陷的灾难和解放战争的艰难，父子二人相依为命贫困交加地经历着人生中最艰苦的一段。

由于苦禅先生不给日本人干事，辞去了一切职务，只靠卖画为生，收入极不稳定，此时由学生黄奇南介绍他认识了冀中八路军情报站负责人黄浩，接受了他的领导，在柳树井2号的小院设立了八路军情报站。那时来往人员颇多，

儿时的李杭

吃饭就是个大负担，苦禅先生在接到购画订单后，就得连夜赶着画，即便是结了账很快也就花光了。他的住所成为帮助和转运革命青年的隐蔽之处。

1939 年，因“通共嫌疑”苦禅先生被日本特务上村喜赖抓去严刑审讯，在北大红楼地下室扣押刑讯 28 天。为了“放长线钓大鱼”，苦禅先生被释放出来，但那时人已不成样子，头发胡子又乱又长，手指被竹签子扎得又青又肿，小腿上被打烂的肌肉流着血……

7 岁的李杭，看到父亲的这种样子，不顾一切扑过去，抱着父亲大哭起来……杭哥每每忆及此事都是泪流满面。父亲的言行是最真切的身教，对于李杭来说，此后的艰苦生活接踵而至，无一不是铭刻在心：与长他 5 岁的小舅舅凌靖一起去赊粥、到当铺去送当、打零活；他俩为了挣点钱还跑到张家口，险些被土匪抓了去……看着因为母亲的出走而绝望的父亲痛苦地喝大酒、狂吸烟的样子，李杭害怕极了，生怕再失去父亲。沦陷的日子不好过，经济的困难使这个家常常断炊。那时苦禅先生到前门老爷庙与艺人们一起唱戏、练武，发泄自己的愤懑，小小的李杭总是跟在父亲的后边，苦禅先生的悲愤随着他那高亢的嗓音和戏词释放了

此照片摄于 1939 年，名票纪文屏（右一）是苦禅先生的京剧老师，李杭也跟着跑龙套，左边孩童即为李杭扮演

出来，他听懂了。

直到李杭10岁的时候，苦禅先生才组织了新的家庭，1942年与李慧文女士在济南举办了婚礼，新的家也就落在了趵突泉边的剪子巷。

1943年11月次子李燕出生，因为出生在北平，古为燕（yān）地，苦禅先生为他取名为燕（yān）。两个儿子相差11年。李杭出生时，苦禅先生是领取每月三百块大洋薪水的大学教授，而李燕出生呢，却是北平沦陷，苦禅先生没有正常工作，没有什么收入的时候。更可怕的是，当时苦禅先生正住在医院里，发着高烧，处于昏迷状态，患着十分危险的斑疹伤寒。11岁的李杭到父亲友人家奔走哭诉，幸亏有魏隐儒等挚友跑前跑后，寻医问药，才得生还。因此在李燕还没满月的时候，就由母亲呵护着回到济南去了。

李燕能够真正和父亲生活在一起的时候已经5岁了。那是在徐悲鸿院长聘请李苦禅先生到国立艺专任教后，安排李慧文女士到艺专医务室工作的时候。至1949年因“艺专”改为“美院”悲鸿先生再次发了聘书，苦禅先生的家庭才算是真正安定下来。

此时17岁的李杭仍住在姥姥家。由于家庭的困境，1950年1月毕业于北京第六中学的李杭，考入了长春会计专科学校，不得不离开一直呵护他的姥姥，离开了自小生活的北京。幼时的艰难为他的独立能力和吃苦耐劳的性格铺下了厚重的基础。毕业之后他在冶金系统走南闯北，使他没有机会再回到深爱的北京居住生活，同时也放弃了从小跟着父亲涂涂画画的爱好，走出了完全属于自己的人生轨迹。

1958年，李杭、夏雨生的长子李明出生，摄于鞍山

弟弟李燕虽然出生在这个家庭的贫困交加之时，五岁移家北京之后，得到了一个相对稳定的成长环境。由于徐悲鸿院长的聘请，父母工作的稳定，保持住了基本的生活。然而当时社会上对大写意国画有偏见，苦禅先生被安排到工会去卖电影票，每月18块钱的工资，为此才发生了他奋笔疾

1974 年 3 月在“批黑画”时期，李苦禅先生住在儿子李燕家里，李杭来京，父子三人的合影

书，给赴法勤工俭学会同期学习的老同学毛润之（毛泽东主席）写信一事。

毛主席给徐院长回了信，使苦禅先生得以回到教学岗位。夫人李慧文十分敬业地在中央美术学院医务室工作，也得到师生们广泛的赞扬。在这种逐渐好转的条件下，李燕考入了美院附中，进而在美院国画系就学，继承了父业。

一个远离了父亲，一个始终跟随着父亲，在后来的十年动乱中，远在嘉峪关的李杭虽然也有压力，但毕竟是在大西北，而李燕则是与背着“反动学术权威”帽子的父亲一起被关进了“牛棚”，经过了一番“炼狱”。

我把身边这两个人的真实“故事”归结出“中国式的思考”再回到“幸福”与“不幸”的话题上。生活中的“幸福”与“不幸”的概念和感觉，不断地被人们用文字和语言交替使用着，但从李杭、李燕兄弟的经历中，就可以体会出“吉凶顺逆”，这些构成“幸福”与“不幸”的基本元素都是在社会的动荡，家庭的变化中不断地演绎和改变着，那些基本元素是和国家、和个人的命运交织在一起的，用现在的话说是“大环境”与“个人能力、素质、机遇”相互影响、相互制约的，许多因素既无法预料也无法掌控，只不过“幸福”与“不幸”更多的是自己的“感受”和别人的“评论”而已。

生活的文学性和艺术性体现在每个人周围，融合在我们的思想认识和情绪之中，重要的在于自身能否敏感地发现与自觉地接受罢了。下面的这一幕足以说明这一点。

在奔驰在嘉峪关的火车上，86 岁的李杭老人发生了窒息，火车上没有任何抢救设备。他侧躺在雨生大嫂的怀里，脸憋得通红，大口大口地喘着气。这是在鬼门关前的挣扎！急切无助的女儿李荣一边哭着一边努力地拍打着老人的背部，气氛十分紧张，然而命运之神却放过老人一把，竟闯过了最危险的那一刻。

火车到站，急救车已经在等候了。

进住医院经过抢救，李杭大哥稍微缓解。在清醒意识的支配下，他对周围的孩子们说：“在火车上，躺在你妈妈的怀里，我就是死了也是幸福的！”

“幸福”！原来是这么真切，这么平实，又是这么深刻！这就是李杭对幸福的诠释。这种诠释积于李杭的人生经历和他全部的生活内容，源于他对亲情、对生命的深刻理解和体味。

2017年6月李杭先生在李苦禅纪念馆

（三）

1983年6月初，北京进入最闷热的季节。苦禅老人每天仍坚持写字画画儿。那时还没有空调，室内完全靠电扇解暑。当时日本长崎孔庙邀请老人书写一副仪门楹对联。苦禅先生自撰联句为“至圣无域泽天下，圣德有范垂人间”，书写两次，选出一副交付日方。因暑湿太重，李燕始终伴在老人身旁。

谁知这副楹联竟成了老人的绝笔之作。

10日深夜，由于在家中突发痰涌，无法得到及时的抢救，11日凌晨老人溘然离世。

对于这样一位始终以爱国至上的老人的突然离去，家属和后辈应该怎么做？这是摆在全家人面前必须选择的考题！是爱护他，继承他的信念和意志，还是背离他的主张？

熟悉他的人都知道，苦禅先生是坚守优秀传统文化的载体，他的言教、身教为全家树立了一个标杆，子女后辈对他的深爱融合成为一种信念：“谁都不应该背离他！”

夫人李慧文和子女们最大的希望就是能有一个充分展示苦禅先生作品的纪念馆。经过三年的准备和协商，李慧文率李杭、李燕与山东济南市政府签署了捐献证书，选择了趵突泉公园西侧的万竹园，设立了纪念馆。

1986年6月11日万竹园内庄重肃穆，李苦禅纪念馆开幕式在这里举行，院子里汇集了来自全国各地的友人、弟子和亲属200多人。李慧文老人代表全家捐献了300多件苦禅先生的画作，100多件古画、文玩和老人生前用过的物品。济南市政府任命李慧文为荣誉馆长，李杭、李燕为副馆长。这一举措引起了社会的巨大反响，广大群众和画界的人们，对苦禅先生的家属及后人的义举，给予了高度的赞扬。时至今日，这座内容丰富的纪念馆已经成为青少年爱国主义教育的基地。

人们都会有一种同样的感觉，那就是只有距离才能产生客观完整的认识。即使最亲近最熟悉的人，在和他的接触中总会受到情绪、亲疏和一些是是非非的干扰而产生偏见，当他远离了我们，才会产生真正、客观地以社会和历史的眼光、角度清醒地评价他的可能。

当苦禅先生离开家人之后，当家属把他的作品捐献给国家之后，当他的作品按时间顺序张挂展示出来之后，当他的收藏文玩重新摆上画案之后，作为后辈子女的内心经历了一次次的起伏和触痛，这里面有亲情、有思念、有快乐、有慰藉。当然对于夫人李慧文来说内心需要的更是坚强，而这种坚强首先要得到长子李杭的支持，这是不言而喻的。李杭兄嫂得知老人的心愿后给以全力配合，大大安慰了李慧文老人的心。如果用现在倡导家风的语言来概括，那就是李慧文与李杭、李燕等子女们推进和落实了老人确立的“所谓人格爱国第一”的家风。

1986年，54岁的李杭还在冶金厅上班，每逢休息日，他就骑着自行车到纪念馆里来执行这个不领工资的副馆长的职责。

苦禅老人的青铜像安放在石榴院北房正中间的位置。李杭常常静静坐在门外的台阶上，似乎陪伴在父亲的身旁，往事并不如烟，人生的一幕幕浮现在他的脑海。风轻轻地吹过，鸟喃喃地细语，在这难得的片刻休憩时，杭哥心中萌生了强烈的愿望，“我要画画儿！”他决心拿起画笔，实现孩童时的心愿，从临帖习字开始，研习大写意花鸟画。

自退休至80多岁，他的画从临摹到创作，得到了人们广泛的认可。杭哥并不是想当什么“大师”“巨匠”……他内心更真切的是为了补偿作为苦禅先生长子没有继承家学的遗憾，重拾起童年的爱好。杭哥自己起了个名号——“鱼丘后人”——便可印证我的推断。老家高唐县原有一湖，名为鱼丘湖，以此为号既古拙又有出处，充满了杭哥对父亲的出生地、对家乡的眷恋之情。

每年到老人的祭日，杭哥都会带着子女和孙辈来此祭奠。他精心地观察着每一间画室，多次与管理方协商，及时把纪念馆里的情况向北京李慧文老人汇报。每逢木瓜熟了的时候，他都会从馆里院内摘下几个送到北京，摆在苦禅先生的像前……作为长子，李杭大哥尽职尽责，直到他 84 岁患病以后。

2017 年秋末，李杭大哥的肺部纤维化更严重了，经过一段治疗大为好转。他决定来北京，约上分散各地的四代人一齐来！并且一定要在天安门前照张全家人的合影。

大大小小的家人们陪着他漫步在天安门广场，老人眼中含满了泪水……如果旁人不能理解，我能理解。在他那一代人的心里祖国是最神圣的，天安门是国家的象征，对国家的深爱仿佛只有在这里才能得到释放。李杭的一生虽然是走南闯北，但他忘不了自小生活的北京，忘不了在这里与父亲度过的艰苦岁月，忘不了自己为国家建设而付出的奔忙劳碌的日日夜夜……如今自幼居住的柳树井 2 号凌家小院儿已经拆了，自己常去的 50 年代中央美术学院煤渣胡同苦禅先生居住的宿舍也改建成楼房了，和他情感维系最深的就是天安门了！在广场上他迈出的每一步都是人生乐章中的一个音符，一个旋律，心中、脑海、眼前的景物，脚下的步伐，构成了李杭创作的交响曲，而珍贵的全家合影就是那高潮旋律的重音。

第二天，李燕一家和亲友在中国园林博物馆大厅静候着李杭一家的到来，他们汇集在《世纪英杰写豪情》——李苦禅艺术展的大厅。兄弟二人静穆地带着一家几十口人参观了展厅中苦禅老人的所有作品，继而在苦禅先生巨幅大画《盛夏图》前合影留念。最后在场家人李杭、李燕、李明、李欣磐、孙燕华合作了一张画儿，这是李杭老人病后的第一次动笔，他一边笑，一边说，“手上还生着呢！”当我写到此处时，那日的情境历历在目，杭哥的笑貌依然在眼前……

结　语

也许有人会奇怪，你怎么能够如此了解李杭先生？

北京人形容关系密切常用“父一辈，子一辈”，我们便是这样的情况。我的父亲孙之儁与苦禅先生是国立艺专的同学，相识很早，他们都是当时美术界

2017 年 11 月 4 日全家人合影

2017 年 11 月，李杭全家摄于天安门

相当活跃的青年，与王森然、王青芳、赵望云、侯子步等当年的精英们相交甚密。他们创建了“中西画会吼虹社”便是突出的例证。苦禅先生带着杭哥住在柳树井2号的时候，我的父母住在相当于现在民族宫后身的下岗胡同，步行不过十多分钟。1943年我父亲在柳树井5号院的旁边买了一块四四方方的空地，盖了自己的房子，门牌设为丙五号，与二号之间只隔着三个门。此时虽然苦禅先生已再婚，但由于新家安置在济南，直到1948年他与夫人李慧文重聚后才离开柳树井。杭哥一直生活在姥姥身边，所以他上学和工作后的许多情况我都是听凌姥姥跟我母亲说的。

在柳树井居住了二十多年，邻居们相处得非常和谐，尤其是与凌家和徐家。徐东鹏大哥长我三岁，住在三号，后院与凌家相通，共享一个厕所。他家也有一番遭遇，自幼与姥姥、母亲相依为命。东鹏与杭哥和凌靖（五舅）自然十分熟悉，稍长便习画，国画向苦禅先生求教，西画的启蒙老师是我的父亲。在最困难的浩劫岁月东鹏大哥和他的母亲刘贞姨予以我极大的帮助。人们常说，远亲不如近邻，我们几家就是这样过来的。

2018年6月26日在济南李杭大哥的灵堂里，齐聚着李燕和我、李琳的家人、李健、田辰一家，还有大舅凌子风、五舅凌靖的子女们和徐东鹏大哥，这是些相互慰藉着走过大半人生的亲友。大家围坐在杭嫂身边，此时的相互体谅安慰和依傍是那样的真诚、那样的亲近，这些最熟悉李杭的人一起缅怀着杭哥，为他送行。

李杭大哥走了，但是他的宽厚、隐忍、谦和与正直深深地留在了我们的心里，让人思念，永远地思念……

2018年溽暑于北京

认识葛洪

葛洪这个名字是我在小学五年级的时候知道的。父亲买了一套上、下两集，精装本的《石头记》，因为有插图，有脂砚斋和大某山人的批注，所以十分吸引我。

读到贾敬因误服丹药离世的一节，我就问他们，贾敬炼的丹是什么等问题。他们在给我通俗地解释了之后，顺便讲到了炼丹术，提到了葛洪。当时的我，觉得葛洪大概如太上老君一般。

以后的近五十年学习和工作中，我都无缘相遇葛洪，批林批孔的风暴涉及的是大儒和法家似乎也没牵扯到这位自号抱朴子的葛稚川。后来我一直从事美术课教学，备课内容更没涉及葛洪。

直到1994年，友人庞月光接受了注释《抱朴子外篇》的全译工作，才通过与他的不断交流略知这位两晋之交时期的学者。当时我和先生李燕特别为月光能承担这个项目感到高兴，因为自古至今，历代名家注重研究的是“内篇”，对“外篇”只是归在了“内篇”的后面，并没有详细、带有权威性的注释，因此我们特别支持他，比如对易经的有关资料、注释、各学派观点，等等，他和李燕经常进行交流。在两年多的业余时间里，月光倾全力做着这项细致而枯寂的工作。他当时在北京教育学院中文系任副主任，教学课程类别多，课时多，但他为了译注得更好，查阅了大量的古籍经典，力求精准。他的妻子李正伟也付出了许多精力帮他订正。《抱朴子外篇全译》终于作为《中国历代名著全译丛书》之一，由贵州人民出版社出版，那已是1997年8月了。

月光不幸，英年早逝，离开我们已15年之多，他没能赶上现在大力提倡弘扬传统文化，增强文化自信的时代。为了纪念这位挚友，也为了把他在普及传统文化方面做出的贡献让年轻一代有所了解，我们与李正伟携手和学苑出版社合作，再版了外篇全译。

“外篇”不同于“内篇”。“内篇”是言神仙方药鬼怪变化，养生禳邪却祸之事的，应属道家；而“外篇”讲的是人间得失，世事臧否，属儒家范内。据月光查据，本来两书性质不同，但至宋代，尤袤《遂初堂书目》始将二书合一归入道家类，直至《四库全书总目提要》并称外篇为“亦以黄老为宗”，这种归拢显然是不妥当的。

由此点出发，月光在外篇全译的过程中捋出葛洪的政治观、文学观、养性处世观和时俗观，这种点拨对不了解葛洪的当代人有着重要的作用。他认为：葛洪的政治观是反对豪族垄断仕途，主张严刑峻法以治国，维护封建纲常。他的态度是“不忍违情曲笔，错滥真伪”，因此在《酒诫》《疾谬》等篇中对社会的弊病直言抨击。

葛洪的文学观是不喜浮华，崇尚质朴。他在《辞义》篇中直言：“古诗刺过失，故有益而贵；今诗纯虚誉，故有损而贱也。”

葛洪的养性处世观是清心寡欲，不去贪求。他主张“目之所好，不可从也；耳之所乐，不可顺也；鼻之所喜，不可任也……心之所欲，不可恣也”。

葛洪的时俗观突出表现在《交际》《讥惑》《刺骄》等文中，对社会习俗进行激烈的抨击，他对那些“入他堂室，观人妇女，指玷修短，评论美丑”等恶劣行径认为要进行“严刑峻法”。

伴随着研读《抱朴子外篇》的过程，葛洪的形象在我心里逐渐丰满而全面了。

2015年，一个爆炸式的新闻震惊了中国人，那就是屠呦呦女士获得诺贝尔奖的大喜讯！青蒿素，这个并不被大部分国人重现的“蒿子”突然让全世界人眼前一亮！内疚啊，我们这样以农耕文明为骄傲的后代子孙们，早已把土生土长的各类“蒿子”从自身生活中抛弃了，“蒿子”能治疟疾？！而更让我们汗颜的是，启示屠呦呦的《肘后备急方》就出自被人误解为只会炼丹的葛洪。《肘后备急方》不在内外篇里，是葛洪根据自己的经验撰写的医书，“肘后”引申为经常携带于身的急救方，后人遂将其简称为《肘后方》。这位抱朴子先生深入崇山峻岭，采集各种草药，实践它们的性能，这是中国人天人合一观念的真正实践者。屠呦呦女士在如何让青蒿素真正起作用的多次实验中，又是葛洪提示了她，葛文为“青蒿一握，以水二升渍，绞取汁，尽服之”，即需要把青蒿拧出汁来才可发生疗效。葛洪的实践竟在屠呦呦登上诺贝尔奖台前，重重地推了她一把！我们真的是攀登在古人的肩膀上前行啊！令人遗憾的是，直到三年前，我才真正认识到葛洪的伟大与价值！

现在的年轻人已经习惯“碎片阅读”，网络阅读了，这是中华民族振兴文化自信的一大障碍！庞月光译注的《抱朴子外篇全译》能得以再版，实在是要感谢学苑出版社的支持。作为已年过七旬的老人，我更希望大家关注“外篇”的学术价值，希望大家能真正静下心来，泛读经典，广纳博收，只有这样才能有高原，出高峰。我想月光的在天之灵也一定非常赞同。

2018 年 5 月 8 日

学苑出版社出版《抱朴子外篇译注》，庞月光译注

平安是福

60年前，我刚考上北京女八中，就是现在的鲁迅中学。校园是民国时期北京女子师范大学的旧址。西边的小院矗立着一座纪念碑，鲁迅先生的《纪念刘和珍君》一文使这里成为“三一八”惨案的见证。

当时北影厂正在拍摄电影《革命家庭》，有一天学校突然通知我们初二两个班的同学周日到学校来，给这部片子当群众演员。大家高兴极了，能不能上镜头倒是小事，非常盼望的是见到大明星孙道临、于蓝，还有那个儿童演员石小满！

一早我们就赶到学校，站在四周的走廊上盼着大明星们的到来。一会儿摄影器材就架好了，背景就是刘和珍君的纪念碑。我们互相扒着肩膀，瞪着眼睛，看看都有谁出场。导演和主要演员出现了，“于蓝”！“赵子岳”！“石小满”！我们相互告知。剧情是，于蓝扮演的妈妈与赵子岳扮演的爷爷见面，然后爷爷把妈妈怀里的孩子石小满抱过去，听不清台词，大约是用暗语互通情报。身着五四青年时学生装的我们，天蓝色大襟上衣，黑色裙子，拿着写着标语的小旗，喊着口号从两侧走过去，小女生们完成得特别好！不知为什么，电影放映时这段镜头没用上，真遗憾！但是，令我难忘的是近距离地见到了风华正茂一身正气的于蓝阿姨。

40年前，我家搬进了南沙沟小区。当时北京电影制片厂的四位老艺术家落实政策也住了进来：导演钱江、水华、凌子风和于蓝阿姨，我们成了邻居。那时她已经五十多岁了，但是依然浑身是劲儿地为儿童电影制片厂操劳。自从她接任厂长以来，始终在想着各种办法，希望排出真正让孩子们喜欢的片子，为此，她经常住在儿童电影制片厂的宿舍，夜以继日地工作。

现在年已97岁的她回大院儿的次数越来越少了，因为腰腿出了问题，行动不便，但是一有空她就回来参加书画组的活动。

2016年的于蓝、孙燕华。
摄于南沙沟社区活动站

于蓝书写的“平安是福”

有一次，我在院儿里碰到她，推着轮椅慢慢地走。我说：“您干吗不想办法在院儿里买套底层的房子呢？”她笑着说，“我哪儿有那么多钱啊？我们那时候拍电影就是拿自己的工资！”噢，我突然想起来了，她拍电影的时代，还没有“明星制”呢，根本没有“片酬”一说，更甭说像现在的明星们拍个电视剧每集就高达多少钱了！

望着她慢慢走过去的背影，心里很不是滋味，这就是当年江姐的扮演者，她曾经感动和鼓舞过多少人哪！

今年8月份，社区依然举办艺术节。书画组布置了他们的画作，我和先生李燕也赶去助兴。在参观展品的时候，突然看到于蓝阿姨书写的“平安是福”四个字，稳稳当当，不枝不蔓，字如其人矣！我很有感触，老人的心态真好！所以未经她同意，我就推荐给读者们了，并草写了这篇短文，真心盼望老人平安，增福、增寿。

2018年8月28日

不该错过的记忆

去年年末，《文汇报》笔会版载沈建中先生的《鲁少飞与〈时代画报〉》一文，读后不禁拍案三叹。

文中所引已故作家魏绍昌的话：“唐诗、宋词、元曲、明清小说以及民国漫画，都是代表一个时代最富有特色、创造力以及名家荟萃的文艺种类。”没想到魏先生对民国漫画有如此高的定位！此谓一叹。

沈先生说：“20 世纪 30 年代左右无可置疑地成为漫画的全盛时代，也是诞生漫画大家的时代。”对此，我颇有同感。此谓二叹。

由于自己的“疏忽”，竟然不知鲁少飞先生晚年长居北京而没能拜见、相识，实为一大遗憾！此谓三叹。

近年来，因为整理我的父亲孙之儁的作品，涉及自 1927 年至 1949 年的报纸杂志发表的大量漫画，而这，恰恰是民国时代。浏览这二十多年的漫画作品，深感到，当时的漫画家们——一批年轻的艺术家，无论在风格、手段上，还是在抨击时弊的尖锐程度上，突现出开拓进取、大胆泼辣、活泼幽默的创作风貌和严肃的社会责任感！

1928 年 5 月 3 日，在济南发生了令人发指的“五三惨案”。我的父亲孙之儁当时正在北平国立艺专西画系学习，但已成为十分活跃的青年漫画家，国家兴亡，匹夫有责！他和高他两届的学长宗惟赓、王君异、蒋汉澄、王石之等人，“取国耻之日为名”，成立了“五三漫画会”。成立的当天，1928 年 5 月 27 日，父亲在《星期画报》上发表了寓意深刻的《无题》，5 月 30 日发表了直接针对惨案，题为《五三》的漫画，6 月 3 日又发表了《大家还不快醒吗？日本人的炮弹射在你的头上了！》。当我们重新面对这些七十多年前的作品时，难道没有感到年轻的艺术家那一腔热血在激愤吗？

1937 年，父亲作为主要发起人之一，在北平中山公园春明馆举办的“北

北平漫畫展覽會特輯

北平漫畫展覽會緣起

孫之儁

五月十六日上午，淺予，志庠，跌雷，來平，下午齊來敝寓暢談，淺予說：北平漫畫界應該想法聯合一下。我說：大家都挺忙的，恐怕很難召集，他便沒說別的，可是我心裏真希望北平漫畫界的同道們聯合成一個團體，六月三日在通俗讀物編刊社，有淺予，志庠，李一非等暢談，還因淺予又說：老孫！這事應該由你負責任哪！我說：好吧！乾脆開展覽會都成！一非在旁加了些油水，大家一齊通過，由我立刻寫了一篇油印通知，馬上郵給平市諸同道、下款出名的是淺予，志庠，馮棣，蘇世，我們五人，當時雖然蘇世不在座，可是我深知他是極忠實的同道，便硬寫上他。

六月八日下午在中山公園春明館開會，計到會二十三人，清一色的漫畫同道，首先由淺予向大家徵詢有無興趣開漫展？話尚未畢，君異馬上就表示十二分贊同，接着全體一致，決定了開展會，並分配職務，便到事務所定妥董事會第三發堂，決於七月三四五開展會，議定每人起碼出品五張，二十五日以前交徵集部。

承實報管社長答應在實報半月刊出特輯，正應漫展的需要，但只能儘收到的選印一部分，可惜時間限止，沒得製三色版。

六月二十三日發出了二十五日在公園籌備會的通知，預料這次展會不成問題，不致於延期，可是還沒請平市當局審查，不過一定要請畢辦一件事，總得要大家維護，漫畫是開定了，敬希各界人士大駕光臨，捧捧場！

六月二十四日。

《北平漫画展览会缘起》发表于1937年7月3日《实报》半月刊（节选）

北平漫畫展覽會

參加傑作百餘件

今日起在中山公園舉行

《北平漫画展览会——参加杰作百余件》发表于1937年7月3日《庸报》

平漫画展览会”，具有鲜明的抗日色彩，130多幅参展，北平漫画家几乎都有作品，上海的叶浅予、华君武、陆志庠和天津的高龙生、窦宗淦、辛莲子等人也送来作品。展览在北平引起轰动，由原定7月3日至5日，延长至7月7日，闭幕当天即发生“卢沟桥事变”。近年来陆续有文章写到此事，不久前，在网上看到陈封雄先生的回忆文章，并提到了我的父亲。

1936年8月，父亲作为全国漫画展的评委，第一次去上海，为此，他写了一篇《上海游记》，极为鲜活、生动地描述了“市游泳池”“明星电影公司”“繁华区”的四大公司、“电影场戏场”“城隍庙”和“市民生活”，尤其是如见其人、如临其境地对漫画界、艺术界人物的描写：叶浅予、白波、张英超、刘硕甫、施白吾、陆志庠、江树良、张乐平、万籁鸣、赵丹、谈瑛和江小鹣先生……简直构成了上海艺术家群像。文章最后一段专门写了“北归之前少飞（鲁少飞）要我提前看一看全国漫画展会的出品，可真不少，五百来张”，“少飞问我如何评定，甲乙分别去取，我说最好定个标准范围，比较公平”。

五百来张漫画，真是可观！别忘了，那是1936年！

《超等美术家》发表于 1940年2月1日 1卷第6期《中国文艺》

內地風光

上海遊記

孫之儁

上海爲東亞第一大埠，不可不去。主意打定，說走就走。

離津時秋巖告訴我：「老孫！我够機靈鬼的資格吧！可是我上次也是乘輪船赴滬，剛一到碼頭，那眞是，別提多麼亂啦！偶一不留神，得！行李失蹤。幸而有朋友到碼頭去接，好容易才找回來……」這一段驚人語，再加上今年春天實報上老太爺的那幾句話：「我們北平人初次到上海就如同劉老老初進大觀園一樣……」還有別人跟我提到上海的騙局，扒手叠三，這些話總可以嚇得一位膽小的人不敢隻身遊滬，然而我的感覺是如此：「不冒險不新奇就沒有趣味。」毫不猶疑。

爲顯示愛國心，決乘華輪，上了國營招商新銘輪，開班大吉，沒起颶風，看到洶湧波浪的東海，聯想到咱國的海軍，不由的嘆了一口氣，嘆氣是白費，過後就沒有起別的感想，七月上旬到達上海。

船靠了浦西金利源碼頭。下船吧，看樣子，秩序許比從前强，雖然有幾個脚伕，賃包車夫在客人手裏奪行李，這是窮人找飯吃呀。難道說有人替你搬行李還有不是嗎？然而新下船的客人覺有不通人情的大聲謝絕，致使失情感，實在客氣得過了火，絕不是有意破壞秩序。我在這一鍋粥裏拔出腿來，跨進祥生車子，到美專住下。

孙之儁《上海游记》发表于1937年1月《实报》（节选）

假如我能在五六十年后的北京，能在鲁少飞先生离世之前见到他，该有多少精彩的回忆啊！

1936年8月 孙之儁与叶浅予的合影

历史的某一个时代总有它自己的特质，而这种特质的形成是各种因素的总和。民国时期，在西学东渐，国难当头，军阀混战，民主浪潮，三民主义，共产国际……在各种社会现实问题面前、在各种思潮的冲击引领下，催生出一批批漫画家。

应父亲的邀请，1937 年 7 月《实报》半月刊 2 卷第 18 期发表了主编刘凌仓写的《前进着的中国漫画》。他说："有内容、有意义的漫画作品，的确是我国急切的需要，在不妨碍抵触国家法律范围之下，我想'检查先生'大可不必和作家作对，因为社会是随着大时代前进的，中国能生存，必与世界同进步，每一个漫画作家的本意，都想把他的身家所附的国家弄好些，除非汉奸，是没有甘心祸国的。""在中国，至少'漫画'还是一种庄严的东西，作家必须了解它的效用与功能，自然得到社会尊重。"

他们那一代人去了，但是漫画，这个新兴的画种，在我国绘画史上走过了八九十年的历程，已经健硕地成长起来，它在不同时期，展现出了不同的色彩，而民国时期的漫画当有它的特殊风貌！

2005 年

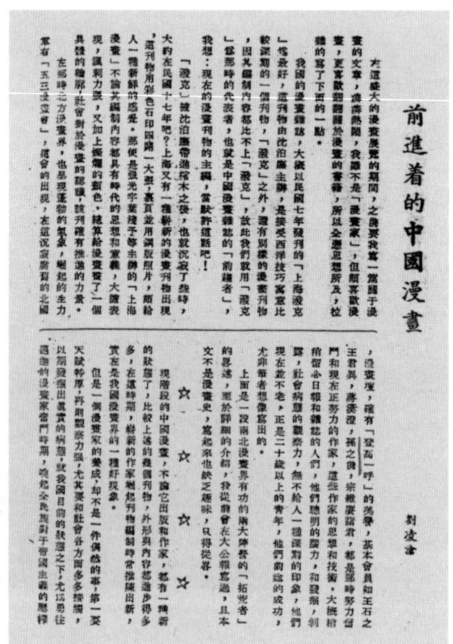

前進着的中國漫畫

劉凌滄

在這盛大的漫畫展覽的期間，之傑要我寫一篇關于漫畫的文章，轟轟熱鬧，我雖不是「漫畫家」，但頗喜歡漫畫，更喜歡翻翻關於漫畫的書籍，所以全憑思想所及，拉雜的寫了下面的一點。

我國的漫畫雜誌，大概以民國七年發刊的「上海潑克」爲最好，這刊物由沈泊塵主辦，是接受西洋技巧寫意比較深刻的一個刊物，「潑克」之外，還有別樣的漫畫刊物，因其編制內容都比不上「潑克」，故此我們就用「潑克」爲那時的代表者，也就是中國漫畫雜誌的「前鋒者」，我想：現在的漫畫刊物的主編，當默許這話吧！

「潑克」被沈泊塵帶進棺木之後，也就沉寂了些時，大約在民國十七年吧？上海又有一種嶄新的漫畫刊物出現，這刊物用彩色石印四開一大張，裏頁並用銅版照片，頗給人一種新鮮的感覺。那便是張光宇葉淺予等主辦的「上海漫畫」不論其編制內容都具有時代的思想和意義，大膽表現，諷刺力強，又加上燦爛的顏色，總算給漫畫盡了一個具體的輪廓，社會對於漫畫的認識，該刊確有推進的力量。

在那時北方漫畫界，也呈現蓬勃的氣象，崛起的生力軍有「五三漫畫會」，這會的出現，在這沉寂腐習的北國，漫畫壇，確有「登高一呼」的羨譽，其本會員如王石之王君異，蔣漢澄，孫之儁，宗維賡諸君，都是那時努力奮鬥和現在正努力的作家，這些作家的思想和技術，大概稍稍留心日報和雜誌的人們，他們聰明的腦力，和發揮，剝露，社會病態的觀察力，無不給人一種深刻的印象，他們現在並不老，正是二十歲以上的青年，他們前途的成功，尤非筆者想像寫出的。

上面是一段南北漫畫界有功的兩大陣營的「拓荒者」的略述，至於詳細的介紹，我從前曾在大公報寫過，且本文不是漫畫史，寫起來也缺乏趣味，只得從略。

☆ ☆ ☆ ☆

現階段的中國漫畫，不論它出版和作家，都有一種新的狀態了，比較上述的幾個刊物，外形與內容都進步得多多，在這時期，嶄新的作家崛起刊物編制時常推陳出新，實在是我國漫畫界的一種好現象。

但是一個漫畫家的養成，卻不是一件偶然的事，第一要天賦特厚，再則觀察力強，尤其要和社會各方面多多接觸，以期發掘出真實的病態，就我國目前的狀態之下，尤以勇往邁進的漫畫家奮鬥時期，喚起全民族對于帝國主義的壓榨

刘凌沧《前进着的中国漫画》发表于 1937 年 7 月《实报半月刊》第二卷 18 期 –1（节选）

李苦禅作品中“裱”字的故事

“满招损，谦受益”，这是古训，是培养教育人的道理，可惜现代人似乎已经不太认同和遵循了。人们浮躁地自我吹嘘着，似乎胡吹得越“满”越好，鼓噪得越响越“骄”，生怕最美的桂冠被别人摘去，最大的红包被别人抢走，当然时下暗箱操作的社会的某些潜规则也“证明”了这种担心有其存在的合理性。前贤辜鸿铭说过：孔子的时代“三三得九”，难道现在三三就不得九了吗？依此推出，“满招损，谦受益”这条铁律大概也不会因为这乱纷纷竞争时代的到来而改变吧？！在自我扩张与谦虚谨慎之间做出选择应该仍旧是我们自身修养的体现。

坊间对齐白石、李苦禅师徒二人有许多传闻，但对齐门篆刻女弟子刘淑度却了解甚少，即使知道，大约也是因为她曾经给鲁迅治过名章。在这里我要讲述的一段往事不是介绍和评价他们的艺术，而是从一个字的改动，让大家体会那一代人的修养和品德。

1928 年［民国十七（戊辰）年］刘淑度请李苦禅为她画了 10 开册页，裱画师傅却给裱成了 11 开，出现了一页空白。怎么办？这位由李苦禅先生介绍到白石门下的女弟子又找到这位李二哥。时值（民国十八年夏）苦禅先生大病初愈，但却毫不推辞，立即挥毫，完成了这一开白月季的画面，可能由于体力精神尚未恢复，竟写了一个别字。

淑度女士兴冲冲地拿着这本册页到白石老人那里。老人一页页地翻看着，喜悦之情溢于言表，提笔挥毫写下了著名的“苦禅画思出人丛，淑度风流识此工。赢得三千同学辈，不闻杨子耻雕虫。淑度女弟子持此属题。时己巳五月[①]同客旧京。齐璜”这首诗。老人题罢仍未尽兴，反复翻看，竟发现了弟子苦禅书写了一个别字，即“此间空白本为表工误作，全体看来殊不完美，乃补此帧以充阙如。民十八年夏扶病乍起，写并记”，老人提笔为“表”字添上了偏旁

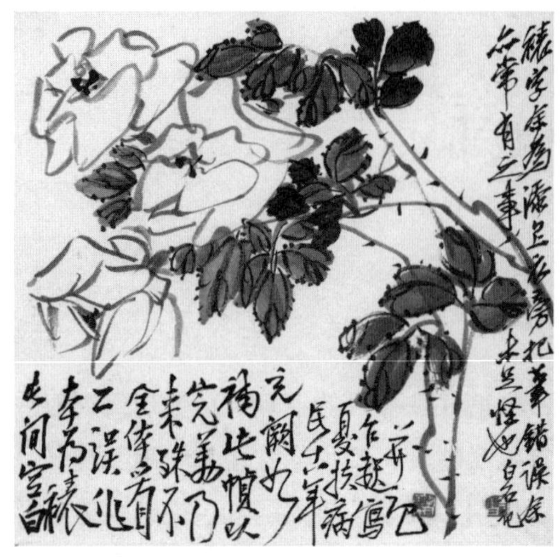

齐题册页

"衤"，仍不释笔，顺势在画的右侧从上到下地题了两行字：

"褛"字余为添上"衣"旁。把笔错误，余亦常有之事，未足怪也。白石记。

在这里且不说这两行字题的位置与大小是多么合适，与画面是多么统一，单就题错了

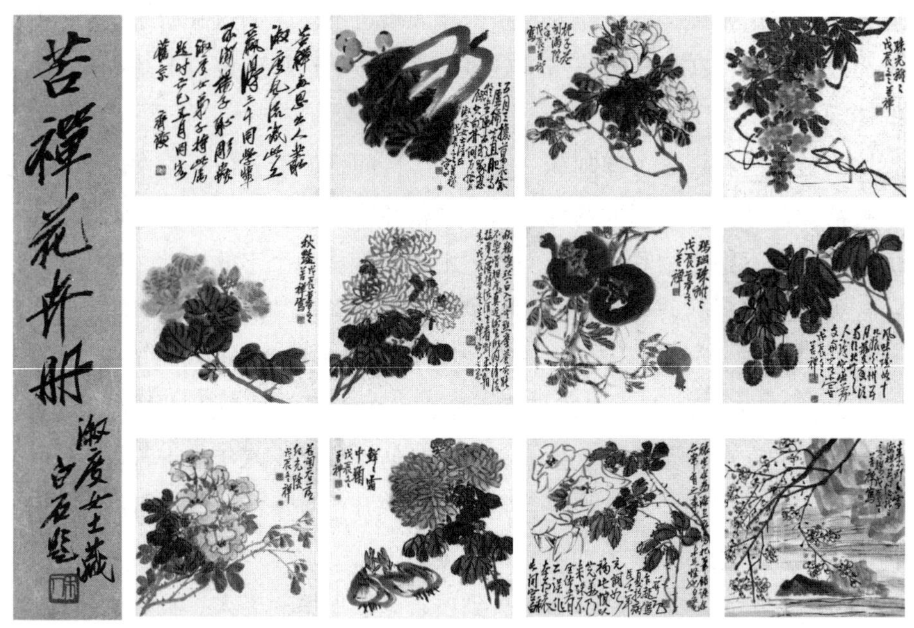

齐白石题《苦禅花卉册》，1928（戊辰）年，29岁的李苦禅为齐白石女弟子刘淑度作此册页。次年白石翁见此甚喜，不仅为之题签，还题了一首诗，将弟子苦禅比作孔子门下三千弟子中的佼佼者颜回，认为苦禅的艺术思想超出了一般人，有远离小伎俩的壮夫气概。刘淑度拜师齐白石门下的介绍人是李苦禅，刘专学篆刻艺术，颇有成就，曾应嘱为鲁迅先生治印两方。

字这件事，“余亦常有之事，未足怪也”这句话就会立刻让你体会肃然起敬是一种什么感觉，也会让你拍案慨叹，难怪齐老先生有如此成就！严谨啊！谦虚啊！

改正了学生的一个“别”字，还做了自我检查，还安慰学生说“不足怪也”，这是一种什么境界？！

我们常说要继承传统，这就是传统！现在经常见于报端的“教授”“导师”之间的口水战批评不得！学术作伪，论文抄袭，沾沾自喜，互相吹捧，尤为让人生厌。

人们常常错误地认为，过去的就是“旧的”，就是“该抛弃”的，“该否定”的，殊不知前人的许多故事中都蕴含着鞭策我们言行的意义。

记住这个“裱”字的故事吧！

2014 年 7 月

苦禅先生的最后七年

晚年，对于许多老年人来说度过得比较艰难，即使是有大成就、大智慧的学者、作家，甚至身经百战的老战士，一旦走到人生边上，也总是难比当年，或卧床，或糊涂，或行动不便，总之不能工作。然而苦禅先生的最后七年却是精神焕发，情绪高昂，勤奋创作，心情最为舒畅，最有成就的七年。他为自己的人生画了圆满的句号。

虽然因血管的老化曾住过两次医院，但因为他身体底子好，年轻时又练过武功，一生坚持运动，或推手，或拉山膀、踢腿，特别是执笔临帖作画，气定神闲，所以恢复得都很快。

1983 年 6 月 10 日天气闷热，晚饭后，与平日一样，他临了两张帖，看了会儿电视，就睡觉了。将近凌晨睡眠中的老人突然发生了痰涌，如果当时有条件立刻急救是可以避免窒息的。但是由于年事已高，机能老化，尽管李燕竭力给他做人工呼吸，口对口的吸痰，也是无济于事了。苦禅先生走得太快，令人猝不及防，毫无准备。

在纪念他 120 周年诞辰的节点上，怎么拟定这样一个题目呢？因为我目睹了他最后的七年是怎样走过来的。从 1976 年 10 月至 1978 年 12 月可以称为调整期；从 1978 年底中共中央十一届三中全会确定了改革开放的方针政策后，苦禅先生情绪高涨：教学、绘画、参观、开会、接待采访，等等，没有浪费片刻光阴，可以称为收获期，用“鞠躬尽瘁，死而后已”来概括是再恰当不过了。

（一）

“文化大革命”结束后的 1977 年，苦禅先生当选为中国美术家协会理事。这是他应该得到的信任和荣誉。但是由于各种原因，在 20 世纪 50 年代和“文化大革命”中，这种资格是绝对不可能给他的。

1980年后，苦禅先生成为第五届全国政协特邀委员，这是对他一生为国家、为人民做出贡献的充分肯定。

20世纪30年代，中共领导下的文化艺术界形成了左翼联盟，在江浙特别是上海，艺术家们参与得很多。苦禅先生自1930年至1934年一直在杭州艺专任教，他支持进步学生的革命活动，当时的学生沈福文，版画家力群、王式廓等均有回忆记录。在北京也有左联的活动，早年就参加革命的原河北省妇联主任郝鲁伟就铭记着苦禅先生支持她们的大量事实材料。1937年以后，北平沦陷，天秀（黄奇南，原故宫博物院研究所研究员）又联系了老师李苦禅先生，结识了八路军地下情报负责人黄浩。由此，成为八路军冀中军区北平情报站成员，李先生提供了自己的住所作为情报站，为抗战工作，并因此被日本宪兵以“嫌疑通八路”罪名捕去刑讯逼供。苦禅先生表现出的大义凛然，当时即备受社会的称道。

他的爱国精神和为国家、为民族所做的贡献，一直被郝鲁伟老同志牢记着。她说：“苦禅大哥是对革命事业有功的，应该让大家知道。”于是她写了材料，上报给中共中央的有关领导，推荐苦禅先生为全国政协委员。经中央领导批示，苦禅先生成为政协特邀委员，时年已81周岁。

1981年，黄胄先生为之奋斗了多年的目标，在谷牧副总理等国家领导人的支持下，中国画研究院终于成立了。因建设工程缺少资金，李苦禅先生为画院义务作画达200多件。同时还有许麟庐、黄胄本人等都为画院的工程建设与积累研究资料，画了不少画。

画院成立之后，李苦禅先生被任为院委，此时，他已82岁高龄了。画院成立的那天，他高兴极了，为国画的发展能有自己的研究机构而兴奋不已。此时，新中国成立初期周恩来总理建议成立的北京中国画院，早已从单一的“国画院”发展成为包括西画在内的“北京画院”。多年来苦禅先生目睹了国画发展的坎坷，特别是亲身的经历，使他深感中国传统绘画亟须继承和发展，所以他为中国画研究院的建立尽心竭力，特别配合黄胄的工作。然而中国画研究院现在又被改建成为包含国、油、版、雕等诸项的综合式的画院了，背离了黄胄等老一辈国画家办院的初衷。

1983年1月，新年的气氛洋溢在北京上空，改革开放的第五个年头开始了。

1983年，中国美协、北京市美协与中央美院在北京饭店七层召集茶话会，祝贺苦禅老人从事教育事业60周年与86岁寿辰。会上苦禅老人激动落泪，发出了“再画二十年”的豪言壮语

由中国美术家协会、中央美术学院，为祝贺李苦禅先生从教60周年和84周岁（虚岁86）的生日，在北京饭店的宴会厅举办了盛大的庆祝活动。老一辈的国画家们，美院的同事们和一部分美院的老学生均到场祝贺，气氛特别热烈。苦禅先生情绪十分激动，讲话时断时续，热泪夺眶而出。这位古道热肠、淳朴善良的山东硬汉，被国家和人民对他一生为美术教育做出的贡献所给予的肯定和评价感动着，这是他最大的欣慰！

（二）

中国的绘画有丰富的史料记载，大多为论述观点、描摹画作，也有记述画家作画过程的，比如唐代符载《观张员外作画松石序》，文中写道：

> 员外居中，箕坐鼓气，神机始发。其骇人也，若流电击空，惊飙戾天。摧挫斡掣，霍瞥列。毫飞墨喷，捽掌如裂……

箕坐：古人席地而坐，臀部紧挨脚后跟，如果随意伸开两腿像个簸箕，就是箕坐。戾：乖张。斡：旋转。霍：指挥。捽（zuó）：揪。

此文未完，但已经让现代人很难理解这位张员外是以怎样的情绪和动作，捽掌挥毫的。我们的民族非常善于文学，许多文字描述的情境是需要自己去体会的。而后人又是根据自身的经验、修养和造诣去诠释，所以形成不同的理解也是自然的。

现在不同了，科技发达了，特别是摄影技术，从拍照到录像完全可以记录下画家作画的全过程，为后人学画，或研究某个画家的作画风格，提供最真实可靠的依据。

苦禅先生赶上了好时机，从1978年开始筹划的《苦禅写意》经过三年的拍摄，顺利地完成了。

《苦禅写意》是文化部立项责成中央美院拍摄的教学片，同时开拍的还有李可染、叶浅予和蒋兆和先生的片子。苦禅先生的摄制组是由美院张启仁副院长领导，组织了包括李燕、焦可群等在内的班子，实施拍摄的是北京科学教育电影制片厂。

因为目的是教学，所以分别以大写意花鸟画需要掌握的构图、造型、设色、用笔、用墨等几方面组成，苦禅先生在北京、桂林、北戴河拍了外景和作画的镜头。这部片子的解说词几经修改，力求准确生动，画面处理精练简洁、层次分明，并且做了动画特效，应该说是一部很有学术意义的教学片。

在拍摄同时又剪辑出20分钟的《苦禅画鹰》，这部短片是公开放映的，深受欢迎。

还有一部集中了工笔、写意画的老画家们共同拍摄的《中国花鸟画》，苦禅先生与王雪涛、俞致贞、田世光先生都参加了，为后人留下了珍贵的视频影像。结束了十年“文化大革命”，大家都怀着要把失去的时间补回来的目的，一定要为中国绘画的振兴大干一场的决心。

热情是高涨的，决心也是有的，但是由于思想解放的程度还不够，所以很难对中国画如何继承和发展打开新的思路，就如同《实践是检验真理的唯一标准》的发表一样，有一段艰难的过程。

因为苦禅先生对传统文化和大写意绘画始终秉持着历史唯物主义的态度，他赞同徐悲鸿先生提出的“五个之”，即“古法之佳者守之，垂绝者继之，不佳者改之，未足者增之，西方绘画之可采者融之”。在他的一生中从没有否定过优秀传统，也从没有故步自封。1979年，也就是改革开放的初始，苦禅先生就敦促儿子李燕写出了《中国写意画浅论》，提出了早已被人们遗忘的“意象”的概念，这在当时，许多人还认为这是“唯心主义”的概念呢！

苦禅先生说，中国的绘画是小道，其上有书法，难度比绘画大；再上有文学，诗词歌赋；再上一层为音乐；最上一层为中国的哲学：老、庄、禅、易、儒。若有绘画之上的诸层修养，画的文化底蕴就丰厚了。他一直对学生们讲，“形

1980 年，新华社邀李苦禅、李燕父子在香港办画展

而上”不是“形而上学”，不等同于唯心主义，而是中国美学中不拘于具体形象的一种追求。其本义是《易经》中的“形而上者为道，形而下者为器，化而裁者谓之变，推而行者谓之通，举而措之，天下之民谓之事业”。

通过他的口述，李燕记录整理，以教材的方式，在 1979 年《中国写意画浅论》面世了。

1980 年底，应邀赴香港举办李苦禅李燕父子书画展，并在港大讲学。老友林风眠特到展览会，时隔数十年，与苦禅先生见了面，恍如隔世般的二人都很激动。在港大讲学时他又与赵少昂先生相晤。香港大学校刊《学苑》特别刊登了苦禅先生讲的《中国写意画浅论》。赴港展览是改革开放之初迈出的文化交流的重要一步，苦禅先生走在了前头。为了给国家节省开支，他一直坚持住在新华社驻香港分社招待所内，这使接待方非常感动。

此后苦禅先生为《八大山人画集》作序，为电影《徐青藤》脚本作序，为《徐悲鸿传》作序……总之，他认为青藤、八大是大写意画的高峰，必须推荐给后人。

1980 年和 1981 年由上海人美社和山东人美社分别出版了《李苦禅画集》。曹禺先生为山东出版社的画集写了序言。画集的出版特别令他欣慰，因为“文化大革命”前已由人美社编辑好的画集，由于各种原因没能成集出版。

总之，在他有生之年看到了传统优秀文化复兴的希望，并且为之做出了自己的努力。

（三）

与大写意花鸟画成绩卓越的前人不同，苦禅先生既不必像八大山人那样，为大明王朝的倾覆而悲观，也没有落至如青藤道人那般的苦难与困顿，更可欣慰的是他熬过了“文化大革命”，赶上了“改革”。

对于从新文化运动走过来的思想家、文学家、艺术家们，在近现代历史上做出卓越贡献的人如璀璨的明珠，永远在历史的长河中熠熠生辉。苦禅先生也如是。他们有自己的独立观点，有勇猛向前的闯劲。苦禅先生身上的这股闯劲到了晚年得到充沛的爆发。

八大山人留给后世的是高冷与孤独，苦禅先生留给后世的却是热情与奔放。他所创作的四张丈二联成的《盛夏图》即为最好的例证：内容是歌颂华夏的大好河山；色泽充沛饱满；笔力刚柔相济；墨韵丰厚；这幅巨作即是大写意花鸟画史上第一件篇幅最大的作品，充满中华美学高度的作品，也是集多种技法最成熟的作品。通观现代美术史，我们常常会提到社会发展的重大节点或某个时期的优秀绘画，西画中有董希文的《开国大典》《春到西藏》，还有罗工柳的《地道战》、詹建俊的《狼牙山五壮士》……从国画方面来讲，中华人民共和国成立初期齐白石老人的《祖国万岁》《和平鸽》，中华人民共和国成立十周年的《江山如此多娇》，以及后来李可染的《万山红遍》，等等。我认为苦禅先生的《盛夏图》是改革开放初始具有象征意义的作品。它以全新的大写意花鸟画的气概表现出了一个新时代的开始。特别是苦禅先生的题词：

> 盛夏图。国家日趋兴盛，乃余之愿。祖国古称华夏，想炎夏之际，荷花盛开，乃作荷塘即景，何不题之盛夏图耶！岁在辛酉冬月之初，八四叟苦禅。

画面左侧再题：

> 荷之性情，不枝不蔓，出淤泥而不染，余素喜爱之，故六十年来写荷不计其数，然若如此巨幅，乃平生首次也。励公又题。

文字不多，但有几点颇具代表性：其一，为“国家日趋兴盛，乃余之愿”。其二，辛酉冬月作画，却以盛夏荷塘为题，足见心情之快。其三，选出淤泥而不染的荷花正是文人之本色。没有时代的变革，没有豁达的激情，便不会有这样的作品。

《盛夏图》

八大、青藤无论从他们的人生境遇，还是精神境界很难达到近现代人的状态，就是白石老人也没赶上这个时代的进程。

法无定法，君不见《苦禅写意》中，先生用棉纱蘸着脸盆里的墨汁在画《盛夏图》荷叶吗？君不见，先生用如扫把长的大笔，行走在宣纸上吗？所有这些“行为艺术”，源于他的信心、意志和多年的绘画教学，读书、临摹的修养。想怎么画，用什么画，对于他来说并不重要，重要的是实现他的目的，达到他所寻求的效果。

《群鱼图》

他是一个外向型的人，喜怒哀乐都表现在外，因此他所采取的“行为”本身就是他达到目的的手段。但他决不会如张员外作画时“箕坐鼓气”“捽掌如裂”的气功态。他一再提示学生“作画切勿耍江湖气”。

在这部片子里还有几个十分特殊的镜头，苦禅先生犹如站在画架前画西画的方法，拿着毛笔正在宣纸上皴擦。这种作画的方式只有学过西画的人才会使用和掌握。因为画者突破了传统国画中对光影、形体理解的范畴，以中国画中笔墨的技法，在前人的基础上创作着自己心目中的“意象”。苦禅先生笔下的雄鹰就是这样诞生出来的。

鹰，是传统题材，但是在他笔下的鹰却是前无古人的。就白石老人的鹰而言，仍与传统画鹰更贴近。

我们可以从苦禅先生禽鸟写生的画稿中看出他写生的功底。西画的写生是为准确把握物体的必修之课，至于写生之后是按照西方抽象派画家去表达自己的创作方向，还是以精准的造型，去幻化中国的传统呢，苦禅先生选择的是后者是“意象”，是似与不似之间，是以丰润变化的墨色塑造心中追求的美。侯一民评价他说，“苦禅先生的中西结合不是生硬的相加，而是不露痕迹的融合”，就这一点而言，我体会苦禅先生更注重的是雄鹰所代表的精神，更注重用传统文人画中对哲理的追求来创作自己的雄鹰意象。从苦禅先生的实践中我们看到大写意花鸟画发展的突破和方向。

《双鹰远瞻图》

苦禅先生在 1982 年有机会应邀到刚刚起步的，很多人还不理解的经济特区深圳和蛇口。老人高兴地看到了改革开放的春天，目睹了那片荒蛮的山村土地正在被唤醒的初起。他兴奋地应蛇口招商局负责人袁庚同志的邀请参观了第一批引进的工厂，并为其题写了“振兴中华，由南启北”；为深圳特区题写了“人杰地灵，振兴有望”。回京之后的某日，谷牧副总理来访，苦禅老人兴奋地向他谈到对特区的感受，谈到他的建议和希望。谷牧副总理惊讶地说：“想不到李老对特区这么关心，对我们的工作这么理解！”

1983 年 6 月 8 日，苦禅先生应日本长崎孔庙之邀，书写仪门自撰对联：“至圣无域泽天下，盛德有范垂人间”。共写了两份，自感非常满意，三次叮嘱李燕，一份赠送日本长崎孔庙，一份留给祖国。两副对联应为正式绝笔之作。这是他最后为中日文化交流所做的一件大事。

的确，苦禅先生一直是关心着国家和老百姓，关心着文化教育事业，关心着美术事业的发展，如果没有这份热忱，他是画不出《盛夏图》《劲节图》，画不出《红梅怒放》《远瞻山河壮》的。这些画的内容都是他自己择定的，并不是为完成任务，这才是真正的初衷！

他爱这个国家，爱这个有着几千年文明的民族。我想，从苦禅先生的最后七年里，既可以看到由于社会的变化给他带来的机遇，又可以看到他的卓越贡献！这就是我们在纪念他的同时，要重新认识和理解他的原因！

写于北京禅易轩 2018 年冬至

人虽远去，史料永存

史料，既是历史的过往陈迹，也是研究的证明材料。仅以甲骨文、简牍、帛书、××帖为例，是古人活动生存的记录，更是今人研究祖先的依据。

最近我收到一封珍贵的史料。它既不远古，也非出新，极为平常，但却引出我的一番感想，并由此而觉得和逝去的人们与往事贴近了很多。

杭州国立艺术院

这是当年杭州国立艺专留存的三页发文簿。李苦禅先生被“聘为国画教授，每周中国画 12 小时，月薪 200 元”的文字赫然在目。我第一次见到。

林风眠先生到西子湖畔主持艺术专科学校的创建是蔡元培先生的卓见，以美育为导向是这位近代教育大家极力提倡的。林风眠积极响应蔡氏号召，并在北京和杭州两处国家最早创办的美术学校进行了很有活力的实践。

林校长要实现他的办学理想，必须依靠一些得力教师的支撑，邀请白石先生的得意门生李苦禅就成为一种必然，更何况杭州已有吴昌硕的弟子潘天寿立足。从一校之长的角度出发，请李、潘二位共同推进国画教学应当是最理想的人选。

林风眠先生还在主持北京国立艺专时的1927年春，曾在该校发起过颇有影响的“艺术大会”。艺专校内廊柱，及至礼堂墙壁上贴满了各种漫画和标语，大家提出了9个口号：打倒模仿的传统艺术！打倒贵族的少数独享的艺术！打倒非民间的离开民众的艺术！等等。这些口号振聋发聩，充满革新精神，特别体现了林校长对东西方艺术的看法，很有时代性。林风眠先生到杭州后，把克罗多教授也请了去，并且聘用了罗丹弟子卡姆斯基到校教授雕塑。这种兼容并包的开明把中国近现代美术教育推进到与西方融合的境地。虽然在衔接的过程中产生过学术性的分歧，但是这种新观念绝对是打开了传统文人和画家们的眼界，提升了广大艺术青年的胆量和魄力。

1930年，苦禅先生（右四）应林风眠校长之聘，在杭州艺专任国画教授

根据我对苦禅先生的研究和理解，到杭州任教也是他施展抱负和理想的机会。他不但从西子湖畔的人文地理、自然环境得到了人杰地灵的抚育，而且在实施教学思想，尝试各种技法，特别是师生交流启迪等方面得到了更大的拓展空间。在杭州时期苦禅先生取得了充实而丰富的收获，直至老年仍念念不忘，时时提及。

在几十年生活的跌宕起伏中，苦禅先生仍保留下杭州艺专学生们的作业15幅，足见对那段生活的珍爱。特选两件，以为史料补充。

位于杭州栖霞岭南麓的岳飞及其长子的墓地

三张“工资单”摆在眼前，引发了我对前辈们的一段历史的回顾，遥想 90 年前的西子湖畔，那些投身于近代美术事业发展的人虽远去，史料永存。林风眠先生生于 1900 年，明年将是他 120 周年诞辰，以此短文以志纪念。

2019 年 11 月 21 日

李苦禅先生一直保存着杭州国立艺专时期学生的作业——《锦鸡》

李苦禅先生一直保存着杭州国立艺专时期学生的作业——《文韶作黑鸟》

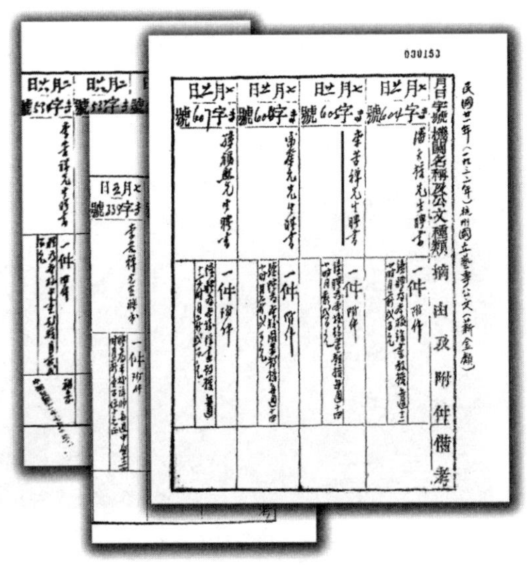

民国廿一年（1932 年）杭州国立艺专公文（薪金类）

《大鹏图》——永远的骄傲

每当我面对《大鹏图》的时候，都会想到一个人——朱爱康，一位担任过空间技术研究院党委书记的航天人。

我的公公李苦禅老人一生爱国，常画群鹰立于峰巅之上，画毕即题：“远瞻山河壮”，一种浓浓的爱国之情顿时洋溢于画面。雄鹰——作为一种英雄的形象便成为苦禅老人作品的代表。

1997 年 7 月香港回归了！为了庆祝这件大喜事，我们与空间技术研究院联合举办了一次 100 多位艺术家与科学家参与的盛大联谊会。

怎么办才能凸显出这次盛会的主题和特色呢？我突发奇想，和我的先生李燕商量，把“签到簿”设置成八尺整张宣纸，由李燕按照苦禅老人的画稿完成一幅《大鹏图》，来宾们把自己的名字“签”在苍鹰脚下的大石头上，最后请欧阳中石先生题字。

1999 年《大鹏图》搭乘神州一号飞船遨游太空后安然返回地面。李燕、孙燕华夫妇在画前合影留念

1999年，欧阳中石先生为李燕创作的《大鹏图》题字

李燕创作的《大鹏图》搭乘神舟一号飞船遨游太空后安然返回地面，在飞船前合影。从左至右：戚发轫、李燕、孙燕华、袁家军、杨存恒

苦禅先生的心中鲲鹏展翅、直冲云霄的梦想终于实现了

当天，这一新颖的做法极大地调动了大家的积极性。人们兴高采烈地选择不同的地方签上了自己的名字——尽管很多人还使不惯毛笔。这是一次难得的聚会，人们沉浸在那一年顺利地发射了三颗卫星和香港回归的喜悦中。

此时，我又突发奇想，能不能让这张《大鹏图》载着这些科学家、艺术家的名字，遨游太空呢？我不太自信地问朱爱康同志："这张画能搭载返回式卫星吗？"他笑着说："可以呀！"

两年过去了。1999 年 11 月 23 日，我们突然接到通知：航天器"神舟"号飞船 24 日开舱，《大鹏图》即搭载在飞船里，请李燕参加开舱仪式！我俩非常惊讶——没想到《大鹏图》搭载的是"神舟"号飞船！我俩非常兴奋——没想到《大鹏图》，中国画，真的成为人类历史上第一张上天遨游的绘画！

虽然李燕详细地给我描述了开舱的经过。但我还是觉得"不满足"，一定想亲眼看一看"神舟"号。终于，空间技术研究院的同志们为我们安排了一次"庄严的会见"！

当我们擎着《大鹏图》来到"神舟"号的时候，我的眼泪止不住地流了下来。我想，自己是一个最普通的"小人物"，竟然完成了这样一件"大事"！实现了让中国画上天的梦想！面对着陪同我们的航天老专家戚发轫和青年有为的总指挥袁家军，我忽然想到了朱爱康——帮我圆梦的老书记，急忙询问，没想到，得到的回答竟是他患癌症已经去世的噩耗！

任凭泪水流淌，我感到身边一股股热浪涌来，我知道，那是朱爱康和一代代航天人奉献的热血在涌荡！在那磅礴的热浪中，我听到了苦禅老人的声音："所谓人格，爱国第一！"我真想大声地向全世界呼喊：献身祖国的航天人啊，你们的爱国情怀永远让世人尊敬！遨游归来的《大鹏图》啊，你永远是我们的骄傲！

2007 年 5 月 25 日

后 记

这是一本收录了不同文体的“杂书”——有回忆、有评论、有随感、有散文、有札记、有相声……说是“呢喃”，却没那么有意境，倒更像苦禅先生画一群鸣叫的麻雀时所题的“晨噪”，有一股子生气。

因写作的时间跨度长，叙事的角度又不一样，所以这本书难免有内容重复的地方。统稿时我总为此犯难，为保持写作和发表时的原始状态，只好将同一件事或同一观点保留，这一定会让读者感到厌烦，可又没办法删减，就凑合着吧！

凡涉及前辈书画的文章，我均持极严肃的态度，不曲解、不含糊。如有读者发现纰漏或不准确的地方，还请多多指教。

我已经是76岁的老人了，尚曾接触过一些艺术界的前辈，很想把自己的经历和感受记录下来。虽然眼下能安下心来读书的人很少，但是我有一个非常明确的目的——前为古人，后为来者，只要有文字留下来，后世总会有人细读。

在中国文史出版社的支持与鼓励下，我将这些零散的文章集结成此书，在此特别感谢中国文史出版社的领导，以及责编徐玉霞女士和美编设计人员等诸位。

虎虎有生气，但愿这本书，能为虎年带来活跃的新气象。

孙燕华

2021年初冬

图书在版编目（CIP）数据

燕语呢喃 / 孙燕华著 . -- 北京：中国文史出版社，2020.8
ISBN 978-7-5205-2197-0

Ⅰ . ①燕… Ⅱ . ①孙… Ⅲ . ①散文集—中国—当代 Ⅳ . ① I267

中国版本图书馆 CIP 数据核字（2020）第 158847 号

责任编辑：徐玉霞

出版发行：**中国文史出版社**
社　　址：北京市海淀区西八里庄路 69 号院　　邮编：100142
电　　话：010-81136606　81136602　81136603（发行部）
传　　真：010-81136655
印　　装：廊坊市海涛印刷有限公司
经　　销：全国新华书店
开　　本：16 开
印　　张：27　　字数：400 千字
版　　次：2022 年 3 月第 1 版
印　　次：2022 年 3 月第 1 次印刷
定　　价：79.00 元